T0405843

ÉRAMOS TRES NIÑOS PERDIDOS EN LA NIEBLA

RUPERTO LONG

ÉRAMOS TRES NIÑOS PERDIDOS EN LA NIEBLA

Rocaeditorial

Primera edición: enero de 2025

Printed in Spain – Impreso en España

ISBN: 978-84-10274-17-4
Depósito legal: B-19.323-2024

Compuesto en Mirakel Studio, S. L. U.

Impreso en Black Print CPI Ibérica
Sant Andreu de la Barca (Barcelona)

RE74174

Esta novela, si bien posee carácter ficcional,
está inspirada en hechos reales.

Lleno estaba el mundo de amigos
cuando aún mi cielo era hermoso.
Al caer ahora la niebla
los ha borrado a todos.

HERMANN HESSE, *En la niebla*

Cuídate de la niebla.
Podría ocultar lo que ni
los propios dioses osan mirar.

VALERIO MASSIMO MANFREDI,
La última legión

Introducción

El último verano

Estación balnearia de Yaremcha, montes Cárpatos,
Polonia (hoy Ucrania), setiembre de 1938

Cuando estalló la tormenta, los tres amigos estaban en el bosque: Lizzy, su prima Riki y Alex.

No fue una tormenta habitual, de esas de fines del verano. Fue mucho más inquietante, amenazadora. En un instante el cielo se oscureció, y comenzaron a caer las primeras gotas: pesadas, gordas, oscuras.

Los jóvenes corrieron a guarecerse en su lugar preferido: una casita de madera colgada de un árbol, en un bosque de hayas y abetos a orillas del río Prut, que les había construido el abuelo de Alex, al que todos llamaban el Gran Abuelo. No bien entraron, pareció que el cielo se venía abajo. La lluvia era torrencial y el fuerte viento sacudía el precario refugio.

Tuvieron miedo. Pero no solo de la tormenta.

En realidad se sintieron desamparados, asustados, en un mundo en el que estaban ocurriendo extraños sucesos que no entendían. Escuchaban hablar a los adultos; de algún modo ellos mismos intuían lo que se estaba gestando, pero no podían comprenderlo.

Fue entonces que surgió la idea. Fue Riki quien la propuso.

Justamente ella.

Se habían encontrado en Yaremcha, en las montañas, como todos los años. Allí iban con sus padres a pasar las vacaciones de verano. A pesar de ser tan jóvenes, tenían bien presente el lugar y esperaban ansiosos ese momento durante todo el año... ¡Y cómo se divertían!

Los tres eran hijos únicos y estaban muy unidos entre sí, casi como si fueran hermanos. Lizzy tenía siete años, vivía en Hamburgo, Alemania, y su nombre de familia era Wintz. Su prima Riki era más grande, tenía once años. De familia italiana, originaria de Florencia —de apellido Finzi—, hacía mucho que vivía en Belgrado, capital del Reino de Yugoslavia, donde había nacido. Alex era un poco menor, tenía seis. Las primas lo consideraban «su príncipe»: rubio, simpático, inteligente, quizá no muy alto, pero a Lizzy le gustaba. Y Riki no le significaba una competencia ya que era demasiado grande.

La familia de Alex era polaca, de la ciudad de Stanislawow. Estaba considerada como gente de buena posición. Su abuelo Saúl, apodado el Gran Abuelo, un hombrón de cerca de dos metros, corpulento y fuerte, era el dueño de una importante curtiembre. A pesar de ser un hombre muy ocupado, se hacía tiempo para los chicos. Y el cochero de su *charrette*, Maxim, estaba siempre muy pendiente de los niños para cuidar que nada malo les pasara.

A los tres niños les encantaba jugar a las escondidas en el bosque. Muchas veces se sumaban otros amigos, formando una pandilla ruidosa y divertida. La casita del árbol se había constituido en su «escondite secreto» (que todos conocían), y los baños en el río —con sus peligros— eran los momentos más emocionantes de los veraneos.

Pronto hicieron buenas migas con los tradicionales pobladores de los Cárpatos, los hutsules, de ropas coloridas, ojos grises y amor por la música. Les divertía visitar a Volodymyr, un viejito con un gran mostacho y un enorme instrumento musical alargado que llegaba hasta el suelo. A él le gustaba tocar para ellos, aunque a veces se enojaba porque hacían demasiado ruido; entonces se ponía un sombrero negro con unos cuernos y los corría de su cabaña a los gritos...

Maxim era un ucraniano cincuentón que admiraba y quería a don Saúl. Y estaba orgulloso de ello:

—Si bien él es polaco y yo ucraniano, no me importa, ¡y eso no es poco decir! —solía ufanarse.

Y tenía razón. No era para nada común en aquellos tiempos de odio y rencor.

Al llegar el verano, don Saúl le encomendaba los jóvenes a Maxim:

—Que no les falte nada. Y vigílalos bien, que no vayan a hacer locuras.

«¡En qué lío me metió otra vez el Gran Abuelo!», pensaba Maxim. Pero no tenía alternativa. Porque don Saúl era don Saúl. Se entiende, ¿no es así?

Así que el pobre se pasaba todo el verano corriendo tras los niños. Al joven Alex ya lo conocía bien, porque muchas veces acompañaba a don Saúl a la fábrica, y sabía comportarse. Pero cuando se juntaba con sus compinches, las primas Riki y Lizzy, se alborotaban los tres. Y cuando se reunía toda la barra de amigotes, no había quien pudiera con ellos.

El joven Alex era de pensar mucho todo. Y tenía cada ocurrencia... Un día venían los tres en la *charrette* —Maxim conducía, Alex y su abuelo iban sentados atrás—, cuando de repente el niño le dijo a don Saúl:

—Gran Abuelo, cuando sea grande quiero ser fabricante como tú.

El abuelo lo miró con curiosidad. Alex continuó:

—Como tienes dos nietos, y mi prima Gabriela es más pequeña que yo, y además es una niña, pienso que el día que te mueras deberías dejarme la fábrica a mí. A ella le puedes dejar la *charrette* con el caballo, y con Maxim.

—Bien, me parece justo —le respondió don Saúl sin alterarse—. Pero ya que vas a ser el dueño de la fábrica, tienes que empezar a cuidarla.

Desde ese momento, Alex acompañó a su abuelo en las recorridas por el inmenso predio, hasta conocer todos sus rincones, incluso los más peligrosos. Se llevaron unos cuantos sustos, pero el chico aprendió a cuidarse.

Mas los tiempos fueron cambiando. Los niños continuaron jugando en el bosque y chapoteando en el río, tan inocentes como antes.

Pero ahora una oscura sombra se agitaba sobre ellos: el fantasma de la guerra y sus horrores. Porque ellos, aunque de orígenes geográficos diferentes, eran todos judíos.

Un día, Maxim los vio jugando a las escondidas, como tantas veces. Pero esa vez unos hacían de «nazis» y otros de «judíos». Los «nazis» corrían a los «judíos» con unas varas. La idea fue de Lizzy, la alemana. Maxim se puso muy nervioso. Tanto que interrumpió el juego y los regañó:

—Esos son asuntos de grandes, con eso no se juega.

Porque ya se sabía que aquello no era un juego. Muchos acontecimientos nunca antes vistos estaban sucediendo.

El año 1938 había sido terrible.

Los niños siempre deseaban volver a Yaremcha, pero nunca tanto como ese año. Cuando se reencontraron fue una gran alegría para todos.

La mamá de Lizzy había tenido que dejar de ser actriz unos años antes. Se lo prohibieron cuando la niña aún era muy pequeña, hasta el punto que nunca la había visto actuar en un teatro, lo que le daba mucha pena. Pero a veces, de vacaciones en Yaremcha, la mamá se animaba a montar una obra para niños, con algunos amigos. La preferida de Lizzy era *La sirenita*. Aunque todo debía ser representado a puertas cerradas, solo para los amigos más cercanos. Porque estaban fuera de Alemania, pero nunca se sabía qué podía pasar.

Su papá era médico de niños. A fines del año anterior le prohibieron trabajar en la *Krankenkasse*, el programa estatal de seguros médicos. Fue un gran golpe, casi se quedó sin trabajo. Sin embargo, de a poco le surgieron clientes particulares. Otros alemanes judíos y buenos amigos no judíos que querían ayudarlo en las malas.

—Ya ven ustedes —les dijo a Lizzy y su mamá, con su eterno optimismo—, siempre hay gente de buena voluntad.

El mazazo vino después, cuando muy felices preparaban las valijas para irse de vacaciones: algo que llamaron el Cuarto Decreto de la Ley de Ciudadanía del Reich le quitó su licencia para ejercer como médico. El hombre sintió el impacto, pero no se entregó. Esa noche, durante la cena, le habló a su familia:

—Ahora nos vamos de vacaciones. Nadie nos va a robar ni un solo minuto que podamos pasar juntos —dijo, mientras los miraba con infinita ternura—. Al regresar veremos qué camino tomamos.

Nadie supo bien cómo sucedió.

Los niños estaban asustados por los truenos y los relámpagos, pero se sentían protegidos en la casita del árbol. Se tomaron de las manos, y a medida que avanzaba el atardecer, comenzaron a hablar. Contaron historias que nunca antes se habían atrevido a relatar. A nadie.

Lizzy les dijo que a sus padres los nazis los echaron del trabajo por ser judíos y que tal vez se tuvieran que ir de su país, Alemania. Eso le daba mucho miedo, no sabía dónde irían a parar. Y Riki les habló de unas milicias que vagaban por las calles de Mostar persiguiendo a niños como ella. En varias ocasiones, había tenido que salir corriendo para poder escapar y se salvó por muy poco. Alex les contó sobre las peleas con otros niños polacos en el parque de su ciudad, Stanislawow, y lo que le gritaban:

—¡Váyanse a Palestina, judíos de mierda!

De repente, se sintieron mejor. Sacar todas aquellas vicisitudes para afuera les hizo bien. Y la tormenta había amainado.

Fue entonces Riki que les propuso:

—Hagamos un pacto de sangre: que cuando todo esto termine, nos volveremos a encontrar. Los tres.

Lizzy y Alex la miraron, sorprendidos.

—¿Y cómo es eso?

—Nos hacemos un pequeño corte en un dedo de una mano y unimos nuestras sangres —les respondió Riki, muy suelta de cuerpo—. Así nunca nadie podrá separarnos.

Quedaron espantados. Pero sabían que en pocos días regresarían cada cual a su país. El horror volvería a sus vidas. Y Yaremcha quedaría lejos, muy pero muy lejos…

Aceptaron. Aunque Alex no pudo evitar pensar qué diría Pepa, su mamá, una profesora de la Universidad, si se enteraba de semejante pacto.

Lizzy, la más valiente, estiró la mano.

—Por nuestra amistad.

Alex no pudo ser menos, a fin de cuentas era el varón del grupo.

—Nadie podrá separarnos.

Los tres estiraron sus brazos y se agarraron bien fuerte de la mano cortada. Riki selló el pacto:

—Amigos para siempre.

Primera parte

LIZZY

1

«Detengan a la Policía»

Antiguo Ayuntamiento de Múnich, Alemania,
anochecer del 9 de noviembre de 1938

Alois Brunner, *SS-Hauptsturmführer* y director de la Oficina Central para la Emigración Judía en Austria (26 años)*

Fue un día de fiesta: desfiles, pompas, banderas, fasto.

Era nuestro día más sagrado, y no era para menos. Solo quince años antes, en un día como ese, el Putsch de la Cervecería había terminado en un fracaso y el futuro Führer de la Nación Alemana en la cárcel. Desde allí legó para la posteridad su *Mein Kampf*.

Sin embargo, fuimos capaces de reescribir la Historia. En un puñado de años, el nacionalsocialismo logró todo lo que se propuso: terminar con el vergonzoso Tratado de Versalles, alcanzar la prosperidad económica, aprobar las Leyes de Pureza Racial de Núremberg y anexar Austria. Y ahora, tan solo un mes antes, el Acuerdo de Múnich con el primer ministro británico Chamberlain —un viejito obstinado y manipulador, ¡pero tan inferior a nuestro Führer!—, por el cual Checoslovaquia nos devolvió los Sudetes. ¿Hasta dónde llegaríamos? ¿Por qué no soñar en conquistar el mundo con nuestros ideales?

* En todos los casos, las edades mencionadas corresponden a la época en que ocurrieron los hechos narrados en los testimonios.

Había sido un largo día desde que, al amanecer, dejé mi oficina en Viena. Pero me encontraba feliz. Siempre creí en Adolf Hitler. Por eso me afilié al Partido Nacional Socialista de los Trabajadores Alemanes apenas cumplí los dieciocho. Poco después ya era persona de confianza de Adolf Eichmann, nada menos, y ahora llevaba adelante con orgullo las políticas judías en Austria. Para mí fue un gran honor ser invitado a la cena de celebración.

Llegué temprano al Antiguo Ayuntamiento en Marienplatz, bien sabía de la puntualidad del Führer. El histórico edificio medieval, con su magnífica cubierta abovedada de madera, había sido el sitio elegido para una ocasión tan especial.

Banderas rojas con la esvástica nazi presidían las mesas, iluminadas con candelabros de oro. Las velas proyectaban sombras movedizas y misteriosas en las bóvedas del techo, adornadas con estrellas doradas y el escudo de armas de la ciudad.

Todo parecía sugerir que algo importante ocurriría esa misma noche.

Más cerca de la hora fijada, varios peces gordos de nuestro movimiento se hicieron presentes. El primero en llegar —espigado, circunspecto, de aspecto retraído— fue el *Reichsleiter* y secretario personal del Führer, Rudolf Hess. Minutos después hizo su aparición la menuda figura renqueante del ministro de Ilustración Pública y Propaganda Joseph Goebbels, tan excitado como siempre. Y por supuesto mi jefe, el teniente Adolf Eichmann, que con solo treinta y dos años ya ostentaba un gran prestigio. Sin embargo, noté algunas ausencias: ni más ni menos que el ministro de la Luftwaffe —y as del aire— Hermann Göring, y el poderoso *Reichsführer* de las SS Heinrich Himmler.

A la hora en punto, presurosos funcionarios revisaron los últimos detalles. El bullicio general cedió lugar a un tenso silencio, solo alterado por murmullos y cuchicheos. Los invitados ocuparon sus lugares.

Todo estaba preparado.

—*Heil Hitler!*

Nuestras gargantas temblaron de emoción, haciendo vibrar las viejas bóvedas de quinientos años, en el preciso instante en que entró él.

Sobrio, de gestos sencillos, con una leve sonrisa contenida, atravesó la sala hasta pararse frente a la cabecera de la mesa principal. Nos miró a todos con lentitud, uno por uno. Recién entonces nos saludó: un breve gesto con su mano derecha levantada y apenas extendida. Pero fue suficiente. Los vítores estallaron desde todos los rincones y la celebración comenzó. Joseph Goebbels, siempre adulón, gritó:

—*Sieg!*

Y todos respondimos *Heil!*, a pesar de que ese no era el saludo más apropiado para el sitio ni la ocasión.

Los camareros recorrían con discreción las mesas del salón portando bandejas bien servidas y jarras de cerveza, alegrando un ambiente ya de por sí muy festivo. En pocos minutos, el bullicio se extendió y el júbilo conquistó el Antiguo Ayuntamiento de Múnich.

Fue entonces que sucedió. Y yo lo vi todo. Fui testigo de un momento que cambió la historia de *Großdeutschland*, la Gran Alemania, y del mundo.

Miraba distraídamente el fondo del salón, poco antes de las nueve, cuando de repente entró Heinz, uno de los asistentes personales del Führer. Su rostro se veía inquieto, preocupado. Avanzó rápido por el hall, ignorando el alboroto que lo rodeaba. Cuando llegó al lado del Führer, solicitó autorización para hablarle. Este accedió con un leve movimiento de cabeza. Heinz se inclinó y le murmuró algo al oído. El semblante del Führer se transformó en un instante. Quedó pálido, demudado.

Durante unos segundos dirigió su vista al frente, ensimismado. Parecía razonar a gran velocidad. Luego su actitud cambió. El usual gesto desafiante y enérgico del Führer de la Nación Alemana reapareció con toda su fuerza.

Convocó a Goebbels y a Hess, y les impartió precisas instrucciones.

Entonces golpeó con fuerza la mesa con su mano derecha y se marchó.

Durante unos minutos reinó el desconcierto.

Pero muy pronto el mensaje de Heinz estuvo en boca de todos:

—¡Un judío asesinó al secretario de la Embajada de Alemania en París, Ernst vom Rath!

La furia se extendió por la sala del Ayuntamiento. Si alguna prueba faltaba para demostrar que El Judío era el enemigo visceral del pueblo alemán, ¡aquí la teníamos!

Pero sabíamos que el Führer, a pesar de su cólera, quería que actuáramos con inteligencia. Y Heinrich Himmler, el líder de las SS, nuestro conductor, nos había dicho apenas horas antes que debíamos aterrorizar a los judíos, pero sin ostentar la violencia en forma pública.

Sin embargo, fue Goebbels —¡cuándo no!— el que tomó la palabra.

El asesinato de Vom Rath formaba parte de una conspiración de la Judería Mundial. En eso estábamos todos de acuerdo. Y los judíos de Alemania debían pagar por ello. En eso también coincidíamos. Pero el incendiario discurso del ministro de Ilustración Pública invitando a saquear comercios y quemar sinagogas no era lo que necesitaba el Reich Alemán. Todos estábamos furiosos. Pero muchos dudábamos sobre cuál era la mejor forma de reaccionar ante la barbarie judía.

—El vandalismo es una parte del pasado nazi, que debe quedar en el pasado —nos había dicho Himmler.

Y todos recordamos, cuatro años atrás, la Noche de los Cuchillos Largos. Cuando no hubo más remedio que terminar con el jefe de los «camisas pardas» de las SA Ernst Röhm y sus secuaces, precisamente por su tentación por las actitudes conspirativas y violentas. Tentación que seguro provenía de su irrefrenable homosexualidad, no por casualidad terminó sus días encamado con uno de sus lugartenientes.

Eso había quedado atrás. Pero ahora teníamos que soportar la monserga de un debilucho que apenas unos meses atrás había querido dejar el cargo de ministro del Reich, para fugarse al Japón con su concubina, la actriz checa Lída Baarová. ¡Un escándalo! Tuvo que intervenir el propio Führer y ordenarle la reconciliación con Magda, su legítima esposa. Hasta lo obligó a sacarse fotos junto a ella y sus hijos, para mostrar cómo se comporta un líder ario. Patético.

¡Y ahora ese contrahecho nos decía lo que teníamos que hacer!

Murmurábamos entre nosotros. Algunos querían llamar a Himmler o a su segundo, Reinhard Heydrich, y pedir instrucciones.

Mientras tanto, el cojo ministro finalizó su discurso. Después anotaría en su diario: «Mis palabras despertaron un ruidoso aplauso». En realidad, esto último era lo único que le importaba.

De todos modos, algo teníamos claro los oficiales de las SS: a pesar del caos instalado por Goebbels, cumpliríamos con nuestro deber y con las órdenes impartidas por el Führer antes de abandonar el Ayuntamiento. Así lo dijo, con esa voz que tenía la fuerza y el filo del acero:

—Detengan a la Policía. ¡Los judíos tienen que sentir la ira del pueblo alemán!

Como siempre, la admirable claridad de su pensamiento: lo que realmente importaba era que el pueblo alemán se involucrara en la lucha contra la Judería Mundial.

El permiso para atacar había sido dado.

La noche sería larga.

2

La luna llena estaba en lo alto

Hamburgo, Alemania, otoño de 1938

Lizzy (7 años)

¡Qué lejos había quedado el último verano en Yaremcha!

Durante las vacaciones, con mis papás hicimos un esfuerzo por no pensar en el regreso a Hamburgo. Sabíamos lo triste que sería.

Pero nunca imaginamos que lo fuera tanto. Papá —el eterno optimista— ahora no sabía de qué aferrarse. No poder trabajar como médico fue terrible para él. Solo de vez en cuando atendía algún caso, pero a escondidas. Eso le hacía mal. Se ve que le recordaba todo lo perdido. Más que nada, el contacto con los niños.

Al principio daba vueltas por la casa como un león enjaulado. Cada vez más deprimido. Después ya no salía de su cuarto. Se pasaba horas de pie frente a la ventana, con la mirada perdida, viendo pasar a la gente. A mí se me partía el corazón al ver cómo se hundía ese hombre bueno, siempre tan activo, tan servicial con el que lo necesitara.

Fue mi Mami la que agarró al toro por los cuernos. Ella perdió su trabajo de actriz y profesora de teatro varios años antes. Ya había «hecho el duelo», como suele decirse. Esa noche cocinó nuestros platos preferidos —papas fritas a la francesa para mí y chucrut para papá— y compró una botella de gaseosa. Yo sabía que era un esfuerzo para ella, porque nuestros ahorros escaseaban.

—Nuestra patria es Alemania. Pero ahora están pasando hechos muy tristes aquí. Así que, por un tiempo, viviremos en otro país. Todavía no sabemos cuál, pero estamos averiguando. Volveremos cuando la situación esté mejor.

Mi papá asintió, sin decir palabra. A mí se me llenaron los ojos de lágrimas. ¿Cómo podría vivir sin mis primos, sin mis amigas, sin mis compañeras del colegio? ¿Dónde, en qué lugar? ¿Y por cuánto tiempo?

Eran preguntas sin respuesta. Y yo lo sabía.

Hertha, amiga y compañera de colegio de Lizzy (7 años)

Lizzy era mi mejor amiga. Como nuestras casas eran vecinas, desde muy pequeñas jugamos juntas. Nunca se me ocurrió pensar que fuéramos distintas.

Sin embargo, un día me dijo que no vendría más al colegio. Le pregunté por qué.

—Las leyes prohíben que estemos juntas.

No le creí. Pero era verdad: «ellos» no podían ir a las mismas escuelas, comer en restaurantes, ir al teatro, sentarse en los bancos de las plazas…

Yo había oído hablar de «preservar la pureza de la sangre alemana», y de que no se podía «profanar la raza». Que existían «arios» y «no arios», y que eran personas muy diferentes. Y que también había otros que se llamaban *mischling*, y otros, *geltungsjude*. Era un gran entrevero. Yo no entendía nada. Y no me importaba.

—Nosotras vamos a seguir jugando como siempre.

¡Mira si iba a perder a mi amiga por esas estupideces! Mis padres estuvieron de acuerdo. Aunque pronto empezó a ser difícil también para ellos. Mucha gente dejó de saludar a los padres de Lizzy. Algunos seguían siendo amables, pero cuando se ponían el uniforme marrón y la escarapela del Partido Nazi, pasaban al lado de ellos como si no existieran. Llegó un momento en que era raro escuchar que alguien

—el verdulero, la esposa del panadero, el hijo del zapatero— les dijera «hola». Eso debía dolerle mucho al papá de Lizzy, que tantas veces salió corriendo por las noches para atender a sus familias.

—Hay que tener mucho coraje para pararse a charlar en la calle con un amigo judío… —comentó un día mi padre.

Los verdaderos amigos quedaron reservados a las noches. Y en secreto. Mis padres hicieron lo mismo. Sin embargo, había excepciones.

Un día la mamá de Lizzy cayó enferma. Tenía un fuerte dolor en el vientre. Su esposo no disponía de medicinas ni de instrumentos para examinarla. Fue a ver a sus colegas médicos no judíos, varios de ellos eran sus amigos de muchos años. Uno tras otro se fueron negando a atenderla. Estaba desesperado. Hasta que visitó a un médico joven que no conocía: los recibió muy amable, varias veces, a distintas horas del día. Les dio las medicinas gratis y no quiso cobrar por sus servicios.

—Solo intento aliviar los pecados que otros cometen contra ustedes. Si lo desean, pueden entregar ese dinero a un ciudadano judío que lo necesite.

En la última visita, la esposa del médico le regaló un ramillete de campanillas a la mamá de Lizzy. Cuando nos enteramos, nos pusimos muy contentos.

Pero la mayor parte de las veces no era así, por desgracia. Otro vecino, un señor mayor que tenía unas nietitas que a veces jugaban con nosotras, murió después de una larga enfermedad. Era muy querido en el barrio. Pero muy pocos fueron al entierro: el jefe nazi local hizo correr la voz de que sacaría fotos de los cristianos que asistieran y las publicaría en el diario de ellos, *Der Stürmer*. Mis padres igual fueron, pero quedaron muy preocupados.

Tenía miedo de perder a mi amiga en cualquier momento.

Lizzy

Nunca pensé que un simple «hola» sería tan importante en mi vida.

Muchas tiendas y almacenes del barrio empezaron a exhibir carteles que decían «Alemán» o «Ario». Todos eran conocidos nuestros.

Alguna vez los atendió papá o fueron alumnos de mi mamá. Sin embargo, pronto notamos una diferencia. Los que habían colocado el cartel por su propia voluntad no nos atendían. Y si lo hacían, no nos hablaban, y a veces ni nos miraban a la cara. Era horrible. Y eran la mayoría.

Pero había otros que no bien entrábamos nos decían «¡Hola!». Era como decirnos: «Nos obligaron a poner el cartel, no dejen de venir». A veces, hasta nos estrechaban la mano.

Hasta nuestros amigos «arios» más íntimos empezaron a cuidarse. Ya no querían que nos vieran en público con ellos. Nos visitaban por la noche. Y nos sugerían que no los visitáramos en sus casas nunca más. No sabían cómo decirlo, daban muchas vueltas, tenían mucha vergüenza. Pero cuando se iban, lo habíamos entendido todo. Nos sentíamos muy solos.

Una noche, un grupo de antiguos alumnos de teatro de mi mamá se presentó en casa. No sabíamos a qué venían.

—Hay varios más que también están de acuerdo, no somos solo nosotros. Hemos pensado mucho en lo que está pasando en nuestro país. Usted nos enseñó mucho, y no queremos defraudarla —le dijeron—. Si la situación se pone todavía peor, estamos dispuestos a ayudarla en lo que sea. Y si por una de esas circunstancias, Dios no permita, sucede algo desagradable, estamos incluso dispuestos a correr con los gastos de un abogado.

Mi Mami, que era «la fuerte de la casa», se quebró. No pudo aguantar las lágrimas.

Los abrazó a uno por uno. Luego, más repuesta, les dijo:

—¿Saben lo que más duele? La indiferencia de la gente buena. Hoy he aprendido mucho de ustedes. Nunca los olvidaré.

Todos querían irse de Hamburgo.

Lizzi Silberberg, la peluquera del barrio, a quien las patotas nazis casi obligaron a cerrar su negocio, estaba haciendo los arreglos para emigrar con su marido, Edwin, y su hijo de trece años.

—¿En qué país están pensando? —le preguntó mi madre.

—En Cuba. Y si no es posible, en Uruguay.

—¿Cómo? ¿Y dónde queda eso?

Ninguno de nosotros sabía la ubicación de ese país, con un nombre tan extraño, más allá de que era en América del Sur. ¡Mire que ir a dar allá, tan lejos! No podíamos ni imaginarlo.

La mayoría prefería Ámsterdam, Amberes o alguna ciudad de Francia.

Pero si la situación se complicaba, entonces muchos optaban por América del Sur. Como los padres del abogado Leonhard Lazarus. Cuando su hijo comenzó a ser perseguido por sus ideas políticas, no tuvieron más remedio que escapar. Eran personas mayores, dependían mucho de su hijo. Así fue que en octubre se embarcaron, fíjense a dónde: Montevideo, Uruguay. ¡Otra vez ese nombre!

Esa tarde, cuando nos encontramos con Hertha para jugar en la vereda —porque ella fue mi única amiga… diferente, digamos, que no dejó de jugar conmigo—, le conté que mis padres pensaban que era mejor irnos a otro país. Y le nombré algunos.

Se puso muy triste. Pero comprendió.

—Sí, lo entiendo —me dijo, moqueando por las lágrimas que se le escapaban—. Ese último es un país chiquito, que está cerca del Polo Sur. Lo estudiamos en la escuela, ¿no te acuerdas?

Ese día jugamos hasta muy tarde. Como si quisiéramos que nunca terminara. Todas las noches, al acostarme, pensaba, para poderme dormir: «Ya no puede ser peor». Y unos días después algo pasaba, aún más terrible. Esa noche quería juguetear, correr, divertirme con mi amiga. Eso nadie me lo podría quitar. Aunque ya no sabía qué pensar…

Las dos miramos al cielo. El otoño ya estaba muy avanzado. Era una fría noche de noviembre y las nubes se movían con gran velocidad. Pedazos de luna aparecían y desaparecían, era imposible verla completa. En el momento menos pensado, el cielo se despejó. Y en lo alto, una luna llena bien blanca y redonda nos deslumbró.

¡Era hermosa! Pero también, no sé por qué, amenazadora.

Nos quedamos mirándola, boquiabiertas. Y nos tomamos de la mano.

Algo estaba por pasar.

3

La ira de Satanás

Hamburgo y Viena, Alemania,
medianoche del 9 de noviembre de 1938

Alois Brunner

A medianoche aterricé en Viena.

Era una hermosa y fría noche de luna llena. Un buen augurio para lo que debíamos hacer. Poco después llegué a mi oficina. Margarethe, mi asistente, siempre eficiente, ya tenía preparado el *dossier* con las informaciones sobre lo que sucedía.

—Comunícame con Heydrich o con Eichmann.

—Va a ser imposible, mi *Hauptsturmführer*, los teléfonos están al rojo vivo. ¡Todos están en conferencia!

Enseguida supe, por algunos colegas de mi rango, que Reinhard Heydrich —siguiendo indicaciones de nuestro supremo comandante Himmler— estaba preparando instrucciones sobre cómo proceder. Llegarían en un rato. Mientras tanto, supimos que se habían producido los primeros ataques a comercios y viviendas de judíos en varias ciudades de Alemania, incluida Viena. Distaban mucho de tener la «espontaneidad» que el Führer había exigido. Los matones de las SA, portando antorchas y garrotes, golpeaban a los judíos en plena calle y quemaban sus comercios. ¡Iban de uniforme, hasta con sus camisas pardas, estos bárbaros ignorantes!

Himmler estaba furioso. Se reunió esa misma noche con el Führer en su apartamento de Prinzregentenplatz, en Múnich. Debíamos concentrarnos en detener a judíos adinerados y enviarlos a campos de concentración, sin caer en el vandalismo inútil. Dachau, Buchenwald y Sachsenhausen estaban preparados para recibir a diez mil prisioneros. Solo el cojo ególatra, preocupado por las críticas del Führer ante el fracaso de su propaganda, amenazaba con echarlo todo a perder.

Hertha

—Hay ataques a judíos en toda la ciudad —nos dijo, angustiado, mi padre a mamá y a mí, no bien entró a casa.

El corazón me dio un salto. Lo miré a los ojos. No me dijo nada, pero nos entendimos. Corrí a casa de Lizzy por el patio del fondo, para no salir a la calle.

—¡Lizzy! —grité. Mi amiga del alma se asomó; tenía una mirada muy extraña, como perdida—. ¿Sabes lo que está pasando?

Asintió y bajó la mirada. Como si tuviera miedo de que yo también la fuera a decepcionar.

—¿Y qué van a hacer?

—Mi mamá quiere salir a la calle ahora, escapar y escondernos, antes de que se ponga peor.

Me encogí de hombros. No supe bien qué decir.

—Eres mi mejor amiga. Y te quiero mucho.

Una sonrisa se reflejó apenas en sus ojos asustados. Nunca la olvidaré.

—Yo también te quiero.

Y desapareció.

Alois Brunner

Margarethe entró a mi despacho blandiendo unos papeles en la mano, muy excitada. Era la 1:20 de la madrugada del 10 de noviembre.

—Llegó el Telegrama Secreto, mi *Hauptsturmführer*.

Leí las instrucciones de Máxima Urgencia enviadas desde Múnich por el *SS Gruppenführer* Reinhard Heydrich. Reflejaban la claridad de pensamiento del Führer y el talento de este brillante oficial.

> La Policía no evitará las demostraciones (del pueblo alemán contra los judíos), solo supervisará el cumplimento de estas directivas:
>
> 1. Solo se tolerarán medidas que no pongan en peligro vidas o propiedades alemanas (ejemplo: las sinagogas solo se quemarán en el caso de que no haya peligro de incendiar los edificios vecinos).
> 2. Los comercios y apartamentos de propiedad judía podrán ser destruidos pero no saqueados; los saqueadores serán arrestados.
> 3. Se tendrá especial cuidado de no dañar los negocios no judíos.
> 4. No se molestará a ciudadanos extranjeros, aunque sean judíos.

El último punto de las instrucciones me afectaba directamente, como responsable de los judíos de Viena: «Se procederá al arresto del mayor número posible de judíos (...), especialmente adinerados. Por el momento, solo se detendrá a judíos varones sanos que no sean demasiado mayores. Una vez realizadas las detenciones, se contactará de inmediato a los campos de concentración, para su pronto traslado a los mismos». Con un detalle final que solo pudo provenir de la elegante pluma de Reinhard: «Se cuidará especialmente que los judíos detenidos siguiendo estas instrucciones no sean maltratados»...

Todo había sido dicho: los judíos recibirían el feroz golpe que merecían, por haber provocado la ira del pueblo alemán con un acto abominable. No emplearíamos a la Policía paga con el dinero de los ciudadanos germanos para protegerlos, ¡bueno fuera! Y enviaríamos a los campos a los más adinerados, seguramente financistas parásitos y especuladores. Pero no permitiríamos que la caterva de matones pendencieros de las SA, azuzados por ese liliputiense desgarbado de Goebbels, nos arruinara el momento con saqueos y golpizas.

No era tiempo de palabras, sino de acciones. Una ocasión que el nacionalsocialismo esperó por muchos años. Y una oportunidad que yo estaba aguardando.

Era hora de poner manos a la obra.

Lizzy

Mamá, que en los últimos tiempos había tomado las riendas de la casa, abrió la puerta, con mucho cuidado. Miró para todos lados. Cada tanto pasaban grupos de personas entonando cánticos. Esperamos a que no se viera a nadie sospechoso y salimos. El frío y el miedo me sacudieron y me puse a temblar. Pero ya no había marcha atrás.

Mis padres habían quedado de encontrarse con unos amigos que vivían a tres manzanas de casa. Decidieron tomar calles secundarias, paralelas a la avenida Rothenbaumchaussee. Unos minutos después los vimos, con sus tres hijos, parados en una esquina.

—¿Averiguaron adónde ir? —los interrogó mi madre, sin siquiera saludarlos, con una voz angustiada y ronca que no le había escuchado nunca.

—Unos primos me hablaron del Consulado de Brasil, dicen que están recibiendo gente… Y también del de Uruguay. Pero no sé, tengo muchas dudas.

Mi mamá hizo un esfuerzo para concentrarse y pensar, también a ella se la veía muy mal.

—Es muy tarde, cerca de las dos de la madrugada, en el de Brasil tal vez ya haya demasiada gente… —Se detuvo, pensativa—. Vayamos al de Uruguay. Además, está más cerca.

¡Ese país nos perseguía! Y nadie sabía ni dónde quedaba. Pero algo había que hacer, y estaban todos muy confundidos. Nadie cuestionó su decisión. Todos seguimos a mamá por las callejas más estrechas y oscuras que pudo encontrar, rumbo al río Alster. Fue recién entonces que vimos las columnas de humo que subían en la noche, iluminadas desde lo alto por la luna llena. Estaban por todos lados.

Hasta que llegó un momento en que no tuvimos más remedio que abandonar las callejuelas mal iluminadas y cruzar Rothenbaumchaussee —cerca de la rotonda de Klosterstern—, para acercarnos a Isestrasse, donde se encontraba el Consulado.

Fue entonces que contemplamos una visión infernal: grupos de nazis uniformados y llevando antorchas desfilaban en la noche, camino de las sinagogas, para incendiarlas. Algunos negocios y viviendas ya ardían. Las vidrieras de los comercios judíos estaban destrozadas, y los cristales y la mercadería de su interior desparramados en la calle.

¡Quedamos aterrorizados, helados de miedo, no nos podíamos ni mover! Pensamos que nos reconocerían, y que ese sería el final.

Pero no. Siguieron de largo. Como si no valiéramos la pena. Gracias a Dios.

Michael Bruce,[1] periodista inglés, corresponsal del *Daily Telegraph* (unos 25 años)

Salimos atropelladamente a la calle. Estaba llena de gente corriendo hacia la sinagoga más cercana, gritando y gesticulando con furia. Los seguimos. Cuando llegamos al templo, empezaron a salir llamas de un extremo del edificio: alguien la había incendiado. Esa señal despertó una alegría salvaje. La gente se abalanzó, y con sus manos empezó a arrancar asientos del edificio para alimentar las llamas.

Para entonces la calle era un caos de gente sedienta de sangre, aullando y buscando cuerpos judíos. Vi a Harrison, del *The News Chronicle*, intentando proteger a una anciana judía de una banda que la había sacado a rastras de su casa. Me abrí paso a empujones para ayudarlo, y entre los dos conseguimos alzarla entre la multitud y llevarla a una calle lateral para ponerla a salvo.

Seguimos a la turba. Y nos encontramos con un espectáculo repugnante. Un grupo de violentos se había ensañado con los niños de un hospital judío, la mayoría de los cuales eran discapacitados y tísicos. En pocos minutos rompieron las ventanas y forzaron las puertas. Cuando llegamos, los canallas estaban sacando a los pequeños, en pijama y descalzos sobre los cristales rotos, mientras que los líderes de la muchedumbre, hombres y mujeres, golpeaban y pateaban a las enfermeras y a los médicos.

Alois Brunner

Nos movimos con velocidad y precisión. Debíamos evitar que estos seres inferiores pudieran intuir nuestras acciones. Además, no les dimos tiempo.

Nuestra eficacia dio sus frutos.

Unas horas más tarde, varios miles de «varones judíos adinerados, no demasiado mayores», como consignaba el Telegrama Secreto, habían sido detenidos en las principales ciudades de Alemania, con Berlín, Hamburgo y Viena —esto último puedo decirlo con orgullo— a la cabeza. Pronto marcharían hacia los campos de concentración.

Muchos alemanes se sumaron a las manifestaciones «espontáneas» promovidas por oficiales de las SS vestidos de paisano, que atacaron comercios, apartamentos y sinagogas, sin golpizas innecesarias, y con la menor destrucción de la propiedad que resultó posible.

Pero no todo fueron éxitos. También es cierto que hubo bandas dedicadas al pillaje y al saqueo, que se ensañaron en martirizar a los miserables judíos, como si eso fuera un fin en sí mismo. No necesito decirles por qué figura de menguado criterio y escasa talla fueron instigadas. Era alguien que no comprendía que se trataba de una política de Estado: la impureza de la sangre judía amenazaba la pureza de la raza aria y ponía en riesgo su superioridad. Debíamos liberar a la Gran Alemania de esa raza enferma. De eso se trataba. Todo lo que fuera desatar oscuras pasiones, sin principios ni ética, no tenía lugar en el Reich de los Mil Años.

Tal fue el caos generado que el segundo del Führer, Rudolf Hess, debió emitir una nueva orden —ya avanzada la madrugada— prohibiendo que se incendiaran los negocios y casas de los judíos. Pero a esa altura, en muchos lugares la situación estaba fuera de control. Pandillas de guardias uniformados de las SA deambulaban sin ton ni son y —lo peor de todo— sin ninguna directriz oficial. Heinrich Himmler emitió unas horas más tarde un comunicado. Como siempre, llamó a las cosas por su nombre:

«Lo ocurrido es el resultado del hambre de poder y la estupidez de Goebbels».

Lizzy

La muchedumbre con las antorchas siguió de largo.

A lo lejos ya asomaba otra turba, que avanzaba por Rothenbaumchaussee. Si nos apurábamos, lograríamos cruzar sin que nos vieran.

—Despacio, sin correr, no llamen la atención —mi mamá nos dirigía a todos. Y yo, aunque estaba aterrorizada, me sentí orgullosa de ella.

Atravesamos la avenida y la rotonda. Tomamos Oderfelderstrasse.

—Estamos a solo dos manzanas. En la próxima doblamos a la derecha.

El corazón se me salía por la boca. Estábamos a unos pocos metros. ¡Lo íbamos a lograr! Fue entonces que empezamos a escuchar sonidos de voces, algunos gritos aislados en la oscuridad, un ruido sordo de gente que no supimos de dónde venía.

Hasta que doblamos la esquina y tomamos por Isestrasse...

Lo que vimos, ¡mi Dios! El gentío se agolpaba, unos dentro de los jardines rodeados de rejas de un edificio, otros afuera gritando y aullando. Debía ser el Consulado. Pero... aquello resultaba aterrador. Era necesario atravesar la muchedumbre enardecida para poder entrar. Enseguida miré a mi madre. No se había alterado para nada.

—Seguimos adelante, sin titubear, hasta entrar al Consulado. Síganme, ¡y no les vayan a responder a estas bestias!

Confiamos en ella y la seguimos sin dudar. A donde fuera.

Era una calle señorial, con hermosos edificios de cuatro pisos con buhardilla, y viejos árboles que cubrían la calzada. Pero en esa noche terrible, y en la penumbra de la madrugada, la vimos como un milagro, nuestra única salvación.

Nos acercamos a la muchedumbre. Pronto descubrieron que no veníamos a sumarnos, sino que pretendíamos entrar al edificio.

—¡Cerdos judíos!

—¡Váyanse a Palestina!

Al pasar a su lado empujaron a mamá, que iba adelante, y golpearon al vecino, que trataba de protegernos a los niños. El vecino se tambaleó, pero no se cayó, pudo seguir avanzando. Entre la gente vi a un compañero de la escuela, de mi misma edad. Gritaba como un loco, pero cuando me vio se calló. De repente, quedamos frente a la puerta. Una señora nos hizo señas:

—Entren, ¡por allí! La puerta de metal que da al jardín —nos gritó, muy agitada. Después supimos que se llamaba Erika y era secretaria del Consulado.

Alguien abrió la puerta y nos zambullimos desesperados, mientras los empujones y golpetazos eran cada vez mayores. ¡Estábamos salvados!

Al menos por el momento.

Erika Hessen-Marchelli, secretaria en el Consulado General de Uruguay en Hamburgo (unos 30 años)

Yo soy alemana. Siempre me he sentido orgullosa de serlo. ¡Pero aquella noche!

Nací en Bad Segeberg, una pequeña ciudad no demasiado lejos de Hamburgo. Cuando tenía veintiún años conocí a Cristóbal Marchelli, un uruguayo radicado en Alemania por cuestiones de negocios de cueros. Nos enamoramos, nos casamos, tuvimos tres hijos. Fue él quien me vinculó con el Consulado de Uruguay, un lindo lugar para trabajar. Un país pequeño y tranquilo. Ayudaba al cónsul general con el papeleo y con las visas.

El cónsul se llamaba Florencio Rivas. Había nacido en el interior de Uruguay, en la ciudad de Mercedes. Llegó a Hamburgo enviado por su gobierno, en abril de 1928. Entonces tenía cincuenta y dos años y era un diplomático prestigioso, con el antecedente de haber sido cónsul general en Brasil. Hamburgo era un destino importante: segunda ciudad de Alemania, segundo puerto de Europa, lugar de entrada y salida de pasajeros y cargas para todo el mundo. Era asimismo un enclave cultural, donde sus habitantes se ufanaban de hablar *hochdeutsch*. Unos años después, cuando lo conocí y empecé a trabajar con él, ya andaba por los sesenta, cerca del final de su carrera, aunque se lo veía muy bien. Enseguida congeniamos. Era exigente, pero muy amable. Llevaba la diplomacia en la sangre: sus padres habían ejercido en el servicio exterior y su hijo Juan Carlos Rivas Ojeda era canciller del Consulado en Berlín.

Cuando comenzó el ascenso de Adolf Hitler, yo era demasiado pequeña para entender lo que sucedía. Y, además, lo cierto es que la política no me interesaba. Me pareció bien reclamar lo que nos quitaron a los alemanes después de la Gran Guerra. Porque es verdad que abusaron de nosotros. Pero cuando empecé a ver todos esos desfiles militares, todo ese despliegue de armamentos, no me gustó. Peor todavía cuando empezó la violencia en las calles contra los que no estaban de acuerdo con el Führer. Y para colmo, las persecuciones a los judíos, a los que les prohibieron de todo, desde ir a la escuela hasta atenderse en los hospitales, como si fueran animales. Soy cristiana evangélica, y sé que eso no puede estar bien.

De todos modos, los alemanes tratamos de amoldarnos a «los nuevos tiempos». No nos gustaban. Pero pensamos que no iban a durar. Y a veces mirábamos hacia otro lado, para salir del paso y no tener un mal momento. Hasta que llegó aquella noche.

Aquella maldita noche.

Al caer la tarde, la ciudad se llenó de rumores: «Algo está por pasar».

Poco después estalló la violencia. Cerca de la medianoche se presentaron los primeros judíos en el Consulado. Florencio Rivas me mandó llamar con urgencia. Los que llegaban hacían relatos terribles.

—Incendiaron mi casa, ¡no tengo dónde ir!

—Se llevaron a uno de mis hijos. Por favor, permítame dejar a los otros dos aquí, mientras regreso a buscarlo, a ver si lo puedo rescatar.

—Mi madre está muy mayor, tiene casi noventa, ¡a dónde va a huir!

El cónsul los dejó esperando en la puerta y se retiró a analizar la situación durante unos minutos. Varios de ellos habían estado por el Consulado, tenían la visa en trámite. Otros no. Pero las razones humanitarias para otorgarles protección eran evidentes.

El Consulado ocupaba la planta baja del edificio. El despacho del cónsul daba a la calle y se comunicaba mediante puertas corredizas con una gran sala, donde trabajaban los funcionarios. También teníamos un baño para visitas y una cocina grande, además de las habitaciones donde vivían el cónsul y su familia. Resultaba claro que muy pronto los perseguidos no cabrían todos en la sala grande. Y seguían llegando. Fue entonces, cuando ya comenzábamos a desesperar, que a don Florencio se le ocurrió una gran idea.

—El jardín comunica directo con el Consulado. Y está protegido por rejas de hierro, de casi dos metros de altura. Además, por contrato, es parte del Consulado: así que es territorio uruguayo. Allí estarán protegidos.

Ordenó a Buxtehude, el encargado de mantenimiento del Consulado, que abriera las puertas de los jardines e instalara a los que pedían asilo. Se trataba de dos pequeños jardines que estaban al frente del edificio y daban a la calle, rodeados por una cerca metálica y separados entre sí por el camino de entrada al edificio.

Los acomodamos como pudimos. Les arrimamos unas sillas, pero eran muy pocas, la mayoría de ellos se sentaron en el suelo. También les llevamos agua, lo único que teníamos para ofrecerles. Era una noche fría y muy pocos tenían abrigos. El piso se empezó a humedecer con el rocío y con el pasaje de la gente se puso barroso. Pero nada parecía importar a los refugiados, que cada vez eran más. Estaban tan agradecidos, no paraban de decirlo. ¡No podían creer que alguien les hubiera abierto la puerta, cuando todos los rechazaban!

Alois Brunner

Un par de horas antes del alba nos llegaron informes de que varias Embajadas y Consulados extranjeros estaban protegiendo a judíos.

No me sorprendió. Las conexiones internacionales son un fuerte de la Judería Mundial, precisamente por ser apátrida. Requerí instrucciones.

A las 4:58 de la madrugada, Margarethe me comunicó con Eichmann en Múnich.

—No vamos a hacer nada… por esta noche. —A través del auricular se escuchó la risita burlona de mi *Obersturmführer*—. Tienen inmunidad diplomática. Solo registrar nombres y direcciones. Ya verán. ¿Me comprendes, Alois?

—Por supuesto, Adolf. —Hacía ya un tiempo que me había ganado su confianza, podía llamarlo por su nombre—. Así lo haremos.

Corté y llamé a Margarethe.

—Prepara un listado con los nombres de los funcionarios diplomáticos extranjeros que están escondiendo a judíos. Ellos y sus lacayos, sobre todo los alemanes, que los están ayudando. Todos. Uno por uno, nombre y dirección. En Viena y en las demás ciudades de donde dispongas información. Cuenta con mis mejores hombres.

—Enseguida nos ponemos a trabajar, mi *Hauptsturmführer*.

Me simpatizaba Margarethe. Tan eficiente, tan rubia, tan aria. Sabía que en pocos días tendría la información que necesitaba.

Ya verían esos gusanos lo que era desafiar al Tercer Reich.

Lizzy

Ya no entraba más gente en el jardín. Un señor sacó la cuenta y dijo que éramos unos ciento cincuenta. Los ancianos se sentaron en el suelo, convertido en un barrial. Los demás quedamos parados. Éramos tantos, tan apretados y nerviosos, que me costaba no separarme de mis padres y sus amigos. Nos sentíamos como en una jaula.

En eso, por Isestrasse dobló una columna de nazis con uniformes pardos llevando antorchas. Cuando la muchedumbre que estaba en la calle los vio aparecer, enloqueció. Se envalentonaron para gritarnos todo lo que se pueda imaginar. Nunca vi tanto odio. Me aferré a mi papá, que trató de esconderme detrás de él.

Al llegar frente al Consulado, el jefe de ese grupo —un hombre gordo de bigotitos, no muy alto, de pantalón corto; me parece verlo— les gritó unas órdenes a sus hombres. No escuché lo que dijo, pero sus subalternos se desplegaron rodeando el Consulado. A partir de ese momento, nadie más podría entrar ni salir. Entonces se plantó frente a la entrada y le habló a la muchedumbre.

—Detrás de esas rejas están refugiados judíos prófugos, que estaban conspirando contra la Nación Alemana. Están en nuestra patria, en el Reich. ¿Vamos a dejar que hagan lo que quieran? ¡Que sientan la ira del pueblo alemán!

La turba enardecida se abalanzó sobre las rejas, las sacudió como si las fuera a arrancar, mientras nos gritaba y nos escupía. Quisimos retroceder, pero fue imposible, no había lugar, estaba todo lleno de gente. Quedamos a centímetros unos de otros, solo separados por las rejas. Yo trataba de no mirar, para no ver esos rostros fuera de sí, que olían a sudor y cerveza, y nos decían los insultos más horribles. Y temblaba al pensar que la reja cedería de un momento a otro.

Creí que era el final.

Erika Hessen-Marchelli

Cuando don Florencio vio ese espectáculo atroz, palideció. No podía creerlo.

Yo tampoco. Fue la primera vez en mi vida que me sentí avergonzada de ser alemana.

Pero no se rindió. Nos llamó a Buxtehude, a mí y a Gretel —la señora que se ocupaba de la cocina y la limpieza—, que éramos todos sus funcionarios esa noche, manoteó la bandera del Consulado por el mástil y nos ordenó:

—Pónganse detrás de mí. Y síganme.

Lizzy

Lo recuerdo como en un sueño.

En un momento, cerré los ojos y me puse a llorar. No soportaba más el griterío, los insultos, las antorchas. No sé cuánto tiempo estuve así, como acurrucada y abrazada a la cintura de mi padre. De repente escuché un «¡Oh!» como de sorpresa, de la gente que me rodeaba. «¡Derribaron la reja, ahora van a entrar!», recuerdo que pensé, y abrí los ojos, desesperada. Pero no.

Un señor vestido de traje y corbata, que parecía muy cansado, abrió la puerta y se plantó a la entrada del Consulado. En las manos traía un mástil con una bandera. A su lado, un paso más atrás, se ubicó la secretaria —la que nos había indicado la entrada—, una mujer bastante joven, rubia, muy bonita. Y luego, uno al lado del otro, un hombre cincuentón en ropas de trabajo y una señora mayor con un tocado en la cabeza, con aspecto de cocinera. Me parecieron muy valientes.

Entonces el señor que estaba al frente, que debía ser el cónsul, se adelantó un paso, desplegó la bandera —que tenía rayas azules y blancas con un sol, debía ser la de su país— y, mirando fijo al jefe de la turba, gritó a la multitud, en perfecto alemán:

—Este es territorio uruguayo. ¡Aquí nadie puede entrar sin mi permiso y el de mi gobierno!

4

El día después

Hamburgo, mañana del 10 de noviembre de 1938

Erika Hessen-Marchelli

Después que pasó el huracán, el alboroto se calmó un poco. Todavía quedaban grupos aquí y allá vagando por las calles, pero la horda enardecida que rodeó el Consulado durante la noche se dispersó al llegar el alba. Nosotros estábamos en Isestrasse, una calle muy tranquila, en un barrio retirado de Hamburgo. Y el fondo del edificio daba hacia un canal del río Alster. Así que no teníamos ni idea de lo que sucedía en la ciudad.

Fue por eso que don Florencio decidió salir a ver la realidad con sus propios ojos. A media mañana llegaron los otros dos funcionarios del Consulado: Katzenstein, el chofer del cónsul, y Gertrude, mi compañera, una joven administrativa recién ingresada para ayudar con los pedidos de visas, que eran cada vez más y nos tenían enloquecidas.

—Katzenstein, prepare el coche, con las banderas uruguayas bien visibles en el capó. Vamos al centro.

El chofer obedeció como correspondía; pero la preocupación se le notó en el rostro. No era para menos, Katzenstein era judío.

—Gretel: haga café y algo de comer para esta gente de los jardines. Sé que no tenemos mucho. Haga lo que pueda.

La cocinera alzó los hombros, resignada, y marchó rumbo al fogón, no muy convencida.

—Ven a mi despacho, Erika.

Lo seguí. No bien entramos, se derrumbó en el sillón. Estaba agotado. Pero era demasiado orgulloso para demostrarlo en público. Hizo un esfuerzo por sonreír.

—¿Qué sabes de los otros?

—Muy poco. Suiza está ayudando y Brasil también. De los demás no sé.

Yo sabía por qué me lo preguntaba. Las funcionarias de los Consulados estábamos muy relacionadas entre nosotras. Y más en los últimos tiempos, con todo lo que sucedía. Queríamos ayudar. Hicimos tés para recaudar fondos, juntamos alimentos y ropas usadas. Era muy poco. Pero nos hacía bien hacerlo, y a los que recibían las donaciones también. Las más arriesgadas, como Aracy de Carvalho, del Consulado de Brasil, trataban de conseguir papeles para los que querían escapar, pero eso era peligroso.

—Averiguá todo lo que puedas, mientras yo voy al centro a ver qué está pasando.

Se puso la chaqueta, tomó el sombrero y partió. No sé cómo resistía tanto ese hombre.

Lizzy

Estábamos muertos de hambre y de frío. Teníamos los zapatos embarrados y los pies mojados. Al final logramos dormir un par de horas. Pero cuando despertamos, fue peor: ¡nos pusimos a temblar, no podíamos parar!

La actitud de ese señor, el cónsul, y las mujeres que estaban con él, fue emocionante. Nos hizo mucho bien. Pero ahora había amanecido y no sabíamos qué hacer. ¡Estábamos desesperados!

Por fortuna, aparecieron la cocinera y el señor de overol; traían agua, café caliente y unas tortas grandes. No lo podíamos creer. Estuvimos por abalanzarnos sobre la comida, pero al final casi todos nos portamos bastante bien, salvo algunos atolondrados.

Si apenas nos conocían, ¿por qué se preocupaban tanto por nosotros?

En eso vimos salir del edificio, por el lado izquierdo, un coche grande con banderitas. En el asiento de atrás iba el señor cónsul. En nuestro grupo se escucharon murmullos de preocupación. ¿Qué estaría por pasar?

Erika Hessen-Marchelli

Aracy de Carvalho fue mi mejor amiga en ese tiempo. En realidad, yo la admiraba.

Era una mujer fuerte y determinada. Eso no era fácil en esa época, no, para nada. Ella amaba mi país, que era el de su mamá, de apellido Moebius. ¡Pero Alemania había cambiado tanto!

Un día me lo confesó. En realidad, yo lo sospechaba. Pero igual, cuando me lo dijo quedé muda:

—*Eu estou ajudando Judeus*...

Al principio todo iba bien. Con ayuda de Chiquinha, su asistente, los visados salían sin problema. Pero después, a finales del 37, apareció la Circular Secreta del Gobierno, «la 1127»: las visas a personas de *origem semita* fueron prohibidas. Todo se volvió muy complicado. Pero Aracy no se desanimó:

—No te preocupes, Chiquinha, vamos a continuar —le susurró unos días después a su fiel ayudante—. Confía en mí.

Y continuó, ¡como si nada! Colocaba los visados de los judíos entreverados con los demás, sin la letra J (como le habían ordenado)... y el cónsul firmaba. Era un enorme riesgo para ella.

Fue en ese momento difícil que llegó el nuevo cónsul adjunto, João Guimarães Rosa: treinta años, alto, apuesto, siempre vestido muy elegante, recién graduado de Itamaraty: un Príncipe Azul.

Aracy también era muy bonita. Morena de tez clara, pelo corto, mirada profunda y, a la vez, pícara.

Eran de la misma edad, los dos venían de un matrimonio fracasado; ella tenía un hijo y él dos hijas. João había abandonado su profesión de médico («No nací para eso», había dicho) por la diplomacia; ambos buscaban un nuevo comienzo. Al poco tiempo ya eran Ara y

Joãozinho. No me sorprendí cuando la relación entre ellos cambió de color, y me puse muy feliz.

—Pasé muy lindo... Siento que él me ama *muito, muito.*

Poco después, cuando Aracy se tomó unos días de vacaciones, él le escribió: «He soñado despierto todo el día contigo. Reafirmo que te seré absolutamente fiel, no miraré a las alemanitas. Que por cierto, ¡todas se han convertido en sapos!».

Como ya dije, Ara era mi mejor amiga. Así que fui la primera en enterarme de las etapas del romance: la declaración de amor de João, el primer beso. Y también cuando Ara le confesó «lo que hacía». Fue muy valiente, lo amaba y confió en él:

—*Joãozinho é um sertanejo,* no va a tolerar las injusticias —me dijo una noche en plena calle, ya entrado el invierno, antes de despedirnos y partir hacia nuestras casas.

Y él no la defraudó. Muy pronto se abocaron a hacer «su trabajo» juntos. Mientras también juntos descubrían en lo que se estaba convirtiendo su admirada Alemania:

> Hoy paseamos con Ara. En un rincón vimos una playita para niños. Pequeñas olas lamían la playa de juegos. Pero para arruinar toda la mansa poesía del lugar, pusieron en una columna una plaquita amarilla: «Espacio de juegos para niños arios».

También fui la primera en saber que Joãozinho escribía. Ara me contó que ya tenía su primer libro terminado y que pronto se lo daría para leer. Estábamos muy entusiasmadas. Pero esa es otra historia.

El cónsul general entró como una tromba.

Estaba pálido, y la tensión de la larga noche en vela añadía a su rostro un aire cadavérico. Sin embargo, había en su mirada una feroz determinación. Enseguida comprendí que la recorrida por Hamburgo lo había impresionado mucho.

Don Florencio se sentó en su escritorio y me llamó.

—No te imaginás lo que es aquello, ¡es terrible, dantesco! Las calles están cubiertas de vidrios de comercios judíos, y sus casas fueron saqueadas. Vi sinagogas en cenizas y otras todavía ardiendo. —Sacudió su cabeza, angustiado—. ¿Y vos qué averiguaste, Erika?

—Hablé con Aracy, mi amiga del Consulado de Brasil. Lo que me contó es espantoso: me habló de judíos detenidos para ser enviados a los campos, e incluso de muchos asesinados... —se me ahogó la voz; estaba agotada, me emocionaba con facilidad, eso no era habitual en mí—. Pero ella igual va a ayudar. Y Guimarães Rosa, el cónsul adjunto, la respalda.

—Muy bien. Yo también tomé una decisión.

—Algo más, don Florencio. —El cónsul asintió con la cabeza, y me miró, intrigado; enseguida comprendió que eso no era todo—. Todos temen represalias de los nazis. También hacia nosotros.

Eso lo golpeó. Por aquellas horas ya sabíamos que el gobierno alemán estaba dividido por los sucesos de la noche anterior. Algunos, con Goëring a la cabeza, lo consideraban un grave error. Pero Goebbels no daba el brazo a torcer. Y se desconocía cuál era la opinión del Führer. Esto nos daba una oportunidad para actuar. Era como estar un paso adelante. Pero si al final el ministro de Propaganda y sus fanáticos ganaban la partida, también nosotros pagaríamos las consecuencias.

Don Florencio era un hombre fuerte, eso ya lo dije. Pero se sentía muy solo en esa batalla, me lo confesó varias veces. Se paró despacio y me palmeó el hombro, mientras me dirigía una mirada tan cariñosa que me asustó. Como si supiera que algo malo iba a pasar. Y que, sin embargo, su deber era seguir adelante. Cruzó el comedor y salió al jardín.

—Todos los que están aquí, adentro del Consulado General, van a tener sus visas —anunció.

Lizzy

Cuando el señor cónsul salió y nos habló, yo estaba lejos, en un costado del jardín. Pero enseguida supe todo. Mis padres me abrazaron, luego a nuestros vecinos, después a los demás. ¡Todos nos abrazábamos unos a otros!

Los empleados del Consulado se pusieron a trabajar en el visado de los pasaportes. Y a los que no tenían su pasaporte con ellos les hacían uno provisorio. Un rato más tarde, la cocinera y el señor de overol aparecieron con más comida. No era mucha, pero nosotros estábamos felices. ¡Y tan agradecidos!

A media tarde, Erika, la rubia bonita, nos reunió y nos habló:

—Ustedes van a poder embarcar en Hamburgo hacia el puerto de Southampton, en Inglaterra. Allí, los que tengan documentos provisorios, van a recibir los definitivos, para poder viajar a Uruguay, o a otros puertos de América.

Al caer la noche, la mayoría de los que ya teníamos documentos decidimos dejar el Consulado. La situación parecía más tranquila, había que aprovechar el momento. Teníamos hambre y un frío atroz. Mis padres querían pasar por casa a recoger algo de ropa y comida. Mientras tanto, decidirían qué hacer.

Cuando abrimos la pequeña puerta de la reja, me sentí muy rara. Tenía muchas ganas de ir a mi casa, jugar con mis muñecas, estar con todas esas cosas que siempre me acompañaban. Pero para ello debía sumergirme en esa oscuridad que me aterraba y recorrer un largo túnel. Yo quería mucho a mi barrio, mis vecinos, mi ciudad; pero ahora solo sentía miedo.

Mis padres decidieron que yo partiera de inmediato para Francia. Me recibirían unos tíos que vivían en Caen, en la Normandía. Allí estaría protegida.

Ellos dejaron la casa y se refugiaron con unos amigos que tenían una granja en el medio del campo, lejos de Hamburgo. Además, si las cosas empeoraban, tenían la visa otorgada por el señor cónsul: podrían viajar a Uruguay.

Más tarde supe que todos los refugiados en el Consulado consiguieron su visa, aunque algunos tuvieron que esperar hasta la noche del día siguiente. Otros alemanes de origen judío consiguieron su documentación unos días después. Como Edwin Silberberg, el marido de Lizzi, la peluquera. Lo arrestaron aquella noche terrible. Luego, como ya había perdido todos sus bienes y no tenían nada más para sacarle, lo liberaron. Entonces, con la ayuda de organizaciones sociales judías, logró emigrar a Liverpool y luego a Uruguay. Igual que Heinz Arndt, otro amigo nuestro, un muchacho que trabajaba en la zapatería. Justo un mes después de aquella noche, el 10 de diciembre, siguió el mismo camino.

Luego, todo empeoró.

Para entonces yo ya estaba en Francia. Extrañaba mucho a mis padres. Y a mis «amigos de sangre», Alex y Riki. ¿Qué habría sido de ellos? ¿Cuándo los volvería a ver?

Me sentía muy triste y sola.

5

La hora de los arios

Ministerio del Aire del Reich, Berlín,
anochecer del 11 de noviembre de 1938

Alois Brunner

Fue una reunión pequeña, a puertas cerradas, rodeada de misterio. Se supo muy poco. Fueron tan solo unas ocho personas. Sé que estaban Himmler, Heydrich y Goebbels. Y por supuesto el convocante y anfitrión, el ministro del Aire Hermann Göring. Quizás también Hess y Funk, pero no estoy seguro. No se podía hablar del asunto. Lo que supe fue por boca de Eichmann, mi jefe, con quien por ese tiempo ya me unían lazos de confianza y amistad, como ya expliqué. Y prometí guardar silencio.

Heydrich informó sobre la situación: 7500 comercios judíos destruidos, 1000 sinagogas incendiadas, escuelas y cementerios vandalizados, innumerables viviendas saqueadas.

Göring estaba furioso. Tomó la palabra:

—¡Esto no daña a los judíos, daña a la economía alemana! Y por tanto, me lastima a mí, como autoridad última de la economía. Si un comercio judío es destruido, si sus bienes son desparramados en la calle, la compañía de seguros va a pagar por los destrozos. Es insano, repito, es demencial —les hablaba en general, pero todos sabían a qué minúscula figura en realidad se dirigía— incendiar un depósito judío y que los perjuicios los pague una compañía de seguros alemana.

Himmler terció en la conversación. Y fue aún más lejos:

—Hay quien no entiende que ahora estamos en el gobierno. Para hacer grande a Alemania. Los tiempos de la violencia callejera quedaron atrás. El que no lo haya comprendido debe asumir la responsabilidad por sus actos, y dejar el gobierno del Reich.

Ya no quedaron dudas: la reunión se encaminaba a solicitar la expulsión de Joseph Goebbels. Quizás Göring y Himmler lo hubieran acordado antes, no lo sé. A tal punto, que el renqueante ministro no tuvo más remedio que salir a defenderse, antes que fuera demasiado tarde. La discusión subió de tono. Göring se paró y se puso a vociferar, agitando sus brazos: ahora sí estaba claro a quién se dirigía.

En el momento de mayor furor, la puerta se abrió. Y entró Adolf Hitler.

El as del aire moderó el tono de sus palabras, pero no dejó de lado sus duras críticas a Goebbels. El Führer, con esa formidable intuición que poseía, captó la situación. Todos esperaban que pusiera al contrahecho ministro en su lugar: «Esta vez fuiste demasiado lejos». Quizás hasta prescindiera de él…

Pero… no.

El Führer se paró detrás del ministro de Propaganda. Los asistentes contuvieron la respiración. Entonces, durante un instante, apoyó la mano en su hombro derecho. Solo eso. Y se volvió a retirar. No pronunció palabra alguna.

Sin embargo, todo había sido dicho. Göring y Himmler no tuvieron más remedio que pactar con Goebbels. A partir de ese momento, Göring conduciría la economía y Himmler las acciones contra los judíos, sin más interferencias del liliputiense cojo. Pero este conservaría su cargo. Y, lo que era peor, su influencia había crecido. ¡Tendríamos que soportarlo por mucho tiempo!

Todavía más: la solución al pago de los destrozos la aportó el propio Goebbels.

—Dado que fueron los judíos quienes desencadenaron los hechos con el asesinato de Vom Rath, ellos son legalmente responsables por los daños. Que los paguen.

Una multa de mil millones de marcos les fue impuesta. Ejemplarizante. Aunque reconozco que fue una decisión un tanto cínica. Serían los propios judíos que pagarían los perjuicios que ellos mismos habían sufrido.

Así se zanjó la discusión. A la mañana siguiente, con toda pompa, los líderes del nacionalsocialismo presentarían ante un centenar de representantes de la economía, el partido y el gobierno, las nuevas políticas sobre la «cuestión judía».

Y sería allí que nuestro ministro de Asuntos Económicos, Walther Funk, al referirse a esas horas que cambiaron la historia para siempre, acuñaría una expresión casi poética: *Kristallnacht*, la noche de los cristales rotos.

Ministerio del Aire del Reich, Berlín, 11 a.m.,
sábado 12 de noviembre de 1938

Alois Brunner

—¡Caballeros! La reunión de hoy es de naturaleza decisiva. He recibido una carta con órdenes del Führer exigiendo que, de una vez por todas, la «cuestión judía» sea solucionada. De una manera u otra.

Fue con esas palabras que el *Generalfeldmarschall* Hermann Göring —luciendo uno de sus llamativos uniformes, cubierto de condecoraciones— abrió el encuentro. Y, para mayor claridad, agregó poco después:

—No quiero dejar ninguna duda sobre el propósito de esta reunión. No estamos juntos aquí solo para hablar, una vez más, sino para tomar decisiones. Y yo les ruego, a las agencias del Estado que tengan competencia, que adopten todas las medidas necesarias para que el Judío sea eliminado de la economía de Alemania, y para quedar sometidas a mi mando.

Göring estaba en ascenso. Su pasado como as de la aviación y último comandante de la escuadrilla aérea del Barón Rojo le daba un aire de leyenda. Pero habían sido las recientes caídas, apenas unos meses antes, del ministro de Guerra mariscal de campo Werner von

Blomberg —acusado de casarse con una prostituta de veintisiete años—, y del comandante en jefe del Ejército, general Von Fritsch —denunciado por homosexualismo—, que le otorgaron real poder. Y sabía que era el momento de demostrarlo.

Llevó la voz cantante durante todo el encuentro. Obtuvo el aval para todas las medidas antijudías que propuso. Ridiculizó la violencia callejera que solo horas antes había alentado el ministro de Propaganda. Ya avanzada la reunión, luego de algunas vacilaciones, hizo suyas las propuestas de Heydrich para patear a los judíos fuera de Alemania. El modelo sería ni más ni menos que la Oficina Central para la Emigración Judía de Viena. La que yo dirigía, bajo la batuta de Eichmann. Ese fue para mí un momento de gloria.

—Nosotros hemos eliminado a cincuenta mil judíos de Austria, mientras en el mismo tiempo solo diecinueve mil judíos fueron eliminados del Reich —afirmó Heydrich, ante la sorpresa y admiración de todos.

Un rato más tarde, a las 14:40, Göring agradeció a los presentes y la conferencia concluyó.

Hamburgo, fines de 1938

Hertha

Extrañaba mucho a Lizzy.

Desde aquella horrible noche no la había vuelto a ver. Sabía que estaba en Francia, lejos de todo lo que ocurría en Hamburgo. ¡Gracias a Dios! De lo contrario, habría sufrido tanto…

Cada vez eran más los sitios a los que *ellos* no podían ir. Hasta que un día les prohibieron salir a la calle: al caer la tarde, después de las ocho, *ellos* tenían que desaparecer hasta la mañana siguiente.

Mi papá estaba indignado. Siempre me había hecho sentir orgullosa de mi país. Ahora, cuando la radio anunciaba las noticias, ¡me miraba con una tristeza! Sacudía la cabeza en silencio.

Todo había cambiado. Ahora, cuando mis padres se reunían en casa con sus amigos a tomar unas cervezas, los viernes o los sábados por la noche, ya no había aquella jarana tan linda, que tanto me gustaba. Antes, yo me dormía en el piso de arriba escuchando los cánticos, cada vez más desafinados. ¡Me hacía una gracia! En cambio ahora había solo cuchicheos. Murmullos. No entendía lo que decían, pero se los veía preocupados. Y tenían miedo. Miedo a las denuncias. Miedo a perder el trabajo. Miedo a sufrir otra guerra. ¡Otra guerra! Qué horror.

Pensar que poco antes habíamos celebrado los desfiles, la música, la precisión de las marchas militares, aquellos estandartes rojos y negros tan hermosos, las águilas flotando sobre la multitud. Nuestra nación estaba de pie, otra vez.

Ahora no sabíamos qué pensar.

Frederik von Rappen, actuario, Tribunal de Distrito de Hamburgo en Altona (34 años)

Era la mítica guerra de Gog y Magog.

Y yo estaba en la primera línea de batalla. Una guerra final, hasta la última sangre, entre el Ario —aportador de civilización y progreso— y el Judío —que minaba las bases de la sociedad constituida.

Hasta ese momento yo era un desconocido actuario de un juzgado de Hamburgo. De la zona más pobre de Hamburgo, dicho sea de paso. Mi vida era oscura y sin sentido, tan distinta a lo que alguna vez había imaginado. Un marido borracho que al regresar a su casa le pegó a su mujer. Una prostituta que se le insolentó a un policía. Un vecino que le envenenó el gato a una vieja porque no lo dejaba dormir. Esas eran mis preocupaciones. ¡Qué me podían importar!

Hasta que el Führer nos convocó a liberar el mundo de las cadenas judías.

Y dio el ejemplo: en unos pocos meses, entre finales del 38 y comienzos del 39, los puso en su lugar. Para empezar, deberían entregar el oro, la plata y los metales preciosos que tuvieran, al Estado alemán. Para seguir, sus bonos, acciones, piezas de joyería y obras de arte solo podrían ser vendidos a las agencias del gobierno. En pocas palabras: se les acabó la especulación. ¡Al fin sacaríamos a esas garrapatas de nuestra economía! No tenía nada contra ellos. Pero sí me molestaba mucho que vivieran de nosotros.

También confiscó sus radios. Y les retiró sus licencias de conducir. Además de prohibir que salieran a la calle en ciertos horarios. Era necesario neutralizarlos. Evitar que causaran agitación contra el pueblo alemán. Aunque reconozco que la prohibición de ser propietarios de palomas mensajeras quizás haya sido un tanto exagerada.

En esa guerra decisiva, la Justicia no quedaría al margen.

Así nos lo hicieron saber nuestros jerarcas del Ministerio de Justicia, y la mayoría estuvimos de acuerdo. Primero el ministro Franz Gürtner y luego Franz Schlegelberger, su sucesor, juristas renombrados, dejaron bien claro que ante cualquier iniciativa que fuéramos a plantear, incluso las de carácter científico, la pregunta que nos debíamos hacer era: «¿Sirve al nacionalsocialismo para el mayor beneficio de todos?».

Pero no todos comprendieron el mensaje. El juez Lothar Kreyssig protestó ante el ministro Gürtner por entender que la Aktion T4 —el programa de eutanasia (que tan solo pretendía, siguiendo el ejemplo de la vieja Esparta, que los minusválidos dejaran de sufrir y de generar gastos inútiles al Reich)— era ilegal, al no haber ley o decreto que la autorizara. Gürtner despidió a Kreyssig de su puesto: «Si no puede reconocer la voluntad del Führer como fuente de derecho, entonces no puede seguir siendo juez».

Nuestras autoridades predicaban con el ejemplo. El valor de las sentencias era muy relativo, como es lógico. No era lo mismo que se tratara de un ario que de un foráneo, y ni que hablar de un judío. En una respuesta a otro ministro, Schlegelberger sentó jurisprudencia: «Por orden del Führer, que me fue enviada a través del jefe de la Cancillería del Reich, entregué a la Gestapo al judío Markus Luftglass —sentenciado a dos años y medio de prisión por el Tribunal de Katowice—, para su ejecución».

Poco después de la inolvidable noche del 9 de noviembre, nos instruyeron para que presionáramos, por todos los medios a nuestro alcance, a los diplomáticos que habían utilizado su estatus para proteger a los delincuentes judíos que huían. No era justo que se ampararan en la «inmunidad diplomática» para interferir en las decisiones soberanas de la Nación Alemana. Era nuestra patria, solo a nosotros nos correspondía decidir.

Fueron varios. Teníamos sus nombres y sabíamos qué hacer.

6

Un juicio nazi

Hamburgo, probablemente a mediados de enero de 1939

Erika Hessen-Marchelli

Yo estaba en su despacho, cuando recibió la llamada de Montevideo. Quise retirarme, pero don Florencio hizo señas de que me quedara. Así que escuché todo.

—Sabemos lo que sucedió la noche del 9 de noviembre, estimado cónsul general. Podría decirse que su Consulado intervino en asuntos internos de otra nación. Que usted puso en riesgo la neutralidad del país.

—Discúlpeme, pero solo respondí a razones humanitarias. ¿Qué se pretendía? ¿Que viera masacrar a esa pobre gente a las puertas del Consulado sin hacer nada? ¡Había ancianos y niños!

—¿Sabe lo que pasa, don Florencio? Que no es la primera vez.

—¿Cómo? ¿A qué se refiere? —recién en ese momento la voz de don Florencio, hasta entonces tensa pero serena, se escuchó alterada.

—Hemos estudiado sus registros. Hace años que el Consulado General en Hamburgo es uno de los que otorga más visas, y parece ser, ¡mire usted qué casualidad!, que sobre todo a personas judías…

—Yo no me fijo en raza o en religión…, eso es lo que me enseñaron.

—No me corresponde a mí discutir eso. Solo me baso en los números. Fíjese usted, por ejemplo, el caso del vapor francés Groix, que arribó a Montevideo hace unos meses: de 96 pasajeros en tránsito provenientes de Europa, 58 recibieron los certificados de viaje en el Consulado de Hamburgo. ¿Le parece lógico? Además, tenemos un informe que el ministro de Relaciones Exteriores le encargó a un alto jerarca, preocupado por la infiltración clandestina de pasajeros de buques en el país, donde se le señalan responsabilidades a usted.

—¿Qué responsabilidades?

—A ver..., le voy a leer: «Debo destacar una nueva y evidente irregularidad de nuestro Consulado General en Hamburgo: cuatro de estos «turistas» (dos matrimonios) han sido autorizados por la Oficina nombrada, a pesar del convencimiento de que esas personas no podrían volver a Alemania, por ser judíos los respectivos maridos». Y más adelante: «Un judío alemán no puede ser turista, y esto lo debe saber perfectamente el cónsul general Rivas».

Se produjo un silencio.

—¿Así que ahora, para Uruguay, «un judío alemán no puede ser turista»? —La voz de don Florencio tembló de indignación.

El otro percibió su irritación, y cambió de tono.

—Bueno, de todos modos, ahora ese no es el problema. Nosotros queremos protegerlo, estimado cónsul general...

—¿Protegerme de qué?

—Usted se puso a mucha gente en contra, don Florencio. Del gobierno alemán, de las SS. Ahora corre peligro, y nosotros queremos rescatarlo.

—No entiendo.

—Estamos redactando un decreto que dispone su regreso a Montevideo. Es por su propia protección. Lo más conveniente es que retorne de inmediato. Sabemos que lo van a acusar ante la justicia.

Don Florencio quedó helado. Igual alcanzó a reaccionar:

—No tengo miedo. ¡Quiero defender mi nombre!

—Son jueces nazis. No va a tener garantías.

El cónsul colgó el auricular del moderno aparato de cobre y giró su cabeza con lentitud, hasta encontrarse con mi mirada. No lo podía creer. Estaba descompuesto. Pálido y triste. Vencido.

Me preguntó si había escuchado la conversación. Asentí. Me confirmó que la llamada era de Cancillería y dijo que debía guardar reserva. Luego pidió que le consiguiera un té.

—Después te podés retirar, Erika.

Cuando regresé con el té seguía sin encender las luces, a pesar de que ya atardecía y era pleno invierno.

Me despedí y partí. Al llegar a la esquina con Isestrasse, volví a mirar la ventana de su oficina. Seguía en penumbras. Entonces doblé la esquina y me perdí en la noche de Hamburgo, con el corazón estrujado.

Frederik von Rappen

No eran tiempos de vacilaciones.

Brasil es un país importante. Y su gobierno, el *Estado Novo*, era un «gobierno amigo». Pero en el Consulado de Hamburgo estaban jugando con fuego. Y se iban a quemar en cualquier momento…

Después de aquella noche memorable, sus visados se multiplicaron. Era muy claro que ayudaban a judíos fugitivos. Eso era interferencia, no neutralidad. Pero como era un Consulado grande, no nos fue difícil obtener un contacto *adentro*. Un amigo de la Gestapo me avisó. Así que a comienzos del 39 ya teníamos ojos y oídos allí, y sabíamos todo lo que hacían. En particular, el cónsul João Guimarães Rosa.

Pero más que nada, nos molestaba Uruguay. Se había atrevido a enfrentar al Reich de los Mil Años a ojos vistas, a faltarnos el respeto en nuestra propia casa. ¡Era algo inadmisible! Un país minúsculo, en los confines de la Tierra, un paisucho despreciable. Y todavía dando el mal ejemplo.

No lo íbamos a tolerar.

Erika Hessen-Marchelli

Cada poco tiempo nos llegaba la noticia de una familia que había solicitado una visa en algún Consulado y era arrestada. O que desaparecía. No se sabía nada más de ellos.

Poco después comenzaron a acosarnos a nosotros: a los funcionarios de los Consulados que habían ayudado a judíos, los de menor jerarquía, los que no contábamos con inmunidad. Teníamos mucho miedo.

—Ara, ¿qué hacemos? Esto no es un juego, ¡es peligroso!

Pero Aracy tenía mucho coraje. Me miraba con dulzura, se sonreía y sacudía la cabeza:

—Eres igual que Joãozinho. *¡Ele tem pavor que a Gestapo me pegue!*

Y seguía como si nada pasara. Supe que Guimarães Rosa le dijo que «estaba poniendo en riesgo a toda la familia». Pero igual la dejó seguir adelante.

Frederik von Rappen

En los primeros meses del 39, arrestamos a las judías Ida Sara Weinberg, Hedwig Sara Münchhausen (de soltera Heymann) e Irma Herz (nacida Windmüller), así como a la aria —casada con un judío— Margarete Blanka Neuweg (de soltera Blume). Eran solo algunas de las muchas judías que se presentaron en el Consulado de Uruguay a mendigar una visa a finales de 1938.

Todas declararon lo mismo: «Que querían salir del país a toda costa, porque a raíz de las leyes de noviembre de 1938, ya no veían posibilidades para ellas en Alemania». Habría que haberles aclarado que sí, que eso era lo que se buscaba: que se fueran.

De todos modos, ellas no eran nuestro objetivo. Pero nos dijeron algo más (aunque en algunos casos se hicieron rogar y tuvimos que convencerlas de que les convenía confesar): que habían entregado dinero a dos funcionarios del Consulado, de apellidos Bockholdt y Katzenstein.

No demoramos mucho en arrestarlos. Katzenstein, el chofer del Consulado, negó haber hecho algo impropio. Pero su nombre era Israel. ¿Quién le iba a creer? Y Bockholdt, un funcionario de rango menor, aceptó las acusaciones, aunque invocó «atenuantes».

Un par de meses después los llevamos a juicio.

Entonces aparecieron los abogados defensores, los debiluchos de siempre, que todavía no comprendían que la Justicia alemana había cambiado definitivamente. Dijeron que esos dineros no fueron retenidos por los funcionarios, sino que habían sido transferidos a distintas cuentas en Uruguay y en otros países, a pedido de ellos mismos. Y que ciertos países —como era el caso de Uruguay— exigían que quienes solicitaran una visa de inmigrante acreditaran su solvencia económica.

Pero eso no era lo esencial. Lo importante era que las acusadas judías habían conseguido marcos imperiales de manera ilegal, luego los transformaron en libras británicas y más tarde las enviaron al exterior. Todo en flagrante violación de la Ley de Divisas y disposiciones conexas. Así como de la noción de Patria Alemana, que por supuesto ellas desconocían dada su naturaleza racial.

Y de que los funcionarios Bockholdt y Katzenstein fueron sus cómplices, en particular el primero, no hubo la menor duda. Debían ser sancionados. Así lo entendió el señor juez, que les aplicó siete meses de prisión y una sanción pecuniaria, y no permitió que se descontaran los días que habían estado en la cárcel desde su arresto.

¿Se beneficiaron ellos con estas sucias maniobras? Es muy probable, al menos Bockholdt. ¿Participó en estas trapisondas el cónsul Rivas? No lo supimos a ciencia cierta. Pero no cabe duda de que era él quien facilitaba estos oscuros manejos, al alentar la huida de judíos con la connivencia del Consulado.

De todos modos, lo importante no era eso, sino enviar el mensaje. Al paisucho despreciable... y a los demás. Y el mensaje fue transmitido.

Y recibido: ya antes de comenzar el juicio, el gobierno uruguayo —¡tan valiente!— retiró del Reich al cónsul general Florencio Rivas y prohibió a todos sus cónsules expedir nuevos visados.

Yo era un simple actuario del Tribunal de Distrito en Altona, al oeste de Hamburgo. Durante años mis amigos y vecinos me miraron con lástima. Ahora podía caminar por la calle con la cabeza alta.

Misión cumplida.

Erika Hessen-Marchelli

Fueron días muy tristes. Para colmo era pleno invierno. El clima de Hamburgo, con sus lloviznas persistentes y sus temperaturas bajo cero, tampoco ayudaba a levantar el ánimo.

Luego de «la noche terrible», las personas judías se abalanzaron a pedir visas para viajar a Uruguay, o a donde fuera. Y después de las leyes de noviembre, que los dejaron sin derechos, fue peor todavía. Querían salir de Alemania, a toda costa. En el Consulado había siempre un gentío, era muy difícil para nosotros trabajar así.

Don Florencio intentó poner orden, establecer criterios, fijar reglas. Pero las directivas de la Cancillería en Montevideo eran erráticas. Y los que pedían las visas estaban desesperados, no entendían razones: ¡querían irse como fuera! La situación era caótica.

De todos modos, don Florencio entendió que había un «interés humanitario» en otorgar las visas. Como alemana orgullosa de mi país que soy, me duele decirlo, pero tuvo toda la razón. Se trataba de personas perseguidas, que eran tratadas como bestias.

Los funcionarios tratamos de ayudar. Incluso algunos eran judíos, así que con más razón. Juan Carlos Rivas Ojeda, su hijo, por entonces canciller del Consulado en Berlín, que había venido a Hamburgo en 1930, se casó cuatro años después con una alemana de nombre Hildegard Berkowitz, con la que pronto tuvo una niña, Nélida, nieta de don Florencio. Hildegard no era judía, sino católica. Pero eso a los nazis no les importaba. La simple sospecha les era suficiente. Don Florencio nunca me dijo nada sobre esto. Pero pienso que le preocupaba mucho y que lo volvía aún más sensible en este tema.

Sea como fuere, hicimos todo lo posible, forzando al límite los reglamentos, para conceder las visas. Felizmente, la Cancillería de Uruguay nos dio buenas oportunidades. Por ejemplo, el 7 de junio del 38 había enviado un mensaje cifrado a los Consulados de un país vecino, donde se ordenaba otorgar «pasaportes con toda clase de facilidades, prescindiendo del certificado policial, porque conviene facilitar la entrada al país de capitalistas que desean ausentarse de Europa para radicarse en Uruguay». Se ve que la comunicación generó algunos titubeos en esos Consulados, porque cuatro días después un nuevo mensaje cifrado aclaró que el anterior había sido «redactado por el presidente de la República, y que usted cumplirá sin más trámite». Más claro, imposible. Sin embargo, una semana después, la Cancillería tuvo que explicar —por si podía caber aún alguna duda— que esas personas a las que había que facilitar que viajaran a Uruguay eran aquellas «de posición económica» que tenían que abandonar Austria «por razones políticas u otras causas circunstanciales». Como ya le dije, el mensaje era para otro Consulado. Pero en esos días febriles, los Consulados en Alemania y en los países vecinos estábamos en permanente comunicación. Así que lo aplicamos como si fuera para nosotros.

No fue fácil interpretar aquello de «personas de posición económica». Sin duda la idea era que fueran personas que pudieran invertir en el país, o que al menos tuvieran recursos para su sustento. Pero hay que decirlo claro: esas personas de cierta posición económica, con «problemas políticos», que querían abandonar Alemania, eran los judíos. Y los judíos tenían enormes dificultades legales para poder hacerse de su dinero, y totalmente prohibido enviarlo al exterior. De modo que si querían cumplir con los reglamentos uruguayos, debían quebrantar las leyes alemanas. Así de sencillo. Y de trágico.

El Consulado los auxilió. A quienes tenían un familiar o un amigo en Uruguay los ayudó a enviarles el dinero. Pero ese trasiego de billetes no le gustaba nada a don Florencio.

—Son tiempos de desesperación. Alguien se puede tentar y tenemos un problema... —me dijo varias veces.

Para colmo, la Cancillería pretendía que el cónsul verificara en persona que los solicitantes de las visas cumplieran los criterios económicos y políticos del «inmigrante deseable». Así que debió viajar a varias ciudades, como Bremen o Kiel, a pedir referencias de los candidatos a las visas, así como examinar sus casas y sus bienes. Los gastos generados los debía pagar el candidato. Lo que era otro problema, por los inconvenientes de los ciudadanos judíos para manejar dinero en efectivo, y además volcarlo a un país extranjero.

Todos eran problemas. Sin embargo, seguimos adelante.

Muchas veces, al regresar a mi casa por la noche, cansada y nerviosa, por no decir asustada, miraba a mis hijos y me decía: «Erika, ¿en qué lío te estás metiendo? ¿Te parece que vale la pena?».

Pero a la mañana siguiente, después de compartir el desayuno con Cristóbal, mi marido, y ver a mis hijos partir hacia la escuela, sentía que las fuerzas volvían a mí. Estaba cumpliendo con lo que me enseñaron mis padres. Y el Padre de todos: «Amarás al prójimo como a ti mismo».

Entonces mis dudas se disipaban.

Hasta que llegó enero. Un mes que siempre recordaré con tristeza.

Lo primero fue la prohibición de la Cancillería de emitir visas, del 17 de diciembre. Bajo ningún concepto. Al menos hasta que se aprobaran nuevas disposiciones legales. ¡Vaya a saber cuándo! Nos cortaron los brazos, nada podíamos hacer.

Luego fue la llamada de Montevideo. Casi acusatoria, amenazante. Pareció que en Cancillería nadie había valorado lo hecho por don Florencio. Más bien que les molestó. Si se piensa en los riesgos que corrió ese hombre y que sus compatriotas, muy cómodos en sus sillones, todavía lo criticasen, no se entiende nada.

Y para terminar con el poco ánimo que nos quedaba, en los primeros días de febrero nos comunicaron el decreto. Con fecha primero de ese mes, el presidente de la República Alfredo Baldomir decretó que se dispusiera «el regreso a la República del cónsul general don Florencio Rivas».

Lo sobrellevó con enorme dignidad. Pero sufrió mucho.

Debió abandonar a su hijo y a su nuera, que estaba embarazada de su segunda hija. Y, sobre todo, a su adorada nietita Nélida, de tres años. No tuvo otra opción que dejarlos en un país al borde de la guerra y cargado de amenazas, sabiendo que no los vería por varios años.

Unos pocos amigos fuimos a despedirlo al puerto de Hamburgo.

Sabía que en Montevideo no lo esperaban reconocimientos ni homenajes, sino reproches, maledicencias y, quizás, hasta acusaciones. Sin embargo, nunca se arrepintió.

En ese último instante antes de subir al vapor, me abrazó con fuerza, como lo hacía en momentos especiales —solía decir que esos abrazos eran algo muy uruguayo—, y me miró a los ojos con una profunda tristeza. Pero igual me dijo:

—Erika: hicimos lo que teníamos que hacer. Nunca lo olvides.
Fue la última vez que lo vi. Y jamás lo olvidé.

Poco después de su partida comenzaron los arrestos.

Primero fueron cuatro señoras judías que habían solicitado visas. Luego dos funcionarios del Consulado, Israel Katzenstein y Heinrich Bockholdt. A mediados de año comenzó el juicio. Y el 3 de agosto el juez dictó sentencia: todos condenados, por supuesto, aunque las penas de las mujeres fueron bastante leves para la época.

Las acusadas, de las cuales en todo momento del juicio se *destacó* su condición de judías, parece ser que al final despertaron *cierta preocupación* en el juez nazi, que descargó su furia contra los funcionarios del Consulado y contra el propio cónsul general —que en realidad eran el blanco principal—: «El Juzgado concluye de estos juicios que los acusados se aprovecharon de muy mala manera de los solicitantes judíos interesados en migrar, y al cónsul Rivas le resultó más seguro darse a la fuga hacia el exterior».

Lo irónico, si no fuera tan trágico, es que la actuación del juez y sus secuaces impidió que les otorgáramos la visa a estas señoras, así como a tantas otras. En definitiva: la decidida acción de la Gestapo y la justicia del Tercer Reich, que desbarató «los oscuros manejos» del Consulado de Uruguay, evitó que estas mujeres salieran de nuestro país…, donde poco tiempo después la Gestapo volvió a arrestarlas. Esta vez Irma Herz fue deportada a Minsk el 18 de noviembre del 41. Hedwig Münchhausen corrió igual suerte: despachada a Riga el 10 de diciembre. De Ida Weinberg nunca más tuve noticias.

En cambio, los cientos de mujeres y hombres perseguidos por ser judíos que ayudamos a escapar iniciaron una nueva vida allí donde los recibieron. La mayoría en Uruguay, pero también en otros países americanos. Como uno de ellos dijo años después: «La vida empezó acá».

Me consuela saber que hicimos lo que debíamos hacer.

7

Cuando la guerra nos alcanza

Clécy y Vire, región de Normandía, Francia,
mediados de 1940

Lizzy (9 años)

Mis tíos me compraron una bicicleta.

Muy pronto fue mi mejor amiga. La apodé Michou. Daba largas vueltas con ella por el pueblo y la campiña. A veces mi tía me preparaba unos emparedados de queso *camembert* y me los colocaba en una cesta atada al manubrio de la bici. Cuando encontraba un lugar lindo, me detenía y me deleitaba con una merienda. El clima era agradable, y los campos de Normandía se veían llenos de vida.

Pero la gente estaba asustada. Unos meses después de mi llegada, estalló la temida guerra con Alemania. No se sabía mucho qué era lo que estaba pasando, pero todos tenían idea de que la situación no estaba bien para los franceses. Igual, todos seguían adelante con sus trabajos, como si nada. También mis tíos, que eran muy buenos conmigo. Ellos no tuvieron hijos, nunca supe por qué. Bueno, en realidad no eran mis tíos, sino parientes lejanos. Pero eran los mejores amigos de mis papás. Por eso, desde chiquita, siempre los llamé «tíos» Gunnar y Thérèse. Él era químico y ella ama de casa. Mi tío era sueco y mi tía francesa. Pero ellos no eran… *como nosotros*, ¿me entiende, no es así? Bah, mi tía sí lo había sido, más bien su familia, pero ella no, nunca. Y luego se casó con mi tío, que iba a misa y todo eso, así que menos todavía.

En realidad, donde vivíamos había muy pocos *como nosotros*. En cada pueblo residían algunas familias. Pero el ambiente resultaba muy distinto al de Hamburgo. Pasábamos tranquilos y nadie nos señalaba con el dedo.

De todos modos, yo me sentía muy sola. Extrañaba mucho a mis padres... Después que comenzó la guerra, sus cartas se espaciaron cada vez más. Algunas llegaron recortadas, les faltaba media página; tío Gunnar dijo que se trataba de la censura. De mi mejor amiga, Hertha, no supe más nada. Tampoco de mis hermanos de sangre de Yaremcha, Alex y Riki. «¡Qué lejos quedaron esos veranos!», pensaba, y los ojos se me llenaban de lágrimas.

Una tarde fui al cobertizo de mis tíos y agarré a Michou. Era verano y hacía mucho calor, por lo que esperé al atardecer para salir. No anduve mucho rato. Solo me acerqué al pueblo —la casa de mis tíos quedaba en las afueras— y enseguida noté que algo raro pasaba.

La gente, reunida en las esquinas, cuchicheaba. Algunos hombres se agarraban la cabeza, desalentados. Y vi a varias mujeres llorar abrazadas. ¿Qué habría pasado? Bajé de Michou y me acerqué a uno de los grupos. Lo que escuché me estremeció:

—Dicen que en una semana los nazis entrarán en París —dijo un muchacho.

—Y que están negociando la rendición de Francia. ¡Pobre *Grande Nation*...! —lo complementó un hombre mayor de boina.

Recuerdo bien sus voces: ya no les quedaba rabia ni rebeldía, solo desaliento y angustia.

Los días siguientes se produjo la debacle.

Cada uno tenía su idea de cómo escapar: al *Sudouest*, a los Pirineos, hacia el Mediterráneo. La gente armó valijas, escondió alimentos y objetos valiosos, preparó sus coches y sus *charrettes*.

Pronto vimos aparecer, en el camino que pasaba cerca del pueblo, a grupos de familias cargando todo lo que podían. Atados a sus coches y carruajes, llevaban todo tipo de maletas, gallinas y perros. Había mujeres bien vestidas y hombres andrajosos. Unos iban en vehículos, otros en bicicleta, algunos a pie. Muchos ni siquiera sabían a dónde se dirigían. Solo querían alejarse de París.

Algunos vecinos del pueblo se les sumaron. La mayoría no. Abandonaron sus planes de huir y decidieron esperar a los alemanes en sus casas. Así siguió el desfile de gente, por varios días. Luego empezó a disminuir, hasta que un día el camino quedó vacío y silencioso.

Recuerdo bien aquella tarde. Salí con Michou hacia la *boulangerie* del pueblo, a comprar unos *croissants* que me había encargado la tía Thérèse. No me di cuenta de nada. Cuando fui a cruzar el camino, de repente me los topé. Quise frenar para retroceder, pero ya era demasiado tarde. Entre la confusión y el susto, ¡casi me caigo! Uno de los soldados me ayudó a enderezar de nuevo a Michou y emprendí el regreso.

—*Jolie* —dijo uno de ellos con dificultad.

—Sí, parece alemana —bromeó otro en nuestro idioma.

Hice como que era francesa y no entendía, tuve miedo de que me preguntaran algo. Y partí lo más rápido que pude hacia mi casa. Creo que fui la primera persona de Clécy en verlos.

Adolfo Kaminsky,[2] empleado de la fábrica de componentes eléctricos de Vire (15 años)

Finalmente, un día llegaron.

Había comprado una bicicleta para recorrer los ocho kilómetros que separaban mi casa de la fábrica. Pablo, mi hermano mayor, también trabajaba allí. Al igual que mi amigo de correrías, Jean Bayer. Y una linda muchacha, mayor que yo, de unos veinte años, traviesa y divertida, Cécile, que me brindaba un trato «muy especial». En el descanso del mediodía, o a la hora de partir, me llamaba desde algún rincón retirado de la fábrica:

—Ven a darme un beso, Adolfo, ¡en los labios! No eres muy cariñoso... —Y se reía a carcajadas. Le divertía avivarme un poco. Yo me sonrojaba, pero me dejaba atraer.

Aquel día intentaba romper mi récord de velocidad en bicicleta, cuando vi los tanques avanzar por la ruta de Vire. Nuevos, como recién salidos de fábrica. Y los soldados, con sus botas brillantes y sus uniformes impecables. Entonces comprendí lo que había querido decir mi padre cuando, viendo partir al frente a los reclutas franceses con sus atuendos desparejos, algunos sin casco, otros con fusiles obsoletos, había suspirado:

—Esta vez es seguro: estamos liquidados, con un ejército así no vamos a ganar la guerra.

Ahora estaba solo en el camino, cara a cara con ellos. Di media vuelta y pedaleé lo más rápido que pude. Pero era imposible escapar de la guerra.

La fábrica cerró con la ocupación. Sin embargo, retomó su actividad poco después, pero al servicio de la aviación alemana y con la prohibición de emplear a judíos. Los judíos éramos solo dos, Pablo y yo. Mientras nos acompañaban a la puerta de salida, escuché una voz alzándose detrás de las mesas de trabajo:

—Aló, aló, aquí Londres, Radio París miente...

Era Jean Bayer, expresándonos su solidaridad. Algunas mujeres nos aplaudieron, varios obreros silbaron para protestar; pero los jefes hicieron cesar rápidamente el bullicio. Vi empañarse los ojos de Cécile.

La guerra había llegado a Vire.

Lizzy

Los primeros meses fueron tranquilos. En Normandía no hubo enfrentamientos y los soldados alemanes se comportaron bien. Además, tenían dinero, algo que en ese tiempo escaseaba. Los granjeros y los comerciantes tenían a quien vender sus productos. Muchos estaban contentos.

Pero fue solo una ilusión. Muy pronto los nazis dejaron claro que ellos eran los que mandaban. Y que a los franceses les tocaba agachar la cabeza y obedecer. A mediados del otoño, en octubre, nos llegó la noticia de que todos los judíos debían registrarse en la Policía.

—¡De ningún modo! —vociferó mi tío Gunnar, cuando tía Thérèse se lo comentó.

Unos días después, durante la cena, mi tío —que como químico colaboraba con una importante tintorería de Vire— nos contó que un empleado de ese comercio y su padre se habían registrado como judíos.

—Fue un error —insistió Gunnar, y sacudió su cabeza, disgustado—. Fíjense que, además, ellos son argentinos, no tenían ninguna necesidad de hacerlo. Pero querían ser «ciudadanos irreprochables de Francia», eso fue lo que me dijeron. ¡Como si alguien se lo fuera a valorar!

Fue peor aún. Unos días más tarde, este señor y su hijo se cruzaron en la calle con el policía que los había registrado. Con una sonrisa les dijo:

—¿Sabe una cosa, monsieur Kaminsky? Perdí sus fichas, o quizás se cayeron en mi estufa.

—Entonces volveremos mañana para inscribirnos de nuevo.

¡Y lo increíble es que se registraron otra vez! Esa fue la primera vez que escuché hablar de monsieur Salomón Kaminsky y de su hijo Adolfo.

Sí: no era Adolphe, sino Adolfo.

Adolfo Kaminsky

¿Por qué Adolfo?

Porque nací en Buenos Aires. Crecí en la calle Ecuador, en el barrio porteño de Almagro. Soy argentino, y eso me salvó la vida. ¡Hay tanto para contar!

Tengo muchos recuerdos gratos de esos primeros cinco años de mi vida. Los partidos de fútbol y los juegos en la calle (algo que nunca volví a hacer), las canciones que les cantábamos a los policías para burlarnos y luego salir corriendo, las tardes de *matinée* viendo las películas de Charles Chaplin en el cine Grand Splendid. Era el tiempo de oro de Carlos Gardel.

Mi padre era sastre y mi madre planchaba para afuera. Trabajaban mucho. Pero había una señora indígena, del norte, que me cuidaba. La quería mucho.

Allí también nacieron mis hermanos, Pablo y Ángel.

Pero mi madre extrañaba mucho Francia, donde estaba su familia, y quiso regresar de cualquier manera. Al final terminamos volviendo unos pocos años antes de la guerra. Nos radicamos en el pequeño pueblo de Vire, en Normandía, donde teníamos familia.

Luego que me echaron de la fábrica, conseguí trabajo en la tintorería de Vire. Al principio era solo un auxiliar para toda tarea, un «che pibe», dirían en Buenos Aires. Pero con el tiempo me transformé en un experto en quitar manchas de la ropa. De cualquier tipo, hasta las más difíciles. Me apasionaba la química.

Pronto me hice muy amigo de monsieur Brancourt, el farmacéutico del pueblo. Ahorré todo lo que pude y me compré, una por una, las piezas de un laboratorio de química. Brancourt no solo me permitió pagarlas de a poquito, como pudiera, sino que además aceptó darme clases fuera del horario de trabajo.

Mis viejos amigos empezaron a hacerme pedidos, sobre todo de jabones y de sal, productos muy escasos, que por el racionamiento era difícil conseguir. Recorría las casas en bicicleta, entregando los pedidos y charlando con ellos.

Sobre todo me gustaba ver a Cécile. Aunque eran tiempos difíciles, ella seguía tan divertida como siempre.

—Hola, Adolfo. ¿Quieres un cigarrillo?

—No, gracias, no fumo.

—Ah, seguro. Es que todavía no eres un hombre. Deberías probar… —me decía, mientras sonreía con mirada pícara.

Había en el ambiente una sensación de calma. Hasta que los primeros acontecimientos dolorosos se produjeron. Aunque no como los esperábamos. Uno de esos días, al caer la tarde, llegué a casa de Cécile. Me recibió con cara de malas noticias.

—¿Por qué estás tan triste?

—¿No te enteraste?

—Enterarme… ¿de qué?

—Jean Bayer, tu amigo de la fábrica.

—¿Qué hizo?

—Lo mandaron al STO, el servicio de trabajos forzados en Alemania. Quiso escapar y lo fusilaron.

Era un día lluvioso de invierno de 1940. Me subí a la bicicleta y pedaleé como un poseso sin saber hacia dónde. Jean Bayer, muerto. Era el primer ser querido que me quitaba la guerra.

Pero eso no fue todo.

Tiempo antes, un hermano de mi madre había tenido un enfrentamiento con la Gestapo y tuvo que escapar a París. Un mal día, dos gendarmes amigos de mis padres vinieron a vernos. Querían avisarle a mi madre que la Gestapo había interceptado una carta suya, y que ahora tenían la dirección de su hermano en París. Mi padre y yo no lo podíamos creer: ¿cómo habían sido tan ingenuos de seguir escribiéndose?

Mi madre, en un acto desesperado, tomó el tren hacia París para avisarle a su hermano, antes de que fuera demasiado tarde.

—Es solo ir y volver —nos dijo.

Nunca más regresó.

La versión oficial fue que al volver de París —donde alcanzó a avisarle a su hermano, que huyó—, pretendió abrir la puerta del baño con el tren en marcha, pero por error abrió una puerta de salida y se precipitó al vacío.

Imposible creer semejante historia.

Fueron dos golpes devastadores. En cuestión de días, perdí a mi mamá y a mi mejor amigo. Quedé destrozado. Dentro de mí comenzó a crecer la furia contra el invasor.

Me entregué por completo a la química. Era mi única razón para vivir.

Y esto cambió mi vida.

8

«Yo quise llevar la estrella amarilla»

Hamburgo y Baden-Baden, Alemania,
primeros meses de 1942

Erika Hessen-Marchelli

Sufrí mucho al ver cómo se distanciaba mi patria, Alemania, de mi querido país adoptivo, Uruguay.

Luego de la partida de don Florencio y el juicio a los funcionarios del Consulado, casi no quedó ánimo para seguir entregando visas a los perseguidos. Unas semanas después, el 1 de setiembre del 39, estalló la guerra. Uruguay se declaró neutral. Sin embargo, sus vínculos históricos con Inglaterra y Francia lo empujaban hacia el bando de los Aliados. Menos de tres meses después, se produjo frente a sus costas la batalla naval del Río de la Plata, en la que el crucero alemán Admiral Graf Spee enfrentó a varios buques británicos. Obligado a guarecerse en Montevideo para realizar reparaciones, debió volver al mar tres días después. Era lo que exigía la Convención de La Haya a un país neutral. Sin embargo, eso no fue comprendido por el gobierno nazi y sus seguidores, que acusaron a Uruguay de parcialidad. En esas circunstancias el capitán del Graf Spee, Hans Langsdorff, decidió hundir la nave frente a Montevideo y luego se suicidó.

La mayoría de los países americanos decidieron no tomar partido en la guerra; aunque, con el paso del tiempo, cada vez estaban más cerca de los Aliados. Cuando en diciembre del 41, Japón atacó a los Estados Unidos en Pearl Harbor y estos declararon la guerra a las potencias del Eje, enseguida comprendí que el destino estaba marcado. Un mes después, el 26 de enero del 42, Uruguay rompió relaciones con Alemania.

Fue un día muy triste para mí. Hacía tiempo que trataba de hacerme a la idea de que, tarde o temprano, eso iba a suceder. Pero cuando al final ocurrió, fue muy duro. Mis dos países tan queridos, ¡enfrentados entre sí!

El cónsul Julio de Castro, que sustituyó a don Florencio, habló uno por uno con los funcionarios. En poco tiempo, la Embajada y los Consulados cerrarían sus puertas. Confiaba en que fuera por poco tiempo, pero era imposible saberlo. Por disposición de las autoridades alemanas, el personal uruguayo sería trasladado a la ciudad balnearia de Baden-Baden —cerca de la frontera con Francia—, con limitación de movimientos, hasta ser evacuado del país. Lo mismo sucedió con otros países.

Quedé sin trabajo, en una mala época. Y ya no era una niña. Los negocios de cueros de mi marido, Cristóbal, tampoco pasaban por un buen momento, perjudicados por la guerra y las dificultades crecientes entre Alemania y América del Sur. Fue un tiempo muy difícil para todos. Por eso no pude ir a Baden-Baden al bautismo de Nélida, la nieta de don Florencio, a pesar de lo mucho que los quería. Pero la cuestión era no dejarse caer. Como enseñó nuestro Señor Jesucristo: «Tú me levantas, para caminar sobre mares tormentosos». Y seguir adelante.

Nélida Rivas Berkowitz,[3] hija del canciller del Consulado de Uruguay en Berlín, Juan Carlos Rivas, y nieta de don Florencio Rivas (5 años)

Yo era muy pequeña cuando nos mudamos a Baden-Baden. No entendía bien lo que pasaba. ¿Por qué, de un día para el otro, tuvimos que abandonar nuestra linda casita, y dejar de ver a mis amigas, para irnos a un lugar tan lejos, como si estuviéramos huyendo? Quise saber algo más, preguntarle a mi mamá. Pero cuando quise acordar, ya estábamos allí.

Muy pronto nos enteramos de que no volveríamos a nuestro hogar, y que dejaríamos Alemania por un tiempo. «¿Por cuánto nos vamos?», pregunté varias veces a mis padres, pero no tuve respuesta.

Mis dos hermanas, Inés y Elena, eran aún más pequeñas que yo. Las tres nacimos en Hamburgo, no conocíamos otro país, y estábamos tristes de tener que partir. Mi mamá, Hildegard, que también era alemana, trató de disimular. Pero se la notaba muy apenada.

Hicimos caminatas por los parques y nos llevaron varias veces a las aguas termales, para alegrarnos. Por algunos comentarios de mis papis, me di cuenta de que no podíamos viajar fuera de la ciudad, no supe bien por qué. Igual no me importó, era un bonito lugar. Unos días después, a la hora de la cena, mi mamá vino con una gran noticia:

—Con Juan Carlos hemos decidido que las vamos a bautizar, empezando por ti, Nélida, que eres la más grande.

Inés y Elena no dijeron nada, eran muy chiquitas. Pero yo me alegré mucho. Me imaginé como un cumpleaños, con mis amigas, todos celebrando contentos y una gran torta, quizás hasta con una velita, ¡qué lindo!

Muy pronto se fijó la fecha y el lugar: sería el viernes 20 de marzo en la iglesia Colegiata de Baden-Baden.

Papá y mamá invitaron a sus amigos y a los nuestros. Mi padrino sería Mario Giucci, el secretario de Legación en Berlín, siempre tan cariñoso con nosotras. Mi mamá me hizo un vestido blanco muy bonito, aunque bien sencillo, porque no era momento para lujos.

Ese día todo salió como lo soñamos. La ceremonia del bautismo, tan solemne, el cura con pompa y oropeles, el agua bendita, ¡qué emoción! Y luego la celebración, con pastel y canciones. Lo único que me apenó un poco fue que no vinieron varios de nuestros amigos. Mis papis me explicaron que eran épocas difíciles y que Hamburgo quedaba muy lejos. Igual disfrutamos mucho. La verdad es que queríamos estar alegres, aunque fuera por un rato; lo necesitábamos.

Unas semanas después, una nueva noticia: era hora de prepararnos para el viaje. Nosotras no conocíamos Uruguay, no sabíamos qué pensar. Pero al menos el abuelo Florencio nos estaría esperando. Eso nos animó mucho.

El día de la partida, cuando al subir al barco giré la cabeza para dar una última mirada a mi querida Hamburgo, me vino una gran tranquilidad. Supe que algún día regresaría y viviría allí, por muchos años. ¿Por qué tuve esa corazonada, cuando todo parecía sugerir lo contrario? Nunca lo sabré.

Erika Hessen-Marchelli

Si nuestra situación fue difícil en esos meses, la del Consulado de Brasil no fue mejor. La Gestapo los espiaba. Muy pronto resultó evidente que ellos tenían alguien *adentro*, y que estaba muy cerca de Guimarães Rosa.

Un día, a mediados de 1940, João dibujó en el margen de un periódico la cabeza del Führer y una horca:

—Algún día, en esta horca, Hitler será *pendurado* —comentó risueño a algunos funcionarios del Consulado.

Pues bien: unos días después fue citado a Berlín por el embajador de Brasil en Alemania, Cyro de Freitas Vale, quien le advirtió que *ellos* sabían todo.

Luego la guerra estalló con toda su violencia. Sufríamos bombardeos frecuentes. Sonaban las sirenas, Hamburgo se oscurecía y corríamos a protegernos. Vivíamos con miedo.

El 1 de setiembre de 1941, comenzó la obligación para los judíos de Alemania de identificarse con la estrella de David. Unos días después, Aracy me contó que estuvo paseando en automóvil con João por el mercado judío de Grindelberg. Hasta los niños de cuatro años con el distintivo amarillo. ¡Indignante!

Poco más tarde, a comienzos de octubre, nos enteramos con horror de que el presidente de Brasil, Getulio Vargas, había decidido investigar a diplomáticos acusados de haber fraguado visas para judíos. Esta vez mi amiga sí que se sobresaltó. No se arrepintió de nada, había actuado según su conciencia. Pero temió por João, que siempre había confiado en ella.

Para colmo, unas semanas más tarde, el 27 de diciembre, Aracy recibió una carta de agradecimiento de la Asociación de Judíos de Alemania por su ayuda a los judíos que solicitaban emigrar. Fue un orgullo para ella, una gran emoción. Pero... también era una prueba por si la querían acusar, que seguro ya estaba en manos del agente de la Gestapo infiltrado en el Consulado.

Finalmente, en enero del 42, Brasil también rompió relaciones con Alemania y ellos fueron confinados en Baden-Baden. Supe que vivieron meses de incertidumbre, porque Alemania los quería canjear por alemanes residentes en Brasil. João Guimarães Rosa se concentró en su literatura y en Ara. En esos días escribió: «Serás todo para mí: mujer, amante y compañera. Sí, querida, has de ayudarme a escribir nuestros libros. Tú misma no sabes lo que vales. Yo sí lo sé».

No mucho después apareció su primer libro. *Duas alegrías enormes: a chegada de Ara e a chegada de* Sagarana. Y por las dudas, aclaró: «Ara es trescientos billones de veces más importante para mí».

Nunca más volví a verlos. Pero los recuerdo mucho.

París, Francia, mediados de 1942

Lizzy (11 años)

Desde que tío Gunnar me lo dijo, no pude pensar en otra cosa.

En Clécy no tenía ninguna amiga del alma, como Riki o Hertha. Así que se lo conté a Michou y a mis juguetes. Yo ya era grande, pero estaba muy sola. Así que Michou y mis juguetes eran mis mejores compañeros, en especial al final de la tarde, cuando comenzaba a oscurecer y todo se ponía tan triste. Pronto estuvieron enterados de la novedad: viajaría con mi tío Gunnar, por una semana, a París. ¡Sí, a la Ciudad de la Luz! Conocería la torre Eiffel, la iglesia de Notre Dame, el Arco de Triunfo.

—A fin de mes debo viajar por una semana a París, Thérèse, por mi trabajo —dijo tío Gunnar durante la cena—. He pensado que quizás Lizzy me podría acompañar, así cambia un poco de aires. ¿Te gustaría, *ma chérie*?

Me sentí tan importante. ¡Sí, por supuesto (no fuera a ser que mi tío se arrepintiera)!

Llegamos a la estación de trenes de Saint-Lazare un sábado de junio, temprano por la mañana. Nos alojamos en un hotelito cercano, sencillo pero muy coqueto, con flores y cuadros por todos lados. Madame Manon nos guio a nuestra habitación. Tenía una ventana pintada de verde que daba a una pequeña callejuela.

—Me voy a afeitar y a cambiar —dijo mi tío, que siempre vestía muy elegante—. Y después nos vamos a dar una caminata, ¡así empiezas a descubrir París!

Caminamos calle abajo. El día estaba soleado, pero se veía poca gente. Cada tanto pasaba una patrulla alemana. Todo parecía muy tranquilo, aunque el ambiente era pesado y triste. Visitamos una iglesia, la de la Madeleine, y luego fuimos a la famosa Ópera de París, aunque solo pudimos entrar al *foyer*. Mi tío estaba encantado con su «trabajo» de guía. Creo que había encontrado la hija que no pudo tener, aunque más no fuera por un tiempo, y eso lo hacía feliz.

Vagabundeamos un buen rato. Todo me llamaba la atención, y tío Gunnar —de lo más contento con mis preguntas— me contaba una historia tras otra. Pero de repente, nos topamos con un palacio cubierto por unos carteles muy extraños. Parecía que en ese lugar habían hecho una exposición, o algo así, llamada «Le Juif et la France». La exposición había terminado, pero los letreros seguían allí. Mostraban el globo terráqueo, y un ser siniestro y encapuchado, con ojos diabólicos y manos que parecían garras, que se abalanzaba sobre el mundo, sin duda para dominarlo y destruirlo. ¿Sería eso... un judío? Pero mis padres, y mi tía Thérèse y mis amigos no eran así. ¿Por qué hacían eso?

Me quedé quieta, con un nudo en la garganta. Tío Gunnar, que enseguida se dio cuenta de todo, me tomó de la mano para que siguiera caminando. Pero no pude. Demoré largo rato en reponerme. Mi tío me llevó a una heladería, para tratar de animarme; él sabía cuánto me gustaban los helados. Me sonreí un poco. Por él, para que se pusiera contento. Pero no pude dejar de pensar en lo mismo. ¿Qué estaba pasando? ¿Qué habíamos hecho? ¿Por qué?

Esa noche me costó mucho dormirme. Mi tío, que estaba leyendo un libro, cada tanto me miraba desde su cama. Su expresión era tan dulce que logró serenarme, y al final el sueño me venció.

A esa altura ya había perdido la cuenta del día en que vivía. ¡Habían pasado tantas cosas! Sabía que era la noche de un sábado de junio.

Pero ignoraba que el día siguiente sería el domingo 7 de junio de 1942.

Horst Staupfler, *SS-Verbindungsoffizier der Judenreferenten*, oficial de enlace de los especialistas en Asuntos Judíos (28 años)

Finalmente lo logramos.

Luego de tres meses de idas y venidas, Francia, Holanda y Bélgica obligarían a sus judíos a utilizar la estrella amarilla. Lo harían al mismo tiempo. O al menos esa era la idea de Adolf Eichmann, cuando me pidió en marzo que convocara a los *Judenreferenten* de esos países a una reunión en Berlín. Incluso pensamos en introducir algunas mejoras. Por ejemplo, que los matrimonios mixtos no fueran una excepción, como sucedía en la propia Alemania: el cónyuge judío debería llevar la estrella.

Pero como siempre, afloraron los personalismos. El representante de Holanda no se presentó a la reunión, y unos días después anunció que introduciría la estrella, pero en una fecha distinta de la acordada. Tampoco abundó la cooperación. El jefe de la sección judía del Servicio de Inteligencia (SD) en París, el *SS-Hauptsturmführer* Theodor Dannecker, que era una pieza clave para la implantación de la estrella en Francia, un amante de la noche desenfrenado y aventurero, estaba más preocupado por las ganancias de sus *boîtes de nuit* parisinas —que administraba bajo cuerda— que por el éxito de la operación.

Luego vino «la danza de las excepciones».

Tres excepciones solicitadas por el mariscal Pétain (parece que por ser amigas de su esposa: da vergüenza ajena, me eximo de más comentarios...), ocho casos por razones de interés económico y siete por ser agentes de la Policía antijudía. Pero esto no hubiera sido nada.

Lo peor fue que el uso de la estrella amarilla solo se aplicaría a los franceses y a los extranjeros en cuyos países ya estuviera en vigencia una medida similar. Es decir: Alemania, Polonia, los territorios ocupados del este, Eslovaquia, Croacia y Rumania. Pero no a los judíos búlgaros, griegos, húngaros y turcos, aunque sus países estuvieran bajo nuestro control. Y por supuesto que tampoco a los italianos, españoles, suizos y sudamericanos. Es decir: los franceses deberían usar la estrella, pero un judío de un país enemigo —un inglés, por ejemplo— estaría exonerado. ¡Un caos! Y una situación por demás embarazosa para nosotros, como es fácil imaginar.

Para completarla, la cereza del pastel: el caso del *SS-Hauptsturmführer* Joseph Wilberger. Este oficial estaba a cargo de efectuar diversas compras en París para los territorios ocupados. Pues bien, Wilberger obtuvo un certificado de exoneración para una joven judía francesa, quien era su secretaria y amante, y se lo envió el día de su cumpleaños con una tarjeta: *Ceci est mon plus beau cadeau d'anniversaire*.

A todo este berenjenal nos condujeron las debilidades de los hombres.

Yo admiraba a líderes como Reinhard Heydrich, Alois Brunner o al jefe de la SD en Francia, el *SS-Standartenführer* Helmut Knochen, que anteponían la ideología nacional socialista a cualquier otra cuestión. Knochen era un doctor en Filosofía de treinta y dos años, graduado en la Universidad de Magdeburgo, con vastos conocimientos científicos que volcaba con rigor y celo en la difícil tarea de identificar los rasgos físicos de los seres inferiores.

Gracias a ellos, y a la perseverancia de Adolf Eichmann, el domingo 7 de junio sería el gran día. La Octava Ordenanza entraría en vigor: «Se prohíbe a los judíos, a partir de los seis años de edad, aparecer en público sin llevar la estrella judía, bajo castigo de prisión».

Cuatrocientas mil estrellas amarillas con la palabra «JUIF» escrita en su centro con letras negras fueron confeccionadas. Serían entregadas a razón de tres por persona, en canje por un punto en textiles de la carta de racionamiento. Bueno fuera que, además, les tuviéramos que entregar las estrellas gratis.

Faltaban pocas horas. Todo estaba dispuesto.

Lizzy

El domingo, luego que me desperté, bajamos a desayunar.

Había *croissants*, un trozo de *tarte Tatin*, un rico *café au lait*. Todo en cantidades mínimas y con gusto medio raro. Pero ya se sabía, eran tiempos de guerra, la comida escaseaba. Mi ánimo empezó a cambiar, a olvidarme del disgusto de la tarde anterior.

Al terminar, fuimos hasta la recepción. Mientras yo miraba unos mapas, mi tío habló con madame Manon en el mostrador. De repente lo escuché exclamar:

—¡Pero qué tonto! ¡Cómo no me enteré!

Volteé la cabeza para mirar y vi a tío Gunnar sacudir la cabeza, abatido. Un instante después se me acercó. Su rostro estaba descompuesto, trastornado.

—Tal vez hoy hagamos un paseo más corto de lo que hablamos, París está un tanto... convulsionada.

No me dijo nada más. Pero yo comprendí que no sabía qué decirme, y no pregunté.

De nuevo bajamos por nuestra callejuela rumbo al Sena. Me llamó la atención que tío Gunnar parecía evitar las grandes avenidas de París. Finalmente, desembocamos en un boulevard. No tuvimos que avanzar más que unos minutos para que yo entendiera lo que pasaba. Un matrimonio con sus dos hijos avanzaba en sentido contrario. Los cuatro tenían cosida sobre su ropa, a la altura del corazón, una estrella amarilla, grande como una mano, que en su interior decía «JUIF». Por la acera de enfrente vi pasar a una señora mayor cargando una maleta, apenas podía con ella. Sobre su corazón, lo mismo. Un muchacho joven, con aspecto de estudiante, poco mayor que yo, caminaba a nuestro lado. Como los otros, llevaba la infame estrella. Los habían marcado, como si fueran ganado. Para distinguirlos, para no confundirse, para no mezclarse con ellos.

Y yo era como ellos. Sentí terror, furia, impotencia: todo al mismo tiempo.

Tío Gunnar me abrazó:

—Nunca llevarás una estrella como esas. Te lo prometo —susurró.

Cruzamos abrazados el Sena y nos internamos en el *quartier Latin*. Yo miraba hacia el piso: no quería ver más. De golpe, mientras caminábamos cuesta arriba por el boulevard Saint-Michel, algo nos sobresaltó.

Dos lindas muchachas, de unos dieciocho años, una rubia de cabello hasta los hombros y otra de pelo negro corto y rizado, avanzaban en sentido contrario al nuestro. La gente se daba vuelta para mirarlas. Algunos las aplaudían, otros se sonreían, cómplices. Cuando estuvieron más cerca, comprendimos por qué. Las dos lucían en su pecho una estrella amarilla, pero mucho más grande y colorida que las que habíamos visto hasta ahora. En el centro de la estrella, la joven de pelo negro había escrito, con letras grandotas: PAPOU. Y la rubia: 130.

No tuvimos dudas. Lo hacían para poner en ridículo a los nazis.

Al pasar, tío Gunnar las saludó, mientras me hacía un guiño de aprobación:

—*Bravo!*

Me quedé mirándolas, admirada. Eran tan jóvenes… ¡Y tan valientes!

Horst Staupfler

Los acontecimientos no sucedieron como los pensamos. Esa es la verdad, y un buen nacional socialista debe tener el valor de reconocerlo.

Primero fueron los mismos judíos, que salieron poco menos que a ostentar la estrella en nuestra cara. ¡Ya iban a aprender esos estúpidos; no sabían lo que se les venía encima! Basta con ver el informe de nuestro agente secreto AG 316:

> Los antiguos combatientes judíos de la Gran Guerra lucían todas sus condecoraciones justo por encima de la estrella judía. Los hombres circulaban en silencio. Las mujeres, por el contrario, hablaban en voz alta, para demostrar que estaban orgullosas de llevar la insignia de su raza.

¡Y lo que nos describía un informe de la propia SD!:

> Los cafés y restaurantes presentaban el espectáculo insoportable de judíos insolentes y provocadores sentados cerca de oficiales alemanes. Asimismo, vimos cómo numerosas judías paseaban sus bebés en sus carritos por los boulevards, como una suerte de demostración.

Con todo, lo más desagradable provino de los propios franceses, ¡cuándo no! Estos seres acomodaticios, que solo buscan su conveniencia, azuzados por gaullistas y comunistas, mostraron su peor cara. Los mismos que dos años antes aplaudieron con frenesí el encuentro de Montoire, en el que el *maréchal* Petain se comprometió con nuestro Führer al más amplio *colaboracionismo*, ahora empezaban a acomodar el cuerpo. El agente encubierto N7 nos reportó: «La aplicación de la ley sobre el porte de la estrella judía ha provocado un gran descontento». Y P8 nos informó: «Es necesario decir que en general el espíritu de la población es más bien de una cierta lástima por los judíos. Solo aumenta el sentimiento de superioridad moral de los franceses sobre los alemanes bárbaros». ¡Qué hijos de puta!

P11 fue aún más allá:

> Una indignación viva y unánime han provocado las estrellas judías. Hasta los antisemitas condenaron esta medida,[4] sobre todo porque los niños deben llevar la estrella.

Tal fue nuestra impresión ante esa catarata de informes negativos, que el mismo Dannecker dejó por un instante de lado su preocupación por las *filles de joie* de París, para estampar desalentado en ese informe, de su puño y letra: «Qué buenos antisemitas hay por aquí».

En las provincias no fue mejor. En Burdeos, según reporte de varios agentes secretos, «las grandes masas, casi sin excepción, tomaron partido por los judíos, explicando que los judíos son gente tan honesta como los protestantes o los católicos. Se encuentra la misma actitud en los obreros franceses». En Nancy, «la desaprobación demostrada de cara a estas medidas ha podido ser constatada en casi todas las clases sociales».

Es cierto que el apoyo recibido de los *colaboracionistas* fue patético. Dio pena.

El Grupo de Amigos Antijudíos, liderados por un tal Sézille, se comprometió con toda pompa a «vigilar que las medidas contra los judíos fueran estrictamente aplicadas», y a «denunciar los poderes públicos franceses que no aplicaran la Ordenanza». Pero luego se limitaron a reclamar que a los judíos no se les permitiera utilizar taxis-bicicleta conducidos por arios, ni que sus bártulos fueran transportados por maleteros arios. ¡Ah! Y algo más, muy importante: que no se autorizara a los judíos a lustrarse los zapatos en los quioscos atendidos por arios. ¡Por favor! ¡Unos auténticos payasos! Solo les interesaba utilizar a los judíos como sus sirvientes. No habían entendido nada. Su antisemitismo era superficial y oportunista. No podíamos contar con ellos.

Los partidos que decían compartir nuestra ideología antisemita anunciaron manifestaciones de apoyo. Pero los servicios de la SD solo reportaron una «docena de individuos provistos de un estandarte del R.N.P. que circulaban por boulevard de la Madeleine y por rue Royale abucheando judíos; más adelante abofetearon a un judío que se encontraba en la terraza de la Brasserie Weber». Fuera de esto, algunos casos individuales de golpizas y denuncias. Muy poca cosa. Era hora de empezar a comprender que, en la primera línea de defensa de la raza aria, estábamos solos.

Para colmo, terminamos esas primeras jornadas con varias decenas de jóvenes arias en prisión, por utilizar insignias fantasiosas que parodiaban la estrella de los judíos, para ridiculizar nuestra Ordenanza. Casi todas eran mujeres, lo que es lógico, eso es propio de las francesas. Les gusta llamar la atención, hacerse notar, eso va muy bien con su alma de *putains*.

A una de ellas, Françoise Siefridt, la arrestamos mientras se pavoneaba con su amigota Paulette Voisin por el boulevard Saint-Michel, alardeando con una estrella que decía «Papou». Era como yo dije: ninguna chica decente hubiera elegido ese mote de ramera. Más tarde la interrogamos en la jefatura de Policía:

—¿Quién les dio la idea?

—Nosotras.

—¿Lo hicieron por dinero?

Hasta ese momento la joven se había mantenido muy calma, pero esa pregunta la hizo reaccionar y se puso a gritar:

—¡Ah, no, nunca en la vida! ¿Cómo vamos a hacer algo así por dinero? ¡Oh, no, claro que no!

—Entonces, ¿por qué lo hacían?

—Yo quise llevar la estrella amarilla —respondió tan suelta de cuerpo, la muy atrevida.

Después vino su padre a implorar clemencia. Se ve que pensaban que le daríamos una reprimenda y la enviaríamos para su casa. Pero no tuvieron suerte. Nosotros hacíamos las cosas en serio. Al día siguiente las transportamos, junto con las demás prisioneras arias, al campo de internación de Tourelles. Pronto las trasladaríamos al campo de concentración de Drancy. Ya iban a aprender lo que es bueno. Y vaya a saber si no terminaban camino al este.

Es verdad que las cosas no resultaron como esperábamos. Pero aprendíamos rápido. El segundo asalto de esta pelea sería muy distinto. Esos judíos que ahora hacían gala de su estrella amarilla muy pronto se iban a arrepentir.

Ya lo verían.

Lizzy

Salí muy poco del hotelito en los días siguientes.

Tenía sentimientos encontrados. El miedo, mejor dicho el terror, estaba allí, a toda hora. En esos primeros días en París, alcancé a ver afiches que pretendían «enseñar» a la población *Comment reconnaître un Juif* por su aspecto físico. Si yo salía a caminar por las calles, ¿se darían cuenta de que lo era?

Supe que en todos lados estaban marcando a la gente con la infame estrella amarilla: Alemania, Bélgica, Holanda, Polonia, Croacia… Me sentí unida, como nunca antes, a mis papás, así como a mis amigos Riki y Alex, a mi tía Thérèse, a mi familia y a mis amigos de Hamburgo. Y también a esas valerosas muchachas francesas que se animaron a desafiar a los nazis.

El miércoles, tío Gunnar regresó de sus vueltas más temprano que de costumbre.

—Ya terminé todo lo que había venido a hacer en París. Regresamos hoy mismo. En Normandía estaremos más tranquilos.

Junté mis cositas y las acomodé en mi pequeña maleta. Al caer la tarde nos subimos al tren con rumbo a Caen. Mi tío, siempre tan mimoso conmigo, me compró unos *croissants* para el viaje.

En el instante mismo en que el tren iniciaba su marcha, tío Gunnar me abrazó bien fuerte y volvió a decirme:

—Nunca llevarás esa estrella.

Pero esta vez lo dijo con rabia. Y comprendí que también pensaba en su adorada Thérèse.

Miré por última vez esa maravillosa ciudad de mis sueños, que ahora se perdía en la penumbra y la distancia, y dos grandes lágrimas resbalaron por mis mejillas.

9

De México a Ribbesford

Kansas City y Nueva York, Estados Unidos, y Ciudad de México, México, mediados y fines de 1942

Marcel Ruff,[5] graduado de la Academia Militar de Wentworth, en Lexington (19 años)

Cuando en la mañana del 31 de diciembre de 1942 subí por la pasarela de uno de los Liberty Ships que me conduciría a la guerra europea, tuve que pellizcarme varias veces. ¡No podía creer cuánto había cambiado mi vida!

Apenas seis meses antes era un flamante graduado de Wentworth, una de las prestigiosas academias militares de Estados Unidos. Tenía dieciocho años, la vida me sonreía y el mundo se abría a mi paso. Pero no bien regresé a mi país, México, comprendí que la realidad era muy diferente.

Mis padres eran alsacianos franceses, de origen judío. Nacieron en un pequeño pueblo al norte de Estrasburgo, cuando esta región estuvo bajo dominio de Prusia. Para escapar al servicio militar prusiano, Lucien —mi padre— fue enviado a estudiar a los Estados Unidos. Allí conoció a un tío que, tiempo después, le propuso abrir una sucursal de su negocio de importación de artículos europeos en la Ciudad de México. La apuesta salió bien, y mi padre comenzó a pensar en el país de América como su nuevo hogar. Lo que se volvió realidad poco después, cuando en una de sus visitas a Francia conoció a mi madre, Paulette. Ella aceptó acompañarlo a México para iniciar una nueva vida. Allí se casaron y tuvieron cuatro hijos: dos niñas que fallecieron muy pequeñas, Roberto y yo. Estudié primaria y secundaria en la por entonces ya inmensa Ciudad de México. Luego mis padres decidieron que completara los estudios en la academia militar de Lexington, en Missouri, donde estuve cuatro años. En ese tiempo estalló la guerra. Pero éramos patojos y todo parecía muy lejano.

Hasta que regresé a México, a mediados del 42. Me esperaban malas noticias: numerosos miembros de mi familia, tanto en Francia como en Alemania, habían sido apresados por ser judíos y deportados a los temidos «campos del Este». No se había vuelto a saber de ellos.

Quedé conmovido. Esa noticia me rebeló. Tuve una crisis de conciencia. ¿Podía permanecer yo en la tranquilidad de México, mientras mi familia era perseguida y quizás asesinada (porque se rumoreaba sobre los desmanes más terribles)? Por otra parte: yo era, y me sentía, mexicano. Pero también Francia era mi patria. En el mundo entero se alistaban voluntarios para defender a la nación de la Libertad, la Igualdad y la Fraternidad. ¿Permanecería yo en silencio, sin hacer nada?

México tenía una fuerte influencia francesa, en parte herencia de la aventura del emperador Maximiliano I, enviado por Napoleón III a mediados del siglo XIX. Eso se reflejaba en la actividad industrial, así como en la vida social y cultural. El gobierno permaneció neutral, pero el pueblo tomó partido por los Aliados. El día de la caída de París en manos alemanas, en junio de 1940, mucha gente lloró en las calles.

Pronto surgió el Movimiento por la Francia Libre, alentado por el antropólogo Jacques Soustelle —una gran personalidad, reconocido por sus estudios sobre aztecas, olmecas y otros pueblos de Mesoamérica en México y Guatemala—, e impulsado por el general De Gaulle desde su exilio en Londres.

Me comprometí con la campaña de Soustelle en octubre de 1942, poco después de mi regreso. A pesar de la numerosa colonia francesa, y de las muestras de cariño hacia Francia, a la hora de la verdad solo cuarenta jóvenes nos enrolamos como voluntarios. Quizás fue un balde de agua fría para Soustelle, no lo sé. Pero no para nosotros. Al contrario, más orgullosos nos sentimos de nuestra decisión. Mis padres sufrieron, no lo puedo negar. Pero eran franceses y de origen judío. Comprendieron que sintiera que ese era mi deber. Solo que... viajar hacia la Europa en guerra, un joven de origen judío, cuando todos trataban de escapar de allí, ¡era meterse en la boca del lobo, en el peor momento!

Unas semanas más tarde partí hacia Nueva York con otros tres voluntarios, Cervière, Grognard y Mariany. Fue una despedida sin gloria. Nos acompañaron nuestras familias y un puñado de amigos. Para economizar viajamos en autobús, de modo que la travesía duró ocho días. En algún momento de aquel viaje interminable, no pude evitar pensar que si así era que se organizaban las fuerzas para enfrentar al Tercer Reich, que hasta ahora no había conocido la derrota en ningún frente de batalla, ¡qué futuro nos esperaba! Y todo el asunto me pareció un tanto absurdo, por no decir ridículo. Pero éramos muy jóvenes y amábamos la libertad. Nada nos parecía imposible.

El comité de la Francia Libre en Nueva York nos impresionó para bien, felizmente. Nos hicieron exámenes médicos, nos clasificaron según la experiencia de cada uno y nos embarcaron en uno de los pequeños Liberty Ships, que abastecían de equipos y armas a Inglaterra.

Al día siguiente de Año Nuevo, el sábado 2 de enero, el barco soltó amarras.

Ya no había marcha atrás.

Océano Atlántico, enero de 1943

Marcel Ruff

Estaba entusiasmado, feliz de la vida de poder ayudar a mi familia y a Francia; no sentía miedo. Unos días después nos reunimos con otros barcos, hasta formar un convoy de más de cincuenta embarcaciones. El peligro del cruce del Atlántico eran los permanentes ataques de los submarinos alemanes, que nos aguardaban como tiburones al acecho. Para tratar de evitarlos, nos dirigimos hacia el norte, en dirección a Islandia, y recién después giramos hacia Europa. Fue un enorme recorrido adicional, en época de tempestades y en pleno invierno. Pero todo esfuerzo era poco para tratar de evitar a los submarinos enemigos.

Viajamos desplegados en forma horizontal, a diferencia de lo habitual, para brindar un menor flanco a los ataques. Dos cruceros de la Marina estadounidense nos acompañaron en el trayecto.

Sin embargo, todo esto no fue suficiente.

Tres veces fuimos atacados, siempre en plena noche. Perdimos cinco naves y otras muchas fueron averiadas. Fue terrible ver arder en la noche un barco amigo, a pocos metros de distancia. ¡Un espectáculo dantesco! Contemplar las llamas en la oscuridad, escuchar los gritos, imaginar la desesperación de nuestros camaradas. Lo peor es que no podíamos intervenir, porque sabíamos que si nos acercábamos nos atacarían. En esos casos, el convoy debía dispersarse de inmediato para reducir los riesgos, y volver a agruparse más adelante. Así fue que luego de cada ataque, debimos navegar por un buen trecho solos y en la oscuridad, con la angustia de no saber si de un momento a otro no seríamos vueltos a atacar.

A mediados de enero, luego de varias zozobras, llegamos a Escocia. Pero la alegría nos duró poco.

—Los voluntarios de Francia Libre deben permanecer en el barco, hasta que se lo indique la Policía.

Nos miramos unos a otros. Quisimos averiguar qué pasaba, pero no nos dieron explicaciones. Amables, pero estrictos. Cuando todos los demás habían desembarcado, se presentaron los agentes.

—Ustedes van a ir en tren directo a Londres, ahora mismo.

A la mañana siguiente llegamos a un centro militar, donde recibían a todos los extranjeros que tocaban suelo inglés. No podíamos hablar con nadie. Durante una semana fuimos sometidos a interrogatorios. Los ingleses querían asegurarse de que entre nosotros no hubiera agentes nazis infiltrados. Hasta que un buen día fuimos liberados y nos trasladaron al número 4 de Carlton Gardens: el Cuartel General de la Francia Libre.

Londres y Ribbesford, Reino Unido,
comienzos de 1943

Marcel Ruff

Fue una emoción tras otra.

Empezando por el reencuentro con Jacques Soustelle. Por él supe que las Forces Françaises Libres ya sumaban unos ciento cincuenta mil efectivos, venidos de todos los rincones del mundo. Disponían de infantería, artillería, carros de combate, aviación, paracaidistas, marina, para todo lo cual habían contado con un formidable apoyo del gobierno inglés. ¡Era increíble!

Fui registrado en las FFL con el número 55.267. Elegí pertenecer a infantería y, dado mi manejo de varias lenguas (francés, inglés, alemán y español), fui destinado a l'École des Cadets de Ribbesford Manor para mi formación como oficial. Todo un honor. Allí, en ese viejo y prestigioso palacete de Worcestershire, facilitado por Inglaterra al general De Gaulle para preparar sus mandos, transcurrieron mis primeros meses del 43.

Vivíamos en permanente ansiedad. Sabíamos que en el campo de batalla ocurrían hechos decisivos, y estábamos deseosos de entrar en combate. En África del Norte, luego del heroico sitio de Bir Hakeim —donde las tropas francesas, comandadas por Koenig y Amilakvari, se cubrieron de gloria en junio del 42— y de la victoria aliada de octubre en El Alamein —la primera derrota nazi en cualquier frente de batalla—, se produjo un dramático giro de los acontecimientos.

Los británicos, comandados por Montgomery, y los franceses, bajo el mando de Leclerc, a los que se sumaron los estadounidenses que desembarcaron en Argelia, muy pronto arrinconaron a Rommel y su legendario Afrika Korps en Túnez. A su vez, los rusos detuvieron en Stalingrado el avance alemán en el frente oriental. Sin embargo, en Inglaterra continuaron los bombardeos constantes. Por las noches, la gente iba a dormir a refugios y sótanos, sin saber si al amanecer su casa todavía estaría en pie.

Pero la admirable fuerza de voluntad de los británicos —y de las mujeres británicas, que hacían de enfermeras, camilleras, buscaban sobrevivientes entre los escombros, enterraban a los muertos, y cuanta otra tarea fuera necesaria— parecía imposible de derrotar. Siempre demostraron hacia nosotros, jóvenes soldados de países extranjeros, una gentileza y amabilidad extraordinarias. Cuando teníamos algún día franco, nos alojaban en sus casas y nos ofrecían los pocos alimentos que tenían.

Fue en mayo, en esos días de emociones encontradas, que recibimos la noticia.

—¡El general Charles De Gaulle va a visitar Ribbesford Manor!

—¡Y nos va a revistar! —completó otro camarada.

Unos días después, en medio de una gran expectativa, arribó el general. El motivo de su visita era entregar en mano propia sus galones a los nuevos oficiales de la tercera promoción de l'École des Cadets —que por el momento sustituía a la legendaria academia de Saint Cyr—, bautizada Fezzan-Tunisie. Meses más tarde, en diciembre, sería nuestro turno. El comandante superior en el Reino Unido, coronel Marchand, asignó a nuestra promoción el nombre de Corse et Savoie. Y ahora era el momento de ser revistados ni más ni menos que por «el General», cuya aureola de visionario capaz de adelantarse a los hechos ya se extendía por el mundo.

Fue un día soleado y frío, típico de la primavera inglesa. Los veintiséis cadetes nos formamos en el hermoso patio de la mansión. Esperamos solo unos minutos. Por fin, lo vimos aparecer. Venía rodeado de los oficiales que dirigían la Escuela. Al llegar al extremo de nuestra formación, se detuvo y se cuadró. Nosotros nos pusimos aún más firmes, si ello era posible, conmovidos. Avanzó con lentitud, saludando a uno por uno. Como yo era de los últimos, la espera me resultó interminable, a pesar de que solo fue un momento. Finalmente quedó frente a mí. ¡Era muy alto! Yo también lo soy, y tuve que mirar hacia arriba, como quien mira al techo. Inclinó su cabeza, en señal de saludo. Fue un saludo sobrio pero cordial.

—¿Cuál es su nombre?

—Marcel Ruff Metzger, señor.

—¿Y de dónde viene?

Justo en ese instante me dominó la emoción. Tuve que tragar, y juntar toda la voz que pude para decirle, con orgullo:

—De México, señor.

Pareció levemente sorprendido. Asintió con la cabeza un par de veces, como quien toma nota de la información, y siguió adelante.

10

Cara a cara

Clécy y Vire, región de Normandía, Francia,
fines de 1942 y comienzos de 1943

Lizzy (12 años)

Cuando regresé a Clécy, volví a estar en mi habitación con mis pequeños tesoros y me reencontré con Michou, sentí que todo volvía a ser como antes.

Pero fue solo una ilusión.

Los amigos y vecinos de mis tíos sabían por qué había venido a Normandía. Pero nadie dijo nada, que yo supiera, y nunca pensé en llevar la estrella. Tampoco lo hizo tía Thérèse, por supuesto. Una tarde acompañé a tío Gunnar a Vire, a visitar a sus clientes. Ya sobre el final de la gira pasamos por la tintorería. Allí supe que Adolfo Kaminsky tampoco usaba la estrella.

—Si nuestra nacionalidad nos permite evitarlo, no la llevaremos —había dicho Salomón, su padre.

Sin duda los tiempos estaban cambiando.

En julio del 42 los nazis habían aprobado la Novena Ordenanza. A los judíos se les prohibió entrar a restaurantes, cafés, bares, teatros y cines, e ir a conciertos, mercados, ferias, playas, museos, bibliotecas, exposiciones, castillos, monumentos históricos, lugares de camping y parques públicos. No podían participar de los espectáculos deportivos ni como espectadores. Tampoco usar cabinas telefónicas ni baños públicos. Nada de nada. Excluidos de todo.

Cada pocos días se les ocurrían nuevas medidas: obligación de viajar en el Metro en segunda clase y en el último vagón, prohibición de usar cualquier tipo de aparato telefónico... Hasta que en agosto empezaron a hablar de prohibir a los judíos usar bicicletas.

Bajé de mi cuarto y busqué a Michou. La agarré con mucho cuidado, como si tuviera miedo de que ella hubiera escuchado los rumores y estuviera muy triste. La abracé. No me sentía bien por no llevar la estrella. Quizás papá y mamá la estuvieran usando. Y Alex y Riki también. Pero sabía que tío Gunnar lo hacía para protegernos y que tenía razón.

De pronto, de adentro me vino una fuerza enorme. Sentí que algo debía hacer.

—Vamos, Michou —le dije a mi amiga.

Y salimos las dos a recorrer Clécy por todas sus calles, sin límites, como nunca lo habíamos hecho antes. Algunos vecinos nos saludaron, sorprendidos. Regresé agotada, pero eufórica. Todavía no sé bien por qué.

Fue mi primer acto de resistencia, aunque solo yo lo supe.

Adolfo Kaminsky (17 años)

A fines del otoño escuchamos, por primera vez en años, una buena noticia: Radio Londres informó que los Aliados habían derrotado a los nazis en el norte de África, y que ahora los alemanes se batían en retirada. Poco después dijeron que los rusos habían frenado el avance del Ejército Alemán en Stalingrado. ¿Sería verdad? ¿O serían mentiras de los ingleses? ¡No lo podíamos creer!

Los sabotajes de los *résistants* se multiplicaron. Para proteger el ferrocarril nos «requisaron» a los hombres del pueblo y nos asignaron en grupos a cuidar secciones de las vías. Era como si fuéramos rehenes: si algo sucedía en una sección, los encargados de vigilarla eran fusilados sin más. Sin embargo, yo iba sin protestar, porque era la ocasión de encontrarme con mi amigo Brancourt, el farmacéutico. En esas largas horas de vigilia hablamos mucho de química, pero también de los avatares de la vida. Así descubrí a un gran humanista, que sabía escucharme, y que poco a poco se convirtió para mí en un padre espiritual.

Pero también me di cuenta de que sabía mucho más de los sabotajes de lo que yo imaginaba. Sin duda estaba en contacto con el Deuxième Bureau, el servicio de información de De Gaulle. Hasta que una noche, mientras luchábamos contra el sueño, me habló:

—Si te muestro cómo hacerlo, ¿aceptarías fabricar para mí productos algo más peligrosos que jabones?

¡Había esperado tanto tiempo esa propuesta!

—Mira que es un trabajo peligroso. Hay que tener mucho cuidado con las dosificaciones.

A partir de ese día, además de jabones y sal, me dediqué a fabricar productos para corroer las líneas de transmisión, oxidar las piezas de las vías y pequeños detonadores. Ya no me sentía tan impotente ante la muerte de mi madre y de mi amigo Jean.

Estaba orgulloso de formar parte de la resistencia.

París, Francia, junio de 1943

Horst Staupfler

Si el asesinato de Reinhard Heydrich en Praga a manos de criminales checos entrenados en Londres —poco después de su visita a París a mediados del 42— fue un mazazo, la noticia que recibimos en mayo del 43 fue todo lo contrario.

Heydrich era un hombre superior. Descendiente de músicos, como su nombre Reinhard Tristán lo evidencia, tuvo la sensibilidad para comprender muy pronto lo que estaba en juego. Un pensamiento revolucionario, transformador, radical, como el nacionalsocialismo, no podía ser aceptado por nuestra sociedad pequeño burguesa, asustadiza y timorata. Era necesaria la acción directa. Por ello creó el Servicio de Inteligencia, el SD. Más tarde, el propio Führer le encargó la jefatura de la Oficina Central de la Seguridad del Reich, la temida RSHA, que agrupaba a la Gestapo y la SD, ni más ni menos. Fue de los primeros en ocuparse de encontrar una solución final al problema judío. Poco después, el Führer lo designó, además, Protector de Bohemia y Moravia. Heydrich tenía sus propias ideas sobre cómo manejar la guerra. E, incluso, sobre cómo terminarla. Esas ideas no coincidían con las de sus superiores, y lo dejó entrever durante su visita a París, aunque eso era muy peligroso para él. Pero tenía treinta y ocho años y un porte majestuoso: era uno de esos líderes que encarnaban los atributos del «hombre ario» por excelencia, y que el nazismo había sabido descubrir y promover. Parecía no temerle a nada. El futuro se abría a su paso.

Pero todo eso se truncó una tarde aciaga en Praga, cuando un puñado de asesinos pagos por Londres logró su cobarde propósito. Nos vengamos, por supuesto; era lo lógico. Lídice, ciudad cómplice del crimen, fue arrasada hasta sus cimientos y sus varones mayores de dieciséis años eliminados. Sin embargo, el mejor homenaje era continuar su obra.

Y para ello, en mayo del 43 Adolf Eichmann —el jefe de la cuestión judía en todo el Reich—, con el aval del mismísimo Führer, designó a «mi mejor hombre» (así solía llamarlo) al frente de los asuntos en París: Alois Brunner.

Cuando nos enteramos de la noticia, no lo podíamos creer. Fue una gran emoción y un estímulo a nuestro trabajo. Yo intentaba coordinar las políticas y acciones en Francia, Holanda, Bélgica, Vichy y en la zona del sur controlada por los italianos, con suerte más bien escasa. Brunner sería un gran aliado.

Recuerdo bien su llegada a la oficina de París.

Alto, delgado, elegante, tenía un cierto aire a Heydrich, aunque más joven y de pelo oscuro. No era un hombre de escritorio. Le gustaba estudiar los casos y organizarse bien. Pero luego, ¡al terreno! Era un cazador. «Perro de presa», le decían, y él lo disfrutaba.

Llegó acompañado de una quincena de sus más estrechos colaboradores, casi todos austríacos como él. El Kommando Brunner. Sus nombres se mantenían en secreto, casi no se mencionaban. ¡Y mucho menos registrarlos por escrito, eso era un pecado mortal! Igual pude saber que entre ellos se contaban Herbert Gerbing y Anton Zitta, sus compañeros de la primera hora en Viena, Rolf Bilharz —alias Gauthier—, responsable de coordinar con los colaboracionistas franceses, Ernst Brückler y

Josef Weiszl, respectivamente constructor y peluquero vieneses, así como Anton Zöllner, alemán de los Sudetes, uno de los pocos de otra procedencia.

Tenían en común el odio al Judío y un celo admirable para cumplir su misión. Sin vacilaciones. Sus antecedentes eran impresionantes: 47.000 judíos deportados de Austria a los campos del Este (lo que le valió un amplio reconocimiento y que su plan de trabajo fuera tomado como modelo en todo el Reich), 20.000 deportados de Berlín y —sin duda su mayor logro— 46.000 deportados de Salónica en menos de seis meses.

En la fachada, Brunner dependería de Helmut Knochen, el jefe de la SD en París, y de Heinz Röthke, su encargado de asuntos judíos (que sustituyó a Dannecker, a quien su afición descontrolada por las *filles de nuit* arrastró a la ruina). Pero en verdad, solo recibiría órdenes de Berlín. De Adolf Eichmann, o de más arriba. Las *razzias* y deportaciones, en su totalidad, estarían a su cargo. Y el campo de concentración de Drancy, verdadero nudo neurálgico del sistema, quedaría bajo su mando.

Cuando Röthke, un burócrata de escritorio, vio que el afamado Kommando Brunner constaba de quince hombres, protestó. Algunas semanas después reclamó por escrito a las autoridades en Alemania: quería que le enviaran ¡doscientos cincuenta hombres más! Era evidente que no entendía nada. No sabía quién era «el recién llegado». Hizo el ridículo.

Mientras tanto, el *Kommando* ya estaba en funciones. A pleno ritmo. No comentaban nada a nadie. Ni siquiera a mí. Pero de algún modo supe que empezarían por algunas regiones de la campiña francesa que hasta ahora habían tenido una existencia apacible, dado que los franceses —debiluchos y acomodaticios—, con los colaboracionistas lameculos en primer lugar, no habían denunciado ni perseguido a nuestro enemigo de raza. La Bretaña, el Loira, la Normandía, estarían entre los primeros objetivos. Ya habría tiempo para París. Y ni que hablar de los «paraísos judíos», como Niza o Grenoble. Muy pronto les llegaría su hora.

Las primeras acciones eran inminentes.

Esperábamos ese momento con ansiedad.

Normandía, Francia, fines del verano de 1943

Lizzy (13 años)

¡Golpes en la puerta! ¡Y de madrugada!

¿Qué está pasando?

Pegué un salto en la cama y me quedé sentada en el borde, escuchando sin respirar, con el corazón en la boca.

Se escucharon pasos desordenados. Era tío Gunnar que bajaba la escalera, se notaba que lo habían despertado. Buscó las llaves y abrió. Voces. ¡Eran voces alemanas, por Dios! No entendí bien lo que decían, estaba demasiado lejos. Tío Gunnar también hablaba. Cada vez más fuerte. Los alemanes empezaron a gritar. Ahí sí que escuché, mi Dios, esta vez sí que escuché. Un nombre. Mi nombre. Me habían denunciado. ¿Quién podría ser tan desalmado?

Me puse a llorar. No sé por cuánto tiempo. Hasta que tío Gunnar abrió la puerta de mi habitación y me miró. Se dio cuenta de todo. No nos dijimos nada. Me abrazó y así estuvimos largo rato. Mi tío nos había dicho, a tía Thérèse y a mí, que si alguna vez teníamos problema con los alemanes, él se iba a enterar antes, porque tenía muchos amigos que le avisarían. Eso no pasó. Pensé en reprochárselo. Suerte que no lo hice, hubiera sido muy injusto.

—Vayas donde vayas, allí estaré yo. Ahora prepara una pequeña maleta con tus cosas. Tía Thérèse te va a ayudar.

—¿Y ella?

—No me han dicho nada.

Junté mis cosas, sin parar de sollozar. Me alegró lo de la tía, pero me aterrorizó pensar en partir sola con los nazis, vaya a saber a dónde…

Bajé la escalera. Me sentía tan aturdida… Era como una pesadilla, pero estaba sucediendo. Me abracé a los tíos, hasta que un oficial nazi me empujó hacia afuera. Subí a los tropezones a un camión cubierto con una lona. Había allí tres familias. Yo era la única sola.

Miré a mis tíos, y a mi casa. En el garaje, entre las brumas del amanecer alcancé a descubrir a Michou, mi fiel amiga.

Entonces cubrieron la caja con una lona, el camión arrancó y ya no vi nada más.

Adolfo Kaminsky (18 años)

A mi hermano Ángel y a mí nos fueron a buscar a la tintorería. En el camión ya venían mi padre, mi hermano Pablo y mi hermanita Pauline. Cuando terminaron la *razzia* de Vire nos llevaron a La Madrerie, la prisión de Caen. Allí reunían a los judíos de Normandía, antes de despacharlos hacia el campo de Drancy. Un par de días después fue nuestro turno.

Nos transportaron en autobuses hasta la estación de ferrocarriles. Los oficiales de las SS nos condujeron a culatazos hasta los vagones. No nos maltrataron demasiado, solo «lo necesario» para que nos moviéramos rápido y sin protestar. Los vagones apestaban. Mi hermano Pablo les preguntaba a todos los que subían si tenían una hoja de papel. Lo miraban como a un loco. Parecía fuera de la realidad.

—¿Qué hacés, Pablo?

—Le escribo al cónsul de la Argentina.

—¿Para qué?

—Nosotros somos argentinos. Si alguien puede hacer algo por nosotros, es el cónsul. Estamos protegidos.

Lo miré, incrédulo, y sacudí la cabeza.

Pero Pablo no se desanimó. Consiguió varias hojas, escribió las cartas, las repartió a los empleados del ferrocarril y hasta tiró alguna por la ventanilla. Solo faltaba que un alma caritativa pagara la estampilla y enviara la carta por correo.

Lizzy

Sola. Perdida. Abandonada.

Yo tenía trece años y había vivido mucho. Había madurado. Y sabía que eran tiempos terribles. Pero nadie está preparado para esto.

Fueron días atroces. Y noches sin fin.

Hacía años que no sabía nada de mis padres. Ahora había perdido a mis tíos. No tenía a nadie en el mundo. Y me llevaban hacia un destino desconocido, del que se contaban las historias más horribles.

Cuando llegué a Drancy todavía estaba como atontada. Recién al atravesar las alambradas de púas y comenzar a ver esos edificios a medio construir, donde supuse que nos iban a internar, caí en la realidad. Poco después nos desembarcaron en una explanada. «Esperen aquí, los tenemos que clasificar», nos dijeron. Allí me encontré con algunos conocidos de Normandía. Aunque apenas tenía relación con ellos, igual me alegré. Estaban los Kaminsky, de Vire. Adolfo, el que trabajaba en la tintorería, era amigo de mi tío Gunnar. Enseguida se acercó a hablar conmigo. Fue muy amable. Trató de alentarme. Luego vino su hermano Pablo y me llevó aparte.

—He visto que no llevas la estrella amarilla.

—Sí. Mi tío dijo que no la tenía que usar, porque no era francesa.

—Quizás, eso depende. Pero lo cierto es que no la usaste hasta ahora, porque eres extranjera, y nunca te lo exigieron. Te tienes que aferrar a eso. Nosotros vamos a hacer lo mismo.

—Sí, sí, muchas gracias —le respondí, sin entender bien qué debía hacer.

En realidad, dependía de mi tío. Y no tenía idea de por dónde andaba tío Gunnar ni qué pensaba hacer.

¿Cómo era Drancy? Fue mi primer contacto con el infierno, del que había logrado escapar en Hamburgo. Un gran patio cerrado, rodeado por decenas de edificios de cinco pisos sin terminar, uno al costado del otro, formando una gran herradura. En esas construcciones de hormigón y ladrillos, sin puertas ni ventanas ni paredes de separación, nos alojábamos los internados. Cada uno de nosotros tenía sus números de bloque, escalera y habitación. Mujeres y hombres dormíamos por separado, amontonados de a cuarenta por cuarto. Durante el día teníamos tareas asignadas, aunque a veces podíamos reunirnos en el patio. Por la noche nuestros edificios eran barridos por los rayos de luz violentos e incesantes de los reflectores. Si mirábamos por encima de nuestros edificios podíamos ver cinco gigantescas torres: allí se alojaban las tropas alemanas y los carceleros franceses. Alguien comentó que todo el conjunto era parte de un gran proyecto de viviendas sociales, abandonado por la crisis económica y la guerra: la Cité de la Muette.

Traté de concentrarme en las pequeñas cosas de todos los días, para no pensar.

Pero no podía evitarlo. Porque sobre ese gigantesco conjunto de edificaciones grises, feas y amenazantes, sobrevolaba todo el tiempo el fantasma de la deportación. A un lugar lejano y desconocido, pero que en Drancy tenía nombre propio: Pitchipoi.

Drancy. Solo tengo recuerdos sombríos.

Adolfo Kaminsky

Poco después de mi llegada, me asignaron tareas de pintor de paredes. Dijeron que por ser argentino. Quizás mi hermano Pablo al final tuviera algo de razón. Acepté enseguida. Bah, en realidad no tenía alternativa. Pero supe que eso me mantendría lejos de Pitchipoi. Al menos por el momento.

¿Qué era Pitchipoi? El nombre de un lugar imaginario a donde algún día nos llevarían a todos. A alguien en Drancy se le ocurrió ese nombre, dicen que adaptó una palabra del yiddish. Sabíamos que las deportaciones eran «al Este», pero ignorábamos todo lo demás. Yo ya estaba en contacto con la Resistencia, como les dije. De modo que algo más sabía, aunque todavía era un integrante muy periférico. Pero igual, esas historias horrorosas que me llegaban no las difundía. En definitiva, uno termina creyendo lo que quiere creer. Y era necesario conservar una ilusión.

Como todos, me levantaba al amanecer. Luego debía esperar en mi habitación. Al escuchar el silbato, bajaba al patio, tomaba el balde y la pinceleta: hora de empezar mi trabajo. Me llamó la atención tanto interés en mantener el campo en buenas condiciones. Al fin y al cabo, la mayoría de los prisioneros estaban allí solo unos días, a veces unas pocas horas. Pero pronto supe más sobre lo que sucedía.

Unos pocos meses antes, los alemanes se habían hecho cargo del campo de Drancy. A su frente asignaron a un nazi de alto rango, cuyo nombre nadie se animaba a pronunciar en voz alta. Todos le tenían terror, incluidos sus camaradas y los colaboracionistas. Le llamaban «el zar de los judíos». Su crueldad y sangre fría eran legendarias. Se propuso que el campo fuera un modelo. Tanto en la mejora de las instalaciones (hasta llegó a acondicionar el césped del patio interior…) como en la eficacia de las deportaciones. Sobre todo, en esto último.

Los días pasaron. Los otros partían y nosotros nos quedábamos. Mil por convoy era la regla, y se cumplía a rajatabla. En eso el comandante del campo era muy meticuloso. Si se llamaba a alguien y no aparecía, otro debía tomar su lugar. Un día el campo estaba lleno, y al siguiente vacío. Y luego vuelta a llenarse: el tránsito de judíos era infernal. Los guardias franceses nos dijeron que antes eso no era así. Pero que con el nuevo comandante cambió todo. Por la noche, antes de la partida de un convoy, el aire se poblaba con los llantos de los que eran rapados para prepararlos para «el viaje». Ni cama les asignaban a los desgraciados esa última noche. Era atroz.

Pronto comprendí que los que quedábamos era porque ellos tenían dudas. Nosotros, por ser argentinos. Mi amiga Lizzy, de Clécy, que estaba sola con sus trece años —pobrecita—, porque alguien importante había asegurado que era de origen sueco. Ernest Appenzeller, un amigo que hice en el campo, por ser alto, rubio y de ojos azules. Parecía un modelo de la raza aria. Lo arrestaron por estar circuncidado.

—Circunciso, pero no judío —aclaraba con arrogancia.

Yo seguía con mi trabajo de pintor, que por ahora me protegía. Hasta que, un mal día, mis ilusiones de ser un *résistant* y mis raíces judías de algún modo se conectaron, y me jugaron una mala pasada. Al pintar las paredes, no podía evitar tapar los mensajes que los deportados grababan allí, con algún objeto filoso, o con sus propias uñas. Su mensaje final. Un último saludo a la esposa y a los hijos, o todo un poema que me erizaba la piel:

> *Départ*[6]
> *Je m'en vais vers l'inconnu*
> *En suivant mon destin*
> *Et en laissant tristement ici*
> *Mon bonheur et mes chagrins*

Sentí que tenía que salvar esos mensajes, que eran como botellas arrojadas al mar, para que algún día llegaran a su destino. Era mi deber, como *résistant* y como judío. Y empecé a anotar algunos, en un papel, una maderita o un trozo de metal. Hice lo que pude, aunque fue muy poco.

Hasta que me descubrieron.

—Adolfo, deja tus cosas en el pañol y te presentas al final del patio, frente a la *Kanzlei*. Parece que te vieron… —me dijo un guardia francés.

Se me heló la sangre. No dije nada y obedecí.

Cuando llegué al lugar, vi que éramos varios, una docena.

—Se forman en línea y se cuadran. El comandante del campo, el *SS-Hauptsturmführer* Alois Brunner, los inspeccionará en diez minutos —ordenó un oficial nazi.

¡Ese era el nombre que nadie se animaba a pronunciar!

A la hora en punto vi aparecer una figura enhiesta, de andar elegante, acompañada de un joven oficial. Debo reconocer que era impresionante.

Empezó la inspección por una punta, yo estaba cerca de la otra. El oficial leía el nombre del «inspeccionado», el comandante lo miraba fijo, el pobre desdichado bajaba la vista al suelo, y él —sin decir palabra— movía apenas su cabeza: el fallo de vida o muerte había sido emitido. Se acercó a mí. Las piernas casi me temblaban, pero logré contenerme. Ahora estaba frente a mí. Me miró bien fijo a los ojos. Pensé en mi madre, en Jean Bayer, en tantos amigos deportados… Y logré sostenerle la mirada. Sus ojos eran negros, penetrantes, crueles. Daba escalofríos. Me miró de arriba abajo, más de una vez. Volvió a clavarme los ojos. Yo mantuve inmóviles los míos. Permaneció frente a mí mucho más tiempo que con los demás. Y tomó su decisión.

Que fuera lo que Dios quisiera.

11

Un día demasiado largo

Camp d'internement de Drancy, París,
Francia, fines de 1943

Alois Brunner (31 años)

Yo quise realizar un trabajo limpio.

Preciso, eficiente, sin demoras. Fue a lo que me comprometí con Adolf Eichmann. Por algo confiaba tanto en mí.

Pero París no era Salónica, y mucho menos una de las grandes ciudades alemanas, Berlín o Viena.

Para muestra basta un botón, bien se dice. Explicaré lo que me pasó a poco de llegar.

Un día, temprano por la mañana, mi fiel Margarethe —que con tanta ilusión me acompañó a la *Cité Lumière*— recibió una nota de la Prefectura de Policía de París (en realidad de la Sub-Dirección de Asuntos Judíos de la Dirección de Policía Judicial), ¡típico de la burocracia francesa!, en la que se daba cuenta de una nota del prefecto de Meurthe-et-Moselle solicitando información sobre un tal monsieur Hoffmann, «arrestado como judío por la Policía alemana y conducido al Centro de Drancy». Por supuesto, monsieur Hoffmann era «ario y protestante», ¡faltaba más! Los trescientos mil judíos escondidos en Francia se habían evaporado como por arte de magia.

Ojalá hubieran desaparecido todos, devorados por la oscura niebla de nuestra política de *Nacht und Nebel.* Pero bien sabíamos que esa no era la verdad. Al menos por ahora.

No le di importancia alguna. Teníamos asuntos más urgentes para atender. Pero he aquí que un par de meses después recibí una *Note verbale* del embajador de Francia y secretario de Estado del Gobierno Francés en los Territorios Ocupados, el marqués Fernand de Brinon (de dos páginas de extensión, rebosante de esos giros literarios ampulosos que no dicen nada y que a los franceses les encantan), reclamando la «liberación» de un sujeto. ¿De quién?: ¡de monsieur Hoffmann!

Según el embajador, fue acusado de judío cuando en realidad era protestante *casado con una judía.* Eso constaba en el acta de nacimiento de su hija Rosa. Y había sido transferido de Drancy, en octubre, hacia un *destino desconocido.* Todo provino de la «denuncia calumniosa de una persona maliciosa» ante las autoridades alemanas.

Me hirvió la sangre.

En primer lugar, Fernand de Brinon no tenía autoridad moral para efectuar semejante solicitud. Él mismo era casado con una judía que fue exonerada de usar la estrella a pedido del *maréchal* Pétain. Me refiero a Lisette de Brinon, cuyo nombre verdadero era Rachel Franck. No solo obtuvo para ella el título de marquesa sino que además fue declarada «aria de honor». Muy fuera de lugar. ¿Lo hizo por amor? No. Lo hizo para acallar su conciencia, dadas sus libertinas correrías con su secretaria Simone, que la judía bien conocía. Y luego, cuando escribió en su nota que el sujeto en cuestión fue transferido hacia un *destino desconocido,* ¿no tenía idea, el señor marqués, de cuál podía ser ese destino? ¡Por favor! Era todo pose, simulación, por si las cosas se ponían feas. Allí no había convicción, sino oportunismo. Como ocurría con la mayoría de los franceses.

Para terminar: el prefecto de Meurthe-et-Moselle, el prefecto de París, el señor embajador y marqués, en su afán por expiar sus culpas, no repararon en un pequeño detalle. La esposa de monsieur Hoffmann, su hija Rosa y sus demás hijos —sin duda todos judíos—, ¿por qué no fueron arrestados y enviados a Drancy?

Era demasiado.

Tomé la *Note verbale* del señor marqués y estampé sobre el papel, de mi puño y letra: «En mi opinión, se trata de un judío. Es necesario arrestar a su mujer judía y a sus hijos».

Días después la orden partió hacia Nancy.

Lizzy

¿Me tocaría hoy? ¿Estaría entre las elegidas?

Todos los días, en las madrugadas, me despertaba con la misma angustia. Sentía que me ahogaba. Luego sollozaba, hasta calmarme un poco. ¡Cómo extrañaba a mi Mami! Sus caricias en mi frente y en mi pelo, sus bromas infantiles... Desde que era una bebé solía golpear la punta de mi nariz con su dedo índice, cuando menos lo esperaba, y decirme:

—*Plinguis!*

Yo me sobresaltaba y la miraba con los ojos bien abiertos. Y siguió haciéndolo cuando ya era una niña grande, hasta que nos separamos. ¡Qué falta me hacían sus mimos!

Al atardecer, la hora más triste del día, el «jefe de escalera» avisaba a los elegidos. Nunca olvidaré sus gritos, sus llantos, sus súplicas. Era un momento terrible.

Yo esperaba con el corazón apretado, sin moverme, bien quietita, hasta que pasara por nuestro cuarto. Sin embargo, el tiempo corría y no me llamaban. Así durante tres meses. ¿Qué pasaría?

Supe que tío Gunnar vino a Drancy más de una vez, pero no lo dejaron verme.

—Hay un sueco que armó un escándalo, dice que eres su sobrina, y que te arrestaron mal —me confió un día un guardia francés que se había encariñado conmigo—. ¡Hasta vino con un funcionario de su Embajada!

Era evidente que mi situación no podía seguir así. Algo iba a suceder, de un momento a otro. Y en el fondo de mi corazón, lo deseaba. Fuera lo que fuera.

Horst Staupfler

Era un hombre admirable.

Puntilloso, preocupado por los más mínimos detalles, cuidadoso de las formas: muy pronto tuvimos instrucciones y reglamentos para todo. Cómo recibir a los internados, cómo clasificarlos en categorías, cómo alimentarlos, cómo castigar sus faltas y cómo transferirlos a los campos del Este. Nada escapó a sus previsiones.

Su método unió violencia con engaño.

El campo fue «embellecido» y algunas prácticas se eliminaron. Por ejemplo, no se rapó más a los deportados, para que conservaran su ilusión de sobrevivir y fueran más dóciles. Pero a partir de cierto momento, él mismo se encargó de elegir quiénes debían partir. Y si bien creó categorías de internados, fue para mejor transgredirlas. Cuando necesitaba candidatos para completar un convoy, no dudaba en tomar las fichas de italianos, españoles o turcos —a quienes su nacionalidad protegía—, y sobre las mismas rayaba *Staatenlos*, «apátridas». Estas decisiones arbitrarias ponían de punta los nervios de los internados y los desalentaban de intentar alguna tontería. En definitiva: cualquiera podía ser deportado. Nadie estaba a salvo. Fue una gran lección para mí.

Y por supuesto que se terminaron esos ridículos cánticos de los condenados al partir, cuando entonaban «La Marseillaise» como si fueran a una excursión. Una breve ráfaga de metralleta, por lo habitual al aire, y se acabó. ¡Qué diablos!

El *Hauptsturmführer* Brunner me dijo que quería limpiar el campo. Y solicitó mi colaboración. Un gran honor. Sobre todo cuando sus predecesores, que no le llegaban ni a la suela de los zapatos, jamás lo hicieron. Igual dejó bien claro que la decisión final sería suya.

Comencé con los enfermos y ancianos del Hospital Rothschild, el centro hospitalario para judíos próximo al campo que colaboraba con nosotros. Eran una carga y un dolor de cabeza. Cada tanto un paciente se escapaba. En agosto, dos enfermos, una mujer y un hombre que iban a ser deportados, lograron evadirse. El 31 de ese mes, recibimos una carta del «personal ario del hospital» —así se llamaban a sí mismos—, en la que luego de arrastrarse por los suelos proclamando su inocencia denunciaban como responsables a los empleados judíos, y solicitaban sanciones «comenzando» por la contadora Arjenski, la supervisora Chili y la telefonista Fanny Jellikover. Le rogaban a monsieur *le Commandant* que hiciera «pagar a los judíos, que son los únicos culpables y responsables», y se encomendaban «a su espíritu de alta justicia». Una carta para la antología del servilismo.

Decidimos cortar por lo sano: prohibimos las visitas, bloqueamos las puertas con planchas de madera provistas de cerradura exterior e instalamos guardias confiables. Luego, con el aval de Brunner, procedí a retirar del hospital y deportar a la mayor cantidad de pacientes que fue posible, fueran internos de Drancy o simples enfermos que habían concurrido allí a atenderse por su cuenta. Es cierto que, en algunos casos, fue necesario arrastrar a algunos enfermos fuera de sus camas, dada la gravedad de su situación. Pero no me preocupó. Era un precio a pagar. Las señales debían ser claras. De paso nos llevamos a los funcionarios judíos cómplices de las evasiones, empezando por la telefonista Fanny.

Con ese primer éxito como antecedente, acometí el tema de los extranjeros internados en el campo con situaciones poco claras. Hasta ese momento los utilizábamos para tareas diversas, como mano de obra esclava. Pero ya eran una molestia. Todos los días debíamos atender una larga fila de funcionarios consulares de sus países implorando por ellos. Eso nos distraía de nuestro trabajo. Tarde o temprano debíamos adoptar una decisión sobre su suerte. Y había llegado la hora.

Analicé caso por caso. Dentro de la categoría 7 —las nacionalidades que hasta ese momento considerábamos como «no deportables»—, teníamos situaciones diversas. Con los países aliados —como Italia o Hungría—, o los países neutrales —como Suiza, Suecia, Turquía, Argentina o Chile—, no nos convenía tener enfrentamientos por un tema tan menor. Muy diferente era con Brasil, México y otros países que nos habían declarado la guerra. Allí no cabía andar con miramientos.

De todos modos, mi recomendación al *Hauptsturmführer* Brunner fue más sencilla: deportar a todos, sin tardanza alguna. Aquellos que lo más probable era que fueran judíos, al Este (categoría 1). Los que seguramente fueran arios, a los campos de trabajos forzados del Oeste, a construir el Muro del Atlántico (categoría 2). Y no volver a arrestar a sospechosos enrevesados, que solo nos hacían perder el tiempo.

Ahora la decisión final estaba en sus manos.

Adolfo Kaminsky

Poco antes del mediodía, el «jefe de escalera» se me acercó:

—En una hora debes presentarte en la *Kanzlei*.

Me estremecí. Lo miré a los ojos, fijamente: se encogió de hombros, era evidente que no sabía nada más.

A la hora señalada bajé y atravesé el patio con lentitud. Yo me creía muy valiente, pero las piernas me temblaban. Cuando estuve más cerca, pude ver una veintena de personas que se apiñaban frente a la oficina alemana. Se los notaba nerviosos, pálidos, asustados. Y entre ellos distinguí que —para bien o para mal— estaban todos: mi papá Salomón, la pequeña Pauline y mis hermanos. Casi no los pude saludar, porque un oficial de las SS salió de la oficina y se nos acercó. Comenzó a leer una lista.

—Bruno Toleratti.

—*Présent*.

Éramos unos pocos, pero la lectura pareció eterna. Finalmente concluyó. Estábamos todos allí.

—Junten sus cosas. A las 15:00 serán liberados. —Se dio media vuelta y se fue.

Fueron momentos de gran confusión. Nadie dijo nada, todos tenían miedo de hacer algo mal y que la orden fuera alterada. Mi padre nos miró, emocionado. Sin embargo, yo tuve una reacción extraña. Pensé en Ernest, en la pequeña Lizzy, en mis otros amigos. ¿Salir yo, mientras los demás eran condenados a muerte? ¿Por qué? ¡No era justo! Estuve a punto de negarme. Solo Salomón logró convencerme:

—Aquí adentro no le sirves a nadie. Afuera, quizás…

Dudé mucho. Luego pensé en Brancourt, en los detonadores, en mis amigos *résistants*.

—Sí. Quizás.

París, Francia, enero de 1944

Adolfo Kaminsky

Todos los servicios de la Policía estaban tras las huellas del «falsificador de París».

Es que habíamos encontrado un modo de producir tal cantidad de documentos falsos que muy pronto «inundamos» el norte de Francia, Bélgica y Holanda. Fue necesario extremar las precauciones. Mi principal ventaja era que la Policía buscaba a un técnico «profesional», que tuviera máquinas, imprentas y un laboratorio con buenas instalaciones. No podían sospechar que el falsificador que buscaban no era más que un chico de dieciocho años.

Al frente del laboratorio estaba Sam Kugiel, apodado Nutria. La química del grupo, que me cedió su puesto, era Renée Gluck, alias Nenúfar. El equipo se completaba con Suzie y Herta Schidlof, hermanas y estudiantes de Bellas Artes. Ese era el «famoso» laboratorio de la Sexta Sección Secreta de la UGIF, apodado «le Sixième», alojado en una minúscula buhardilla de 15 metros cuadrados en el 17 de rue des Saints-Pères, que a los ojos del mundo exterior lucía como un *atelier* de artistas. Nuestra particularidad era haber nacido en el corazón mismo de la UGIF, organización judía gubernamental, instaurada por el régimen colaboracionista de Vichy. Eso nos permitía acceder por adelantado a buena parte de las listas de personas que iban a ser arrestadas en las *razzias* de la Policía.

¡Y pensar que apenas un par de meses antes estaba temblando de frío en las afueras del campo de Drancy, sin saber dónde ir a refugiarme!

Esa tarde de otoño, fría y húmeda, sin un centavo en los bolsillos, mi padre propuso quedarnos unos días en un hogar de la UGIF. No nos gustó mucho la idea. Esa organización tenía la mala fama de dar nombres de judíos a las autoridades alemanas. Pero no teníamos alternativa. Caminamos un buen trecho por la ciudad, que no había visitado por años. Muchas cosas habían cambiado. Empezando por los sitios que advertían «Prohibido para judíos», y los afiches que mostraban caras de seres infames con narices ganchudas, orejas enormes y dedos en forma de garras, que cubrían los muros. París estaba empobrecida, triste. Salvo por los automóviles de los oficiales nazis, nuevos y brillantes, que recorrían la ciudad.

Unos días después mi padre nos comunicó que, por nuestra seguridad, deberíamos separarnos. Seríamos alojados en diferentes sitios. Y además nos darían una nueva identidad. A mi hermanita Pauline no le gustó nada la idea.

—Tenemos que darles fotos para los documentos, y quieren que vaya alguien joven. Adolfo, cuento contigo. Ya les di tu descripción. Tienes una cita en un rato delante del Collège de France, junto a la estatua de Molière. Tu contacto se llama Pingüino.

Poco después me encontré parado al lado de la estatua, con un libro en la mano. Pero nadie aparecía. De repente, por detrás, escuché una voz:

—Adolfo.

Me di vuelta y me tropecé con un joven moreno con el cabello rizado, pequeño y algo regordete, muy distinto de lo que había imaginado, que me saludó como si fuéramos viejos conocidos.

—¿Pingüino?

Ese fue el inicio de una intensa amistad. Para disimular entramos al Collège de France. Hablamos de los documentos de la familia, hasta que apareció el tema de mi profesión. Desde ese instante no se habló más que de química, tintas indelebles, tinta Waterman, azul de metileno... Pingüino abría los ojos cada vez con mayor asombro al oír mis respuestas.

—¿Te interesaría trabajar para nosotros?

A partir de entonces fui Julien Adolphe Keller, tintorero, hijo de un agricultor de Lyon, francés de pura cepa. Y pocos días después ya estaba instalado en la buhardilla de rue des Saints-Pères, produciendo documentos a ritmo de vértigo.

No solo los fabricábamos. Muchas veces también los distribuíamos, casa por casa, entre las posibles víctimas de las *razzias*, que a menudo ignoraban el riesgo que corrían y reaccionaban de la forma más inesperada. Era un trabajo agotador. Pero sentíamos orgullo por lo que hacíamos.

Hasta que llegó ese maldito día que no olvidaré. Viernes 21 de julio de 1944.

Norte de África, al mismo tiempo,
primeros meses de 1944

Marcel Ruff

El ritmo de los acontecimientos se aceleró.

Luego de aquel encuentro, memorable para nosotros, el general De Gaulle se instaló en Argelia. Allí formó, en la segunda mitad del 43, el Gouvernement Provisoire de la République Française, reconocido por Churchill y más tarde por Roosevelt. La totalidad de las fuerzas de combate se unificaron en el Primer Ejército Francés, bajo el mando del general Jean de Lattre de Tassigny, y participaron en el desembarco de los Aliados en Italia.

En enero del 44 me gradué de Ribbesford. Y un par de meses más tarde fui enviado a Argelia, donde me asignaron a la Primera División Blindada comandada por el general Du Vigier, en carácter de oficial de enlace. Muy pronto me volví a encontrar con Jacques Soustelle, ¡parecía que lo estuviera siguiendo! En los atardeceres africanos, cuando el clima refresca un poco, logramos hacernos tiempo para evocar mis lejanas tierras mexicanas, que él quería como propias, y sus maravillas arqueológicas, que tanto admiraba.

También conocí al general Koenig, que venía de atravesar el desierto del Sahara con sus hombres, luego de haber enfrentado —junto al coronel Dimitri Amilakvari y la mítica Legión Extranjera— al mariscal Rommel y su temido Afrika Korps en la heroica batalla de Bir Hakeim. En una de mis misiones visité el cuartel general de la Legión, en Sidi Bel Abbès. Cuando los legionarios supieron que yo venía de México, se precipitaron a mostrarme con orgullo sus insignias con la batalla de Camarón, en Veracruz, donde combatieron en tiempos del emperador Maximiliano.

Hasta que finalmente llegué al cuartel del Estado Mayor, establecido entonces en la población argelina de Mostaganem. ¡Por fin estaba en el teatro de operaciones! Me asignaron diversas misiones de enlace con las fuerzas estadounidenses e inglesas, así como entre unidades del Ejército Francés. Comencé a manejar información confidencial. Enseguida comprendí que los preparativos para un posible desembarco en Francia desde el sur estaban muy avanzados. Era cuestión de tiempo. Y, sobre todo, de lo que sucediera en el norte, en el canal de la Mancha. ¿Se produciría la invasión aliada a Francia, que todos anunciaban como inminente? ¿Cuándo y dónde? ¿Sería exitosa?

Estábamos absorbidos por esa febril actividad, cuando nos enteramos de que el general De Gaulle visitaría nuestro Estado Mayor. Había pasado justo un año de nuestro encuentro en Ribbesford, y habían sucedido muchos acontecimientos. Se instaló entre nosotros una gran expectativa y esperamos su visita con la mayor ansiedad.

Ingresó a la oficina del Estado Mayor con su presencia imponente. Saludó uno por uno a los oficiales de mayor graduación. Por supuesto, yo fui uno de los últimos.

—Marcel Ruff Metzger, oficial de enlace, Primera División Blindada —me presenté.

«El General» me miró a los ojos y sacudió levemente la cabeza.

—¿Y México cómo está?

Entonces esbozó una sonrisa y me tendió la mano. La emoción de ese momento me acompaña hasta el día de hoy.

París, Francia, jueves 20 de julio de 1944, 18:30 h

Kurt Schendel,[7] abogado alemán emigrado a París, jefe del Servicio de Enlace de la UGIF (40 y tantos años)

Cuando entré a su oficina de Drancy, el capitán Brunner estaba furioso.

—¡Llega tarde, es una falta de respeto!

—No sé por qué lo dice, capitán, llegué justo en hora…

No me escuchó. En realidad, ese no era el problema.

—Mire esto. Un panfleto firmado por un cierto Mouvement Juif. Reivindican la matanza de soldados alemanes. Y hablan de «las atrocidades cometidas por los nazis». ¡Por favor! Yo, ¡yo mismo!... —Brunner estaba cada vez más colérico— vi a un panadero judío atraer un automóvil ocupado por oficiales a una emboscada de la Resistencia, en la Dordogne.

Brunner giró alrededor de su escritorio y miró el campo de Drancy a través de la ventana. Largo rato. Luego me miró fijo, con esos ojos helados, crueles, inhumanos. Supe que había tomado una decisión. Y que era una decisión terrible. Inapelable.

—Para mí, no hay nada más importante que la sangre de un soldado alemán. He decidido arrestar y deportar a todos los niños y jóvenes de las casas de la UGIF.

Comprendí que eso significaba la muerte segura de los niños.

Lo dijo sin emoción, casi con indiferencia. Recién después de oírme argumentar un buen rato contra su decisión, se molestó y me respondió:

—¡Esos niños son los futuros terroristas! No hay nada más que hablar.

Alrededor de las 21:00 h

Kurt Schendel

Anochecía cuando llegamos a las oficinas centrales de la UGIF, en rue de Téhéran. Brunner me envió allí, custodiado por Zöllner —un SS integrante de su *Kommando*—, a buscar la lista de los centros de la UGIF, con el número de niños alojados en cada uno de ellos. Él poseía esa información. Pero quería confirmarla. Y comprometer a la UGIF en el operativo que estaba tramando.

El personal ya se había retirado. Y Zöllner me prohibió hablar con el conserje. Solo le solicité las llaves y nos dirigimos a mi oficina. Durante un rato simulé que buscaba, a pesar de que sabía bien dónde se encontraba la lista.

—No la encuentro —le dije, muy nervioso.

Zöllner reaccionó con violencia, enfurecido. Golpeó los archivadores y me gritó:

—¡Puedes esperar lo peor cuando Brunner lo sepa!

Continué la búsqueda, en varias oficinas. No tuve posibilidad alguna de llamar por teléfono, ni siquiera de dejar unas palabras escritas en un papel. Zöllner me siguió a todos lados, como un perro guardián. De golpe, bajo el vidrio de mi escritorio, descubrió una lista de los centros de la UGIF impresa a mimeógrafo.

—Dame esa lista, déjame ver.

—Esta es una lista vieja... —le respondí y la saqué despacio, mientras trataba de ordenar mis ideas, a pesar del pánico que me dominaba—. Mejor tomamos la que está en el escritorio del secretario general.

Zöllner aceptó. Dejé mi lista sobre el escritorio y fuimos a retirar la suya. Pensé que cuando mis colegas vieran mi lista suelta sobre el escritorio, y a la vez que faltaba la del secretario general, algo iban a sospechar. El conserje les podría confirmar mi extraña visita nocturna.

Regresamos a Drancy. Brunner miró la lista con cuidado, la comparó con la que tenía él y me hizo algunas preguntas. Luego me comunicó que quedaba retenido e incomunicado hasta el día siguiente. Le solicité que me permitiera avisar a mi esposa.

—Si no llego esta noche, ella se asustará mucho y hablará con todo el mundo.

Llamé desde su propia oficina:

—*Ma chérie*, tengo que quedarme aquí esta noche. Pero no te preocupes, es solo por unos panfletos que aparecieron, para un interrogatorio. Mañana regreso a casa.

Solo pude hablar unas pocas palabras, pues la conversación fue controlada por el propio Brunner, con el segundo auricular en su mano.

Tarde en la noche

Horst Staupfler

El comandante de las fuerzas alemanas en toda Francia, el general Carl-Heinrich von Stülpnagel, me llamó en persona en la tarde del jueves y sus instrucciones fueron claras: en mi carácter de oficial de enlace, debía citar para la mañana del día siguiente a todos los jerarcas de las SS y la Gestapo a su Cuartel General del hotel Majestic, en París. «Con total reserva y la mayor urgencia»: esas fueron sus palabras.

Fue muy raro. Enseguida sospeché algo. Pero no pude adivinar lo que ocurría.

Viernes 21 de julio, de madrugada

Kurt Schendel

Luego me condujeron a una oficina cercana, donde había una cama, y me dieron algo de comer.

Frente a mi ventana había dos autobuses estacionados y prontos para salir. ¡No me fue difícil imaginar para qué los tendrían allí…! Y por eso no pude pegar un ojo en toda la noche. Me levanté cada poco rato a mirar por la ventana, para ver qué pasaba. Pero nada sucedió. ¿Por qué no empezaban las *razzias* de los niños? Era muy extraño.

9:00 a.m.

Adolfo Kaminsky

Teníamos una rutina. Los agentes que nos encargaban los «trabajos» eran mujeres, y nuestros encuentros parecían citas de novios. Yo llegaba primero, siempre con una rosa en la mano. Dábamos un paseo e intercambiábamos miradas tiernas y cómplices. Al separarnos, nuestra misión estaba clara.

Por ese motivo, cuando me dijeron que el encuentro —fijado para las 9:00 a.m. en los jardines de las Tullerías— sería con Pingüino, uno de los jefes de la organización, el que me había reclutado, enseguida supe que el problema era grave.

Cuando llegué, lo encontré sentado en un banco. Se lo veía exhausto y preocupado. Enseguida entramos en tema.

—Ayer Radio Londres nos dio buenas noticias. El Ejército Alemán retrocede en todos los frentes. Y ya tenemos el control de África del Norte, pronto también desembarcaremos en el sur de Francia. —Pingüino hizo una larga pausa. Comprendí que las «buenas noticias» que me había dado solo eran para preparar el terreno—. Por eso mismo, los nazis han decidido acelerar el proceso de limpieza. Es inminente una redada en los hogares de niños de París.

Sentí una puntada en el pecho.

—¿Cuántos niños?

—Más de trescientos. Tengo una lista para ti. Necesito de todo: actas de nacimiento, certificados de bautismo, documentos de identidad para pasadores de fronteras, salvoconductos, cupones de racionamiento...

¡Era imposible! Por lo general, los pedidos me llegaban en paquetes de treinta a cincuenta por día. Pensé en Nutria, Suzie y Herta, en nuestro humilde laboratorio de rue des Saints-Pères. Me sentí desfallecer.

Por primera vez tuve miedo de fracasar.

10:30 a.m.

Kurt Schendel

Los teléfonos de Drancy sonaban sin parar. Se escuchaba toda clase de ruidos, que no supe descifrar. Los oficiales alemanes entraban y salían a toda velocidad en sus coches, pero se prohibió cualquier otra salida. Los internos fueron recluidos en sus habitaciones. La confusión era grande, y el alboroto crecía cada vez más. ¿Qué estaría pasando?

Yo estaba incomunicado. Pero al ir a los baños, o al recibir la comida, algo pude averiguar. Había enfrentamientos en las sedes de la Gestapo, en avenue Foch, y de la Sipo-SD, en rue des Saussaies. Cuando me dijeron el motivo, quedé helado, no lo pude creer. Pensé que sería un rumor infundado. No lo comenté con nadie.

Sin embargo, por la ventana volví a mirar los autobuses. Seguían en su lugar, ahora sin choferes, ni nadie a su alrededor. Pensé: «Quizás los niños todavía puedan salvarse».

Mediodía

Horst Staupfler

La citación del general Carl-Heinrich von Stülpnagel se frustró. Muchos asistieron, pero otros tantos se negaron. Se organizaron reuniones en paralelo, en las sedes de la Gestapo y la Sipo. Yo ignoraba el motivo de la convocatoria, pero pronto comprendí que varios de los oficiales no. Y en un tema de extrema gravedad como ese, la voz se corrió muy rápido. Entre nosotros, oficiales de las SS, la lealtad hacia el Führer era total. Como debía ser. La guerra no iba bien, eso estaba claro. Pero entonces, ¿le debíamos dar la espalda? ¿Y nuestro sagrado juramento de lealtad a la Gran Alemania? ¿Volveríamos humillados al Tratado de Versalles? ¿Olvidaríamos tan rápido los años de gloria que el Tercer Reich nos había brindado?

Los oficiales que sí asistieron fueron retenidos por el Ejército en su Cuartel General, sin demasiadas explicaciones.

Pero sobre el mediodía el viento cambió de dirección. El mariscal de campo Günther von Kluge persuadió a Von Stülpnagel de liberar a los oficiales demorados. Y este recibió órdenes de presentarse de inmediato en Berlín.

Los dados estaban echados.

Atardecer

Alois Brunner

Los traidores fracasaron. Los de Berlín y los de París.

La bomba que estalló el jueves 20 de julio a mediodía, en la Guarida del Lobo, asesinó a varios de sus colaboradores, pero solo hirió levemente al Führer. Sin embargo los conjurados, sacando partido de la confusión, siguieron adelante con sus oscuros planes, cortaron las comunicaciones e intentaron golpes en varias ciudades. Incluida París, donde el general traidor Von Stülpnagel pretendió hacernos caer en una emboscada. Sin embargo, los oficiales leales, con las SS y la Gestapo al frente, nos enteramos a tiempo de que Adolf Hitler estaba con vida y desbaratamos la pérfida maniobra.

En la tarde del viernes 21 de julio, la Operación Valquiria —así llamaron estos apátridas a su perversa conjura, plagiando el nombre de quienes acompañaban a los guerreros heroicos al más allá, cuando ellos no eran más que un puñado de debiluchos que, al ver las cosas difíciles, quisieron salvarse al vil precio de entregar a Alemania y a su pueblo— había sido derrotada.

No bien regresé a mi oficina, me dije: es el momento de que los enemigos de Alemania, de fuera y de dentro, los franceses de la Resistencia, la Judería internacional y sus aliados, vean la suerte que les espera.

No tuve dudas. Era hora de actuar sin piedad.

Recordé las palabras del camarada Heinrich Himmler en Poznan: «¿Qué hacemos con los niños? No me sentía con derecho a exterminar a los hombres y dejar crecer a los hijos, que se vengarían en nuestros hijos y descendientes. Fue preciso tomar la grave decisión de hacer desaparecer ese pueblo de la faz de la Tierra».

Llamé a mis colaboradores más fieles, los que me acompañaban desde Austria:

—Hoy a las 22 horas comenzamos el operativo. Quiero a todos los niños. Sin excepción.

Sábado 22 de julio,
en horas de la madrugada

Kurt Schendel

Era cerca de la 1:00 a.m. cuando los alemanes arribaron al centro de la rue Vauquelin, según me relataron después. Un grupo de soldados entró violentamente, ametralladoras en mano.

—¡Rápido! ¡Rápido! ¡Afuera! —gritaron, mientras empujaban a las chicas internadas, que estaban aterrorizadas.

Ni siquiera les dieron tiempo para vestirse. Fueron arrojadas a la calle en camisones y forzadas a subir a los camiones. Pocas horas más tarde estaban en Drancy.

La *razzia* del centro de Neuilly fue aún más patética.

Según supe por Catherine Rebecca Lowe, la médica del centro, el autobús llegó a las 6:00 a.m., con seis policías. A continuación cercaron la casa, aislaron al personal y dieron orden de preparar a los niños para llevárselos. Vistieron a los niños, y reunieron comida y ropa para que se llevaran con ellos.

Fue recién en ese momento que los policías se dieron cuenta de la edad de sus «prisioneros»: dos meses, quince meses, dieciocho meses, dos años… ¡Solo cinco niños alcanzaban los seis años!

El comandante del operativo no supo qué hacer y pidió instrucciones por teléfono. Unos minutos después de las siete anunció que todo quedaba sin efecto, y se marcharon.

Pero en el centro no se engañaron: enseguida pensaron que esa redada fallida solo podía ser el anuncio de males mayores. Por eso, a pesar de la terrible angustia del momento, las autoridades del centro se movieron de inmediato. Los niños enfermos fueron hospitalizados, y los «no bloqueados» devueltos a sus familias. Para la tarde de ese sábado, solo quedaban en el centro 22 niños, todos ellos «bloqueados». ¿Qué quería decir eso? Se les llamaba así a los niños internados en Drancy a quienes —por ser muy pequeños— las autoridades de ocupación les permitían residir en nuestros centros. Nosotros éramos responsables de que no salieran de allí. Eran como «prisioneros en libertad bajo palabra». Salvo por el hecho de que la mayoría de ellos no sabían hablar. Todo era muy absurdo.

A la mañana del día siguiente, la UGIF les dio orden de dispersar a los niños. Pero era domingo, parte del personal no trabajaba y el Metro no funcionaba. Sin embargo, gracias a la dedicación del personal, para las 18 horas los niños habían sido evacuados: a pie, en las canastas de las bicicletas, en cochecitos de bebés.

Pero a la mañana siguiente, lunes 24 de julio, hubo una nueva orden de la UGIF: debían recuperar a *algunos* niños. La elección de las «víctimas» la hizo el propio director general de los centros, y recayó en los más pequeños, que parecían correr menos riesgo. Sin embargo, esa tarde recibieron una nueva orden de la UGIF: era necesario recuperar a *todos* los niños. ¡En el centro cundió la desesperación! Parece que Brunner «les había dado su palabra» de que el centro de Neuilly no sería tocado. Y las autoridades de la UGIF confiaban en que, gracias a su obediencia, podrían evitar la deportación de los 250 niños que a esa altura ya habían reunido los nazis en Drancy. Al final consiguieron a dieciséis niños.

Pasaron la noche en zozobra. No tenían idea de lo que podía pasar. A las 10 a.m. del día siguiente, sus peores temores se confirmaron. Un autobús con varios policías estacionó frente al centro. Catherine los retuvo unos minutos a la entrada, mientras la secretaria llamaba a la central de la UGIF, para saber qué estaba pasando. Le dijeron que no comprendían nada, que eso no era lo acordado con Brunner. Intentaron sacar a algunos de los niños más grandes por la puerta del sótano, pero los descubrieron. Luego de una breve discusión, Catherine convenció a los policías de no llevar arrestado al personal, salvo a ella misma y la asistente, que eran las de mayor jerarquía. Cuando estaban por partir explotó una bomba en las cercanías, hubo ráfagas de ametralladora, gritos de soldados y de la gente. Bajaron al sótano. Pero poco después los subieron de nuevo al autobús y se los llevaron.

Al llegar a Drancy, Catherine y la asistente social fueron brutalmente separadas de los niños, y llevadas de apuro a las oficinas.

—Las va a recibir el jefe del campo, el comandante Brunner —les informaron con solemnidad. Sin duda, no era lo habitual.

Entraron a su oficina. No hubo presentación ni comentarios.

—Digan a la UGIF que yo no quería tocar a Neuilly, pero decidí encerrarlos porque el director de otro centro se escapó durante las detenciones del sábado —dicho lo cual bajó la cabeza y continuó con sus asuntos; y como las mujeres no se movían, agregó—: ¡Fuera de aquí!

Todo aquello parecía una horrible pesadilla. Luego Catherine comentó: «¿Cómo era el comandante? Difícil de describir. De pelo negro, joven, la voz fría, tumbado en un sillón leyendo su diario, del cual apenas apartó la vista para hablarnos un instante».

Alois Brunner

Ese fue mi homenaje al Führer.

La demostración de que mi lealtad seguía intacta.

En el preciso momento en que algunos alemanes lo traicionaron y otros muchos se apresuraron a tomar distancia. Arribistas y felones. Los más lameculos ahora eran los peores. El general Carl-Heinrich von Stülpnagel, convocado de urgencia a Berlín, prefirió dispararse un balazo en la cabeza a orillas del Meuse.

Hubo jerarcas de los centros que escaparon, como el de Montreuil. Y jóvenes que no pudieron ser detenidos, como los residentes de la casa de rue Montévideo, que huyeron por los techos. Pero en términos generales, el operativo fue un éxito. El mensaje fue contundente.

Cierto que, para algunos espíritus más sensibles, ajenos a la dureza de las decisiones que nos impone una guerra total como la que librábamos, hay hechos difíciles de asimilar. Hasta mi fiel Margarethe tuvo que contener su emoción al redactar el listado de los detenidos, enviados a Auschwitz una semana después, el 31 de julio en el convoy número 77. Uno de los deportados tenía menos de un año, dos tenían un año, cuatro habían cumplido dos años, 64 estaban entre los cuatro y los siete años de edad, 140 entre los ocho y los doce años, 57 tenían entre trece y quince años, y 31 habían cumplido los dieciséis.

En total fueron 299.

Kurt Schendel

Tiempo después Mathilde Jaffé,[8] una de las chicas deportadas, dijo que sus recuerdos de ese horrible viaje al infierno fueron eclipsados por una sola imagen.

En Drancy, un par de días después de su arresto, había visto llegar a los niños de Neuilly. Entre ellos venía un niño de tres años, al que ella había cuidado en la guardería de la UGIF. ¡Estaba tan contento de volver a encontrar a su «Mami»! Ella también se alegró mucho. Durante el viaje en tren no se separó de sus brazos. Cuando finalmente llegaron a Auschwitz, Mathilde pretendió que era su hijo. Pero los oficiales de las SS no le creyeron, por su edad. Entonces los separaron, enviaron al niño por un lado y a ella por otro. «El niño me miró con ojos donde solo pude ver sorpresa y reproche. Fue una mirada que jamás olvidaré».

12

«¡Quítense las estrellas!»

París, Francia, primeros días de agosto de 1944

Adolfo Kaminsky (19 años)

¡Los niños de la UGIF! No podía sacarme el tema de la cabeza.

Luego de unos días de locura, logramos entregar los documentos. Algunos llegaron a sus destinatarios, otros no. Además, hubo marchas y contramarchas en el *Kommando* nazi de Brunner (dado que el día elegido imprevistamente coincidió con la Operación Valquiria) y también en la dirección de la UGIF.

Muchos niños se salvaron.

Pero eso fue solo un triste consuelo cuando nos enteramos de que varios cientos fueron enviados a Pitchipoi. Entre ellos, la mayoría de los más pequeños.

Fines de julio y comienzos de agosto fueron malos tiempos para nosotros.

Varios dirigentes de la Resistencia que solían pedirnos trabajos fueron capturados y torturados. Maurice Cachoud, líder de la Organisation Juive de Combat, fue ejecutado. Ernest Appenzeller, mi amigo de Drancy, el que decía ser «circunciso pero no judío», al final fue liberado del campo gracias a un certificado del profesor colaboracionista Montandon, «experto en cuestiones raciales», que confirmó su calidad de ario. Hecho que, por supuesto, era totalmente falso. Sin embargo, en ese aciago mes de julio, volvió a ser apresado, sometido a torturas y deportado.

No obstante, el peor mazazo llegó unos días después.

Quedé de verme con Pingüino temprano por la mañana en La Sorbonne.

Fue un encuentro diferente a los anteriores. Hablamos mucho más que de costumbre.

El arresto de nuestros amigos también lo había afectado, y ahora estaba preocupado por mí. Él me había reclutado, y yo era el más joven. Tenía conmigo una actitud paternalista y protectora, como si se sintiera responsable de lo que me pudiera pasar. Soltó un largo suspiro antes de entrar en tema.

—¿Tienes los documentos? Tengo treinta niños que deben ser transportados en la semana.

—Vine para entregártelos, los hice anoche.

—¿Todos? ¡Increíble!

Tres días más tarde, a la misma hora, subí las escaleras del laboratorio de rue des Saints-Pères. Cuando abrí la puerta, Suzie y Herta ya estaban en sus puestos. Teníamos mucho trabajo pendiente, así que pusimos manos a la obra.

En eso estábamos, cuando de repente entró Nutria, con el rostro más blanco que el papel:

—¡Capturaron a Pingüino y a los niños!

Nos dejamos caer en el suelo, derrotados. Era demasiado. Imposible de asimilar.

Permanecimos así mucho tiempo. Sabíamos que era necesario continuar, que no podíamos rendirnos, que había tantas vidas para salvar. ¡Pero era tan duro!

Más tarde supimos que Pingüino y sus treinta niños fueron enviados a Pitchipoi.

Nos abrazamos y lloramos largo rato.

Cercanías de Hyères, región de Midi, sur de Francia,
martes 15 de agosto de 1944

Marcel Ruff (21 años)

Ya no podíamos controlar nuestra ansiedad. Estábamos tan cerca, en Argelia, en la otra orilla del Mediterráneo. Y, sin embargo, ¡todavía tan lejos!

A ritmo febril, preparamos los últimos detalles previos al embarque. Mi actividad, como oficial de enlace entre varios ejércitos que hablaban idiomas diferentes, fue enorme. De mis padres alsacianos aprendí el francés y el alemán, nací y crecí en México, un país que habla español, y estudié en Estados Unidos. Pero los términos militares varían de un ejército a otro, y cada quien tiene sus mañas. Nosotros —el Primer Ejército Francés, bajo el mando de Jean de Lattre de Tassigny— éramos parte del Sexto Grupo de Ejércitos Aliado, junto con tropas norteamericanas y británicas.

El 10 de agosto partimos en unos dos mil barcos y navegamos próximos a la costa del norte de África, de oeste a este, aunque en varias ocasiones desandamos el camino. Fueron días de enorme tensión. Aunque debo confesar que alguien logró introducir en el barco unas cuantas botellas de vino tinto —algo terminantemente prohibido—, que ayudaron a calmar los nervios.

Al final, todo estuvo preparado. Solo faltaba la orden de desembarco.

El martes 15 de agosto, en la madrugada, el comandante nos confirmó lo que ya intuíamos: al alba se pondría en marcha la Operación Dragoon. Nosotros deberíamos desembarcar en los alrededores de Saint-Tropez y Saint-Raphaël, más precisamente en la playa a la que habían asignado el número 263.

Encontramos fuerte resistencia alemana, aunque dentro de lo esperado, y pudimos manejar la situación. Las cosas se complicaron porque varias unidades descendieron demasiado lejos de la costa y casi fueron arrastradas por la corriente. Luego de sufrir algunas penurias, alcanzaron la playa.

Pisé tierra firme a las 4:35 a.m., luego de bajar por las redes colocadas a los lados del barco. Rápidamente encaré mi trabajo: desplazándome en un jeep de un lado a otro; debía coordinar los movimientos de las diversas unidades ya desembarcadas. En total, unos cien mil hombres. ¡Fue una locura! Una misión casi imposible de lograr. Y otra vez el problema del idioma: parecía que los oficiales solo querían coordinar con los que hablaban su lengua, un disparate. Sin embargo, a pesar del caos, logramos avanzar.

Entre los variados contingentes —aquello parecía la Torre de Babel—, me sorprendió toparme con un grupo de uruguayos, comandados por el sargento Pedro Milano y el cabo Domingo López Delgado. No eran de origen judío, ni tenían ancestros franceses o ingleses. Se habían enrolado como voluntarios en la Legión Extranjera «para defender la causa de la libertad», me dijeron con orgullo. Y venían de librar batalla en el heroico cerco de Bir Hakeim y en la victoria de El Alamein, ¡nada menos!

Me emocioné. Nos abrazamos como viejos camaradas —a pesar de conocernos recién— y vivamos a la Francia Libre, a México y al Uruguay, todo en español, con acento de mariachis y de tango, como buenos cuates.

Y en medio del fragor de la batalla, no pude dejar de contemplar con emoción a los soldados franceses que regresaban a su añorada patria, luego de años de penurias vagando por tierras lejanas. Cómo se dejaban caer de rodillas, besaban la arena, levantaban el rostro hacia el cielo y se persignaban, agradecidos, sin importarles que a su lado explotaran las bombas y silbaran las balas…

París, Francia, miércoles 16 de agosto de 1944

Adolfo Kaminsky

No queríamos ilusionarnos. Lo habíamos hecho muchas veces antes, y sufrido otras tantas decepciones. Sabíamos que, luego del desembarco en Normandía, el Ejército Aliado avanzaba a paso sostenido hacia la capital. Y ahora llegaban noticias del desembarco en el sur y la inminente toma de Marsella. ¡Cómo no soñar con la liberación de París!

Pero las *razzias* continuaron, y nuestro deber era salvar vidas. Sin flaquear un instante. Luego de lo de Pingüino quedamos muy golpeados. Pero las listas siguieron llegando. Nosotros preparábamos los documentos y, en la mayoría de los casos, también los distribuíamos entre sus destinatarios. Las reacciones eran variadas y no siempre gratas. Éramos portadores de una muy mala noticia. A la persona que nos recibía, si nos creía, se le daba vuelta la vida de un momento para otro. Debía abandonar su casa —donde muchas veces había vivido durante décadas—, junto con su familia, y partir dejándolo todo, hacia un destino incierto, con un documento falso. ¡Era un sacudón terrible!

Por lo general, luego de un rato lo aceptaban, nos agradecían y empezaban a adaptarse a la nueva realidad. Pero a veces se enojaban. Pensaban que era un engaño para lograr algo. O una ofensa: «¡Cómo les podía pasar eso a ellos, que eran franceses de cinco generaciones!».

Esa tarde, como era habitual, conté los candidatos: eran 34. Les informé a los demás y nos pusimos a trabajar. Estaba absorto en la tarea, con mi cabeza en los tipos de papel y tintas que debía utilizar, cuando de repente —en el octavo lugar de la lista— apareció un nombre: Lizzy.

El corazón me latió fuerte, pero no me quise hacer demasiadas ilusiones. Busqué sus datos. ¿De dónde era? ¡De Clécy! Ya no me pude contener, debía ver su fotografía lo antes posible. ¡Pero con los nervios no la encontraba, qué desesperación! Logré serenarme un poco, y busqué despacio, hoja por hoja. Y recién cuando di vuelta la última ficha, apareció la foto. Su foto. Quizás parecía un poco más grande, o menos rubia. Pero no tuve dudas. ¡Era ella, Lizzy, mi amiga de Normandía! Pensé que jamás la habían liberado de Drancy y que habría partido hacia Pitchipoi…

Suzie y Herta se dieron cuenta de que algo pasaba, se acercaron, y me preguntaron por qué se me caían las lágrimas.

Jueves 17 de agosto de 1944

Alois Brunner

Cumplir con mi deber hasta el último día.

Ni por asomo hubiera podido actuar de otra forma. Por algo Adolf Eichmann les dijo a todos que yo era «su mano derecha», su mejor hombre. Por algo fueron Viena, Berlín, Salónica y ahora París.

Por eso el convoy 77, mi homenaje al Führer traicionado.

Por eso las *razzias* de *résistants* y judíos jamás se detuvieron.

Por eso traté, hasta el último día, de deportar de Drancy a todos sus internos.

No fue posible. Los cambios en el terreno de operaciones luego de Normandía y el reciente desembarco en el sur de Francia elevaron el «coraje» de los *résistants* franceses —el mismo coraje que brilló por su ausencia durante buena parte de la guerra—, y junto a sus aliados de la Judería internacional hicieron imposible disponer del material ferroviario necesario.

Tuvimos que arreglarnos con tres vagones que provenían de una batería antiaérea. Allí alojamos a cincuenta y un deportados, en su mayoría judíos «políticos» integrantes de la Organisation Juive de Combat, una banda de asesinos consumados. También llevamos rehenes, para desalentar a la Resistencia de intentar algún torpe atentado de último momento. Entre ellos, al director del Hospital Rothschild, Armand Kohn, y toda su familia. Una vez despachado el ferrocarril con destino a Buchenwald, nos dispusimos a abandonar Drancy.

—Cuiden el campo hasta mi regreso, que será muy pronto —les dije a Emmanuel Langberg y Kurt Schendel, que abrieron unos ojos enormes.

—Sí, así será, capitán —respondieron los muy estúpidos.

Transferimos el mando al cónsul general de Suecia, Raoul Nordling, y partimos.

Guarecidos en sus habitaciones, los internos nos miraban desde las ventanas, donde apenas asomaban sus ojos, como ratas asustadas. Que es lo que eran.

Kurt Schendel

A las 10 a.m., tal como me ordenó Röthke, me presenté en la sede de la Gestapo de avenue Foch. Un rato después me hicieron pasar a una oficina, donde apareció Brunner:

—Más tarde les informaremos cómo vamos a proceder con Drancy. Pero si se produce el menor incidente en el campo, ¡tú serás fusilado como rehén!

Enseguida entró Röthke:

—Consígame un camión a gasógeno. Lo necesito para las 14 horas.

—Pero, capitán…, eso es imposible. No tengo manera.

A regañadientes lo aceptó. Le dio la misma orden a uno de sus colaboradores. Pero a la hora prevista no apareció ningún camión. Recién una hora más tarde, en su lugar se presentó… un carro con un caballo.

—¿Usted tuvo algo que ver con esto? ¡Mire que lo vamos a arrojar desde el cuarto piso, contra las rocas del patio! —me amenazó, furioso—. Queda detenido aquí hasta nuevo aviso.

A las 17 regresó Brunner:

—Ya di la orden. Drancy será una «colonia libre para judíos». Pero los internos deben permanecer allí. —Lo miré sorprendido—. Y usted será el responsable de que eso se cumpla, hasta mi regreso. Que será muy pronto.

Me quedé frío. Pareció una broma. Pero Brunner no sabía de bromas. Menos con estos temas.

Así que me quedé quieto. No supe qué decir.

Salió de la oficina. Con el mismo desprecio que me demostró desde el primer día.

Un rato más tarde, partieron. Imperturbables. Parecía que nada hubiera sucedido.

¡Pero habían pasado tantas cosas!

En Drancy, durante varios minutos, se produjo un profundo silencio.

Luego una consigna recorrió el campo, con la fuerza y la velocidad de una descarga eléctrica: «¡Quítense sus estrellas!».

Muchos no lo podían creer, temían una trampa, el retorno de los nazis. Otros se lanzaron al patio, se abrazaban, reían y lloraban. Muy pronto los internos comprendieron que habían vuelto a ser hombres y mujeres libres, y la consigna se convirtió en un grito de triunfo:

—¡Quítense sus estrellas!

Lizzy (14 años)

—¡Lizzy! Un joven te busca.

Era avanzada la noche del jueves, cuando golpearon la puerta. En ese tiempo, cuando llamaban tarde en tu casa, temías lo peor. Nos miramos las tres. Gertrude, siempre la más decidida, se paró y fue a atender.

Hacía seis meses que convivía en ese pequeño apartamento de un cuarto piso por escalera cerca de la place des Vosges con Gertrude y Sarah, dos chicas alemanas que estaban en la misma situación que yo. Fue la solución que encontró tío Gunnar, cuando sus esfuerzos y los del cónsul de Suecia dieron resultado, y por fin fui liberada del campo de Drancy, en enero del 44.

—Sería muy peligroso para ti regresar a Clécy. Es un lugar pequeño y todos se conocen. Además —y esto lo dijo con mucha tristeza, porque él quería al pueblo y su gente—, alguien de allí te denunció.

Ellas eran mayores que yo: Sarah tenía diecisiete y Gertrude dieciocho. Pero éramos muy unidas, nos ayudábamos en todo. Cuando Gertrude dijo que «un joven me buscaba», tuve un gran alivio, no era lo que temíamos. Pero no supe qué pensar. Conocíamos a poca gente, y tratábamos de pasar desapercibidas. Me acerqué a la puerta. Un joven de unos veinte años, de mirada despierta, con unos grandes lentes, me clavó su mirada. Un instante después, se sonrió. Me quedé mirándolo, seria, como una tonta.

—¡Lizzy!

Recién entonces caí en la cuenta:

—¡Adolfo!

Nos abrazamos con fuerza, felices, como si nos conociéramos de toda la vida, a pesar de que solo nos habíamos encontrado unas pocas veces en Normandía. Pero luego compartimos Drancy... Y eso sí que nos unió para siempre. Él y su familia cuidaron de mí, que estaba sola, en el peor momento de mi vida. Nos reímos, nos miramos, luego nos volvimos a abrazar. Gertrude y Sarah nos observaron con curiosidad. Pero al final Adolfo no tuvo más remedio que hablar. Se sentó en nuestra cocina, donde teníamos una mesa con cuatro sillas —uno de los pocos muebles del apartamento—, le servimos un poco de agua y nos explicó lo que sucedía.

—Pienso que deberían dejar su casa por unos días —concluyó.

Quedamos perplejas. Protestamos.

—¡Pero no puede ser! Si todos dicen que la liberación de París está próxima, que es cuestión de días —se quejó Gertrude, que siempre llevaba la voz cantante.

—Es cierto. Pero las *razzias* han continuado hasta hoy mismo. Y Sarah y Lizzy están en la lista de mañana. Les pido ¡por favor!: no se queden aquí.

—Yo voy a hacer lo que tú dices, Adolfo.

—Lo mismo yo —se sumó Sarah.

Mi amigo sacó con gran cuidado la documentación falsa de su bolso y nos la entregó.

—Y yo voy a ir con ustedes —completó Gertrude, a pesar de que era la única de las tres que no estaba en la lista.

Nos sonreímos y nos abrazamos. Le agradecimos mucho a Adolfo, que partió enseguida: todavía tenía varias personas de la condenada lista para visitar.

¿Pero a dónde ir?, nos preguntamos enseguida.

No teníamos respuesta. Pero sabíamos que tampoco había marcha atrás.

Nos asomamos a la calle poco antes del alba.

Era noche cerrada y había toque de queda. ¡Era muy peligroso! No sé si sería el fresco de la madrugada, pero yo temblaba de pies a cabeza, sin poderme contener. Mis amigas no estaban mucho mejor que yo.

Habíamos preparado unos bolsos chiquitos con las cosas más personales, y ahora caminábamos en fila india hacia la casa de una prima de Gertrude, que no sabía nada de todo esto y que hacía como un año que no la veía. Pero, sin la ayuda de tío Gunnar ni nadie más a quien preguntar, fue lo único que se nos ocurrió. Las veinte cuadras de distancia nos parecieron eternas. Estábamos aterrorizadas.

De pronto, en la oscuridad más absoluta, empezamos a escuchar ruido de motores. A medida que se acercaban, la vibración del suelo era mayor y el sonido se volvió atronador. Entonces giraron en la esquina y asomaron por la avenida donde veníamos nosotras. Una columna de vehículos —jeeps, sidecars, coches de lujo, camiones, tanquetas— emergió de las tinieblas, iluminándolo todo.

Quisimos recostarnos a la pared, pero nuestros movimientos fueron lentos y torpes. Nos pareció que quedamos en el centro de los rayos de luz, que era imposible que no nos vieran. Y quizás así fue. Sin embargo, en el resplandor de las luces alcanzamos a ver los rostros de algunos de esos militares que se retiraban. Ya no había orgullo ni soberbia. Eran rostros fatigados, exhaustos.

Instantes después, habían desaparecido.

Los contemplamos perderse entre las brumas de París, mientras en el horizonte asomaban las primeras barras de un nuevo día.

Y sin hablar nada entre nosotras, las tres supimos que pronto deberíamos seguir sus pasos.

Sur de Francia, segunda mitad de agosto de 1944

Marcel Ruff

La resistencia inicial de los alemanes fue considerable, sobre todo en las cercanías de Hyères. No obstante, logramos abrirnos camino. La ofensiva se dividió en dos direcciones. Al Ejército Francés le correspondía capturar los puertos claves de Toulon y Marsella. Por su parte, el Séptimo Ejército de Estados Unidos bajo el mando de Alexander Patch debía avanzar por el valle del Ródano hacia Aviñón y Lyon.

Ambos objetivos se alcanzaron de manera exitosa. En nuestro caso, para el 27 de agosto habíamos liberado Toulon, Marsella, Cannes y Niza, y la guerra en la costa sur había terminado. Sin embargo, nos encontramos con una dificultad imprevista: el puerto de Toulon estaba reducido a escombros, y en Marsella el almirante Ruhfus había dinamitado nueve mil metros de muelles, destruido doscientas grúas y hundido setenta barcos. En pocas palabras: ambos puertos estaban inutilizables, al menos de momento, lo que cortaba nuestras líneas de suministros en plena ofensiva.

Debimos establecer un riguroso orden de prioridades: primero el combustible para vehículos y tanques, luego las municiones y en último lugar —en la medida que fuera posible—, alimentos para las tropas. Afortunadamente, la recepción del pueblo francés fue maravillosa. Nos arrojaban flores, nos colmaron de atenciones, no sabían qué más hacer por nosotros. Y en vista de nuestras carencias, fueron capaces de multiplicar los panes y los peces, porque tampoco ellos tenían demasiado.

En un pequeño pueblito de la Provence, un viejito nos esperó en plena ruta con una botella de vino que había conservado durante treinta años para una ocasión muy especial. ¡Y vaya que esta sí lo era!

No tardamos en descubrir una realidad que nos sorprendió a todos, especialmente a mí.

A medida que avanzábamos hacia el noreste, atravesando Francia para ingresar en Alemania, personas y familias enteras, que habían sido desplazadas por la guerra, nos seguían con la ilusión de reencontrarse con sus seres queridos y recuperar sus hogares. Los había franceses de diferentes regiones —incluidos alsacianos fronterizos con Alemania, como mis padres—, alemanes e incluso polacos. Los aguardaba un largo camino, con el invierno del 44 por delante. Pero la ansiedad y la esperanza son más fuertes que cualquier obstáculo.

Como oficial de enlace, conocía los movimientos de nuestras fuerzas —información que era estrictamente confidencial, por supuesto— y tenía la ventaja de hablar varios idiomas, por lo que mis colegas solían enviarme a aquellos ciudadanos más impacientes, que reclamaban alguna pista sobre cómo venía la situación.

Así fue que, una tarde a mediados de setiembre, al día siguiente de arribar a Dijon, me tropecé con aquel grupo de jóvenes alemanas, ilusionadas y bulliciosas.

¿Qué le puedo contar sobre estas muchachas? Eran unas diez. Pienso que ninguna superaba los veinte años. Debieron haber salido de Alemania siendo adolescentes, o quizás unas niñas. Cuando los tiempos se pusieron difíciles, sus padres lograron sacarlas del país. Pero luego no se pudieron reencontrar con ellas. Había de Berlín, de Frankfurt, de Hamburgo, de Stuttgart. Hablaban bastante bien el francés. Pero preferían comunicarse en alemán. Y yo era uno de los pocos oficiales franceses que dominaba ese idioma. Además, éramos muy parecidos: de origen judío, mitad alemanes, mitad franceses. Lo que les llamaba la atención era que yo fuera mexicano. ¡Eso sí que las sorprendió! Muy pronto hicimos buenas migas.

Dijon, fines de setiembre de 1944

Lizzy

¡No soportaba más sin saber de mis padres! Ni de Hertha, ni de mi banda de amigos del alma de Yaremcha. Gertrude y Sarah estaban igual: cada vez más angustiadas. Fue por eso que tomamos la decisión.

Un par de días después de mudarnos a lo de la prima de Gertrude, París fue liberada. ¡Era maravilloso! Me reencontré con tío Gunnar y tía Thérèse, que vinieron de Clécy. Festejamos y celebramos en grande, bailamos en las calles. Las tres amigas estábamos muy contentas, pero no felices.

Seguíamos sin saber de nuestro hogar, de nuestros seres amados. Y todavía faltaba un largo camino por recorrer. La angustia nos comía por dentro.

Cuando nos enteramos de que un grupo de jóvenes alemanas pensaban emprender el camino a casa detrás del avance del Ejército Aliado, sin esperar al final de la guerra, quisimos saber más.

—Es una locura —opinó Sarah.

Yo pensé lo mismo. Pero tampoco podía quedarme en el apartamento de París, llevando una vida «normal», como si nada pasara, cuando hacía más de tres años que no sabía nada de mi familia. ¡Más de tres años! Es difícil imaginar lo que eso significa.

—Por supuesto que no es lo más tranquilo y seguro de hacer —concluyó Gertrude—. Pero no tenemos otra alternativa. No quiero culparme el resto de mi vida por no haber hecho *nada* por mi familia.

Hablé con tío Gunnar. Al principio se opuso, no quiso saber nada del asunto. Sentía que era su responsabilidad cuidar de mí. Pero al final cedió ante mis ruegos. Ya no era una niña, y viajaría en compañía de varias jóvenes mayores de edad. También ayudó la ilusión que todos teníamos de que la guerra estaba por terminar, quizás en unas pocas semanas más.

—Todavía no sé cómo te autoricé esta imprudencia —me dijo unos días después, cuando nos dimos el abrazo de despedida—. Lo hago por tu papá y tu mamá. Los quiero tanto...

Tío Gunnar se quebró. Nunca lo había visto así. Estuvimos abrazados largo rato. Cada tanto lo sacudía un sollozo. Le prometí que me mantendría en contacto con él. Al final suspiró hondo, nos separamos, y yo partí.

Unos días después llegamos a Dijon. La ciudad había sido liberada poco antes y aún continuaban los festejos. Nos alojamos en una pensión limpia pero muy humilde. Gertrude y otras dos chicas de veinte —las mayores del grupo— fueron a averiguar qué estaba pasando.

Demoraron varias horas en regresar. Las noticias no eran demasiado alentadoras. El avance aliado estaba casi detenido por falta de suministros. Por supuesto que no sabían dónde. Pero todos conjeturaban que sería en el camino a Belfort, una ciudad de la Borgoña, próxima a la frontera alemana.

La buena noticia era que habían hecho «un amigo». Luego de dar vueltas por la ciudad, tratando de encontrar un oficial aliado que les diera alguna información, sin que nadie les prestara la más mínima atención, un alma caritativa las guio hasta un cierto capitán.

—¡Es judío, francés y alemán, como nosotras! —nos contó la mayor de las chicas.

—Sí, es elegante y muy educado —terció otra.

—Se llama Marcel Ruff —completó Gertrude—. Pero es mexicano.

—¡¿Cóóómo?! —preguntamos todas a coro.

El tiempo transcurrió lento y las novedades fueron escasas. Muy diferente de lo imaginado. El otoño llegó, y también los primeros vientos fríos. Nos guarecimos en un café de Dijon. Teníamos escasos recursos y debíamos administrarlos con cuidado.

—Cinco cafés pequeños —le solicitamos al camarero—. Los vamos a compartir entre todas.

De improviso la puerta se abrió y, envuelto en una ráfaga de aire, entró un capitán francés: un joven alto y delgado, de andar elegante y rostro amable. Saludó a otros oficiales norteamericanos y franceses que estaban instalados en una mesa, y se dirigió a la barra.

—¡Ese es nuestro amigo! —saltó Gertrude.

—Pero qué buen mozo... —comentamos varias por lo bajo.

—¡Marcel! ¡Marcel! —gritó la mayor de las chicas, sin poderse contener, como si lo conociera de toda la vida.

El capitán se sorprendió. Miró hacia nuestra mesa, pareció reconocerlas, y las saludó a la distancia con una sonrisa. ¡Para qué! Un instante después dejó la barra y se dirigió a la mesa de los oficiales. Lo recibieron con bromas y risas. No escuchamos lo que dijeron, pero vimos que nos señalaban a nosotras, varias veces. Desde ese momento fuimos para ellos «las novias de Marcel». Pero él era un caballero. Jamás nos insinuó nada. No solo eso, en varias oportunidades se tomó el trabajo de pararle el carro a algún impertinente.

Así estuvimos, sin novedades. Varias semanas. La ansiedad nos volvió a devorar. Ya no sabíamos qué hacer. Finalmente, a comienzos de noviembre, los Aliados retomaron la ofensiva. El objetivo era Belfort, donde los alemanes habían armado una fuerte defensa. Contuvimos la respiración: de allí a la frontera alemana era un solo paso. Aunque ya habíamos aprendido que en una guerra nada es lo que parece.

Contábamos las horas soñando con el regreso a nuestra patria y a nuestro hogar, cuando una noticia que jamás hubiéramos esperado nos estremeció:

—¡Hirieron a Marcel! —gritó una de las chicas, no bien abrió la puerta de la habitación—. Lo escuché en la *épicerie*. Fue en Belfort.

—¡Lo llevaron a un hospital estadounidense! —completó otra, un rato más tarde.

No lo podíamos creer. Nuestro amigo mexicano, nuestro único amigo, ¡herido en combate! ¿Sería muy grave? ¿Lo volveríamos a ver? ¿Cómo regresaríamos a Alemania sin su ayuda?

Nos dejamos caer, abatidas. El destino se empeñaba en negarnos cualquier ilusión.

Segunda parte

ALEX

13

Bajo «el gobierno del pueblo»

Estación balnearia de Yaremcha, montes Cárpatos, Polonia (hoy Ucrania), fines de agosto de 1939

Alex (8 años)

Era tarde por la noche y ya estábamos acostados.

De golpe, en el patio de nuestra casa de veraneo, se escucharon ruidos. ¡Qué extraño! Me senté en la cama. Pepa, mi mamá, abrió la puerta.

Eran mi padre Hersh y mi tío Severyn. Me quedé más tranquilo, pero igual resultaba muy raro. Porque era miércoles, y ellos solo venían a casa los fines de semana. ¿Qué ocurriría? Me levanté y asomé la cabeza en el comedor, donde estaban mis padres.

—Hola, papá —le dije de lo más contento.

Ellos giraron sus cabezas y me miraron. No hubo una sonrisa o una chanza, como era lo habitual. Por el contrario, sus rostros solo reflejaron una gran inquietud.

—Alex, ve juntando tus cosas. No bien amanezca partiremos para nuestra casa de Stanislawow —me informó Pepa.

—Pero... ¿por qué? ¿Qué pasa? ¿Y cuándo regresamos a Yaremcha?

—Ya no volveremos por este verano. Todo se ha complicado.

Muy pronto comprendí lo que sucedía.

Ese verano en Yaremcha fue muy raro, y bastante triste. Lizzy y Riki, mis «amigas de sangre», no vinieron. Quise averiguar por qué, pero Pepa no me dio ninguna respuesta clara. Solo sugirió explicaciones vagas, como «habrán tenido algún problema». Los fines de semana, cuando mi papá y mi tío Severyn venían a pasar con nosotros, a menudo los veía cuchicheando en voz baja, a escondidas de los niños. Yo me refugiaba en nuestra casita del árbol. Allí tenía mis juguetes y mis recuerdos. Maxim, el cochero del Gran Abuelo, cuidaba de mí con mucho cariño. También a él le pregunté qué pasaba. Tampoco me contestó. Pero yo estaba seguro: algo sucedía.

Aquel amanecer de fines de agosto, cuando bajamos de Yaremcha y llegamos a Stanislawow, todo se aclaró. La ciudad hervía de movimiento, los soldados polacos se desplazaban de un lado para otro, en camiones, vehículos blindados o caballos. Es que estábamos por entrar en guerra.

No mucho antes mi mamá me había llevado a un desfile, encabezado por un militar a caballo en uniforme de gala. Quedé muy impresionado. Cuando regresé a casa, encaré a mi padre:

—Quiero ser oficial del Ejército.

—Bien. ¿A qué grado aspiras?

—El que va adelante y manda a todos.

—Ese sería un general.

—Entonces quiero ser general —le dije, muy suelto de cuerpo.

—Eso va a ser muy difícil. Los judíos no podemos ser generales en Polonia. Tal vez algún día en Palestina... —Esto último le salió del alma, mi padre nunca hacía ese tipo de comentarios.

—Bien, papá, vámonos a Palestina.

—Los judíos, por ahora, tampoco podemos ser generales en Palestina.

—¿Y cuál es nuestro país?

Mi padre dudó un momento antes de responder:

—No tenemos.

Quedé muy preocupado. Sin embargo, en ese momento lo que más me interesaba era resolver mi problema: «¿Cómo hago para ser general?». Se lo pregunté a toda la familia, y a los amigos de mis padres. La respuesta de mi abuela al menos fue clara:

—Cuando venga el Mesías, podrás ser general en Palestina.

—¿Y quién es el Mesías?

—Un señor que vendrá en un caballo blanco y nos llevará de vuelta a Palestina.

—¡Muy bien! ¿Y cuándo viene?

—No sabemos. Hace dos mil años que lo esperamos.

—¿Y qué pasa si demora dos mil años más? —la interrogué, alarmado.

—Lo seguiremos esperando.

Esto no me convenció para nada. Entre otras razones, porque imaginaba que dentro de dos mil años sería demasiado viejo para ser general. Pero como siempre fui muy cabeza dura, seguí preguntando. Hasta que encontré la solución. Y la anuncié en el almuerzo del sábado, con toda la familia reunida en torno a la mesa, en casa del Gran Abuelo:

—Está todo solucionado. Ya puedo ser general.

—¿Y cómo vas a hacer? —me preguntaron, sorprendidos.

—Muy sencillo: me convierto en polaco y ya está.

En la mesa se instaló un pesado silencio. Me di cuenta de que algo andaba mal. Al final, fue el Gran Abuelo quien tomó la palabra:

—En esta familia somos todos judíos. Tal vez no podamos ser generales, y muchas otras ocupaciones más, pero nunca dejaremos de ser judíos.

Al ver cómo se derrumbaba mi última esperanza de ser general, me puse a llorar. En la mesa estalló una acalorada discusión en yiddish, de la que no entendí ni una palabra. A mí me mandaron a dormir, por lo que decidí no volver a sacar el tema. Aunque comprendí que todavía había muchos asuntos del mundo de los adultos que no era capaz de entender.

Por eso disfruté de esos días de bullicio y alboroto militar. Me gustaba ver a mi tío Severyn en su uniforme de oficial polaco. Además, me dejaba jugar con su revólver verdadero. Hubo simulacros de bombardeos. Sonaba la alarma y corríamos a los refugios. Parecía muy divertido. Pero tan solo unos días después la radio polaca anunció que la guerra había estallado. El 17 de setiembre el Ejército Rojo cruzó nuestra frontera.

Y apenas un día más tarde los tanques rusos entraron en Stanislawow.

Stanislawow, Polonia (hoy Ivano-Frankivsk, Ucrania), año 1940

Maxim

Fue una puñalada trapera.

Dos semanas después de la invasión nazi a Polonia, cuando Varsovia luchaba por sobrevivir, asediada por los ejércitos alemanes y bombardeada por la Luftwaffe, con muertes de mujeres y niños, los rojos atacaron por Kresy, en el este. Yo no simpatizo con los polacos, salvo con don Saúl el Gran Abuelo y su familia, eso ya lo dije. Pero esto fue demasiado. Le llamaron el «Pacto Ribbentrop-Mólotov». Hasta cláusulas secretas tuvo la confabulación entre nazis y rojos, en la que se estableció la repartija de los territorios conquistados. En pocas palabras: fue una canallada de Stalin, así, claramente lo digo.

La fábrica de don Saúl —que era el gran amor de su vida— fue expropiada, y a él lo enviaron a vivir en la pequeña población de Buchach. Su casa era poco más que una choza. Seguro, él era un «burgués capitalista», para ellos no merecía otra cosa.

Su familia se dividió. Algunos fueron deportados, otros escaparon a distintas ciudades —como Severyn—, y otros permanecieron en Stanislawow. Yo quedé sin trabajo. No había quien pudiera pagar un cochero. Además, eso estaba mal visto. Echaba de menos al Gran Abuelo, que para mí, más que un patrón, fue un amigo. Y también al joven Alex y sus correrías, en aquellos veranos de Yaremcha.

Pero estaba vivo y nadie me perseguía. No era poco en esos tiempos.

Alex

Muy pronto aprendí una nueva palabra: «expropiar».

Todo aquello que los rusos pensaban que no debía ser más de su dueño era expropiado, y se lo daban a otro. Que podía ser un ruso, o un amigo de los rusos.

Nuestro lindo apartamento, en un primer piso de la calle Smolki, con balcón y una hermosa reja de hierro fundido, fue expropiado. La mitad fue a parar a un oficial ruso, que se mudó con su familia. Nosotros quedamos con la otra mitad. Que eran dos dormitorios y un baño. Un buen día vinieron varios soldados rusos, clausuraron una puerta y asunto terminado. Nadie nos consultó nada. Total, la casa había sido expropiada. Ahora era «del pueblo». Pero obtuvimos una pequeña victoria: ¡nos quedamos con la cocina! La esposa del oficial dijo que a ellos les daba lo mismo, que preferían cocinar en el dormitorio.

También aprendí que ahora había muchas cosas que no podíamos hacer nosotros, las tenía que hacer «el Estado». El estudio de abogados de mi padre fue clausurado. No podía haber abogados independientes. Pero dentro de todo, tuvo suerte. Gracias a algunos amigos suyos que eran comunistas consiguió trabajo en un estudio de abogados «del Estado».

La curtiembre del Gran Abuelo fue expropiada y a él lo enviaron muy lejos. Mis tíos, que trabajaban allí, fueron echados de la fábrica, acusados de ser «cómplices de un explotador»: su padre. Tuvieron que emigrar. Mis padres se pusieron muy tristes, sobre todo mi mamá, Pepa, que en unos días se quedó sin la mayor parte de su familia. Mi abuelo paterno, don Samuel, al que por contraste todos llamaban el Pequeño Abuelo, logró conservar una parte de su cervecería.

En cambio, mi tío Abraham, que vivía en Lodz —que en el reparto entre alemanes y rusos quedó en manos de los primeros—, prefirió venirse a vivir con nosotros en Stanislawow, a pesar de que su mujer y su hijo se quedaron en Varsovia. Era otro más a alojar en nuestro ya reducido apartamento. Pero con un aspecto importante: el tío Abraham era un influyente miembro del Partido Comunista Polaco y «conocía gente».

Nuestra vida cambió mucho. Ya no teníamos empleada doméstica en nuestro pequeño apartamento, ni al cochero del Gran Abuelo. Extrañaba mucho al bueno de Maxim, siempre tan atento con nosotros, los más pequeños. También se terminaron los viajes a Yaremcha. Ese verano de 1940, mis padres —después de muchas vueltas— consiguieron un permiso para visitar al Gran Abuelo. Vivía con la abuela en una pequeña casa en un pueblito llamado Buchach, cerca de un arroyo que bajaba de las montañas. Me dio mucha pena verlo en una situación tan precaria, recordando los días en que corría tras sus enérgicos pasos en la fábrica. Pero él se alegró tanto de vernos que al final terminamos todos felices.

Ese mismo año, al terminar el verano, empecé la escuela. Los niños éramos polacos, muchos de origen judío, y ucranianos. Por eso fue raro tener que aprender ruso. Y además escuchar a la maestra hablar a cada rato sobre la «explotación capitalista de los obreros». Me daba fastidio, sobre todo porque recordaba que mi abuelo los trataba muy bien.

Me fue bien en la escuela, de todos modos. Pero al llegar el invierno me pesqué todas las enfermedades juntas: escarlatina, tos convulsa, difteria. La pasé muy mal, a pesar del cuidado de mis padres. Ansiábamos la llegada del verano.

Claro, no sospechábamos lo que nos esperaba.

Hermann Göring, ingeniero, jefe de máquinas de la fábrica del Gran Abuelo (unos 35 años)

¡Sí, me llamo igual que el ministro del Reich! Parece raro, ¿no? Es fácil imaginarse la cantidad de confusiones que se produjeron. Aunque también algunas veces eso me ayudó: hubo quienes pensaron que era pariente cercano suyo, y me dieron un trato especial. Y yo no dije nada, ¡bueno, fuera...!

Stanislawow era una ciudad industrial importante. Había curtiembres, molinos y aserraderos. Allí vivían judíos —era el grupo más numeroso—, polacos y ucranianos. Y también unos miles de alemanes, como era mi caso. Los judíos eran propietarios de las grandes fábricas y comercios, y también lo eran la mayoría de los profesionales universitarios. Desde luego había judíos pobres, y no pocos. Los polacos ocupaban los cargos de gobierno y las oficinas públicas, y los ucranianos aportaban la mano de obra. La mayoría de los técnicos eran alemanes, como yo.

Saúl Anderman era un hombre alto y corpulento —debía andar cerca del metro noventa y pesaba más de cien kilos—, por lo que todos lo llamaban el Gran Abuelo. Tenía por entonces algo más de sesenta años.

Su curtiembre era una de las mayores de la ciudad. Allí trabajaban varios cientos de obreros, la mayoría ucranianos y judíos. Estaba ubicada en las afueras, cerca de la Compañía del Gas, en un terreno triangular con frente a la calle Zyblikiewicza. Los otros dos lindes eran un arroyo y su afluente. A la entrada estaban la casa del Gran Abuelo y las oficinas. En el centro del predio se levantaba la fábrica: un edificio grande de ladrillos de tres niveles, rodeado de galpones y depósitos. Sobre el fondo, cerca del encuentro de los arroyos, estaba nuestra casita. Allí vivía con mi esposa y mi hijo Helmut.

Don Saúl imponía su autoridad, pero también se hacía querer. A mí me trataba con gran respeto. Siempre requería mi opinión en temas difíciles. Y mi hijo se había vuelto muy compinche de su nieto, Alex.

Por eso fue muy duro tener que dejar la fábrica luego de la invasión rusa. En ese momento los nazis y los bolcheviques habían hecho un pacto, así que no sufrí apremios ni tuve problemas para marcharme. Pero ver sacar de allí a don Saúl como si fuera un delincuente, después de todo lo que había hecho por la fábrica, ¡por favor! Fue muy triste.

Alex

Göring, el ingeniero alemán de la fábrica, que era hombre de confianza del Gran Abuelo, tenía un hijo de mi misma edad. Y como yo andaba a cada rato corriendo atrás de mi abuelo, pronto nos hicimos amigos. Helmut era polaco, pero solo hablaba alemán. Por eso siempre me buscaba para jugar. Sus padres lo alentaban:

—Ve a jugar con Alex, así aprendes a hablar polaco —solían decirle.

Sin embargo, sucedió al revés: yo aprendí a hablar bastante bien el alemán, pero él no aprendió ni jota de polaco.

Luego de la invasión de los rusos, ellos se tuvieron que ir. Nosotros teníamos nuestros propios problemas, que no eran pocos. Estábamos muy apenados por lo que sucedía, sobre todo al Gran Abuelo. Sin embargo, recuerdo bien lo que me dijo Helmut antes de partir. Me pareció sin sentido. Pero igual me impresionó mucho:

—*Wir fahren nach Deutschland, aber wir werden wiederkommen.*

«Nos vamos a Alemania, pero volveremos».

14

La tierra tembló aquella tarde

Stanislawow, Polonia, 22 de junio de 1941

Alex (8 años)

Era el primer domingo del verano, y yo estaba entusiasmado con los planes que teníamos. Con un grupo de amigos de mis padres nos íbamos a una playa sobre el río Bystrytsia, que corre en las afueras de Stanislawow. Son playas de arena y canto rodado, muy poco profundas, rodeadas de arboledas. Nos encantaba jugar y chapotear allí, mientras nuestros padres preparaban la comida a la sombra de la floresta. Hacía mucho que esperábamos ese día.

Nos levantamos muy temprano, casi al amanecer. Estábamos muy ansiosos. Fue entonces que escuchamos los gritos de mi tío Abraham, que se pasaba escuchando los informativos de radio:

—¡Alemania invadió Rusia! ¡Estamos en guerra!

Nos quedamos helados. Recuerdo que me quedé mirando a mi padre, que sacudió la cabeza, desanimado, mientras se dejaba caer en un sillón. Hersh era muy bueno. No me gustaba verlo así. Por supuesto que no fuimos de paseo. Ese fue el primer daño que me produjo la guerra…

A los pocos días, resultó evidente que los rusos no pensaban defender la ciudad que habían conquistado menos de dos años antes, cuando Polonia ya estaba casi vencida. Muy pronto comenzaron a reunir y empacar sus cosas, y a prepararse para la retirada.

Enseguida empezaron las discusiones en casa: ¿debíamos irnos tras los rusos o quedarnos a esperar la inminente ocupación alemana?

Marika Agnieszka, ama de casa,
vecina de la familia de Alex (unos 40 años)

Cuando me enteré de que los rusos se iban, y que pronto llegarían los alemanes, no supe qué hacer. Yo vivía sola, con mi hija adolescente Irenka, en el piso de arriba del señor Hersh, en la calle Smolki de Stanislawow. Mi marido era oficial del Ejército Polaco, pero desde hacía un año no sabíamos nada de él, salvo rumores. Luego de la derrota permaneció escondido un tiempo, y más tarde se unió a la resistencia clandestina, la Armia Krajowa, el Ejército de la Patria. Fue lo último que supimos con certeza. Era muy duro vivir así.

Por eso pensé en consultar al señor Hersh. Él era un abogado prestigioso. Y su esposa, Pepa, era psicóloga y licenciada en Historia, una mujer muy instruida, que incluso fue profesora en la Universidad. Gente muy culta. Aunque después se le dificultó para seguir dando clases, por ser ellos. ¿Se entiende, no?

—Nosotros también tenemos dudas, doña Agnieszka, y lo hemos discutido mucho —me respondió el señor Hersh—. Pero mi esposa Pepa y yo, como la mayoría de la familia, nos vamos a quedar. Sufrimos demasiado con los rusos. Los alemanes son un pueblo civilizado. No puede ser peor.

«Ellos son judíos, y nosotras somos polacas. E igual prefieren quedarse. Así que eso debe ser lo mejor», recuerdo que pensé. Además, los polacos fueron muy perseguidos por los rusos. Muchos fueron deportados u obligados a emigrar. Para otros fue aún peor, sobre todo oficiales del Ejército, como mi marido, e intelectuales. Hubo asesinatos. Y hasta se hablaba de una masacre de miles de polacos en el bosque de Katyn, cerca de Smolensk. Con mi hija Irenka vivíamos aterradas, a la espera de noticias de mi esposo. Así que el señor Hersh debía estar en lo cierto: «No puede ser peor». Por otra parte, casi no teníamos ingresos, salvo coser y lavar ropa para afuera, con lo que conseguíamos algún dinero para sobrevivir. Pero al menos aquí teníamos nuestro propio techo. Si abandonábamos el apartamento, ¿a dónde íbamos a ir?

Stanislawow, julio de 1941

Alex

Al final, solo mi tío Abraham se fue con los rusos. Mi papá me explicó que el tío no tuvo alternativa: él era un comunista muy importante. Gracias a sus gestiones, a mi padre le dieron permiso para abandonar la ciudad e ir a Rusia, junto con otros «civiles de confianza». Incluso le ofrecieron transporte. Pero mi padre no quiso. Prefirió quedarse en su ciudad y en su casa, con la mayoría de sus amigos y lo que le quedaba de familia.

En una semana los rusos abandonaron la ciudad.

El 1 de julio la ciudad despertó en medio de un gran silencio. Algo estaba por ocurrir. Al día siguiente, el 2 de julio, Stanislawow fue ocupada por tropas húngaras, aliadas de los nazis. Entraron a la ciudad con cuidado, temerosas de lo que pudiera ocurrir. Pero no pasó nada. Tampoco las tres semanas siguientes.

En ese mes de julio regresaron del destierro mi tío Bernardo, su esposa Julia y mi prima Gabriela. También una hermana de mi tía Julia y su esposo, que era abogado como mi padre. Todos fueron a vivir a nuestro apartamento.

La vida *pareció* seguir como siempre.

Sin embargo, un atardecer, vimos pasar por la ciudad una columna de judíos, conducidos por los húngaros como si fueran prisioneros. Iban andrajosos, harapientos y muy delgados.

—Son rumanos, de Transdniéster —dijo alguien.

—¿Y a dónde los llevan?

—No se sabe. Es un secreto —respondió otro.

Luego se me acercó un amigo y me susurró al oído:

—Dicen que los llevan al Molino de Rudolph.

Yo sabía dónde quedaba el molino. Pero nunca había escuchado que llevaran gente allí. ¿Y para qué los llevarían a ese lugar? Nadie tenía idea. Me quedé muy preocupado. Y todavía más, unos días después, cuando escuché hablar de bandas de ucranianos nazis que perseguían a judíos, en otras partes del territorio. De todos modos, Stanislawow se mantuvo tranquila.

Hasta el sábado 26 de julio. El día de mi cumpleaños.

Cumplía nueve años. Pepa había organizado un festejito muy sencillo, con mis tíos y primos, más algún vecino y un par de amigos míos. No había demasiadas exquisiteces, eran tiempos de escasez. Pero a mí me puso contento ver el cariño de mi mamá, siempre tan enérgica y decidida a celebrarme el cumpleaños, fuera como fuera.

Sin embargo, al mediodía, todo cambió. Para siempre.

De un momento para otro comenzó a escucharse en la lejanía un ruido sordo y amenazante. El sonido fue cada vez más fuerte, y no dejó de crecer, hasta que resultó claro que algo se acercaba. Un instante después, la tierra comenzó a temblar. A lo lejos, los primeros vehículos alemanes asomaron en el horizonte.

15

«Serás el hombre de la casa»

Stanislawow, Polonia, 26 de julio de 1941

Marika Agnieszka

Presenciamos todo desde el balcón de nuestro apartamento.

Irenka vio aparecer aquellos blindados y empezó a los gritos. Nos asomamos y allí estaban. Tanques, camiones, jeeps, coches descapotables donde viajaban los oficiales. Rubios, elegantes, bien vestidos.

Los nazis habían llegado.

Muchos ucranianos se volcaron a las calles. Los saludaban con el brazo en alto, les arrojaban flores. Pero los polacos no. Y los judíos menos. Miramos desde nuestras ventanas, con curiosidad. Pero también con miedo. Lo habíamos pasado mal con los rusos, pero no sabíamos qué podía ocurrir ahora.

Luego nos enteramos de que la revista de las tropas de ocupación en la plaza del Rynek, frente a la *Ratusz*, el Ayuntamiento, a unas cinco manzanas de nuestra casa, la realizó el mismísimo Hans Frank, gobernador general de los territorios polacos ocupados, junto con su Estado Mayor. Se ve que Stanislawow era una ciudad importante para ellos. Desfilaron las fuerzas del Ejército Alemán y de las SS, además de toda clase de vehículos militares. Pero también las Milicias Populares de Ucrania, de las que casi no teníamos noticia. Muchos de ellos iban a caballo, con gorros de piel negros y portando estandartes nazis. «¿Quiénes son estos y qué piensan hacer?», enseguida nos preguntamos.

Stanislawow, 3 de agosto de 1941

Alex (9 años)

Fue de mañana temprano cuando golpearon la puerta de nuestro apartamento. Atendió mi mamá.

—Hersh, te buscan.

Mi padre se acercó, preocupado.

—Buen día, señor Hersh. Soy de la *Kehilá*. Vengo a citarlo para una reunión de abogados, es hoy a las tres de la tarde. Como usted sabrá, la semana pasada se instaló el Consejo Judío de la ciudad, el *Judenrat*, y quieren convocar a los dirigentes para organizar el funcionamiento de nuestra comunidad.

—Ah, sí. ¿Y dónde es?

—Bueno..., es en la Jefatura de Policía.

—¿Cómo? ¿Y por qué es allí? En ese mismo lugar funciona la sede de la Gestapo...

—No lo sé, señor Hersh, no me dieron ninguna explicación.

—Bueno, gracias por avisarme, ya veré luego lo que hago —contestó mi papá, cada vez más alarmado.

—Pero tiene que firmarme aquí como notificado, al lado de su nombre.

—¿Y cómo tienen mi nombre?

—Tampoco lo sé. A mí me dieron esta lista con nombres y direcciones para citar, es todo lo que sé. Son solo personas con profesión universitaria. Abogados como usted, ingenieros, arquitectos, médicos. ¿Ve?

Mi padre sacudió la cabeza, muy disgustado.

—¿Pero cómo saben todo eso, si el *Judenrat* recién se instaló hace unos días?

Al final firmó, no demasiado convencido. Era un hombre formal y responsable, no acostumbraba a escapar a sus obligaciones. Luego llamó a los tíos y les explicó. Quedaron tan perplejos como él. Pero las autoridades desconocían que tío Bernardo y tía Julia ahora vivían con nosotros. De lo contrario también los hubieran citado, porque Bernardo era ingeniero y Julia médica. En cambio, sí citaron al cuñado de tía Julia, que era abogado.

Apenas se cerró la puerta detrás del empleado de la *Kehilá*, estalló la discusión.

—¡Esto es una emboscada! —gritó mi tío Bernardo.

—Sí, no hay que ir —lo respaldó la tía Julia.

Mi padre, pensativo, trató de reflexionar:

—Si nadie se presenta, va a haber represalias contra toda la familia. Ya vimos cómo actuaron los nazis en otras ciudades de Polonia. ¡Y las mujeres y los niños serán los primeros!

—Te entiendo, Hersh, quizás tengas razón. Pero no podemos ir a entregarnos así como así, para que hagan lo que quieran de nosotros.

La discusión se prolongó largo rato. El ánimo estaba cada vez más deprimido. Todos temían lo peor, aunque nadie se animó a decirlo. Yo miraba desde un rincón, sin decir una palabra. Mi prima Gabriela, lo mismo. La casa estaba llena de gente, éramos tres familias en dos dormitorios. Allí no había secretos para nadie.

Faltaba menos de una hora para las tres cuando mi padre zanjó la discusión:

—Yo soy el dueño de casa, mi deber es presentarme. Entiendo lo que dicen, todo esto es muy extraño, da mala espina. Pero no puedo arriesgar a mi familia a soportar represalias por mi culpa. Según lo que pase, ustedes verán cómo actuar.

El cuñado de tía Julia dijo que entonces él también se iba a presentar.

Varios protestaron, pero no hubo vuelta atrás. Así era mi padre. De una pieza.

—¡Alex! Ven conmigo.

Mi padre me llevó a la cocina. Estábamos los dos solos. Se puso en cuclillas, hasta que quedamos a la misma altura. Entonces fijó su mirada en la mía. Con tanta ternura… como quizás nunca vuelva a sentir sobre mí en la vida.

—Ahora serás el hombre de la casa. Cuida de tu mamá.

Me abrazó. Fue un abrazo largo, suave, hondo.

Luego se incorporó, tomó el portafolios con los Códigos, se calzó su sombrero bombín y se dirigió a la puerta. Allí lo esperaba mi mamá. Cruzaron miradas angustiadas, apenas se besaron. Mi mamá le palmeó la espalda, y él partió. Mi mamá se quedó largo rato reclinada contra la puerta, con la cabeza baja.

Mi padre tenía treinta y siete años. Fue la última vez que lo vi.

16

«Fue en el Bosque Negro»

Stanislawow, varias semanas después

Maxim

¡El señor Hersh, el papá de Alex, había desaparecido!

No lo podía creer. Fui a ver a Pepa y me contó todo.

—Nunca regresó, Maxim. Se presentó en la Policía, como le dijeron, pero no volvió a casa. —Pepa tragó saliva. Era una mujer fuerte, pero no podía contener la emoción—. Después nos informaron que fue trasladado a un campo de trabajos, pero nunca nos dijeron a cuál. «Eso es secreto militar», argumentaron. Y nos dijeron que le podíamos enviar un paquete por semana, los lunes, con ropa y alimentos. ¡Es todo tan extraño…! No sé qué pensar, es muy difícil vivir así —me comentó desconsolada esa mujer valiente, que yo admiraba.

Desde que salí del apartamento me juramenté a mí mismo que iba a averiguar qué le había sucedido al señor Hersh. Se lo debía a él, a Pepa, a Alex y, sobre todo, a mi patrón y amigo, el Gran Abuelo.

Las semanas siguientes recorrí los bares y cafés de Stanislawow y sus alrededores. Allí conozco gente. Y sé bien que a los ucranianos, tarde en la noche y con unos cuantos vodkas encima, se les puede sacar un puñado de verdades. Yo también soy así, y no me avergüenzo de ello. Por más que digan que a veces me tomo una copita de más, y me hagan chanzas, diciéndome que si no fuera por mi caballo jamás podría encontrar el camino de regreso.

Después de lanzar varios anzuelos, de sembrar verde para recoger maduro durante unas cuantas noches, por fin encontré algo. Fue en el bar Potots'kykh, en la calle Dnistrovska. Un viejo amigo, que vivía en el pueblito de Pavlivka, había visto sucesos extraños. Y lo que no vio, lo escuchó. Todos estaban aterrorizados. Maldecían saber algo, porque temían la venganza de los nazis si las noticias se desparramaban. Él también. Pero aceptó hablar, con la condición de que su nombre nunca se supiera. Así que lo llamaremos Pavlo.

—Es un tema de conciencia —me confesó—. Parecerá estúpido en estos tiempos, pero sé que tú me entiendes, Maxim.

Se quedó pensativo un rato, antes de desgranar su historia.

—En el atardecer del domingo 3 de agosto, se escuchó ruido de camiones que venían de Stanislawow, que queda a unos diez kilómetros de distancia. Los vimos doblar a la entrada del pueblo, con rumbo al bosque que está a la izquierda del camino, el de Czarny Las. Serían unos quince. Estaban cerrados con toldos y lonas, así que no pudimos ver su interior. Pero era evidente que transportaban gente. Porque además los acompañaban tres camiones de soldados muy bien armados —relató Pavlo—. Nos quedamos comentando entre nosotros, intrigados con lo que pasaba. De repente, escuchamos varios estruendos. ¡Eran descargas de fusiles! Unos muchachos del pueblo, entre ellos un sobrino mío, salieron corriendo en esa dirección. Quisimos detenerlos, pero no reaccionamos a tiempo. Un rato más tarde, regresaron. Horrorizados.

Pavlo se quedó callado durante un rato. Yo respeté su silencio y pedí otra vuelta de vodka. Bebimos, como para reponer fuerzas. Entonces levantó su cabeza, me miró directo a los ojos y dijo solo esto:

—Fue en el Bosque Negro. En cinco fosas comunes y a las cinco de la tarde.

17

El Domingo Rojo

Stanislawow, Polonia, verano de 1941

Alex

La ausencia lo llenaba todo. Pero de eso no se hablaba.

Todos los lunes Pepa preparaba un paquetito para él, y lo llevaba hasta la Policía, para que se lo enviaran. Un día nos enteramos de que algunos médicos y dentistas que desaparecieron con él habían regresado. Eso nos dio esperanzas. Pero luego no se supo nada más.

La vida se hizo cada día más difícil. El brazalete blanco con la estrella de David se volvió obligatorio. Ahora estábamos marcados, para que no hubiera dudas.

A mediados de agosto, un grupo de oficiales nazis y sus asistentes se presentaron de improviso en nuestra casa. Sin explicar nada, eligieron los muebles que les gustaron —casi todos— y se los llevaron al otro día. Abrieron los roperos y robaron lo que les vino en gana. Pepa, que seguía con su pensamiento girando alrededor de papá, observó indiferente cómo nos desvalijaban. Me dolió ver a mi mamá, siempre tan fuerte, ahora casi quebrada. El apartamento quedó medio vacío, tuvimos que dormir en el piso. Menos mal que unos días después llegaron unos muebles de mi tío Bernardo, que le enviaron de donde estuvo deportado, y la comodidad doméstica mejoró un poco.

Cerca de fin de mes, los alemanes pusieron en funcionamiento la fábrica del Gran Abuelo. El nuevo director alemán, que era una persona decente, se llevó a trabajar con él a tío Bernardo, el antiguo jefe. Y este, a su vez, consiguió trabajo como obrera para mi mamá y algunos más de la familia. Era importante trabajar en la fábrica: su producción estaba destinada al Ejército, lo que nos protegía de las deportaciones, que comenzaron por esos días.

Seguíamos sin tener noticias de papá. Pepa les preguntó a todos sus amigos ucranianos. «Alguno de ellos tiene que saber», solía comentarle a tío Bernardo, que siempre la apoyaba. Y tuvo razón.

Un atardecer se presentó Maxim, nuestro amigo el cochero. Habló aparte con mamá, en la cocina, solo ellos dos. Cuando se retiró, mi mamá me llamó. Sin decirme nada me abrazó. Muy, pero muy fuerte. Como si quisiera que nunca más nos fuéramos a separar. Cuando levanté la cabeza y la miré, estaba bañada en lágrimas. Comprendí todo.

—Mira que no es seguro, Alex…, que haya pasado… eso.

Fue todo lo que dijo. Y me abrazó todavía con más fuerza.

El lunes siguiente juntó sus envoltorios de siempre:

—Una camisa limpia, un par de medias nuevo, algo de maíz, unas papas… —enumeró todo en voz alta, como acostumbraba hacer.

Quizás ya presintiera, aunque no lo dijo, que nada bueno podía haberle pasado a papá. Tal vez hasta imaginara las burlas de los oficiales nazis al verla llegar los lunes con sus cositas. Estoy seguro de que no le importaba. Era una mujer fuerte. Y su amor por mi padre podía más.

Pepa comprobó que no faltaba nada. Entonces armó el paquetito y lo llevó.

Stanislawow, 12 de octubre de 1941

Marika Agnieszka

Fue un domingo, sí, sí. Lo recuerdo bien, porque yo regresaba de comprar algunas verduras en la feria, cuando escuché los ruidos.

¡Y los gritos en alemán, mi Dios! Enseguida me di cuenta de que algo pasaba.

Miré hacia arriba, por Smolki. Un grupo de nazis venía arriando a una cantidad de personas por la calle Sichovykh Striltsiv, a golpes de culata de fusil. Por el brazalete blanco vi que se trataba de judíos. No eran solo hombres, no. Había mujeres, niños, ¡y viejos! ¡Qué bestias! Luego me di cuenta de que otro grupo estaba haciendo una redada por casas y apartamentos. Y que ya se acercaban al nuestro. ¡Había que avisarle a la señora Pepa!

Me zambullí al edificio y encaré la escalera. Iba a ser un esfuerzo muy grande para mí subir corriendo los escalones, y todavía cargada con lo comprado en la verdulería. Pero tenía que hacerlo, por Pepa y por Alex, siempre tan buenos conmigo.

Sin embargo, en ese momento vi que la encargada del edificio, una polaca que vivía en la otra mitad del apartamento de Pepa —la mitad que le habían sacado los rusos—, subía a toda velocidad, antes que yo. ¿Qué le pasaba a esa señora, por qué iba tan apurada? ¿Habría denunciado a Pepa y su familia a la Gestapo, para quedarse con la otra mitad del apartamento?

Alex

Ese domingo era Hoshaná Rabá, el último día de la festividad de Sucot.

Un día nublado, frío, de comienzos de otoño, que no invitaba a salir. La ausencia de mi papá se notaba más que nunca. De repente, por la ventana de nuestro apartamento vimos pasar columnas de gente cargada con maletas y bártulos, escoltada por soldados nazis. ¿Quiénes eran? ¿A dónde los llevaban?

Nos miramos entre nosotros. Los mayores balbucearon algunas frases, pero nada preciso. No sabían qué hacer.

En ese momento sonaron golpes en la puerta tapiada que separaba nuestra mitad de apartamento de la mitad expropiada por los rusos, que fue a dar a la encargada del edificio. ¡Silencio, todos! La encargada nos susurró algo, pero no se entendió. De nuevo, señora, ¡por favor!

—Los alemanes se están llevando a todos los judíos de la manzana, y están por entrar a nuestro edificio. ¡No vayan a abrir la puerta!

Nos quedamos helados. Inmóviles. Casi sin respirar.

Transcurrieron unos instantes que parecieron eternos.

¡Golpes, otra vez! Esta vez en la puerta del apartamento. Tío Bernardo nos miró a todos, con una mirada fulminante: que nadie se vaya a mover, ¿está bien claro?

Pero inesperadamente mi mamá Pepa se paró y se dirigió a la puerta, decidida a abrir. ¿Qué estaba pasando por su cabeza, mi Dios? Tío Bernardo saltó de donde estaba y la alcanzó a manotear, justo antes de que llegara a tocar la manija de la puerta. Mi mamá se resistió, pero mi tío la retuvo por la fuerza. Todo sucedió en absoluto silencio, nos hablábamos con las miradas, nadie podía decir nada.

¡Y los alemanes seguían golpeando, cada vez con más fuerza! En eso vimos que comenzaron a hacer palanca con una barreta de hierro. ¡Estábamos perdidos!

—Miren que en ese apartamento no hay nadie. Yo los vi salir temprano. Los domingos de mañana ellos van a la casa de sus padres.

Era la encargada. Los alemanes no le hicieron caso y siguieron tratando de derribar la puerta. Estaban seguros de lo que buscaban. Fue evidente que nos habían denunciado. Pero ella insistió:

—¡Van a romper la puerta! Y yo soy la encargada del edificio. ¿Después quién la va a reparar? —les dijo con total desparpajo, arriesgando su vida.

Los nazis dudaron. Igual siguieron un poco más. Pero la puerta era de madera dura, con una reja de hierro por fuera. Resistió.

Y al final se marcharon.

Marika Agnieszka

Los nazis bajaron del edificio. Y no se llevaron a Pepa ni a su familia, ¡loado sea el Señor!

Fue una alegría. Aunque seguimos viendo, durante todo el día, cómo arrastraban a otros desdichados a la plaza del Mercado, la

Rynek, donde los reunían y les sacaban todo lo que podían. Después los arriaban, siempre a culatazos, hasta el Cementerio Judío. Las milicias ucranianas ayudaron a los nazis en todo, eso lo vimos con nuestros propios ojos.

Se dijo que fueron ellos los que prepararon las listas con los nombres y direcciones de los judíos para detenerlos.

Los rumores también decían que en el cementerio estaban cavando, a toda prisa, unos grandes pozos, pero no lo sé... ¡No quiero ni pensar por qué lo hacían!

Alex

Quedamos aterrorizados.

No nos movimos más en todo el día. Cada tanto, uno de nosotros se arrimaba a la ventana, asomaba un ojo y contaba lo que veía. Pero fue siempre lo mismo: columnas de gente, de cualquier edad, cargada con sus pertenencias, que era llevada quién sabe a dónde.

Por supuesto que no hicimos más ruido ni prendimos ninguna luz, nada que pudiera atraer la atención y nos pudieran descubrir.

Al anochecer, de nuevo. ¡Golpes en la puerta! Contuvimos la respiración, con el corazón apretado.

—¡Pepa! Por favor, ábreme...

Era la voz de una mujer, llorando.

—Es la tía Ana —susurró Pepa—. ¿Qué hago, Bernardo?

—Bueno, ábrele —respondió el tío, no muy convencido.

La tía Ana también se había mudado a Stanislawow, donde vivía con su esposo Józef, y sus hijos Giza y Dziunek.

—Yo escapé, ¡pero se llevaron a mi esposo y a mis dos hijos! —dijo Ana, no bien entró, sin dejar de sollozar—. Dicen que los llevaron al cementerio.

La consolamos como pudimos. Luego nos volvimos a agazapar en la fría noche de Stanislawow. Solo teníamos un pensamiento.

¿Qué estaría pasando en ese mismo momento?

Otto Ohlendorf,[9] economista y doctor en Derecho, Universidades de Leipzig y Pavia, padre de cinco hijos, *SS-Gruppenführer* / general de división (34 años)

A partir de junio de 1941, comandé el *Einsatzgruppe* D, y fui subjefe de la Policía de Seguridad y del Servicio de Inteligencia del Undécimo Ejército. El Grupo D operaba en el sur de Polonia y Ucrania.

Todo lo que hicimos fue en defensa propia. Nosotros sabíamos que la Unión Soviética pretendía atacarnos, y por lo tanto debíamos atacar primero. Anticiparnos a su ataque. Y todo el mundo sabe que los judíos apoyaban a los bolcheviques, así que teníamos que matarlos, también.

Ahora: si matábamos a los padres, cuando los niños crecieran se convertirían en enemigos del Reich. Y a nosotros nos interesaba la seguridad a largo plazo de nuestro país. Por lo tanto, debíamos matar a los niños.

Manfred Friedman,[10] ingeniero, miembro del *Judenrat* (algo más de 40 años)

Entramos al Cementerio Judío por el portón principal. Me llamó la atención que ya había allí miles de personas, sentadas sobre la tierra. Recién habían terminado de excavar varias inmensas fosas, de sesenta metros de largo, por veinte de ancho y cinco de profundidad.

Los tiradores nazis nos ordenaron dividirnos en pequeños grupos. Luego les dijeron a los grupos que se desnudasen y permanecieran solo con ropa interior. A la una de la tarde comenzaron los disparos. Cuando le llegaba el momento, cada grupo era conducido al borde de la fosa y obligado a saltar adentro. Saltaban vivos, y cuatro soldados abrían fuego sobre ellos con ametralladoras. Algunos fueron afortunados, y las balas les dieron enseguida. Otros, que solo estaban heridos, eran sofocados vivos.

Perdí a nueve miembros cercanos de mi familia: mis padres, mi hermana con su esposo y sus tres niños, y mi cuñada y su hija. Mientras esperaba mi turno, me senté sobre la tierra helada. Al atardecer se puso aún más frío, y una fina nevada empezó a caer. Veía lo que pasaba, e intenté varias veces con todas mis fuerzas entender si esto realmente estaba sucediendo o si era una terrible alucinación.

Las familias se agarraban de las manos. Todos estaban en un estado atroz de apatía y desesperación. La gente era lanzada viva a las tumbas, incluso mujeres embarazadas con niños en sus brazos, mientras les disparaban sin cesar a los cuerpos amontonados.

Alrededor de las fosas se habían dispuesto mesas de picnic con botellas de vodka y sándwiches, por separado para alemanes y ucranianos, para aquellos que necesitaran descansar del terrible ruido de las descargas de fusil.

Kyrylo Donykov,[11] fusilero de la Milicia Popular de Ucrania (21 años)

Nadie nos indicó cuáles serían nuestras tareas. No sabíamos dónde íbamos. Era un secreto militar. Solo nos subieron en camiones y nos llevaron al Cementerio Judío. Allí había una gran multitud.

Al llegar nos dijeron… lo que teníamos que hacer.

¡Pero eran casi todos ancianos, mujeres y niños! Fueron las personas a las que nos ordenaron matar. Fusilamos a muchos niños que estaban en la fosa. Teníamos que matarlos a tiros, o morirían asfixiados. Como iban a morir de todos modos, lo más piadoso era matarlos rápido. Usamos balas explosivas. Quemaban la ropa interior y la piel. Había olor a quemado por todas partes.

Cuando las madres intentaban proteger a sus hijos, primero les apuntábamos a ellas, luego a los niños. Así las madres no tenían que ver cómo morían sus hijos. Los niños más grandes sabían lo que les esperaba. Se acostaban en la fosa. Pero los más pequeños intentaban llegar hasta sus padres muertos. Se arrastraban gateando.

Roza,[12] niña de Stanislawow (11 años)

No nos hicieron desnudar porque cuando llegamos ya anochecía. No hubo tiempo.

Nos llevaron al borde de la fosa. Apenas podíamos tenernos de pie. Comenzaron a disparar. Cerré mis ojos y apreté los puños. Me dejé caer en la fosa. Luego de una eternidad caí sobre los cuerpos. Algunos solo estaban heridos. Más tarde, los disparos cesaron. Entonces escuché a los nazis descender por el barranco, para disparar a los que se estaban asfixiando. Tenían linternas para ver quién seguía vivo.

Me quedé allí, acostada, muy quieta, para que no me descubrieran. Pensé que había llegado mi fin. Esperé en silencio. Empezaron a cubrir los cuerpos con tierra. Me aterroricé.

Unos minutos después ya estaba cubierta de tierra y sentí que me ahogaba. ¡Pero tenía miedo de moverme! Me quedé bien quietita. Hasta que solo me quedaron unas pocas bocanadas de aire. Hubiera preferido morir de un tiro a morir asfixiada.

Entonces, cuando ya no pude resistir más, comencé a moverme. Primero liberé mi mano izquierda. Luego recuperé el aire y me sacudí lo que pude la tierra de encima. No me había dado cuenta de que estaba tan oscuro. Respiré un poco, y usando la fuerza que me quedaba salí de abajo de la tierra. Ya era noche cerrada, pero igual resultaba peligroso moverse porque los nazis iluminaban la fosa desde arriba con focos. Continuaban matando a los heridos, y podían dispararme en cualquier momento.

Esperé un rato que me pareció interminable. Al final los focos se apagaron, los alemanes se fueron y los ruidos cesaron.

Logré arrastrarme hasta las paredes del barranco y, con un esfuerzo sobrehumano, conseguí trepar.

Alex

Seguimos sin movernos hasta tarde en la noche. Cada uno en su lugar, bien quietos, sin saber qué esperar.

No sé qué hora sería. De repente, se escucharon pasos en la escalera. Alguien llamó suavemente a la puerta. ¿Quién podría ser? Una vez más contuvimos la respiración.

—¡Pepa! Soy Giza... —Se escuchó una voz por lo bajo.

Era la hija de Ana. Le abrimos.

—¡Mamá, volvimos los tres: papá, mi hermano y yo!

Nos abrazamos todos en silencio, varios lloraban. Cuando logramos tranquilizarnos un poco, mi mamá le preguntó:

—Así que al final no fue nada… ¿Soltaron a todos?

El rostro de Giza se nubló. Quiso contarnos lo que había pasado, pero no pudo. Su llanto era cada vez más desconsolado, no se podía contener. Un rato más tarde, algo alcanzó a relatarnos:

—Nosotros volvimos, pero en el cementerio hay montañas de cadáveres. Los nazis los fusilaron. Están en fosas, a medio enterrar. Estuvieron en eso todo el día. Cuando se hizo de noche, quisieron continuar con focos de luz, pero no pudieron. Entonces nos soltaron a todos los que todavía quedábamos vivos. ¡Fue espantoso!

Quedamos en silencio. Nuestros temores se habían confirmado. Estaba claro cuál sería nuestro destino. Ya nada bueno podíamos esperar.

La cuestión era sobrevivir.

18

«Volveremos»

Stanislawow, Polonia, invierno de 1941

Alex

Después de la masacre, esperamos lo peor.

Durante un par de días casi no salimos del apartamento. Varios vecinos nos ayudaron. La encargada del edificio y la señora del segundo piso, Marika, nos alcanzaron comida. Tío Bernardo salió un rato, pero regresó sin novedades.

Esperamos y esperamos. Pero no, nada sucedió.

Tío Bernardo, Pepa y los demás retornaron a sus trabajos. Pronto supimos con horror que ese domingo en el cementerio habían muerto doce mil judíos. Nos resistíamos a aceptarlo. ¡Era demasiado horrible, no podía ser verdad! Y que la matanza fue organizada por una fuerza especial de los nazis llamada *Einsatzgruppen*, con el apoyo de las odiadas milicias ucranianas. Pero que ahora «no lo iban a hacer más», según le comunicó la Gestapo al *Judenrat*.

Esto último fue un triste consuelo. Yo ya había perdido a mi padre, y a varios miembros más de la familia. Mi Gran Abuelo había sido deportado, y la principal fuente de trabajo de la familia estaba en manos alemanas. Pero además, a esta altura, ¿quién le podía creer a los nazis?

Ese lunes mi mamá dejó de llevar su paquetito para Hersh.

Hicimos bien en no creerles.

Unos días después nos enteramos de que los judíos seríamos confinados en un gueto. Cuando conocimos los límites del gueto, nos quisimos morir. ¡Era tan pequeño! Y nuestro apartamento, que estaba en el centro, quedaba afuera. ¡Nos tendríamos que mudar!

Durante unos días no supimos qué hacer. ¿Dónde íbamos a vivir? Para colmo, ya era pleno invierno. A mediodía se alcanzaban unos pocos grados, cinco o seis, y por las noches las temperaturas se hundían a diez grados bajo cero. Nos comenzó a ganar la desesperación. Hasta que el tío Bernardo cayó con la gran noticia:

—Les tengo una novedad, y creo que es muy buena —nos largó no bien abrió la puerta—: ¡los alemanes nos autorizaron a vivir en la casita de Göring!

Allá marchamos todos. Tío Bernardo, su esposa Julia y mi prima Gabriela, tía Ana con su esposo y sus hijos Giza y Dziunek, la hermana de Julia, Pepa y yo. Seríamos diez personas en dos cuartos, con una cocina y un minúsculo bañito. Pero todos, hasta los más chicos, disfrutamos por dentro de saber que nadie podía imaginar que, en un predio bajo jurisdicción y protección militar alemana, vivieran judíos. Fue una pequeña victoria sobre quienes nos habían hecho tanto daño.

A pesar de eso, dejar nuestro apartamento fue muy triste. Cargamos lo que pudimos, unas pocas cosas, en un puñado de valijas. Luego partimos, sin demora. Temíamos que, de no aparecer, los alemanes cambiaran de opinión. Cuando atravesamos la puerta y salimos a la calle, se nos vino encima el cielo plomizo de Stanislawow, en una de sus heladas tardes de invierno. Y todo el peso de la realidad: ¿volveríamos algún día a nuestro querido hogar? Pensé en mis amigas del alma, Lizzy y Riki: «¿Qué sería de ellas, estarían pasando por lo mismo? ¡Si al menos papá estuviera con nosotros!».

Marika Agnieszka

Sí, me acuerdo bien de aquel momento.

Se nos removieron muchos recuerdos. A mi hija Irenka y a mí. Eso fue lo que nos provocó la partida de Pepa, Alex y su familia del edificio. Nos recordó el momento en que mi marido se fue al frente, poco antes de la invasión nazi a Polonia. En ese entonces tuvimos la ilusión de que fuera por poco tiempo. Sin embargo, ya llevábamos más de dos años...

Habíamos perdido al señor Hersh, o al menos eso era lo que todos pensaban, aunque no lo dijeran. Ahora partían nuestros vecinos y amigos. ¿Sería para siempre? Los polacos y los judíos éramos la gran mayoría de Stanislawow, la gente más cultivada, los que llevábamos adelante los negocios, y también la educación. Sin embargo, la ciudad estaba en manos de los nazis y los ucranianos, que nos perseguían y nos quitaban nuestros bienes. ¡Y no había nada que pudiéramos hacer!

Alex

Cerca de fin de año pasamos a vivir en la casita de Göring. Entre tantas desdichas, fue una alegría volver a «mis dominios» después de dos años. La situación era muy diferente ahora, pero parecía que nada hubiera cambiado. Encontrarnos con los mismos obreros, recorrer los edificios de la fábrica, que también eran viejos conocidos. ¡Hasta nuestro amigo Maxim estaba allí!

Muy pronto comprendimos que nuestra situación era excepcional, ya que vivíamos en los límites del gueto. La fábrica estaba cercada, con guardias en la puerta que solo dejaban pasar a los trabajadores y a nosotros. Nadie podía visitarnos. La mayoría de los obreros, que eran ucranianos y polacos, nos canjeaban alimentos por ropa o alguna otra pertenencia nuestra que pudieran necesitar.

Pero adentro del gueto, el panorama era muy distinto.

Andrzej, amigo de Alex (10 años)

¡Eso fue una locura! Los nazis no podían pretender que los judíos de Stanislawow, que éramos el grupo más numeroso, mayor que el de los polacos o el de los ucranianos, más de un tercio de la población, pasáramos a vivir en la décima parte de la ciudad. Además, en la peor parte, que no tenía ni pozos de agua potable. La mayoría de sus edificaciones estaban en muy mal estado. Cuando al final se estableció el gueto, hubo mucha gente que se alojó en depósitos, garajes, sinagogas, edificios en ruinas, ¡donde pudo!

En casa vivimos muy de cerca lo que pasó, porque mi padre era miembro del *Judenrat*. Ellos protestaron todo lo que pudieron. Pero ¿qué más podían hacer? Después de la matanza de los intelectuales del 3 de agosto y del Domingo Rojo, el 12 de octubre, ¿quién podía contra los nazis?

Porque había mucha gente que culpaba al *Judenrat* de todo. Y es cierto que hubo judíos dispuestos a colaborar para salvarse. Pero la mayoría de los integrantes del Consejo honraron la confianza de la comunidad y lo pagaron con su vida. A tal punto que hubo que nombrar un segundo Consejo y, más tarde, un tercer Consejo.

Ese invierno los nazis no tuvieron necesidad de nuevas matanzas.

Con los judíos ya instalados en ese minúsculo lugar insalubre, hacinados hasta un nivel que es imposible imaginar, el frío, el hambre y las enfermedades hicieron su trabajo. Sufrimos varias epidemias; la de fiebre tifoidea fue la peor, que se desencadenó con los primeros calores. Una pequeña venganza fue ver el pánico que le tenían los nazis al tifus, al que los muy hijos de puta llamaban «el mal de los judíos». Colocaron carteles advirtiendo de los «sitios infectados». ¡Pero cada vez eran más lugares! No sabían qué hacer.

Hacía tiempo que era amigo de Alex, el hijo del señor Hersh, un abogado muy reconocido de la comunidad. Éramos casi de la misma edad y vivíamos en el mismo edificio. Cuando llegaron los malos tiempos, primero con los rusos y después con los nazis, nos hicimos muy compañeros. Cuando podíamos, andábamos juntos. Sin embargo, luego se nos hizo más difícil, porque ellos fueron a dar a una casita en la vieja fábrica de su abuelo, que quedaba en los límites del gueto. Era difícil entrar y salir de allí. Pero en realidad, tuvieron suerte. Bah, lo que pasó fue que los alemanes precisaban de su tío Bernardo, el ingeniero, que era el único que sabía hacer marchar la fábrica, que ellos necesitaban para producir materiales para su ejército. Así que no tuvieron más remedio que tratarlos un poco mejor.

Alex

Ya quedábamos pocos de la familia en Stanislawow. Y casi todos estábamos en la casita de Göring. Salvo mi Pequeño Abuelo, don Samuel Landman, y su esposa. Su casa quedaba fuera del gueto. Pero por su edad —estaba cercano a los setenta—, los nazis no le asignaron una vivienda. Preferían que muriera de frío en la calle. Sin embargo, mi mamá les consiguió un sitio donde vivir, cerca de la fábrica, pero dentro del gueto. De modo que, cada tanto, íbamos con Pepa al gueto a visitarlo.

Nunca olvidaré esas visitas.

El Pequeño Abuelo se había enterado de la muerte de su hijo Hersh, y también de la de otro de sus hijos, así como la de varios de sus nietos. Parecía un cadáver ambulante, envuelto en su *talit* y rezando *kadish* todo el día.

Y el «espectáculo» que se veía en las calles del gueto... ¡Mi Dios! Era dantesco. Gente moribunda tirada en la nieve, carros arrastrados por unos caballos esqueléticos recogiendo los cadáveres de la noche anterior y, sobre todo, el fantasma del hambre por todos lados. Aprendí a reconocer a la gente que pasaba hambre. Era muy sencillo: se les hinchaban los pies, era algo que no podían ocultar. Mucha gente que alguna vez tuvo una buena posición económica trataba de disimular la miseria en que vivía. Les daba pudor, casi diría vergüenza, como si fueran culpables de algo. No querían que los vieran tan humillados. Pero esconder el hambre era imposible.

Recordaba algo que viví cuando niño. Fue en una ocasión en que acompañé a mi papá al Cementerio Judío, en el aniversario de mi abuela. Luego de rezar frente a su tumba, cuando ya nos íbamos, se acercó a Hersh un hombre alto y muy delgado que lo conocía, y le habló en yiddish. Era un mendigo. Mi papá conversó con él, y luego le dio un billete de bastante valor y le indicó que lo repartiera con otros mendigos que había en el cementerio. Entonces, al aparecer el billete, sucedió algo que nunca pude olvidar: empezaron a salir mendigos de todos lados, de atrás de los árboles y desde donde se encontraban las lápidas, hasta convertirse en una multitud. Hombres, mujeres, niños y ancianos, todos vestidos de negro, flacos, sucios y harapientos, peleándose por recibir una parte de la limosna. Esa escena de la miseria judía en mi propia ciudad me dejó un recuerdo terrible.

Solo que ahora todo el gueto era el cementerio y todos nosotros los mendigos.

Stanislawow,
primavera de 1942

Andrzej

Los líderes nazis Hans Krueger y Oskar Brandt, responsables del *Einsatzgruppe* en Stanislawow, *prometieron* al Consejo Judío que la matanza del domingo de Hoshaná Rabá «fue un acto único de venganza contra los judíos por encender otra vez una guerra mundial». Mi padre, como la mayoría del *Judenrat*, no les creyó. Al contrario.

—Tengo la impresión de que algo están tramando... —se le escapó esa noche al regresar a casa y encontrarse con mamá.

En las semanas siguientes, los nazis se dedicaron a *clasificar* a los habitantes del gueto. La «categoría A» se reservó para jóvenes sanos, así como técnicos y trabajadores especializados, requeridos por las fábricas bajo su administración. Los miembros del Consejo y los líderes de la comunidad entraron también en esta categoría. En la «categoría B» se incluyó a los trabajadores menos preparados. En la «categoría C» fueron a dar los débiles y enfermos, no aptos para el trabajo. Era una inminente sentencia de muerte.

Muy pronto sus intenciones fueron claras. Los que tenían la categoría «B» eran enviados a los campos de trabajos forzados. Y los de la «C» eran confinados en el Molino de Rudolph, a la espera de su destino final, que era fácil imaginar cuál podía ser. Pero ese fue solo el principio.

Manfred Friedman

Como a varios otros, la noche me salvó. No completaron a tiempo su macabra faena, y no tuvieron más remedio que dejarnos ir. Pero el suplicio continuó.

Corrían muchos rumores en el gueto. Rumores que era muy duro aceptar como ciertos. Porque se hablaba de que estaba en construcción un campo cercano, un campo muy especial, del cual se hacían las descripciones más espantosas. Algunos hasta arriesgaban su posible ubicación: Belzec, no demasiado lejos de aquí…

Pronto hubo un cambio de atmósfera dentro del gueto. El miedo se respiraba en el aire.

Hasta que un día el gueto se cerró, y comenzó la caza de los que no tenían clasificación «A» y vivían adentro.

Alex

Esa noche, el 31 de marzo, en vísperas de las Pascuas de Pésaj, soldados alemanes y ucranianos rodearon el gueto. Luego entraron fuerzas especiales nazis que sacaron a los judíos de sus casas y los reunieron en un lugar, donde los forzaron a permanecer toda la noche arrodillados, sin moverse. Por la mañana examinaron sus categorías. Los que no tenían la «A» fueron llevados a la estación de trenes y cargados en vagones de ganado, con destino desconocido.

Nosotros fuimos avisados un rato antes. Corrimos a un refugio que nos habían preparado unos fieles obreros ucranianos del Gran Abuelo. Era un pequeño sótano, que cubrieron con leña. Como éramos diez personas, solo podíamos estar parados. Cada tanto me dormía, y me despertaba cuando los pies se me doblaban. Así pasamos la noche. Cuando nos avisaron que la situación había vuelto a la *normalidad,* salimos y regresamos a la casita.

Un par de semanas después tuvimos una visita inesperada.

Fue en abril. Estoy seguro, porque a esa altura del año ya anochece un poco más tarde, y a esa hora nos reuníamos todos en la casita para cenar. Golpearon la puerta, y un soldado alemán nos anunció que alguien nos buscaba. Cuando tío Bernardo se presentó en la entrada de la casa, inesperadamente apareció ¡Hermann Göring! El antiguo ingeniero de máquinas, cuya casita en la fábrica ahora ocupábamos nosotros; el padre de mi amigo Helmut.

Nos alegramos mucho... durante un instante.

Hermann Göring era ahora un oficial de la Gestapo. Nos saludó con corrección, pero sin ninguna efusividad. Como para cumplir el trámite. Le pregunté por Helmut. Lo mismo. Que estaba bien, eso fue todo. ¡Pero era uno de mis mejores amigos! No comprendía lo que pasaba en ese mundo de los adultos.

Al día siguiente, temprano en la mañana, tío Bernardo fue citado al cuartel de la Gestapo. No fue difícil adivinar quién lo dispuso. El director alemán de la fábrica quiso acompañarlo. Allí declaró que tío Bernardo era imprescindible para que la fábrica funcionara. Al final, nada pasó.

Sin embargo, ¡cuánto había cambiado todo! Ya nadie era quien había sido.

Helmut tuvo razón. Sus palabras de despedida, que en aquel momento me impresionaron pero que no entendí, resultaron ciertas: *Aber wir werden wiederkommen.*

«Pero volveremos».

¡Y de qué manera!

Hermann Göring

No tengo por qué justificarme. De nada.

Cuando los bolcheviques nos expulsaron y debí refugiarme con mi familia, lo perdí todo. Pero vivir en Alemania me abrió los ojos totalmente. Al final del día, solo podíamos confiar en nuestra fortaleza y en la raza aria. Nadie más movió un dedo por nosotros.

Yo admiraba y quería a don Saúl. Por algo no tocamos a su familia. Me dolió mucho cuando los rusos lo deportaron a Buchach. Pero un tema era él, un capitán de la industria, un visionario y un luchador, y otro eran la mayoría de los judíos, que sin duda preferían a los bolcheviques a nosotros.

¿Qué pretendían? ¿Que nos quedáramos de brazos cruzados?

Andrzej

Cuando me enteré, enseguida pensé: «Tengo que contarle a Alex».

Un rato más tarde, logré pasar los controles alemanes y llegué a su casa.

—¡Alex! Hay algo que tienes que ver.

—¿Qué es? Cuéntame, Andrzej.

—Es mejor que lo veas con tus propios ojos. Pero mira que dicen que es horrible —le advertí.

Como supuse, Alex no se desanimó. Salimos corriendo hacia la calle principal del gueto. Y allí estaban. ¡Fue mucho peor de lo que había imaginado!

Veinte policías judíos colgaban de los faroles, ahorcados por los nazis.

La Policía Judía, conocida como *Jüdischer Ordnungsdienst,* había sido establecida por los alemanes en todas las ciudades ocupadas y respondía solo a ellos. Eran muy odiados por la población de los guetos, ya que en su mayoría eran colaboradores de los nazis y, además, muchos se comportaban como delincuentes, pidiendo sobornos a los judíos. Los llamaban «policías amarillos», por la franja que llevaban las gorras de sus uniformes.

Nunca supimos qué fue lo que pasó. «Fueron colgados por sus amos», decía la gente. Y así quedaron los «policías amarillos», por varios días, hasta que su piel se puso toda de color amarillo, tanto que parecían chinos.

Alex

Fue mi mamá, Pepa, quien me lo dijo.

—Mira, Alex, hoy se nos fue el Pequeño Abuelo.

Me dio mucha pena, aunque de algún modo estaba preparado para esa noticia. Supe que murió tranquilo, en su casa. No quisieron que yo fuera al cementerio, para protegerme. Porque en el Cementerio Judío pasaban hechos muy desagradables, casi todos los días.

Cuando mis tíos y mi mamá regresaron a casa, alguien comentó:

—Qué suerte tuvo Samuel. Murió de muerte natural, tiene su propia tumba y rezaron *kadish* sobre ella.

Esto era tener suerte en esos días.

Luego de las deportaciones ocurridas durante Pésaj, los nazis achicaron aún más los límites del gueto. Fueron malas noticias para todos, también para nosotros. La fábrica, con nuestra casita, ahora quedó afuera. ¡Nos teníamos que mudar de nuevo, vaya a saber a dónde!

Pero fue otra vez tío Bernardo, con ayuda del director alemán de la fábrica, que encontró una solución. El arroyo que corría al fondo de la curtiembre era ahora el nuevo límite del gueto. Del otro lado había una vieja fábrica abandonada, con un par de casas bastante venidas a menos.

—La fábrica abandonada será la sucursal de la curtiembre del abuelo —nos anunció tío Bernardo unos días después—. Y nosotros podremos vivir en una de las casitas. No será lo mismo que antes, pero…

¡No lo dejamos terminar! ¡Estábamos muy contentos! Todos hacíamos preguntas y queríamos opinar, hasta los más chicos.

Y, para nuestra sorpresa, unos días después repararon los cercos de madera y colocaron un cartel: «Sucursal de la Fábrica de Cueros Número 5, Comando Militar Alemán». Poco más tarde nos mudamos.

Solo faltaba resolver un problema: la forma de comunicarnos con los obreros de la fábrica del abuelo, para conseguir alimentos. Los mayores siguieron trabajando en la fábrica. Pero ahora, para llegar, tenían que salir muy temprano en la mañana, y dar un largo rodeo por media ciudad, custodiados por guardias armados. Lo mismo al regreso. Al volver a entrar al gueto los revisaban con mucho cuidado. Era imposible traer comida.

Entonces se les ocurrió la idea. Cortaron en las cercas unas pequeñas aberturas a ras del suelo, muy disimuladas, a ambos lados del arroyo. Luego, con un par de troncos, construyeron un pasaje sobre el riachuelo, que a esa altura del año —muy cerca del verano— estaba bastante seco. Ahí entrábamos en acción nosotros, los niños, Dziunek, Giza y yo, porque Gabriela era demasiado chica. Debíamos arrastrarnos por el pasto, atravesar la primera cerca por el hueco, cruzar el puentecito, atravesar la otra cerca, recoger los alimentos y regresar. En pocos días aprendimos a hacerlo en cuestión de minutos. Pero el peligro consistía en que la zona era patrullada, cada tanto, por guardias armados, dispuestos a disparar al menor movimiento. Varias veces nos salvamos por segundos, y juramos que no lo volveríamos a hacer. Por nada del mundo.

Pero un par de días después, íbamos de nuevo. Es que el hambre era grande.

Stanislawow, verano de 1942

Andrzej (11 años)

Ese verano nos vimos mucho más con mi amigo Alex, que ahora vivía dentro del gueto. Ya no tenía que pasar todos los controles alemanes para visitarlo, como cuando vivía en la casita de la fábrica.

Recorríamos mucho el gueto. Era increíble cómo había cambiado desde el invierno. Ahora casi no había mendigos, viejos o enfermos. Solo quedaba gente «categoría A». Los que eran útiles para trabajar. Que, además, durante el día trabajaban fuera, por lo que el gueto parecía desierto. Ya sabíamos lo que les había pasado a los demás, aunque no se hablara de ello.

Con la llegada de la primavera, todo el mundo se puso a plantar hortalizas, en especial tomates, cebollas y puerros. Cada lugar disponible del gueto se convirtió en una huerta. Nosotros, y la familia de Alex, también plantamos lo más que pudimos. Los jóvenes que no teníamos edad para las fábricas éramos los responsables de estas tareas.

En medio de tantos horrores, sentimos que en algo volvíamos a la *normalidad*.

Pero no fue más que una ilusión. Que duró hasta que sucedió «lo del policía ucraniano».

19

Puertas cerradas

Stanislawow, fines del verano de 1942

Alex (10 años)

Sí, «lo del policía ucraniano» alteró todo. Aunque quizás, tarde o temprano, habría pasado igual. No lo sé.

Sucedió a fines de agosto. Un grupo de obreros judíos regresaban al gueto a la caída del sol, como era lo habitual. Al entrar fueron revisados por un policía ucraniano, que le encontró a uno de ellos un pan escondido entre su ropa, y se lo quitó. El obrero le rogó que se lo dejara, que su familia estaba pasando mucha hambre. El policía se negó. Entonces el trabajador sacó un cuchillo y lo mató.

Cuando el rumor de lo sucedido se esparció por el gueto, enseguida nos dimos cuenta de que la venganza de los nazis sería grande. La Policía ucraniana era su aliada, no podían permitir que tocaran a sus gendarmes.

Nosotros corrimos a nuestro escondite, protegido por el montón de troncos. Estuvimos toda la noche, pero nada pasó. A la mañana siguiente los mayores se fueron al trabajo, como siempre.

Recién a mediodía llegó un nuevo rumor: «Los nazis están cazando mujeres y niños en el gueto, para sacrificar en represalia por lo del policía ucraniano». ¡Y los niños estábamos solos con la tía Ana! Vuelta a correr al refugio. Pero cuando llegamos, estaba invadido por gente extraña. Habían descubierto nuestro escondite y, llevados por la desesperación, se habían zambullido en él, muchos más de los que cabían. Igual logramos meternos. Y así permanecimos, amontonados unos sobre otros, en condiciones terribles, el resto del día y toda la noche. Los mayores se quedaron en la fábrica, angustiados, sin saber qué nos sucedía a nosotros. Recién al amanecer pudieron acercarse al refugio y nos reencontramos.

Una vez más habíamos escapado a una *razzia* de los nazis. Pero nuestra vivienda dejó de ser segura. Ahora todo el barrio conocía nuestro escondite. Y en ese tiempo abundaban los delatores de judíos.

Esa noche comprendimos que la única forma de salvarnos era huir del gueto.

Lo antes posible.

Andrzej

El gueto agonizaba.

Mi papá, que como integrante del Consejo Judío estaba bien informado, me contó que antes de la guerra vivían en Stanislawow unas treinta mil personas de origen judío. En venganza por lo del policía ucraniano los nazis mataron a mil personas, casi todas mujeres y niños, para no debilitar su fuerza de trabajo. Por eso la redada fue al mediodía. Luego de esa última *Aktion* —que es como llamaban ellos a sus masacres—, solo cuatro mil judíos quedábamos vivos en el gueto, en condiciones miserables.

Al igual que en cada matanza que ejecutaban, también esta vez asesinaron a algunos miembros del *Judenrat*, para demostrar que nadie estaba a salvo. También nuestras horas estaban contadas.

Alex

No tardamos en empezar los preparativos para la huida.

Lo más importante era conseguir documentación falsa. Mientras tanto, aprendimos el Padre Nuestro y otras oraciones cristianas. También nos informamos sobre costumbres polacas. Seguro, los varones teníamos un obstáculo insalvable: el *brit milá*. Igual, tío Bernardo nos dio unos consejos por si la circunstancia se presentaba, aunque en ese caso había poco para decir.

Al final llegaron los documentos falsos. Suspiramos aliviados. Aprendimos los nombres de nuestros padres y sus ocupaciones. A partir del momento de la huida yo sería Jan Mularski, polaco, residente en el 30 de Priliniskistrasse, hijo de Janina Mularska. Todo ello certificado por el alcalde de la ciudad de Lemberg (nombre alemán de nuestra ciudad de Lwow) con el número 8749, para que no quedara ninguna duda.

La hora de la fuga estaba cercana.

Otoño de 1942, quizás el 4 de octubre

Alex

El primero en escapar sería el novio de Giza, la hija de tía Ana.

Era un muchacho de Varsovia, que no mucho tiempo atrás se había refugiado en Stanislawow. El plan era que —con su nueva identidad— regresara a Varsovia, una ciudad muy grande, donde pasaría desapercibido.

Allí establecería una cabecera de puente para nosotros, que viajaríamos después.

Como no era conocido en Stanislawow, salió un domingo, a plena luz del día.

Logró atravesar la cerca. Anduvo apenas unas cuadras, cuando se cruzó con un oficial alemán, de la guardia de la fábrica. El oficial reconoció su figura alta y robusta, que siempre se destacaba entre las de los demás trabajadores. Quiso detenerlo, el joven intentó escapar y allí mismo lo mató.

Fue una noticia terrible.

Y un baldazo de agua helada para nuestras ilusiones de escapar.

Manfred Friedman

Por esos días nos enteramos de que hubo una orden tajante de Heinrich Himmler, uno de los hombres más cercanos a Hitler y comandante de las SS: terminar con los guetos antes del 31 de diciembre. «Una limpieza total es necesaria, y por lo tanto debe ser llevada a cabo». Eso establecía la orden.

Hasta ese momento las acciones se ejecutaban en cualquier lugar del gueto, y después de cada *Aktion* importante, más reducían el área del gueto. Pero a partir de entonces comenzaron con una nueva táctica, completamente planificada. Las acciones se realizaban dos veces por semana, en calles o vecindarios específicos. Agarraban al que fuera y lo llevaban a la oficina central de la Gestapo. Allí le robaban cualquier cosa de valor que tuviera, que era entregada al *Volksdeutsche*. Había quienes se ocultaban durante una semana o más. Pero al final salían por la noche a buscar agua, muertos de sed, y caían en manos de los guardias ucranianos. Unos pocos salvaban su vida pagando a los guardias grandes sobornos. Los fusiles de los nazis completaban la tarea.

El gueto quedó reducido a unas pocas manzanas.

Miércoles 11 de noviembre de 1942

Alex

¡Teníamos que escapar ya! No quedaba más tiempo. Los nazis parecían decididos a liquidar el gueto en cuestión de días.

No sabíamos qué hacer. Estábamos desesperados. Cada uno agarró sus pocas pertenencias y nos fuimos a la fábrica del abuelo. Los mayores trabajaban allí de día; mientras tanto, nosotros nos escondíamos en cualquier rincón. De noche, cuando la fábrica se desocupaba, dormíamos donde podíamos. En esas condiciones pasamos un par de semanas. Pero la situación era insostenible, no podíamos seguir así.

Hasta que el 11 de noviembre vino mi mamá, Pepa, que había vuelto a ser la mujer fuerte y de armas tomar, igual que antes de que pasara lo de papá, y me dijo:

—Hoy nos vamos.

Solo eso.

Al finalizar la jornada se me acercó una obrera polaca, que yo apenas conocía.

—Vamos a casa, hijo.

Me pasó su brazo sobre los hombros y partimos. Cuando quise acordar, estaba fuera del gueto. Yo seguía esperando que algo malo pasara. Pero no. Llegamos a su casa.

—Aquí vas a esperar a tu mamá.

Pasaron las horas. Cayó la noche.

Se escucharon unos pasos afuera, cerca de la puerta. Y un susurro agitado, de una voz ahogada que no alcancé a reconocer:

—Olesia, soy yo, Pepa. ¡Ábreme, por favor!

Era mi mamá, que había escapado de la columna de trabajadores que regresaban de la fábrica al gueto. Nos abrazamos y tratamos de dormir unas pocas horas.

Temprano en la mañana caminamos hasta la estación de trenes. Fue muy raro salir de una casa fuera del gueto y poder ir libremente a otro sitio, sin que nadie nos custodiara. Igual teníamos mucho miedo. Nos daba trabajo sentirnos polacos, asumir nuestra nueva identidad. Pero es lo que éramos ahora.

Janina y Jan Mularski.

Al anochecer llegamos a nuestro nuevo destino: Lwow. Era una gran ciudad, con edificios importantes, tranvías, universidad, que distaba unos ciento cincuenta kilómetros de Stanislawow. Yo la conocía, porque estuve allí un par de veces con mis padres, antes de la guerra.

Pepa tenía un contacto que le habían dado, de una gente que colocaba judíos con documentación falsa en lugares donde se podía vivir de manera «legal». Todo por dinero, por supuesto. Y no poco, según lo que todos decían.

Nos enviaron al apartamento de una señora polaca, pero nos aclararon que era una ubicación provisoria. Pero al final fue más provisoria de lo que todos pensamos: un día, dos semanas más tarde, la señora no regresó. Parece que también se dedicaba al mercado negro, y había sido arrestada. Tarde en la noche nos enteramos de lo sucedido, y un par de horas después, en la madrugada, escapamos de su apartamento.

Esta vez fue muy difícil encontrarnos un nuevo alojamiento. Era pleno invierno, y las redadas de los nazis estaban a la orden del día. El rumor que circulaba era que había orden de terminar con los judíos, de hacer una «limpieza total», aunque no sabíamos qué significaba eso.

Al final nos colocaron separados. Pepa trabajaría como sirvienta en la casa de una familia polaca. Y yo viviría con un albañil en las afueras de la ciudad, cerca de las vías del ferrocarril. Cuando llegué a la casita, ¡se me vino el alma a los pies! Había sido de una familia judía y formó parte del gueto, hasta que las sucesivas reducciones la dejaron fuera de sus límites. Ahora estaba en ruinas, las paredes amenazaban con caerse y los techos parecía que se volarían a la menor tormenta. A duras penas eran habitables una pieza y la cocina, donde vivían un viejo albañil con su esposa, a los que me incorporé yo.

Desde ese momento nos vimos muy poco con mi mamá. Pepa me visitaba de vez en cuando, trataba de no arriesgarse demasiado. Me traía dulces y, sobre todo, libros, que eran mi pasión.

Fue también por ella que supe lo que le sucedió a mi familia.

Mi tía Julia, su hermana y mi querida prima Gabriela, con apenas seis años, no corrieron la misma suerte que nosotros, si a eso se le puede llamar suerte. En cuanto llegaron a Lwow cayeron en manos de extorsionistas y colaboradores, que primero las robaron, hasta quitarles todo lo que tenían, y luego las denunciaron a la Gestapo. Las tres fueron asesinadas. Cuando mi tío Bernardo se enteró de todo, abandonó cualquier ilusión de vivir, y se quedó en la fábrica.

Tía Ana y su hija Giza fueron descubiertas no bien llegar a Lwow, y deportadas con destino desconocido. Su hijo Dziunek escapó y regresó a Stanislawow, donde fue muerto al entrar a la fábrica. Su padre vio todo y se suicidó.

De todos los fugitivos, solo mi mamá y yo sobrevivimos ese invierno. Por esos días, ella me contó que en el periódico de Lwow se anunció, con bombos y platillos:

Stanislawow Judenrein. «Stanislawow limpia de judíos».
Todo había terminado en mi ciudad.

Lwow, 13 de junio de 1943

Alex

Pasé seis meses encerrado en la habitación del albañil.

Leí todo lo que me cayó en las manos, eso me ayudaba a mantenerme animado. Otro de mis entretenimientos fue jugar a las cartas con el viejo. En Polonia, durante el invierno, las obras de construcción se detienen. Por esa razón, el hombre estaba casi todo el día en la casa. Jugábamos al 21, y le ganaba casi siempre. El viejo se enojaba y me gritaba: «¡Judío tramposo!».

Pero con la llegada de la primavera, los nazis decidieron terminar con el gueto. Eso fue evidente. Sucedió lo mismo que ya había vivido en Stanislawow. Los judíos trataban de escapar del gueto a la ciudad, por lo que las *razzias* de los nazis y sus colaboradores, polacos y ucranianos, se intensificaron. Ofrecieron recompensas a los que denunciaran a judíos escondidos, y decretaron la pena de muerte para los que los protegieran.

La gente que nos ayudaba se asustó. El albañil me construyó un refugio en una de las piezas derruidas de la casa. Pero era muy estrecho, solo podía estar acostado, y tenía que permanecer allí todo el día. Igual me las arreglé algunas semanas.

Hasta que el 13 de junio, cuando me levanté de mañana, encontré a mi madre en la casa del albañil:

—Junta tus cosas, Alex, nos vamos —me dijo, con cara de pocos amigos.

El albañil nos había amenazado: me iba de inmediato o… vaya a saber lo que haría.

Después de seis meses de estar encerrado, asomé la cabeza a la calle por primera vez. Estaba pálido y con el pelo muy crecido. Caminamos por las callejuelas del suburbio. Fue la primera vez que lo hice, porque cuando vine era de noche y no vi nada. Pasamos cerca de las vías del ferrocarril y en una de las bocacalles vimos una peluquería.

Entramos. La gente que estaba adentro nos miró de manera extraña. Pienso que enseguida se dieron cuenta de que yo era judío. Pero creyeron que mi madre era polaca y me ocultaba. Lo cierto es que empezaron a hablar entre ellos sobre la gente que escondía a judíos. No veía el momento de salir de allí. Hasta que un rato después —que me pareció un siglo—, volvimos a la calle, ahora con el pelo cortado y el aspecto muy mejorado. Pepa se había salido con la suya y ahora podíamos andar sin que la gente nos observara.

—Vamos a la casa donde trabajo, a ver si nos podemos quedar allí —me explicó mi madre, mientras dábamos un largo rodeo hasta el otro lado de la ciudad.

Allí vivían los Grzonska. Eran polacos, él era técnico constructor y tenían varios hijos. Mi mamá trabajaba como sirvienta. Por supuesto que sabían cuál era «la situación» de Pepa, pero no se daban por enterados. Tenía papeles como polaca, para ellos era polaca. Luego de caminar cerca de dos horas, porque tomar el tranvía hubiera sido muy peligroso, llegamos a un lindo barrio residencial. En una esquina vimos un moderno edificio de color rojo. Mamá tocó timbre y desde el interior le abrieron la puerta. Quedé muy sorprendido. Pepa me dijo que eso se llamaba «portero eléctrico». Me hizo mucha gracia. A pesar del momento, me reí un buen rato.

—Señora, sé que es mucho pedirle, pero necesitaría que mi hijo Alex se pudiera quedar aquí unos días conmigo, hasta que le encontremos un nuevo alojamiento.

—Mire, Pepa, usted sabe que mi marido y yo estamos muy conformes con usted. Pero lo que me pide es demasiado. Son tiempos muy difíciles... Yo también tengo hijos chicos, póngase en mi lugar.

Pero mi mamá no se dio por vencida. Así era Pepa.

—Señora, solo dos o tres días, no más, se lo prometo. ¡Dios se lo va a agradecer!

La señora dudó todavía un poco más. Pero Pepa sabía ser muy persuasiva.

—Bueno... Pero solo tres días, como máximo. ¡Ni un día más!

En eso, sonó el timbre del portero eléctrico. La señora atendió. Cuando colgó el aparato, su rostro había cambiado por completo. Estaba pálida, asustada.

—Es Jaromir, un constructor amigo de mi esposo, que es medio loco. ¡Y está borracho! —dijo la señora, alarmada. Luego reaccionó—: A ver, tú, escóndete debajo del sofá grande.

Me zambullí bajo el mueble.

Un instante después la puerta se abrió y entró Jaromir. Apenas saludó a la señora y se la agarró con mi madre. Por la voz se notaba que estaba muy bebido.

—Yo la conozco a usted, sé bien quién es. Sí, usted, no se me haga la distraída...

—Mira, Jaromir, Pepa es la doméstica de la casa —terció la señora.

—Pero está escondiendo a un niño judío, ¿o no? Mire que no soy estúpido, ¡qué diablos!

La señora y mi mamá quedaron en silencio, no supieron qué responder.

—Mire, o me da plata o la denuncio, ¿está bien claro? ¡Qué joder!

—¡No le puedes hacer eso a Pepa, Jaromir, por favor! —saltó la señora.

—Mire que sí puedo, mire que sí... ¡Ya lo van a ver!

Mi mamá comprendió que no tenía salida:

—No tengo dinero, señor, pero puedo darle alguna ropa. La va a poder cambiar por vodka.

Jaromir dudó un instante, pero aceptó. Mi mamá le trajo una valija, con las pocas cosas que le quedaban. El hombre se puso a hurgar, manoseando todo, sin decidirse. Su borrachera era tan grande que apenas podía mantenerse en pie.

Entonces, no sé lo que me pasó. Recuerdo todo borroso, como si estuviera en una nube. De golpe no pude aguantar más, me vino un arranque de furia, y salí de abajo del sofá gritando:

—¡Sinvergüenza! ¡Bandido! Le estás robando a mi mamá lo último que le queda. ¡Algún día vas a pagar por esto! —La vista se me nubló, no pude contener el llanto.

El hombre quedó desconcertado. No supo cómo reaccionar. Hasta pareció avergonzado. Titubeó un momento.

—Vio que tenía razón...

Solo eso dijo. Y se marchó.

La señora me palmeó la espalda y mi mamá me abrazó, mientras yo bajaba de nuevo a la realidad.

—Fuiste muy valiente, Alex —me alentó mamá.

Pero nos habían descubierto. No sabíamos si Jaromir nos denunciaría o regresaría más tarde con la Policía. Teníamos que irnos. Sin demora. Mi mamá juntó algunas de sus pertenencias, nos despedimos a las apuradas de la señora y un rato después estábamos de nuevo en la calle.

Volvimos a dar un largo rodeo por media ciudad, hasta regresar a la casa del albañil. Mi madre pensó que quizás podría hacerlo cambiar de opinión. Pero no hubo caso. Ni siquiera nos dejó entrar para conversar con él. Se paró en la puerta, y nosotros afuera, hasta que nos dimos por vencidos y nos fuimos.

Las horas pasaban y no teníamos a dónde ir.

Ya atardecía cuando nos dirigimos a la estación del ferrocarril.

—Vamos a Buchach, Alex. Tengo las direcciones de algunos amigos polacos de tus abuelos que viven allí, quizás nos puedan ayudar.

La voz de Pepa se escuchó firme, decidida, como siempre. Pero yo me di cuenta de que estaba muy angustiada. No me lo dijo, pero enseguida comprendí que esta era nuestra última esperanza.

Llegamos a la estación de noche. Una mala hora, porque era la preferida de los fugitivos para escapar. Incluidos los judíos, por supuesto. Los patrullajes de la Policía se volvían más intensos. Mi mamá compró los pasajes y nos fuimos a esperar al andén. Sería un largo viaje, porque Buchach está cerca de Stanislawow. Pero no podíamos pasar por nuestra ciudad, donde nos conocían, para evitar riesgos. Deberíamos tomar una combinación por Tarnopol.

—Documentos.

Giré la cabeza y vi a un policía ucraniano que inspeccionaba a mi mamá en el andén. Miró la documentación, luego la examinó de pies a cabeza.

—¿Usted no será judía?

—Seguro que sí. Y esta señora de al lado también lo es —respondió Pepa, sonriente, con mucha gracia.

Se rieron todos. El policía dudó, pero al final se sumó a la broma.

El viaje en tren resultó interminable. Recién llegamos en la mañana del 14 de junio. Recorrimos, una por una, las direcciones de los amigos de mis abuelos que tenía mamá. Nadie quiso recibirnos.

Terminamos en un parque público. Era lunes, por lo que —a pesar de ser verano— había poca gente. Eso no nos gustó. No podríamos quedarnos mucho rato allí sin llamar la atención. Y tal cual, eso fue lo que sucedió. Yo llevaba conmigo mi libro preferido: *El diluvio,* del escritor polaco Henryk Sienkiewicz. Las andanzas del joven lituano Andrés Kmita, enamorado de la bella Olenka, me acompañaban a todos lados. Más que un libro, era un amigo que nunca me abandonaba en los momentos difíciles. Por eso, en aquellos fatídicos días de verano del 43, no se separaba de mis manos.

Pero esto provocó otro problema. Se nos acercaron unos muchachos, bastante más grandes que yo. Comentaron entre ellos:

—Este debe ser judío, porque lleva un libro.

Cuando se fueron, miré a mi madre. No me dijo nada, sabía lo importante que ese libro era para mí. Pero igual supe lo que debía hacer. Busqué un árbol que pudiera volver a encontrar algún día y que quedara retirado de los caminos del parque. Elegí un tilo, grueso y frondoso. Luego esperé a que no hubiera nadie cerca, me acerqué al árbol, excavé un hueco debajo de sus raíces más gordas, y allí dejé a Kmita y Olenka, protegidos con unas hojas de periódico que recogí en el parque. Ese viejo tilo cuidaría de mi amigo.

Caía la tarde. Y ya no teníamos más alternativas.

Fue entonces que Pepa tomó una decisión desesperada.

—Mira, Alex: aquí en Buchach todavía existe el gueto, no lo han eliminado. Puede ser que allí alguien nos informe sobre el Gran Abuelo y la abuela, si todavía viven y dónde están.

No pude creer lo que había escuchado. ¿Cómo? ¿Volver a meternos en un gueto, luego que perdimos a toda nuestra familia tratando de escapar de otro? ¿Cómo se le podía ocurrir a mi madre una idea así?

Se ve que mamá captó mi mirada y entendió lo que pasaba por mi cabeza. Porque ella, que siempre trataba de protegerme de la brutal realidad que nos acosaba, esta vez me habló con toda crudeza:

—Si nos quedamos fuera del gueto, no tenemos adónde ir. Es seguro que nos fusilarán antes de la madrugada.

Todavía sin poder asumir lo que estaba pasando, acompañé a mi mamá a las cercanías del portón del gueto. Esperamos un rato, hasta que se presentó un grupo de obreros que volvían del trabajo. Nos sumamos a ellos, como si fuéramos parte del grupo.

Fue entonces, cuando solo nos faltaban unos segundos para entrar, que se produjo el milagro. Una señora del grupo se acercó a mi madre:

—Usted no me conoce, pero yo me acuerdo de usted. Usted es hija de don Saúl.

No quedaba tiempo para saludos ni presentaciones, ¡los guardias ya estaban por hacernos entrar!

—¿Sabe algo de mis padres? —preguntó Pepa, en el último suspiro.

—Sus padres viven y están fuera del gueto. Los que le pueden informar son unos ucranianos de apellido Synenko, que viven frente al hospital —alcanzó a responderle la mujer, justo antes de perderse en las míseras calles del gueto.

Todo cambió en un instante. No tuvimos tiempo de agradecerle a esa maravillosa señora, aparecida de no se sabe dónde, tal vez enviada por una buena estrella. Apenas logramos corrernos a un lado de la cola y escapar a una suerte que hubiera sido fatal.

Esa fue también la primera vez que escuchamos ese nombre: Synenko.

Un nombre que cambiaría el destino de nuestras vidas.

20

Quien salva una vida salva al mundo entero

Buchach, Polonia (hoy Ucrania),
anochecer del 14 de junio de 1943

Alex (11 años)

Caminamos un buen rato. El hospital quedaba en las afueras de Buchach, sobre la ladera de una montaña muy típica de la ciudad, la colina Fedor. Casi no hablamos entre nosotros. Íbamos con el corazón apretado. Sabíamos que, ahora sí, no habría más oportunidades.

Llegamos al anochecer. Enfrente al hospital vimos una casa muy grande. Golpeamos la puerta. Nos abrió una señora joven y muy bonita.

—Buenas noches, señora, buscamos a la familia Synenko —explicó Pepa.

—Sí, es aquí. Yo soy Yulia Synenko.

—Ah, qué bien, un gusto, señora Yulia. Yo soy polaca, de Lwow, hija de don Saúl y su esposa, me dijeron que usted los conoce. —Mamá hizo una pausa, como para darle tiempo a reaccionar.

Yulia asintió levemente con la cabeza, pero no dijo nada. No eran tiempos para hablar de más.

—¿Sabe algo de mis padres? Porque estoy tratando de encontrar dónde dejar a mi hijo Alex, antes de regresar a Lwow. Es un buen muchacho, muy tranquilo. Es el nieto de don Saúl.

Yulia hizo un largo silencio. Luego su hermoso rostro cambió por completo y se volvió mucho más amable.

—Sí, a usted la reconozco, la vi varias veces con don Saúl, yo también soy polaca. Mire, sus padres están bien, escondidos en un bosque adonde es muy difícil llegar. Por ahora puede estar tranquila. —Yulia hizo una nueva pausa—. En cuanto al muchacho, el tema no es sencillo. Los tiempos se han vuelto muy difíciles. Esperen por aquí, voy a hablar con Yevgeni, mi marido.

Contuvimos el aliento. Esta sí que era, en verdad, la última salida. Si esta puerta también se cerraba, no habría otras. Era cuestión de vida o muerte.

Yulia entró y salió de la sala donde estábamos nosotros, varias veces. Parecía dudar. En una ocasión habló entre susurros con mi mamá, pero algo alcancé a escuchar:

—Lo lamento, señora Pepa. Nosotros lo hacemos sin interés, pero quienes alojarían a su hijo quieren cobrar. Varios meses por adelantado. Y no es poco.

—Sí, lo comprendo. Pero es mi único hijo… ¡Haré lo que sea necesario!

Volvió a salir. Esta vez sí regresó un poco más animada.

—Bueno, aceptaron. Llevaremos a su hijo a Beremiany, una aldea a unos veinte kilómetros de aquí, de donde es mi familia. Tanto que mis padres, los Pokora, siguen viviendo allí.

—¡Gracias a Dios! No sabe lo que se lo agradezco, señora Yulia. —Pepa casi se abalanzó sobre ella, como para abrazarla.

Y los dos sonreímos, felices, ¡no lo podíamos creer! Después de dos días de deambular sin rumbo viendo cómo todos nos rechazaban, habíamos encontrado a alguien sensible que se compadeció de nosotros.

—Le tengo que dar el adelanto —se apuró Pepa, para que no hubiera vuelta atrás—. Ven, Alex, trae tu saco.

En mi saco, bajo sus hombreras, habíamos escondido casi todo el dinero que teníamos. Luego de ocultarlo, Pepa cosió bien las charreteras al saco, con mucho cuidado, para que no se fuera a perder.

Mi mamá agarró el saco y abrió muy despacio una de las hombreras. ¡Nada! ¿Cómo? ¡No puede ser! Ya dominada por el pánico, descosió la otra. ¡Tampoco! ¡Nos habían robado! Sin duda fue en la casa del albañil, donde estuve tanto tiempo encerrado, que se dieron cuenta y tomaron el dinero. ¿Y ahora qué hacíamos, por Dios? Por primera vez vi a mi madre dominada por la desesperación, apenas podía contener el llanto.

Al escuchar lo que pasaba, entró a la sala un hombre alto, rubio y de buena presencia. Era de origen eslavo, seguramente ucraniano. Sin mediar otro comentario, dijo:

—¡No importa! Yo le presto el dinero. Sé que su padre me lo va a devolver.

Era Yevgeni Synenko.

Buchach, madrugada del 15 de junio de 1943

Alex

Temprano en la mañana me despedí de mi mamá. Después de todo lo vivido, fue un alivio tener a dónde ir. Pero me dolió separarme de Pepa, sobre todo sin saber cuándo la volvería a ver. Le agradecí otra vez a Yulia y me zambullí en un carro tirado por caballos que estaba en los fondos de su casa. Enseguida me cubrieron con un montón de heno. Ese sería mi escondite hasta llegar a Beremiany. La propia Yulia, que tenía cuatro hijos, el menor todavía de pecho, dejó a su familia y acompañó al cochero en el viaje, a pesar de los riesgos que eso suponía.

Anduvimos horas por sendas de tierra entre los cerros. Primero fui a dar a un molino ubicado en las orillas del río Strypa, en las afueras de la aldea. Pero ya había unos cuantos judíos escondidos allí. Que, además, se opusieron a que más gente se ocultara en ese sitio. Entonces me llevaron a la casa de otro campesino. Allí era el único, y me alojaron en un altillo encima del establo.

Las casas son muy parecidas en las aldeas de Polonia. Los predios son grandes, así que cada uno vive bastante lejos de sus vecinos. Dentro de cada predio se encuentran por un lado la casa donde vive la familia y, por otro, las construcciones de trabajo, como establos y graneros. Las edificaciones son de gruesas paredes de adobe, con techo de quincha. Los establos tienen entrepisos donde almacenan el heno y la paja para alimentar a los animales. Fue en uno de esos altillos, en un hueco construido en el heno, que se ubicó mi escondite.

En la planta baja del establo también funcionaba una carpintería, ya que el dueño de casa, además de ser agricultor, tenía ese oficio. Se dedicaba a fabricar y reparar ruedas de carro. Y como estábamos en verano, tenía mucho trabajo. En la carpintería trabajaban varios empleados, por lo que de día tenía que estar muy quieto para que no me oyeran.

Pero tuve suerte de que en el techo, cerca de mi escondite, había un agujero. Así que tenía bastante luz y podía leer. Mi mamá, que sabía cuánto me animaba la lectura, me envió varios libros, todos de Sienkiewicz: *A sangre y fuego*, *El señor Wolodyjowsky*, *Bartek el vencedor*. Seguro que recordó lo sucedido en el parque y el libro escondido bajo el viejo tilo. Eran libros largos y sus páginas abundaban en hechos heroicos, que me hacían viajar a otras épocas y lugares. Eso me hacía mucho bien.

Así estuve dos meses. Pasé hambre, pero me sentí seguro. No podía quejarme.

Recibí algunas cartas y varios paquetes con comida de mi mamá. En una de sus cartas me contó que, como ya no le quedaba dinero, regresó a Stanislawow y fue a ver a un gran amigo de mi padre. Se trataba de un colega abogado de nombre Kowalski, que era como hermano con él. Pero Kowalski era también un importante aristócrata y reconocido nacionalista ucraniano, razón por la cual no se encontraba muy alejado de los nazis, quienes habían prometido devolver la independencia a Ucrania. Corrió un gran riesgo. Confió en la amistad y la lealtad de un viejo amigo. Kowalski no la defraudó. Todo lo contrario. Como la cantidad de dinero que le solicitó Pepa era importante, y no disponía de ella en ese momento, no dudó en vender su colección de sellos —un pasatiempo de toda la vida— para conseguirla. Mi mamá quedó muy emocionada.

Tiempo después, Pepa me contó que había podido reunirse con sus padres, el Gran Abuelo y su esposa, en el bosque donde estaban escondidos. Eran parte de un grupo que vivía en cuevas, asediado por bandidos, incluso algunos de origen judío. El Gran Abuelo ya tenía sesenta y tres años, pero fiel a su manera de ser se había convertido en el jefe del grupo, y todos confiaban en él para obtener agua y comida. Mi mamá se alegró de verlos y de que estuvieran bien de salud. Pero a mí me entristeció mucho imaginar a mis abuelos, ya mayores, viviendo en cavernas y teniendo que pelear para sobrevivir.

En agosto, los Synenko trajeron a otro fugitivo a guarecerse con el mismo campesino. Se llamaba Isaac, tenía unos treinta y cinco años, era sastre de profesión y venía de un pueblo cercano. Lo ubicaron en el mismo altillo que a mí, para lo que hicieron otro hueco en el heno. Como no tenía dinero, le consiguieron una máquina de coser y trabajaba por las noches en un rincón de la carpintería. Parece que era muy bueno, porque consiguió mucho trabajo. Isaac trabajaba de noche y dormía de día, por lo que hablábamos muy poco. Así estuvimos algo más de un mes.

Hasta que un domingo, que era un día tranquilo porque no trabajaba la carpintería, bajamos del altillo al taller para estirar un poco las piernas, y nos encontramos con el campesino, sus hijos y un hermano de la señora Yulia, Adam Pokora, de veintipocos años, un buen muchacho que siempre la ayudaba con «los escondidos».

—Las redadas de los nazis son cada vez más frecuentes. Y ya saben que hay mucha gente escondida en los altillos de los establos —nos explicó el hermano de Yulia—. Es muy peligroso seguir así. Les vamos a construir un refugio bajo tierra.

En los días siguientes excavaron en una esquina del taller un pozo de dos por tres metros, y una altura de metro y medio, lo cubrieron con tablones y apilaron madera encima. Al lado del refugio había un sótano, separado de este por una pared de piedra. Para poder entrar al refugio a través del sótano, tuvieron que sacar dos grandes rocas y construir un hueco que los comunicara. En caso de peligro, se reponían las piedras desde el sótano y la entrada quedaba disimulada.

Nos mudamos al refugio a fines del verano. Ya no pude leer más, ni caminar ni nada. Era necesario estar acostado todo el día. Solo podíamos subir al taller algunas noches, para movernos un poco en la oscuridad. La higiene no existía. Al poco tiempo estábamos llenos de piojos, y convivíamos con toda clase de cucarachas, chinches y arañas.

Hacíamos las necesidades en un balde que estaba en un rincón del sótano.

En noviembre recibimos a un nuevo compañero: un abogado de nombre Korembluth, que conocía a mi familia. Ya éramos tres en el pequeño refugio. Estábamos hacinados. Por suerte, cuando llegó el crudo invierno polaco, la actividad de la aldea se detuvo. Y, por tanto, también cesó el trabajo en la carpintería. Así fue que pudimos volver a subir al taller durante el día, ya que sus ventanas fueron tapadas con pilas de fardos de heno. Resultó un alivio. Sin embargo, eso mismo sería nuestra fatalidad.

Korembluth, abogado y empleado bancario en Buchach (más de 60 años)

A fines del 43, los Synenko me consiguieron un lugar donde esconderme, en casa de un campesino, no lejos de Beremiany. Cuando llegué me encontré con que se trataba de un pequeño hueco en la tierra, donde no se podía estar parado y donde no había ni un inodoro donde defecar, por más precario que fuera. Y por si eso fuera poco, ¡ya había dos personas más en el minúsculo escondrijo!

¿Si las recuerdo? Sí, solo tengo una idea, porque estuve muy poco allí, y uno estaba preocupado por otros asuntos. No eran tiempos para sociabilidad. Había un hombre joven, un sastre. Y también un muchacho, en realidad un niño grande, en su primera adolescencia. Nos llevamos bien, dentro de lo que se podía en esa pocilga.

Lo único para alegrarse en ese tiempo fue que las noticias que nos llegaban empezaron a cambiar. Hubo una virazón, ¿me entiende? La propaganda nazi siguió hablando de victorias impresionantes. Pero comenzaron a nombrar lugares de combate que ya no estaban tan lejanos. ¿Cómo era eso, qué estaba pasando? Y no mucho después supimos, de fuentes confiables, que los rusos se acercaban a la frontera con Polonia.

Fueron días interminables. El invierno de nuestra patria se descargó con toda su furia. Solo queríamos que terminara lo antes posible, mientras esperábamos con ansias las noticias de la guerra. Y aunque estábamos muertos de hambre y de frío, podríamos haber aguantado en ese detestable tabuco hasta la primavera. A fin de cuentas, eran tiempos terribles, y esta gente, los Synenko, ayudaban a muchos. No se les podía pedir milagros.

Pero tuvimos mala suerte.

Beremiany, en la mañana del 24 de enero de 1944

Alex

Un día subí del refugio a la carpintería para matar el tiempo. Al llegar me encontré a Korembluth, a Isaac y a Adam, el hermano de Yulia, hablando por lo bajo. Al verme se callaron. Les pregunté qué pasaba, pero no me dijeron nada. Se fueron en evasivas.

Me quedé intrigado. Y preocupado. Lo sucedido me anduvo dando vueltas por la cabeza un par de días. Pero no tuve tiempo de preocuparme más. Eso fue un viernes. Apenas el lunes, un día igual a todos los demás de ese invierno terrible, fue que sucedió.

Estábamos los tres en la carpintería cuando, de repente, vimos cómo el heno —que tapaba las ventanas— se abría, y una mujer desconocida miraba para adentro. Nos vio a los tres, por supuesto. Enseguida desapareció de nuevo. Nos miramos entre nosotros. ¿Pasaría algo? ¿Qué debíamos hacer? No alcanzamos a reaccionar.

Un instante después se presentó nuestro carpintero, muy alarmado:

—¡Esto es una desgracia! La mujer que los vio era... una amiguita mía. Pero nos peleamos hace un tiempo y anda como loca. ¡Va a querer perjudicarme! ¡Nos va a denunciar!

Nos quedamos helados. No dijimos nada, solo lo miramos horrorizados.

—Se van a tener que ir. ¡Enseguida!

—¡¿Cóóómo?!

—¿A dónde? ¡No tenemos adónde ir!

—Pero... es pleno invierno. ¡Nos vamos a morir de frío!

Los cuatro gritábamos al mismo tiempo, aquello era un caos.

—No hay otra alternativa. Si se quedan, ¡nos matan a todos! Vayan al molino que está en la confluencia de los ríos. Y expliquen lo que pasó.

Quise decirles que a mí me llevaron allí primero, pero que estaba lleno de gente y me rechazaron. Pero era un griterío infernal, nadie escuchaba al otro.

El carpintero nos dio un pedazo de pan a cada uno y nos explicó el camino que debíamos seguir. Juntamos nuestras pocas pertenencias —ya casi no teníamos nada—, nos abrigamos lo mejor que pudimos y salimos corriendo por la nieve.

21

Una carrera imposible

Bosque entre Beremiany y Buchach,
24 de enero de 1944

Alex (11 años)

Había algo de sol. En esa época del año esto era un milagro. Y el mediodía se acercaba, lo que en algo iba a ayudar.

De todos modos, el terrible frío invernal era insoportable y el fuerte viento hundía las temperaturas a más de diez grados bajo cero. Corrimos lo más rápido que pudimos. Que no fue mucho, porque cada dos por tres nos enterrábamos en la nieve y nos caíamos. Muy pronto nos dimos cuenta de que Korembluth, bastante mayor que el sastre y que yo, no podía mantener el paso. Lo esperamos varias veces, lo alentamos, pero no hubo caso. Al rato lo perdimos.

Según las explicaciones que nos dio el campesino, debíamos llegar hasta el río Strypa, y bordearlo aguas arriba por su orilla izquierda, hasta encontrar el molino. Si tomábamos aguas abajo, alcanzaríamos la desembocadura del Strypa en el río Dniéster.

La primera parte del recorrido fue a campo traviesa, a los tumbos, porque había una gruesa capa de nieve fresca. Después de un rato, bastante cansados, llegamos a la orilla de un río.

—Este debe ser el río Strypa —arriesgó Isaac.

Yo estuve de acuerdo y empezamos a caminar río arriba. Imposible ir demasiado rápido, la pendiente era muy pronunciada. Pero no vimos ningún molino. Estábamos desorientados...

En esas vueltas andábamos cuando el suelo cedió bajo mis pies y me hundí en el agua. Quise manotear los bordes del hueco para apoyarme y tratar de salir, pero el hielo se quebraba. ¡Y yo me hundía cada vez más! Isaac, que estaba más adelante que yo, gritaba y gesticulaba, mientras buscaba acercarse. Pero no podía, el hielo crujía y parecía que en cualquier momento se sumergiría él también. Vi que retrocedía y desaparecía en el bosque de la orilla. Pero... ¿qué hacía? ¿Se iba y me abandonaba? A pesar de mis esfuerzos por agarrarme de algo, ¡el agua ya me llegaba al pecho! En ese momento, Isaac apareció de nuevo con un tronco largo y fino. Me arrojó un extremo, mientras él sujetaba fuerte del otro. Esta vez sí, luego de varios intentos, logré manotear la punta del tronco y sujetarla lo mejor que pude. Isaac se esforzó por tirar de su extremo y de a poco fui asomando del agua hasta poder arrastrarme sobre el hielo. Me deslicé un buen rato, sin pararme, como un lagarto, hasta alcanzar la orilla donde estaba Isaac. ¡Había salido! Pero estaba exhausto y mojado de pies a cabeza.

Nos sentamos sobre unas rocas. Quizás, sin darnos cuenta, habíamos cruzado un afluente del río que estaba congelado. Luego yo pisé una parte más blanda y el hielo cedió. Pero no había tiempo para conjeturas. Ya se había hecho de tarde, la temperatura empezaba a bajar otra vez. Era necesario continuar. Y pronto.

Estaba paralizado de frío. Corría riesgo de que la ropa mojada se me helara encima. Pero Isaac me ayudó a continuar. Caminamos un rato por la orilla, hasta que nos cruzamos con unos campesinos. Les preguntamos por el molino.

—Pero este es el Dniéster... El molino queda sobre el río Strypa, en la margen del otro lado. Me parece que están equivocados.

Enseguida comprendimos nuestro error: el afluente que atravesamos, en el que yo me caí, era el propio río Strypa. Ahora estábamos a orillas del Dniéster. Teníamos que desandar camino, y volver a cruzar el Strypa. Salimos corriendo, aprovechando que ahora íbamos en bajada. Mi ropa estaba cada vez más congelada, me sentía como un témpano de hielo. Al final llegamos al arroyo. Pero no encontramos por dónde cruzar. Probamos en varios sitios, pero el hielo crujía y se rompía. Decidimos caminar río arriba, a ver si teníamos más suerte. Avanzamos por una estrecha senda entre el arroyo y la montaña cubierta de bosques.

De improviso, en un recodo del río, descubrimos a un grupo de soldados alemanes. Nos agazapamos y observamos: en la senda había un puesto de control alemán. No teníamos opción. Nos hicimos señas y salimos trepando montaña arriba, un buen rato, hasta llegar a un lugar abrigado, con rocas grandes y unas cuevas. Ahora sí que estábamos agotados. Nos sentamos un rato a descansar. Sentíamos que sería imposible retomar la marcha. Además, ¿hacia dónde ir?

La cueva más grande tenía un túnel, que quizás fue usado en otro tiempo para minería. Tratamos de explorarlo, pero escuchamos ruidos extraños, debía de haber animales. Nos volvimos a sentar, desalentados. Caía la noche, en pocas horas la temperatura se desplomaría a cerca de treinta grados bajo cero, y yo estaba cada vez más congelado. Si me quedaba quieto sería una muerte segura.

—Este es el fin. Aquí hay osos y lobos, abajo están los nazis, y no podemos cruzar el río para llegar al molino. Moriremos como todos —dijo el sastre, vencido.

Yo también estaba desconsolado. Pero su ánimo tan pesimista me rebeló. Ya le iba a decir que teníamos que seguir adelante, como fuera. Pero no me dio tiempo:

—A propósito —agregó—, aquel día que entraste en la carpintería y nos callamos, cuando preguntaste qué pasaba y no te dijimos nada, fue porque el hermano de Yulia nos estaba contando que tu abuelo don Saúl murió. Unos ladrones lo mataron para robarlo.

Quedé atontado. Estuve inmóvil largo rato, con la mirada fija en el blanco de la nieve y el negro de las rocas, mientras mi mente se fue lejos de allí, y empecé a recordar historias del Gran Abuelo, mis cuentos preferidos —que le hacía contar una y otra vez—, las andanzas juntos en «nuestra fábrica», Maxim y su *charrette*, los veranos en Yaremcha, y sí, la casita del árbol… y nuestra promesa: «Cuando todo este horror pase, nos volveremos a encontrar, los tres».

En todo esto pensé, mientras miraba la nieve y las rocas, y al sastre Isaac dispuesto a morir. No sé lo que pasó. Se despertó en mí algo del espíritu indomable de Pepa, que debía estar pensando en mí y esperándome del otro lado de las montañas, y el último ruego de Hersh, mi padre: —«Ahora serás el hombre de la casa, cuida de tu mamá»—, y esa promesa que juré cumplir a mis amigos del alma, a los que no les podía fallar.

Me levanté, como impulsado por una fuerza misteriosa:

—Me voy, Isaac.

—¿Te vas? ¿Pero a dónde? —me preguntó el sastre, sorprendido.

—Voy a Buchach, a lo de los Synenko —le respondí, y como el sastre seguía desconcertado, aclaré—: estamos sobre el río Strypa, que pasa por Buchach. Si seguimos su curso, tenemos que llegar a la ciudad.

—Pero estamos a más de veinte kilómetros, es de noche, estás casi congelado y muerto de frío, hay nazis en el camino. ¡Nunca llegaremos!

—Vamos, Isaac —le dije—. Caminaremos un rato por el bosque hasta rodear el puesto alemán, y después bajaremos de nuevo a la senda que va junto al río y que llega hasta Buchach.

El sastre dudó. Ya se había resignado a su fatalidad. Ahora debía juntar fuerzas para caminar en la nieve toda la noche, con temperaturas glaciales, sin saber qué podía pasar. Lo más probable era que ese sacrificio no sirviera para nada.

—¿Vienes? ¿O te quedas para que te coman los lobos?

De pronto me di cuenta de lo insólito de la situación: un adolescente de once años, casi congelado, diciéndole qué hacer a un hombre de la edad de su padre, ya rendido.

Isaac me miró casi con fastidio. Hizo una mueca y se levantó. Nos tomamos de las manos y empezamos a caminar. Primero anduvimos un buen rato por la montaña. Tropezábamos con las rocas, nos llevábamos los árboles por delante, nos caíamos, rodábamos por la nieve. Y nos volvíamos a levantar. Como si una fuerza inexplicable nos empujara. Cuando estuvimos seguros de que el puesto alemán había quedado atrás, empezamos a bajar hasta encontrar la senda al lado del río.

Caminamos y caminamos. No podíamos más. Se nos doblaban las piernas, nos desparramábamos por el suelo cada tanto. El frío era atroz. Pero seguimos. Caminar, seguir caminando, no pensábamos en otra cosa. Solo caminar...

Por fin amaneció. La senda se había internado en el bosque, separándose del río. Estábamos cerca de Buchach.

—Con mi aspecto de judío no puedo entrar así, de día, en la ciudad. Mejor me quedo en el bosque. Pero si tú quieres, Alex, sigue adelante.

Pensé que quería separarse de mí, porque quizás solo se podría salvar más fácil. Era peligroso andar con niños por esos días. Los niños eran «sospechosos». No me importó. Descansé un rato y le dije:

—Yo sigo.

Nos despedimos brevemente y partí.

Anduve un tiempo por el bosque, en la dirección que supuse se encontraba Buchach, hasta que de pronto me vi rodeado por una banda de chicos ucranianos más o menos de mi edad.

—¡Agarramos a un judío chico! —gritaban y hacían bromas entre ellos.

Me llevaron a su aldea y me pasearon por todos lados, como si fuera un trofeo. La gente me miraba como a un animal de circo. Terminamos en la casa del alcalde de la aldea. Pero más allá de las chanzas, no me trataron mal. Lo que no era poco decir en los tiempos que vivíamos. En la casa del alcalde me acurruqué cerca del fuego y me quedé dormido. Cuando desperté era de noche. Me dieron de comer y el alcalde vino a verme.

—Ahora márchate de la aldea —me dijo—. ¿A dónde vas?

Le respondí que iba a Buchach y le pregunté cómo llegar. Dijo que estaba cerca y me indicó el camino. Luego me dieron comida para el viaje, les agradecí y partí.

Era noche cerrada y hacía mucho frío. Caminé un rato. Pero como estaba muy cansado, me metí en el granero de un campesino, me acomodé en un rincón y me dormí. Me despertaron los gritos del campesino, temprano por la mañana. Quise explicarle algo, pero no me dio oportunidad y me echó a la calle, sin más vueltas.

Buchach, 26 de enero de 1944

Alex

Regresé al camino que me indicaron en la aldea. Ese miércoles 26 de enero los ucranianos celebraban la fiesta del Bautismo del Señor y había mucha gente yendo para Buchach. Cuando quise acordar, me encontré rodeado por un grupo de personas de la aldea que comentaban:

—¡Ahí va nuestro judío!

—¿Quieres venir con nosotros?

Me uní a la gente de la aldea y marchamos juntos, entre charlas y risas.

Poco más tarde, descubrí una silueta conocida en la muchedumbre: era Isaac, el sastre. Me contó que había logrado escapar de milagro de una patrulla nazi que lo interceptó, un rato después de separarse de mí. De nuevo esta vez me dijo que prefería ir solo, por lo que lo saludé y corrí a reunirme con el grupo de la aldea. Fue la última vez que lo vi.

Al acercarnos a Buchach, los campesinos me dijeron:

—¿Y ahora qué vas a hacer? No puedes entrar con nosotros a Buchach.

—No, yo quiero ir a la colina Fedor, cerca del hospital.

Me indicaron el trayecto a seguir y nos separamos. Continué caminando un buen rato. Iba mirando las casas sin prestarles demasiada atención, porque suponía que todavía estaba lejos. Pero cuando menos lo esperaba, ¡la vi! Era esa, no tuve dudas, ¡la casa de los Synenko! No sé cómo pude darme cuenta: solo la había visto una vez, aquel día que llegamos con mamá al anochecer, con el corazón estrujado, persiguiendo nuestra última esperanza. En esa ocasión partí al día siguiente en un carro cubierto de heno, por lo que no pude ver más nada. Pero esa era la casa. A medida que me acercaba estaba más seguro. ¡El corazón me latió muy fuerte, parecía que me iba a saltar del pecho!

Me enfrenté a la casa. Debía tomar una decisión. Miré hacia ambos lados. No venía nadie por la calle. Entonces, en un segundo, me metí por una puerta lateral que estaba entornada. Una vez adentro, fui caminando despacio, con mucho cuidado, para no hacer ruidos que pudieran asustar a los Synenko. Pero nadie apareció. Tal vez todavía estuvieran en la cama, descansando, al ser un día festivo. Finalmente, no encontré otra solución que acercarme a las habitaciones. Miré en una de ellas, pero estaba vacía. Luego asomé la cabeza en la de al lado…

—¡Aaah! ¡¿Quién es?!

El grito de terror de una mujer me dejó petrificado. Era Yulia Synenko.

—Disculpe, soy yo, Alex, señora Synenko… —quise explicar.

Yulia empezó a reaccionar y a recuperarse del susto.

—¿Pero qué pasó? ¿Alguien te vio entrar?

—No… ¡No! Me cuidé mucho.

—Bueno… —Yulia respiró hondo—. Ve a la sala, voy a llamar a mi marido, así hablamos un poco.

Les conté brevemente lo sucedido. Sacudieron sus cabezas, fastidiados con el campesino y sus pocas precauciones.

—Pensar que tanta gente está arriesgando su vida, y aparece una «amiguita» ¡y lo arruina todo! —reflexionó Yevgeni para sí mismo.

Un rato más tarde me subieron a un carro, me cubrieron de heno y fui a dar a la casa de la madre de Yevgeni, que quedaba cerca, sobre la ruta a Czortków. Al llegar me escondieron en el altillo del establo, en un hueco entre el heno. Como hacía muchísimo frío me dieron unas mantas para abrigarme. Estaba exhausto, solo pensaba en descansar. Me acurruqué contra el heno, me tapé lo mejor que pude, y me dormí profundamente.

Había logrado lo imposible.

22

En tierra de nadie

Buchach, Polonia (hoy Ucrania),
primeros meses de 1944

Alex (11 años)

Dormí una semana.

En ese tiempo, vino Yevgeni Synenko y me dijo que en unos días me llevarían a un refugio subterráneo. Luego no supe nada más. Cuando por fin desperté, decidido a volver a la *normalidad*, si así se le puede llamar a la vida que llevaba, le pregunté qué había pasado.

—No, no se pudo hacer —respondió; y yo me di cuenta de que titubeaba sobre cómo seguir. Pero al final debe de haber pensado que ya no era más un niño y que había vivido demasiadas cosas—: El refugio fue descubierto, y todos murieron. Uno de ellos fue Isaac, el sastre, tu amigo.

No sé si con Isaac llegamos a ser lo que se dice *amigos*. Pero tuvimos juntos muchas vivencias. Sobre todo, aquella carrera imposible en la noche más fría de Polonia. La noticia me golpeó fuerte. Me fui aparte un rato, a pensar en él y en lo que habíamos compartido.

¡Había esperado tanto ese momento! ¿Cuántas veces en mis escondites soñé —dormido o despierto— que esto algún día iba a suceder?

Tanto, que ese día llegó y no lo podía creer. Ni siquiera me emocioné como esperaba.

El altillo donde estaba oculto quedaba a pocos metros de la carretera. Un buen día, a principios de febrero, comenzó un desfile de vehículos alemanes que se iban de la ciudad, a los que se sumaron los carros de los colaboracionistas ucranianos. Camiones y tanques se sucedían sin cesar, día y noche. Así durante varias jornadas, hasta que no tuve más dudas: eran los alemanes en retirada.

En esos días llegó al refugio del altillo una familia que venía de paso, por lo que poco después continuó su camino. Pero como tenían varios hijos de mi edad, fue la primera vez en años que pude charlar y jugar con otros chicos. Eso sin dejar de vigilar desde mi altillo la retirada alemana, que siguió día tras día.

Esta familia venía de estar escondida varios meses en el molino sobre el río Strypa, el mismo al que quisimos llegar con Isaac y no lo logramos. Habían tenido que abandonar el sitio porque los ucranianos colaboracionistas estaban persiguiendo polacos y saquearon el molino. Luego de entrar en confianza, me contaron una historia que me hizo erizar.

El 24 de enero por la mañana, mientras Isaac, Korembluth y yo corríamos por la nieve tratando de alcanzar el molino, la Gestapo y las SS cayeron de improviso al lugar: tenían la denuncia de que allí se escondía un gran número de judíos. Estuvieron horas interrogando a los molineros, gente ya mayor, y a su hija, una muchacha joven. Pero ellos no se doblegaron. Tampoco pudieron encontrar los escondites. Al final se marcharon con las manos vacías. Si nosotros no hubiéramos equivocado el camino, habríamos llegado justo durante la redada. Y nuestro final habría sido inmediato. También me contaron que Korembluth llegó tarde por la noche a esconderse allí. No fue un buen momento. Pero como se trataba de alguien ya mayor y era pleno invierno, al fin lo dejaron quedar, y hasta ese momento seguía vivo.

Este suceso me impresionó mucho. Durante bastante tiempo no me lo pude sacar de la cabeza. ¿Fue solo suerte, una simple casualidad? ¿O fue un milagro? Imposible saberlo.

Buchach, 23 de marzo de 1944

Alex

Me desperté de madrugada. El silencio era absoluto.

En esos días me había acostumbrado al ruido incesante del paso de tanques y camiones. Presté atención. ¡No escuché ni un sonido! Me paré como un resorte y me acerqué al pequeño agujero en el altillo desde donde miraba hacia afuera.

La carretera estaba vacía.

Pasaron varias horas. No me separé de mi diminuto mirador ni un instante, mientras aguardaba casi sin respirar que algo sucediera.

Al cabo de un rato, vi avanzar con lentitud por la carretera a un pelotón de hombres a caballo. Como la casa de la madre de Synenko era la primera en la entrada a Buchach, los hombres se detuvieron y entraron al patio de la casa. Los pude ver desde una corta distancia, ¡y casi me muero de susto! No parecían soldados rusos. Más bien eran como salidos de las ilustraciones de mi libro *A sangre y fuego*. Vestían gorros y abrigos de piel, con el pelambre hacia afuera. No llevaban uniformes ni insignias. Sus armas parecían un muestrario, eran todas diferentes entre sí. Cabalgaban sin montura, sobre un montón de pieles. Tenían aspecto de tártaros o quizás de mongoles. Y entre ellos no hablaban en ruso. Solo les faltaban las espadas curvas...

Desde aquel funesto 26 de julio, día de mi cumpleaños, tres años atrás, cuando los nazis ocuparon mi ciudad natal y sufrimos tantas penurias, siempre soñé con la llegada de los rusos, que nos liberarían. Pensaba salir de mi escondite, agradecerles y abrazarlos. Pero estos que ahora estaban en el patio tenían muy poco aspecto de salvadores.

La familia de Synenko los recibió con pan y sal, pero los tártaros no les prestaron demasiada atención. Se dirigieron al establo, eligieron los mejores caballos y se los llevaron, sin hacer caso a las protestas de los dueños.

De todos modos, ese día me resultó inolvidable, por muchas razones. Entre otras, porque al caer la noche me llevaron a casa de los Synenko. Y esa fue la primera vez en un año y medio que dormí en una cama, después de haberme bañado.

En los días siguientes el Ejército Ruso continuó llegando a Buchach. Ahora eran tropas regulares, con uniformes, insignias y armamento convencional. Pero nunca pude borrar la imagen de aquella vanguardia, el primer día.

Un par de días después Yevgeni vino a hablar conmigo.

—Mira, Alex, pienso que sería conveniente que siguieras escondido un tiempo más. Te puedes quedar en mi casa, si quieres —me dijo, y al ver mi cara de desaliento, explicó—: El frente no está seguro, hay avances y retrocesos. No sabemos lo que va a pasar. Además, hay bandas armadas de ucranianos, colaboradores de los nazis, que siguen persiguiendo judíos.

Una vez más, Yevgeni tuvo razón.

Noche del 5 de abril de 1944

Alex

Fue una noche muy confusa. Todos estábamos desconcertados. No se cumplían aún dos semanas de la entrada de los rusos a Buchach y ya corrían rumores de que los alemanes estaban por recuperar la ciudad.

Yo me había quedado en casa de los Synenko, como él me propuso. Esa noche los rusos instalaron allí un puesto de transmisión. Dentro del desorden que reinaba, los oficiales me permitieron quedarme cerca de ellos. Las transmisiones por radio eran en clave. Pero por sus comentarios enseguida me di cuenta de que aquello no iba bien. Se lo fui a advertir a Yevgeni. Pero no bien regresé al puesto de radio, las transmisiones se cortaron. Y de la radio comenzaron a salir solo dos palabras, casi gritadas por una voz desesperada:

—*Tarif, tarif. Yaklat!*

No supe lo que eso quería decir. Pero resultaba evidente que no era nada bueno. Los rusos empezaron de apuro a desmantelar las instalaciones y a cargar todo a sus jeeps. Encaré al oficial a cargo:

—Disculpe, señor, ¿me podrán llevar con ustedes?

—No, no es posible. Ve a la carretera, para un camión con soldados y te llevarán.

Salí a la ruta y miré los camiones que pasaban. No me entusiasmaron sus ocupantes. Regresé a la casa y consulté a Yevgeni. Su respuesta fue terminante:

—De ninguna manera debes ir con esa gentuza.

Decidí quedarme, escondido en su casa. Luego me enteré de que la gran mayoría de los judíos que estaban en Buchach también optaron por permanecer. A la mañana siguiente, cuando desperté, los tanques alemanes pasaban por la carretera hacia el este.

Habían regresado.

Mediodía del 19 de abril de 1944

Alex

Esta vez fui a dar al depósito del almacén de los Synenko. Pero fue por poco tiempo. Apenas dos semanas más tarde, un miércoles a mediodía, apareció Yevgeni. Él era un hombre enérgico, pero muy tranquilo al hablar. Sin embargo, esta vez se lo veía agitado:

—Los alemanes dieron orden de evacuar la población civil de Buchach. De inmediato. Me tengo que ocupar de toda mi familia. Ya no podremos cuidar de ti —me dijo con pesar.

Entendí la situación. No podía tener hacia ellos más que agradecimiento.

Los alemanes nos reunieron en la carretera. Se formaron largas columnas de gente. En determinado momento dieron la orden y empezamos a marchar por la ruta hacia el oeste. Caminé junto con los demás refugiados. Buchach quedó desierta. Enseguida pensé que esa era una mala noticia para los judíos que hubieran permanecido escondidos en sus refugios. No tendrían cómo abastecerse. Y si salían a la calle serían apresados con facilidad. Luego supe que mis temores se confirmaron, y de la peor manera.

Caminamos durante horas. Al comienzo la vigilancia de los nazis fue muy estricta. A varios que intentaron escapar, ciudadanos polacos y ucranianos —aunque no eran de origen judío—, los fusilaron sin piedad. Luego de caminar dos días y de dormir por las noches a campo abierto, empecé a notar que la custodia de los guardias alemanes se debilitaba. Estaban desalentados, y las noticias que les llegaban no debían ser buenas.

Al tercer día de marcha, me sentí mal. Para peor caía una lluvia incesante, que me empapó la ropa. Entonces, sin pensarlo mucho, me senté al lado de un árbol y me quedé quieto. Los guardias no me prestaron atención. Permanecí sentado hasta que pasó el último de la columna. Luego vinieron los guardias que cerraban la marcha. Me miraron, no tengo duda de que me vieron, estaba a poca distancia de ellos, pero no hicieron nada. Ni un ademán, ni un gesto. En su actitud pude ver la derrota cercana.

Mi situación cambió en un instante. Ya no estaba en manos de los nazis. Pero permanecía en «tierra de nadie». Ahora dependía de mí mismo para sobrevivir.

Me dirigí a una casa próxima. Les dije a los campesinos que vivían allí que era de Buchach, pero que me separé de mis padres y me perdí. Me dieron comida y dormí en la casa. Al día siguiente me marché a otra aldea.

Tenía la intención de atravesar el frente de batalla y pasar al lado ruso. Pero eso no era nada sencillo. El frente se encontraba muy cerca. Tanto que podía ver las posiciones alemanas, y por la noche los destellos de los cañones rusos. Pero estaba estacionado. Los rusos no lograban avanzar. No podía hacer nada.

Vagué durante un par de semanas de una aldea a otra. Los campesinos me dieron de comer y me permitieron dormir en sus establos. A veces, hasta en sus casas. Siempre les contaba una historia parecida y la creían.

Una vez fui a dar a una aldea desierta. No tardé en notar que allí solo había soldados alemanes. No me amilané. A esa altura ya había vivido todo tipo de situaciones. Me dirigí a la mejor casa y golpeé la puerta. Abrió un oficial alemán. Me sobresalté un poco, pero seguí adelante. Le dije que quería comer.

—Rodea la casa y entra por la cocina —respondió.

Cuando llegué, les ordenó a los soldados que me dieran comida. ¡Fue la mejor que probé en mucho tiempo! Las cosas estaban cambiando… Me quedé con ellos dos días, los ayudé en las tareas de la cocina y me enseñaron a operar una ametralladora. En mi fantasía soñaba con robarles la ametralladora. Pero cuando me fui, solo me llevé un cuchillo.

No obstante, en mis andanzas de pueblo en pueblo, que continuaron todavía unos cuantos días más, me crucé con el tendido de varias líneas telefónicas alemanas. Y con ese cuchillo pude cortar algunas. Fue una muy pequeña revancha por todo aquello de lo que me habían despojado.

Fui a parar a los sitios más diversos. En una ocasión fui recibido por un grupo de mujeres jóvenes y bonitas. Llegué al atardecer. Me dieron de comer y me trataron muy bien. Pero ya estaba avanzada la noche cuando me di cuenta de que eran las prostitutas de la aldea. Al rato vinieron soldados alemanes e italianos a acostarse con ellas. Todos dormíamos en la misma habitación, incluido yo. Así que se podrán imaginar lo que fue el espectáculo.

A mediados de mayo llegué a una aldea más importante, donde había una gran casa de ladrillos: era donde vivía el *dziedzic*, «el heredero», el descendiente del señor feudal. Me atendió una señora. Era una mujer de ciudad, culta, que hablaba alemán. Le relaté «mi historia», la misma que contaba en todas las aldeas, siempre con algún pequeño agregado. No sé si me creyó.

—Aquí, en nuestra finca, hay una familia de la ciudad que está refugiada. Viven en casa de unos familiares. Te puedes quedar con ellos —me dijo en tono amable, pero con aire de autoridad—. Tendrás que ayudar en algunos trabajos, porque cuando los rusos estuvieron aquí se llevaron a todos los hombres. Solo quedan mujeres y niños.

Acepté gustoso, y me encaminé a la casa que me indicó. Para los campesinos polacos las decisiones del «señor» son órdenes, por lo que me recibieron sin protestar. La señora mayor de la casa se ocupó de mí: como mi estado era calamitoso, mugriento y lleno de heridas, lo primero que hicieron fue bañarme. Pero después, al ver que tenía granos por todas partes, me llevaron a un médico alemán estacionado en la aldea. El médico me hizo una revisación general y me ordenó que me desnudara. ¡Yo temía que eso fuera a pasar! Pensé que sería mi fin. Al verme sin ropa, se daría cuenta de lo que yo era… Me desnudé, resignado. Me observó, sacudió su cabeza, pero no dijo nada. Luego me dio un remedio para tomar y unas pomadas. Quise decirle algo, agradecerle de algún modo, pero no me animé. Por primera vez, después de tantos años, me sentí tratado como un ser humano.

Tal como me advirtió la señora de la casa, tuve que ayudar en las tareas de la finca. La principal fue llevar las vacas a pastar. Mi tarea era guiar a una docena de vacas al campo, cuidarlas mientras comían y traerlas de vuelta. Nunca había hecho algo parecido —y me daba vergüenza decirlo—, así que estaba muerto de miedo. Pero en realidad las vacas me guiaron a mí. Sabían muy bien dónde quedaba el campo de pastoreo, así que iban adelante y yo corriendo atrás. Al atardecer debíamos regresar, de modo que junté las vacas y las llevé al camino. Otra vez tuve dudas de qué dirección tomar. Por suerte, de nuevo me salvaron las vacas, porque me guiaron hasta la casa. Así continué, durante varias semanas, ayudando en las tareas de campo, ajeno a la guerra y a sus desgracias.

Mañana del 12 de junio de 1944

Alex

Un buen día llegó la orden de evacuar la población civil de la aldea.

No bien me enteré, intenté escapar a campo traviesa y alcanzar algún pueblo cercano, como ya lo había hecho en otras ocasiones. Pero se ve que esta vez tomé la dirección equivocada: por varios lados me encontré con alambradas de púas, que no pude atravesar. Tuve que regresar.

Al día siguiente, el 12 de junio, temprano por la mañana, vino un camión. Los soldados juntaron a los que quedábamos en la aldea y nos llevaron a la estación de ferrocarriles. Reunieron varios «embarques» y nos despacharon en vagones de ganado, con rumbo desconocido.

No lo podía creer: ¡otra vez en manos alemanas! Pero enseguida comprendí que todo había cambiado. A los oficiales, y ni que hablar a los guardias, se los veía vencidos. Todavía obedecían órdenes, pero estaban más preocupados por salvar su propio pellejo.

Viajamos toda la noche. En la madrugada el tren se detuvo. Los soldados que nos cuidaban abrieron las puertas y se fueron. Cuando vi lo que sucedía, presentí que el final se aproximaba.

—Estamos en las afueras de Lwow —dijo un compañero de vagón, que conocía la comarca.

Al oír nombrar Lwow, me latió fuerte el corazón. ¡Ahí estaba mi mamá! Si es que aún vivía, pobrecita.

—Pero no se ve ninguna estación —enseguida apuntó otro, quizás más realista.

—Es verdad, pero hay muchos desvíos y ramales, debe haber una ciudad grande más adelante —agregó un tercero.

—Seguro que están esperando a que se forme un convoy para llevarnos a Alemania, ¡hay que escapar ahora! —insistió el primero, que parecía el más entendido.

A continuación, él y varios más escaparon corriendo. Otros los siguieron. Yo no sabía qué hacer. ¿Estaríamos todavía lejos de Lwow? ¿Y cuál era la dirección de mi mamá? Era una ciudad muy grande, en la que solo había estado unas horas, ¿cómo haría para encontrarla? Además, ¿estaría todavía en la misma casa? Y la pregunta más difícil: ¿seguiría con vida?

Vi cómo el vagón se vaciaba de polacos y judíos. Solo quedamos los ucranianos colaboracionistas y yo. Fue entonces que tomé la decisión: «Me voy». Pero justo en ese instante, cuando estaba por escapar, el tren volvió a arrancar. Me quedé desconcertado, molesto con mis propias vacilaciones. ¡Quizás había perdido la oportunidad!

Anduvo un rato más. Y de nuevo se detuvo. Miré hacia afuera y vi que ahora sí estábamos en una gran ciudad. ¿Sería Lwow? Volví a dudar. El tren arrancó otra vez. Ahí sí, ¡no lo dudé más!

¡Salté! Con las pocas fuerzas que me quedaban y con todas mis ansias de libertad.

Rodé por el suelo, hasta golpearme contra las vías. Me lastimé un poco, pero no me importó. Todavía acostado en el terreno, estudié la situación. Me encontraba entre varios ramales del tren, así que debía irme cuanto antes. Las vías estaban separadas de la ciudad por un cerco de madera. Busqué un hueco. Tenía miedo de pararme y que me vieran. Así que me arrastré hasta atravesar el cerco y salir a la calle.

Estaba en las afueras de una ciudad desconocida. ¿Sería Lwow? Y si lo era, ¿en qué dirección debía avanzar? No tenía la menor idea. Empecé a caminar a suerte y verdad.

Cuando menos lo esperaba sucedió algo increíble.

Tercera parte

RIKI

23

Una bimba perduta

Oficina de Enlace con el Segundo Ejército (Ufficio di Collegamento con il Comando della Seconda Armata), ciudad de Sussak, territorio anexado por Italia (hoy ciudad de Rijeka, Croacia), enero de 1942

Luigi Zaferano, capitán del Regio Ejército Italiano y auxiliar del *Capo dell'Ufficio di Collegamento* (21 años)

Aquella fue la primera vez que supe algo de ella.

Fiorella, la secretaria del *Capo dell'Ufficio, il console* Vittorio Castellani, me dejó la correspondencia la tarde anterior, antes de irse, como todos los días. A la mañana siguiente, bien temprano, yo debía clasificarla según su importancia y urgencia, y entregársela a mi jefe.

Esa mañana fui el primero en llegar. Sussak amanecía, y desde la colina donde se encontraba nuestra oficina se podía contemplar a lo lejos cómo el puerto de Fiume iba asomando entre las brumas. Me preparé un café y me puse a trabajar. Al promediar la lectura de la correspondencia recibida, me topé con esta carta. Era una breve nota de Filippo Caruso, mi colega con asiento en Mostar, en el cantón de Herzegovina, bajo administración militar italiana. Estaba fechada tres días atrás.

> El miércoles pasado se presentó en nuestra Oficina la menor Rahela Finzi, apodada Riki, nacida en Belgrado de padres italianos, de quince años de edad, hebrea, la cual está sola y sin familia. Según

declaró, sus padres fueron internados en 1941 en un campo de concentración croata no identificado, y desde ese momento no ha tenido más noticias de ellos. Solicita a esta Oficina información sobre su paradero.

Filippo pudo haber terminado aquí su nota. Lo esencial estaba dicho. Pero fiel a su manera de ser, singular y ajena a cualquier protocolo, no pudo (o no quiso) reprimir su sensibilidad:

La bimba Riki é senza mezzi, senza oggetti personali, senza vestiti.

«Sin medios, sin objetos personales, sin ropa». No sé si fue esta última frase. O quizás el nombre Rahela, de resonancias bíblicas, junto al encantador apodo Riki, que me trajo el recuerdo de una joven en mi adolescencia. Pero algo atrajo mi atención. Enseguida imaginé a esa *bimba* de quince años perdida en medio de los horrores de la guerra, perseguida a muerte por los fanáticos ustachas por el solo «delito» de ser judía.

Y quise saber más.

Fiorella Illy-Scarpa, asistente del *Capo dell'Ufficio di Collegamento* (35 años)

Nací en Trieste. Es una ciudad que amo, y que siempre ha sido un cruce de caminos de italianos, austríacos, húngaros, eslovenos y croatas. Yo también tengo algún ancestro húngaro. Pero soy *veramente* italiana y triestina. ¡Como el café Illy! ¿Si tengo algo que ver con el *espresso*? Ojalá. Pero no: aunque ellos también son de Trieste, tal vez tengamos algún parentesco lejano.

Siempre soñé con trabajar en el Ministerio de Asuntos Exteriores. Quizás por eso de vivir a orillas del mar, y ver todos los días pasar el mundo por mi ciudad y su puerto. Estudié duro, me capacité y obtuve una beca para trabajar un año en el Palazzo Chigi, en Roma. Las primeras tareas me resultaron sencillas, pero me sentía muy feliz. Al finalizar la beca, en el 29, me ofrecieron trabajar en la oficina del Ministerio en Fiume, que por entonces era la capital de la recién creada Provincia di Fiume. ¡No lo podía creer! Tenía poco más de veinte años y mi sueño se había vuelto realidad. Además, regresaría a vivir cerca de mi ciudad... y de mi amor. Porque por esos días me enamoré de un comerciante del Véneto, bastante mayor que yo, pero tan elegante y distinguido... Se llamaba Raffaele Scarpa y descendía de una histórica familia veneciana. No mucho después nos casamos y fuimos a vivir a una casa sobre la costa, en el camino a Pula.

Pronto comenzaron a sonar tambores de guerra.

Así fue que en abril de 1941, cuando se produjo la invasión de las fuerzas del Eje al Reino de Yugoslavia, nosotros estábamos en la frontera. Vimos pasar por Fiume el Segundo Ejército Italiano bajo el mando del general Vittorio Ambrosio (luego sustituido por el general Roatta), que en cuestión de días ocupó la costa sobre el Adriático, hasta alcanzar primero la ciudad de Split, llamada por nosotros Spalato, y más tarde también Mostar y Dubrovnik. Mientras tanto, Alemania ocupaba Zagreb y la capital, Belgrado.

Un tiempo después, recibí un telegrama del Ministerio de Asuntos Exteriores: había sido asignada a la Oficina de Enlace con el Comando del Segundo Ejército (este último también llamado Supersloda, Comando Superior para Eslovenia y Dalmacia), nada menos que en plena zona de operaciones. Cuando recibí el mensaje se me aflojaron las piernas. No era un secreto para nadie, y menos en el Ministerio de Exteriores, que esta región era un campo minado. Conflictos políticos, étnicos y religiosos de todo tipo se superponían ahora con el enfrentamiento entre las grandes potencias. Esa asignación no era para entusiasmar a nadie.

Pero estábamos en guerra, y yo trabajaba al servicio de mi país. No era cuestión de elegir el lugar que me resultara más cómodo. Por otra parte, se trataba de un puesto importante. Y la Oficina de Enlace se estableció en la ciudad de Sussak, río por medio de Fiume, que era donde yo trabajaba hasta ese momento. Así que al final terminé pensando: «Dentro de todo, pudo haber sido peor».

No supe enseguida quién sería mi jefe. Intenté averiguarlo con mis amigas en el Palazzo Chigi. Pero eran épocas confusas y recibí respuestas contradictorias. Terminé por resignarme: «Que sea lo que Dios quiera». El 1 de enero del 42 —¡justo qué día!—, recibí orden de presentarme en la oficina de Sussak, dentro de las siguientes 48 horas. Con ayuda de mi esposo, reuní de apuro los materiales de trabajo, organizamos los asuntos del hogar previendo que los días siguientes serían muy ajetreados, y el 3 de enero —un sábado— remonté temprano por la mañana la cuesta hasta alcanzar la parte alta de Sussak, donde se encontraba la Oficina de Enlace.

Me recibió un oficial del Ejército, joven y guapo, con aires de don Juan.

—Buen día, oficial. Soy Fiorella Illy-Scarpa, del Ministerio de Exteriores. Recibí instrucciones de presentarme en esta oficina, para trabajar aquí.

Se sonrió.

—*Benvenuta!* —exclamó con toda pompa, mientras me hacía una reverencia y tomaba mi mano para besarla—. *Io sono il capitano Zaferano.* Pero para usted seré Luigi.

Me sonreí por cumplir. Yo no era afecta a tanta zalamería.

—La esperábamos, Fiorella. Pero el *Capo dell'Ufficio* todavía va a demorar. ¿Tomamos un café?

Le dije que sí. ¿Qué más podía hacer? Y me resigné a someterme a los halagos de Luigi, quien se las daba de galán. Sin embargo, con el segundo café comencé a descubrir que este joven tan pomposo escondía una personalidad noble.

Mientras conversábamos se escuchó el sonido de un coche que se acercaba, hasta detenerse frente a nuestra oficina. Luego unos pasos firmes y ágiles que subían por la escalera. Un momento después la puerta se abrió:

—*Buongiorno!*

Fue recién entonces que lo conocí.

Nadie ignoraba en el Ministerio de Asuntos Exteriores que Italia no estaba preparada para la guerra. Tantas eran las carencias que, luego de la declaratoria de los Aliados contra Alemania, nuestro país se declaró neutral. Más tarde, empujado por los éxitos bélicos de los nazis y por su Führer Adolf Hitler, Benito Mussolini decidió tomar parte en el conflicto y suscribir el Pacto Tripartito con Alemania y Japón en setiembre del 40.

Tampoco desconocíamos que Italia había sido renuente a participar en la invasión al Reino de Yugoslavia, seis meses más tarde. Hasta tal punto que fue necesario un memorándum del propio Hitler a Mussolini —en el que le puntualizó qué tipo de apoyo esperaba, cuándo y dónde—, para que nuestro país se decidiera a invadir Dalmacia, a pesar de las históricas reivindicaciones que Italia mantenía sobre la costa de ese territorio.

Fue más bien la fuerza de los hechos —y no las encendidas arengas de nuestros dirigentes— lo que un día nos arrojó a Dalmacia y Croacia, sin estar preparados para ello. En el Ministerio nadie se engañó. Ni siquiera quienes obtuvieron provecho de la situación. Pero éramos italianos, orgullosos funcionarios del Regio Ministerio de Exteriores, y nuestro país estaba en guerra. No cabía otra opción que cumplir con nuestro deber.

Demasiado pronto descubrimos la amarga realidad. Luego de vencido el Reino de Yugoslavia, su territorio fue desmembrado. Los nazis crearon el «Estado Independiente de Croacia», con capital en Zagreb, así como la gobernación de Serbia y el protectorado de Montenegro. A Italia le fueron anexadas ciertas zonas de la costa, en las vecindades de Zadar, Split y Cattaro. Pero el «Estado Independiente de Croacia» debía obedecer a los nazis. Para ello entregaron el poder al grupo Ustacha y a su caudillo o Poglavnik Ante Pavelic. La Ustacha era una organización extremista que pretendía la «limpieza étnica» de Croacia, a sangre y fuego. Su fin último era eliminar a las minorías. El principal objeto de su odio eran los serbios y los judíos, aunque debo decir que ningún grupo escapó a su crueldad. A tal punto que unos meses después, para evitar que continuaran cometiendo atrocidades, su territorio fue puesto bajo control militar del Eje. La mayor parte quedó sometido al mando alemán, incluido el campo de concentración de Jasenovac, célebre por su brutalidad, mientras que al Ejército Italiano se le asignó la tutela de la zona costera y la ciudad de Mostar, en Herzegovina. Así que, en cuestión de meses, nos encontramos con el control militar de un vasto territorio cuyo gobierno era —en realidad— una banda de terroristas capaces de ejecutar los crímenes más horrendos.

Para colmo —y digamos toda la verdad— nuestro ejército, cuyo patriotismo y profesionalidad estaban fuera de discusión, también tenía en su seno unos cuantos elementos proclives a tolerar ese tipo de conductas.

En pocas palabras: estábamos sentados sobre un volcán. Para ese difícil escenario, el Ministerio de Exteriores necesitaba a alguien capaz de coordinar sus políticas con el accionar del ejército, sin perder de vista los valores históricos de la Eterna Italia. ¡Debía ser alguien muy especial!

Así fue como pensaron en aquel joven diplomático, graduado en Derecho por La Sapienza —la célebre universidad de Roma—, que ya acumulaba un interesante conocimiento del mundo: Tirana, Túnez, Damasco, Ankara, Klagenfurt, y que tenía fama de «inteligente y equilibrado». El que aquella fría mañana a comienzos de enero ingresó con paso firme a la Oficina de Enlace en las alturas de Sussak.

—La *bella signora* Fiorella lo está esperando, *dottore* —me introdujo el *galante capitano*—. Es su nueva asistente.

Subimos a su despacho, en el piso superior.

—Simpático, el capitán Zaferano, ¿no le parece? —Se sonrió—. Soy Vittorio Castellani.

—Fiorella Illy-Scarpa, encantada de conocerlo. En el Ministerio se habla mucho de usted.

—¿Bien o mal? Dígame la verdad.

Me sonrojé. Vittorio Castellani tenía treinta y nueve años, recién en unos días más cumpliría los cuarenta. Ya había estado en media docena de destinos importantes, y ahora le habían asignado una misión de primera línea, donde estaría en contacto frecuente con el ministro de Exteriores, el conde Galeazzo Ciano di Cortellazzo (yerno de Mussolini), con el poderoso comandante del Segundo Ejército, el general Mario Roatta, y con el ministro plenipotenciario y jefe del Gabinete Armisticio y Paz conde Luca Pietromarchi, entre otros. Todo ello sin ser fascista. Además, por si fuera poco, era alto, cortés, educado y dueño de un andar elegante. Sus profundos ojos negros y su simpático bigote, bien recortado, completaban una imagen francamente interesante. Entonces, ¿cómo iban a hablar bien de él en un Ministerio? Salvo en su grupo de amigos —y admiradoras—, que crecía con el tiempo, los comentarios eran más bien envidiosos. Opté por decirle la verdad.

—Seré muy sincera con usted, señor cónsul, aunque apenas nos conocemos. Muchos admiran su carrera. Pero esto también lo expone a los celos de los más mediocres.

Ese fue el comienzo de una buena relación laboral y personal.

Vittorio había nacido en el segundo año y yo en el séptimo del nuevo siglo. Pronto descubrimos variadas coincidencias. Compartíamos la vocación por el servicio exterior y su importancia para la patria. No coincidimos en el Palazzo Chigi —o al menos nunca nos cruzamos por sus famosos corredores—, pero pertenecíamos a la misma generación. Ambos éramos católicos practicantes y admiradores del padre Luigi Sturzo, a pesar de que su exilio en Londres nos puso en una situación incómoda. Y si bien nunca hablábamos de política, enseguida me di cuenta de que distaba mucho de admirar al Duce. En cambio, sí tenía buena relación con el ministro de Asuntos Exteriores, el conde Ciano.

Hablaba poco. Era más bien reservado. «Tendrás que llenar mis silencios», me dijo tiempo después, cuando ya tuvimos más confianza. En cambio, le gustaba mucho hablar de su familia. Su esposa María Rosa era *torinese, troppo torinese* subrayaba a veces, y se reía. Se conocieron de casualidad en Roma, se enamoraron y formaron una familia. Tenía tres hijos: Maddalena de siete años, Giovanni de seis y María recién nacida. Era *molto vicino* con sus hijos. Solía recordar las anécdotas de sus paseos por las montañas, y le encantaba leerles libros, sobre todo antes de irse a la cama. El favorito de todos era *Il cucciolo*. No cabía duda de que extrañaba a sus hijos. Mucho. Y se notó en especial cuando recibió una nota de Maddalena: *Caro Babbo, torna presto*.

Pero para que se conozca mejor al cónsul: la nostalgia por su familia no afectó jamás su férrea voluntad de cumplir su función con la más absoluta dedicación. Hasta con demasiada entrega, diría yo. «Lo que es nuestro deber hacer hay que hacerlo». Esa era su máxima.

Él entonces no lo sabía. Pero los hechos que estaban por ocurrir pondrían a prueba esa convicción.

Luigi Zaferano

Las comunicaciones telefónicas con Mostar, en Herzegovina, unos quinientos kilómetros al sur y separada de nuestra oficina por varias cadenas montañosas, eran siempre azarosas. Pero esa mañana temprano, cuando luego de varios intentos logré comunicarme con mi colega Filippo Caruso, parecía que las palabras se arrastraban por la línea.

—*Signore Zafferano?* ¿Habla el señor Azafrán? —respondió Filippo, tan pintoresco y bromista como siempre.

—No, Za-fe-ra-no, con una sola efe, *grullo* —lo paré en seco, no estaba para chanzas ese día—. Escúchame, es importante, un asunto serio: ¿has tenido noticias de una *bambina* Rahela Finzi, apodada Riki, sobre la que nos enviaste una carta hace pocos días?

—¡Qué raro! *Il signore* Zaferano preocupado por una *ragazza*...

—*Ragazza* no, *bambina*. Tiene solo quince o dieciséis años. Pero ese no es el punto. ¿Sabes algo más, sí o no?

—Bueno, *il signore* tiene solo veintiuno... —Filippo estaba particularmente insufrible esa mañana—. Pero no. No hemos sabido nada más.

Se produjo un largo silencio. «Qué pena», pensé, aunque no se lo dije para no alentar sus burlas.

—*Ma, puoi essere calmo, Luigi* —retomó Filippo—: Yo lo voy a averiguar. Tengo amigos por aquí, *capisci?* Te enviaré un parte en unas pocas semanas.

—Te lo agradezco, Filippo. Y por favor, guarda reserva.

—Quédate tranquilo, Luigi. Pero no seas tan ansioso.

Instantes después, dimos por finalizada la conversación. A pesar de sus bromas, en algo tenía razón el *grullo* de mi amigo: ¿por qué me generaba tanta ansiedad el destino de esta joven? A fin de cuentas, era tan solo una más amenazada por la tragedia de la guerra.

No lo sé. No tuve respuesta. Solo angustia. Y sensaciones encontradas.

24

Aquella noche en Mostar...

*Cuartel general de la División de Infantería «Murge»,
ciudad de Mostar, Herzegovina (hoy Bosnia
y Herzegovina), «Estado Independiente de Croacia»
(sector bajo jurisdicción militar italiana),
noche del viernes 19 de junio de 1942*

Filippo Caruso, capitán del Regio Ejército Italiano y auxiliar de campo del comandante de la División «Murge» (22 años)

Lo que pasó aquella noche lo cambió todo.

Hacía ya unos meses que nuestra querida División «Murge» —con base en Saluzzo, en el Piemonte— había sido desplazada a Mostar, en pleno corazón de Herzegovina. Cuando llegué, no sabía lo que iba a encontrar. Pero enseguida me atrajo esa ciudad misteriosa, llena de recovecos. El Stari Most —el Puente Viejo—, que da nombre a la ciudad y une las márgenes del río Neretva, construido en 1566 por el sultán Solimán el Magnífico, parece dominarlo todo desde su imponente altura. La Ciudad Vieja, con sus callejuelas serpenteantes y quebradas —a tal punto que muchas solo se conectan entre sí mediante interminables escaleras—, y sus edificios históricos ortodoxos, católicos, musulmanes y hasta hebreos, nos revelan que Mostar es un enclave estratégico y un cruce de culturas. Esto le ha ocasionado no pocos problemas a lo largo de su historia.

Aquella tarde recibimos y alojamos en nuestro cuartel a un grupo de oficiales e ingenieros alemanes de la Organización Todt, la responsable de muchos de los proyectos de ingeniería y producción del Tercer Reich. Vinieron para coordinar la extracción de bauxita en la región de Mostar, muy rica en reservas de ese mineral esencial en la fabricación del aluminio, elemento fundamental para la aeronáutica.

Como se trataba de una delegación importante, encabezada por el prestigioso ingeniero y teniente general del Ministerio de Armamento y Municiones Karl Schnell, el comandante de la División General Paride Negri —que no podría estar presente— nos encargó, al teniente Persio Nesti y a mí, la organización de la cena oficial. Hicimos lo que pudimos, con las escaseces de la guerra. Pero todo salió bien... hasta cierto momento.

Ya estábamos al final, en la charla de sobremesa, cuando Karl Schnell comentó:

—No sé si lo saben, pero hace unos días se alcanzó un acuerdo entre los gobiernos de Berlín y Zagreb, que prevé la deportación al este de todos los judíos croatas, incluidos los de aquí, los de la región de Mostar.

Schnell lo dijo en alemán y dirigido a sus colegas de delegación. Pero Persio Nesti, que había sido profesor de la lengua germana en la Universidad de Florencia, captó todo. Y se dio cuenta de la gravedad de lo dicho. Me lo cuchicheó por lo bajo. Nos molestó mucho, pero no dijimos demasiado. Quizás nuestro comandante no nos hubiera informado de ese cierto «acuerdo»...

—Pero eso no es tan sencillo de hacer. Porque esta región, y también otras de Croacia, están bajo jurisdicción militar italiana. —Eso fue todo lo que dijimos.

Poco después dimos la cena por concluida y nos despedimos.

Pero Persio, consciente de que era muy importante lo que habíamos escuchado, corrió a hablar con el general Negri, que a esa altura de la noche ya había regresado al cuartel.

Tal cual suponíamos, Negri no sabía nada. Se indignó mucho, y convocó en forma urgente a Karl Schnell para la mañana siguiente en su despacho.

—Buen día, ingeniero Schnell. Lo estaba esperando.

—Usted dirá, comandante, a qué se debe esta convocatoria tan repentina. Y a estas horas...

—Mire, ingeniero, voy a ser muy franco y directo con usted. He sido informado que anoche, durante la cena, usted se refirió a un presunto acuerdo entre Berlín y Zagreb para evacuar a los judíos de Croacia. —El tono del comandante Negri fue sereno pero firme—. ¿Es así?

—También yo seré claro con usted. Hemos llegado a la conclusión de que los judíos representan un factor de riesgo, y una influencia muy nociva para la situación, ya de por sí intranquila, de la región de Mostar. Están en peligro proyectos estratégicos, vitales para el Eje. Por eso decidimos actuar.

—Me parece que ustedes están pasando por alto un aspecto, que quizás consideren un detalle menor, pero que para nosotros es muy importante.

—¿A qué se refiere, comandante?

—Que la región de Mostar está bajo control militar italiano.

—Alemania e Italia están juntas en la guerra. Y la actividad subversiva que ejecutan los judíos de Mostar es bien conocida —continuó Schnell, con tono didáctico, sin alterarse—. A ello se debe el acuerdo con Zagreb para su traslado. Estoy seguro de que contaremos con la colaboración italiana.

—El Ejército Italiano se comprometió a brindar igual trato a *todos* los habitantes de Mostar, porque *todos* ellos han sido puestos bajo nuestra protección. —Paride Negri subió el tono de su voz y remarcó la palabra «todos», para que no quedaran dudas de a quiénes se refería.

—Disculpe, comandante, pero eso tendrá que discutirlo con su gobierno —respondió el ingeniero, con la intención de dar por concluida la conversación.

A duras penas el general Negri pudo contener su furia:

—La deportación de los judíos es incompatible con el honor del Ejército Italiano.

Oficina de Enlace, Sussak, martes 23 de junio de 1942

Fiorella Illy-Scarpa

A las nueve en punto de la noche. Lo recuerdo bien. Esa fue la hora en que partió hacia Roma el telegrama cifrado, firmado por mi jefe Vittorio Castellani y dirigido al ministro de Exteriores Galeazzo Ciano.

Las 48 horas anteriores fueron de locura. Desde que el domingo de tarde el comandante del Segundo Ejército —el general Roatta— se comunicó con Castellani y le contó lo sucedido en Mostar, estuvimos con el corazón en la boca. Porque nosotros en Sussak —bueno, nosotros no, en realidad era nuestro jefe Vittorio, pero con todo nuestro apoyo—, no podíamos permitir que *eso* sucediera. Además, si los alemanes ya lo daban por hecho, seguro que los judíos croatas se habrían enterado. Y los ustachas, ¡ni que hablar! Pronto empezarían sus ataques, secuestros y persecuciones. Atrás vendría la ola de refugiados y todo sería un caos.

Dos días más tarde, el martes, luego de varias conversaciones telefónicas, Vittorio concurrió a reunirse con el general Roatta. Nosotros teníamos mucho miedo de lo que pudiera pasar. Porque el general Roatta era un fascista convencido, muy cercano a Mussolini, y si bien no simpatizaba con los nazis, era probable que autorizara la persecución de los judíos en los territorios bajo control italiano. Cabe agregar que estuvo al frente del Corpo Truppe Volontarie, que fue desde Italia a apoyar a Franco en la guerra civil de España. Era un hombre de acción, con fama de mano dura. Se rumoreaba, incluso, que era responsable de crímenes durante la guerra. Eso no teníamos manera de saberlo. Pero en cualquier caso, no era precisamente tolerante y mesurado.

La espera resultó interminable. Ordenamos la oficina, preparé café varias veces. Con Luigi ya no sabíamos qué más hacer. Imagínese cómo sería la cosa, ¡que llegó un momento en que el *galante capitano* se quedó quieto y callado!

Cuando ya estaba cayendo la tarde, escuchamos el sonido inconfundible de un Fiat 527, con algunos años encima, que remontaba la cuesta de Sussak. Contuvimos la respiración. Los pasos en la escalera, la puerta que se abrió. Nuestras miradas fueron directas a los ojos de Vittorio. Porque era un hombre transparente, no sabía disimular lo que sentía. Una sonrisa se dibujó en su rostro. Con afán de saber más, fuimos a su encuentro:

—¡A trabajar, amigos! A más tardar en un par de horas tenemos que enviar el telegrama al Palazzo Chigi.

Nos quedamos mirándolo. Fue Luigi quien se animó a hacer la pregunta que tanto nos preocupaba:

—¿Y el general?

—Piensa muy parecido a nosotros —dijo, con una sonrisa pícara apenas insinuada—. A ver, déjenme buscar en mis notas: «Sería preferible que este acuerdo no se implemente en las áreas ocupadas por nosotros». Muy claro el general Roatta, ¿no les parece?

Nos pusimos a trabajar a toda máquina. A eso de las ocho de la noche tuvimos en la mano un primer borrador. Pero a Vittorio le pareció muy largo. «Bueno y breve, dos veces bueno, como siempre aconseja Pietromarchi», nos dijo. Suprimimos algunas palabras, abreviamos el comienzo y cerca de las nueve quedó pronto. Instantes después el funcionario a cargo del cifrado lo transmitió a Roma, con el objeto «Cuestión judía en la zona ocupada»:

> El comando del Sexto Cuerpo del Ejército ha telegrafiado que el Ingeniero Schnell del Ministerio de Armamento y Municiones de Alemania, de paso por Mostar con ingenieros y oficiales de la Organización Todt, habría hablado al comandante de la División «Murge» de un acuerdo entre los Gobiernos alemán y croata para la transferencia a territorio ruso ocupado por los alemanes, de todos los judíos croatas, comprendidos aquellos de Herzegovina.
>
> El Comando Superior me ha manifestado la advertencia de que sería preferible que este acuerdo no se implemente en las áreas ocupadas por nosotros, al menos mientras nuestras tropas estén presentes.
>
> CASTELLANI

Unos días más tarde supimos que el telegrama fue recibido en *palazzo* a las nueve de la noche con el número 19074 y descifrado de inmediato por Corsaro Antonini. Y que cuatro horas más tarde, a la una de la madrugada, fue depositado en sobre lacrado —con el rótulo de «Urgente y Confidencial»— encima del escritorio del ministro Galeazzo Ciano di Cortellazzo.

Cuartel de la División «Murge», Mostar, Herzegovina,
fines de junio de 1942

Filippo Caruso

Paride Negri no se quedó tranquilo. Luego de haber informado al general Roatta, y de saber que el asunto ya estaba en manos del Ministerio de Exteriores en Roma, siguió adelante. En poco tiempo puso en marcha un plan de salvataje de los judíos de Mostar, cuya dirección confió al mayor Mario Delleani, jefe de la Sección Operaciones, Inteligencia y Servicios. Para ello, Negri se reunió con el presidente de la Comunidad Israelita David Hajon, un hombre muy reconocido, que debió ser escoltado hasta el cuartel general, para protegerlo... ¡de la Policía croata! Hajon le manifestó que los hebreos estaban aterrorizados ante el peligro de ser secuestrados por los ustachas.

La respuesta de Negri fue fulminante: estableció un *campo protettivo* en las cercanías de la estación de ferrocarril. Allí los hebreos de Mostar podrían entrar libremente y permanecer con custodia armada, a la espera de ser transferidos a una zona segura bajo control del Ejército Italiano.

Pero mientras Hajon difundía las buenas nuevas entre la comunidad hebrea de la ciudad del Stari Most, los oficiales de inteligencia descubrieron que el coronel Jure Francetic —sanguinario comandante ustacha de la temida Legión Negra con base en Sarajevo— se preparaba para dar un golpe en pleno corazón de la ciudad. Aún desconocíamos los detalles de la operación. Pero si Francetic estaba en esto, solo podíamos esperar malas noticias.

En ese momento, pensé en todos los hebreos que había conocido en los últimos meses. Y pensé en Riki Finzi, la *bambina-ragazza* de mi amigo Luigi. Quizás el informe que le había enviado un tiempo antes, demasiado tranquilizador, ahora ya no reflejara la realidad.

De manera repentina y dramática, todo había cambiado a partir de aquella noche.

Oficina de Enlace, Sussak,
viernes 26 de junio de 1942

Luigi Zaferano

¡Qué semana más agotadora, por favor!

Sin embargo, nuestros desvelos dieron sus frutos: llegamos al fin de semana con la satisfacción del deber cumplido. La posición de la Oficina de Enlace y el Segundo Ejército había sido clara. Ahora Roma tenía la palabra.

Mientras esperábamos ansiosos las novedades del Palazzo Chigi, un poco de descanso no nos vendría mal. El sábado tenía día libre, y con varios amigos quedamos en encontrarnos en el puerto de Fiume, para irnos de francachela con unas muchachas a tomar cerveza por los bares de la zona.

Pero yo tenía una espina clavada. Desde que comenzaron a llegar noticias amenazadoras desde Mostar, no pude pensar en otra cosa. Mejor dicho: pensaba en toda esa gente, y en la tragedia que parecía avecinarse. Pero en mi mente aparecía un solo rostro. ¡El rostro imaginario de alguien a quien ni siquiera conocía!

Volví a mirar el informe enviado por Filippo, algunas semanas atrás. Bajo el intrascendente título «Informazioni richieste su un particolare» me comunicaba que la persona sobre la cual le había consultado no se había vuelto a presentar en el Cuartel General de la División «Murge». Luego agregaba: «No obstante, a juicio del abajo firmante, la situación se presenta considerablemente tranquila y bajo control del Ejército Italiano».

Eso era lo oficial. Pero tal cual me había dicho Filippo, él «tenía amigos». Y a continuación había agregado el testimonio garabateado de un tal Giacomo:

Filippo

Conozco bien a Riki, es hija de unos amigos italianos de Belgrado, que lamentablemente han desaparecido. Como ella está sola en Mostar, la semana pasada le festejamos su cumpleaños. Ahora tiene dieciséis. Para que la puedan identificar, en caso de que la busquen: Riki es alta, muy flaca, pelo lacio y corto color castaño, nariz respingada, muy movediza. *Caro saluto.*

Me quedé sentado en mi lugar de trabajo. Fui el último en retirarme de la oficina, cuando ya había oscurecido. Camino a mi casa, me detuve en lo de uno de mis compañeros de juerga. Fingí un resfrío y me excusé para el día siguiente. No los podría acompañar, me lamenté.

Cuando salí de su casa sentí la brisa fresca del Adriático en el rostro, luego de un agobiante día de calor.

Y ya no tuve más dudas.

Domingo 28 de junio de 1942

Fiorella Illy-Scarpa

Fueron días de gran tensión.

El domingo de tarde estaba en mi casa cocinando para distraerme un poco, cuando sonó el teléfono. Atendió Raffaele, mi esposo.

—Fiorella, es para ti. De la oficina.

—*Dall'Ufficio?* Qué raro.

Me acerqué al aparato, nerviosa.

—*Bella signora, il dottore* Castellani desea verla en tres horas en la Oficina de Enlace. ¿Podrá usted tener la gentileza…?

—Pero, Luigi, ¿eres tú? —lo interrumpí, un tanto molesta; la situación no estaba para una charla tan acaramelada—. ¿Qué sucede?

—Oficialmente… no lo sé.

—¿Y extraoficialmente, qué sabes?

—Llegaron novedades desde Roma.

—¿Buenas o malas?

—Eso sí que no lo sé, de verdad. Pero la voz de *il dottore* se escuchaba bien.

Volé hacia la oficina. Remonté la colina de Sussak lo más rápido que pude y llegué exhausta y con el Jesús en la boca. Abrí la puerta de entrada, ansiosa. Pero Vittorio estaba ocupado en su despacho y no pudo recibirme enseguida.

Recién un rato después se asomó y me hizo señas de que pasara. Me senté frente a su escritorio, expectante, sin decir palabra. Tampoco lo hizo él. Solo me extendió una hoja de papel y me miró con una leve sonrisa.

Era la respuesta que aguardábamos. Un telegrama del Palazzo Chigi firmado por el conde Luca Pietromarchi, jefe del Gabinete Armisticio y Paz, y avalado por el marqués Blasco Lanza D'Ajeta, jefe de Gabinete del ministro de Exteriores. O sea: tenía tanto valor como un mensaje del propio conde Ciano.

> Este Ministerio, también por razones de índole general, concuerda con la advertencia de que el acuerdo en cuestión entre los Gobiernos alemán y croata no debe implementarse en la zona ocupada por nosotros.

—Enviaremos este mensaje a todos los involucrados. Esta misma noche. Pero antes...

Vittorio se puso de pie y se acercó a un viejo bargueño de madera que había en su despacho. Abrió uno de los cajones, sacó dos pequeñas copas y una botella alargada de *limoncello* de Trieste, mi ciudad.

—Por el honor de Italia, que no debe ser mancillado —brindó.

—¡Salud! —lo acompañé.

«Con hombres como este el honor de la Patria está bien defendido», recuerdo que pensé. «Al menos por el momento».

25

Nulla osta

Oficina de Enlace, Sussak, comienzos de julio de 1942

Luigi Zaferano

A partir del respaldo que obtuvimos del mismísimo Ciano, el ambiente cambió por completo.

Nuestros gobernantes y fuerzas militares adoptaron una actitud decidida. Como si estuvieran esperando una buena razón para ponerles trabas a los nazis, que cada día nos trataban con mayor desprecio y prepotencia.

La comunidad judía reaccionó como era previsible. Miles abandonaron el sector del «Estado Independiente de Croacia» bajo control alemán, y se refugiaron en zonas bajo nuestra tutela —como Herzegovina—, así como en Dalmacia, el territorio costero anexado por Italia.

Pero muy pronto los nazis contraatacaron: exigieron a Italia la devolución de los croatas de origen judío guarecidos en sus territorios.

La respuesta fue contundente. El 3 de julio, el gobernador de Dalmacia Giuseppe Bastianini, un peso pesado miembro del Gran Consiglio del Fascismo, urgido por los nazis a entregar a mil quinientos judíos que habían huido a Split «por las persecuciones y maltrato de la autoridad ustacha» —según él mismo lo afirmó en su respuesta—, exigió al gobierno croata «garantías para la seguridad personal y un tratamiento humano» de los refugiados. De lo contrario, a pesar de las dificultades de todo tipo que esta situación le ocasionaba, «me encontraré en la imposibilidad de cumplir con vuestra solicitud». Lo que en efecto ocurrió: ningún refugiado fue devuelto a su lugar de origen.

La situación de los hebreos parecía segura en nuestros territorios. Se los trataría igual que a los demás habitantes, aun cuando hubieran venido huyendo de otras zonas.

Y entre ellos estaba aquella joven que —por algún misterio indescifrable— desvelaba mis sueños. Esa preocupación no tenía lógica ni sentido común, pero ahí estaba. Fue entonces que comenzó a rondar en mi cabeza una idea. Una idea loca, me dirán, no puedo negarlo. Pero después que empezó a agitarse dentro de mí, ya no pude olvidarla. ¿Por qué no tratar de conocerla?

Cuartel de la División «Murge», Mostar, Herzegovina,
un mes después, agosto de 1942

Filippo Caruso

Nuestra división «Murge» dio el ejemplo.

Luego que el general Paride Negri creó el *campo protettivo* cerca de la estación ferroviaria de Mostar, en varios otros lugares hicieron lo mismo. Pronto tuvimos *campi protettivi* en Kupari, Dubrovnik (para nosotros Ragusa) y en la isla de Rab (Isola di Arbe), a medio camino entre Rijeka y Zadar.

Entre los sinsabores de la guerra, *il pazzo* Filippo —como me apodaban por mis chanzas y salidas ocurrentes— había defendido el honor del Regio Ejército. Porque de eso se trataba. No era un tema de política o de religión. Abracé la carrera de las armas para defender a mi patria. Nuestros enemigos eran los soldados aliados, o los partisanos de Tito. Los nazis nos decían que los hebreos eran sus espías, que los ayudaban detrás de nuestras líneas. Yo conocí a muchos, y nunca vi nada de eso. Solo un soldado sin honor podía ser capaz de arrestar a una mujer o a un niño, y enviarlo al infierno del Este. Nosotros no éramos así.

Unas semanas después de aquella noche en Mostar, el general Negri nos llamó a Persio Nesti y a mí. Nos habló de la caballerosidad en la guerra, el pundonor militar y muchos asuntos más. Y nos puso como ejemplo, por ser los primeros que dimos la voz de alerta. Nos retiramos de su oficina inflados de orgullo, ¡tanto que no pasábamos por la puerta!

Pero nos debimos de haber dado cuenta de que eso no podía durar.

Lo primero fue el rumor: «Los hebreos *encerrados* en los campos italianos serán entregados a las autoridades alemanas para su inmediato envío a los campos nazis de Polonia». Ocurrió a comienzos de agosto y fue fulminante. Con la velocidad del relámpago, la voz se corrió por toda Croacia. Este rumor también incluía la acusación a los italianos de conspirar con los nazis para tender una trampa a los hebreos.

Luego vino la acción.

De los siniestros campos croatas en territorio bajo control nazi, empezaron a partir los convoyes. Jasenovac, Dakovo, Loborgrad, Osijek... Entre quinientos y ochocientos judíos por convoy. Miles en total.

Les faltaba apoderarse de los que estaban en nuestros territorios, ya fueran nacidos allí o refugiados. Primero las autoridades croatas trataron de hacerles la vida imposible. Les impusieron exigencias burocráticas inaceptables, que los despojaban de sus derechos y sus bienes, sobre todo en la región de Mostar. Y a poco más de cien kilómetros de distancia, en Sarajevo, desplegaron sus temidas bandas criminales: las milicias ustachas.

Una madrugada de agosto, el coronel Jure Francetic, líder de la despiadada Legión Negra, se embarcó con sus hombres en un tren proveniente de Sarajevo, con destino a la estación de Mostar. El plan era sencillo en su crueldad: atacar el *campo protettivo* y secuestrar (o asesinar) a todos los hebreos que les fuera posible. Pero nuestro servicio de inteligencia detectó el movimiento y alcanzó a alertar a Paride Negri. En el preciso momento en que los ustachas comenzaron a descender del ferrocarril, fueron rodeados —ante su absoluto estupor— por nuestros efectivos. Hubo escaramuzas y forcejeos. Pero comprendieron que su plan había sido descubierto y optaron por regresar a Sarajevo con las manos vacías.

Sin embargo, unos pocos días después, lo volvieron a intentar. Esta vez actuaron con mayor sigilo y nuestra inteligencia no lo supo a tiempo. Pero para entonces el general Negri, que parecía estar siempre un paso adelante, ya había reforzado la guardia del *campo protettivo*, incluyendo hasta vehículos blindados. Cuando Francetic se dio cuenta de que no podría atacar el campo, no tuvo más remedio que abortar su plan. Pero puso en práctica una venganza salvaje y atroz: sus milicias se dispersaron por la ciudad (en la vecindad de la sinagoga y en el barrio de Brankovac) y se dedicaron a perseguir y secuestrar a los hebreos que lograban reconocer en las calles. Un rato más tarde, cuando fuimos alertados de lo que sucedía, nuestras patrullas los tuvieron que ahuyentar a punta de bayoneta. Pero no sin antes cobrar varias víctimas. Los relatos fueron espeluznantes…

—Una vez más escapamos de una catástrofe segura, Filippo —me dijo el ingeniero Andor Mathé, un amigo hebreo de la comunidad, mientras me daba un abrazo agradecido—. Cuando vimos lo que habían planeado contra nosotros, y cómo estuvimos a punto de ser capturados, nos sentimos abrumados por el miedo. Sabemos bien lo que significa ser llevados a esos campos, de los que no hay retorno.

Y el sargento Tolbiati, que participó de nuestro operativo, me reportó que vio a un grupo de hebreos huir por Brace Fejica, perseguido por una banda de ustachas, buscando refugio en las barrancas del río Neretva. «Eran tres sujetos masculinos —dos adultos y un niño— y uno femenino joven, de pelo corto y piernas muy largas, que lideraba el grupo y corría muy rápido». Interrogado sobre la suerte de los fugitivos, respondió: «A mi parecer, lograron escapar».

Ese día lo pasé mal. Muy mal. Me sentí culpable. Si bien nunca lo hablamos de esa manera, de algún modo me había comprometido con Luigi a cuidar de su *ragazza, bambina,* ¡o lo que fuera! Y el *pazzo* Filippo siempre honraba su palabra. Tolbiati me devolvió algo de tranquilidad. Pero el horno no estaba para bollos. Era hora de hablar con mi amigo.

Las acciones del gobierno croata, seguidas de los ataques de Francetic y sus secuaces, provocaron una gran alarma. Muy pronto el general Negri comenzó a pensar en la evacuación de los hebreos de la región de Mostar.

Porque hasta ahora solo habíamos tenido que lidiar con las autoridades croatas y las bandas de ustachas. Los nazis aún no habían entrado en escena. ¡Y eso sí que era complicado! No había tiempo para perder.

Regio Ministerio de Asuntos Exteriores, Palazzo Chigi,
piazza Colonna, Roma, temprano en la mañana
del lunes 17 de agosto de 1942

Antonella Donati di Montibello, jefa adjunta de la Secretaría del jefe de Gabinete Armisticio y Paz - GABAP (unos 45 años)

El Mercedes Benz negro —con banderitas del Tercer Reich en el capó— que circulaba por via del Corso se desvió hacia la derecha e ingresó a piazza Colonna. Un instante después se detuvo, justo a mitad de camino entre el pórtico de entrada al Ministerio y la monumental columna de Marco Aurelio.

Nuestro jefe de Protocolo se cuadró frente al automóvil, secundado por un piquete de guardias del Regio Ejército vistiendo uniformes de gala. El chofer descendió rápidamente y abrió la puerta trasera.

El príncipe Otto von Bismarck —ministro consejero de la Embajada Alemana en Roma y nieto del Canciller de Hierro— saludó con desdén al jefe de Protocolo, recibió los honores de la guardia militar e ingresó con paso firme a nuestra sede, acompañado por su secretario.

Era portador —según me había informado su secretaria la noche anterior, cuando solicitó ser recibido a primera hora del día siguiente— de un telegrama urgente del poderoso ministro de Asuntos Exteriores de la Alemania nazi Joachim von Ribbentrop.

Unos metros más adelante, bajo la galería que precede al *cortile* —el gran patio interior—, lo esperaba yo. Me saludó con algo más de interés que al jefe de Protocolo. Pero no por razones de jerarquía, o por mi origen noble, como el suyo, sino por motivos más mundanos. Atravesamos el patio, dejando a la izquierda la magnífica fuente de travertino con el escudo de armas de la familia Chigi, hasta alcanzar la Escalera de Honor, y por ella subimos hasta el *Piano Nobile*.

En la elegante Sala degli Arazzi lo aguardaban el jefe de Gabinete del ministro, marqués Lanza D'Ajeta; mi jefe, el conde Luca Pietromarchi, y el responsable de la oficina para Croacia, embajador Roberto Ducci.

Los cinco se acomodaron en las cómodas poltronas del siglo XVIII. Les ofrecí café —que aceptaron y les fue servido de manera presurosa por el personal— y entorné las puertas.

Otto von Bismarck no era santo de mi devoción. Ni de nadie en el *palazzo*.

Distaba mucho de poder calzarse los zapatos de su abuelo, el fundador del Imperio Alemán. No tenía su imponente presencia física —empezando por los casi dos metros de altura de su antepasado— ni su talla intelectual. Era más bien flácido, con ojos fijos y cabello grasiento y rizado. La educación y los modales de la nobleza brillaban por su ausencia en él.

Pero la razón por la que lo recibimos con honores, como si se tratara de un gran personaje, era otra bien distinta. Von Bismarck tenía al mismo tiempo un grandioso concepto de sí mismo y un notorio complejo de inferioridad respecto de los ingleses. Y a esa altura, luego de varias visitas suyas al Ministerio, habíamos descubierto que si le dispensábamos un trato de *Grande Signore*, al rato de estar reunido comenzaba a deslizar en voz baja confidencias sobre las políticas y decisiones del Tercer Reich que nos eran de gran provecho. A tal punto que, a veces, se permitía criticar —ante personas confiables y en tono reservado— algunas decisiones de las jerarquías nazis.

Por tanto, yo tenía rigurosas instrucciones del marqués Lanza D'Ajeta y del conde Pietromarchi de recibirlo por todo lo alto, mal que me pesara. Así lo hicimos en la mañana de aquel lunes.

Y nuestra estrategia dio resultado.

Cuando las campanadas del reloj indicaron que había transcurrido una hora, las puertas de la Sala degli Arazzi se abrieron y la reunión finalizó. Acompañé al príncipe y su secretario hasta el Mercedes negro. Von Bismarck, al despedirse de mí, trató de ser galante. Pero en verdad lo único que hizo fue mirarme de arriba abajo —todo, salvo las facciones de mi rostro— con una sonrisa babosa. «¿Dónde habrá aprendido modales este necio?», recuerdo que me pregunté. Bien sabía yo, educada en los mejores colegios para la nobleza, que las personas de linaje ejercitamos «la escuela de la emoción contenida». La elegancia va por delante de las emociones. Sobre todo, de las más bajas. De todas formas, no tuve más remedio que fingir una sonrisa. «Todo sea por la Patria y el Regio Ministerio», me dije.

Al retornar a las oficinas encontré a mi jefe muy alterado.

Ducci —tenso e inmóvil— estaba sentado en un sillón a su lado, mientras Blasco Lanza D'Ajeta caminaba de un lado a otro, también muy afectado por la reunión que acababa de terminar.

—Antonella, vamos a abrir un legajo, de carácter «estrictamente confidencial» —me solicitó Pietromarchi, tratando de poner en orden sus ideas—. Y todo lo que hablemos aquí será reservado.

Buscó entre sus papeles, ordenó sus notas y agregó:

—Toma, incorpora este telegrama. Es de Ribbentrop —dijo, a la vez que levantó la vista y me miró directo a los ojos, mientras hacía una mueca que nada bueno podía presagiar. Luego se dirigió a los demás—. Reconstruyamos ahora lo que nos dijo Von Bismarck «en confianza».

—Muy bien, de acuerdo —aprobó Lanza D'Ajeta.

—Sin duda son conscientes de que se trata de una operación masiva, que no pueden realizar sin la autorización y colaboración del Ejército Italiano —terció Ducci.

—Sí, Bismarck habló de «varios miles de personas» —apuntó mi jefe—. ¡No es poca cosa!

—Pero lo más grave es que nos dio a entender que el objetivo final de esta medida es la *eliminación* de los judíos croatas —enfatizó el marqués—. ¡Ahora ya lo sabemos! Y pasa a ser *nuestra* la responsabilidad de lo que pase. Al menos en gran parte.

—¡Sí, lo dijo con todas las letras! No hay forma de ignorarlo —lo respaldó Ducci.

—Es lo mismo que había adelantado la Legación en Zagreb: «La cuestión de la liquidación de los judíos en Croacia está entrando ahora en una fase decisiva» —completó Pietromarchi.

—La verdad es que *vuestro amigo* Bismarck hoy estuvo confidente como nunca —comentó Lanza D'Ajeta con ironía, sabiendo que los otros dos no le tenían la menor simpatía al príncipe.

—Pero tan sumiso como siempre: conoce la dimensión del crimen que se va a cometer y no hace nada por impedirlo —reaccionó Ducci, el más vehemente.

—Quizás deberían ser otros los que lo impidan... —insinuó el marqués.

La reunión se prolongó durante varias horas. Ya era mediodía cuando logramos redactar un primer borrador del *Appunto* para someter a consideración del conde Ciano, que a su vez se lo elevaría al Duce.

En ese momento llegó Umberto, hombre de confianza del ministro, a pesar de que solo era el jefe de sus servicios.

—Marqués, el ministro Ciano arribó al *palazzo*. Me pidió que se lo hiciera saber.

Blasco Lanza D'Ajeta reunió sus papeles y pertenencias, mientras yo le preparaba una copia del borrador del *Appunto*:

—Esta tarde le haré algunos ajustes y correcciones. Y mañana hablaré con el conde Ciano. No bien tenga novedades, les aviso.

Se despidió de mí, gentil como siempre, y partió hacia su oficina.

Los días siguientes resultaron eternos.

Mi jefe estaba muy intranquilo. Trabajamos como de costumbre. Él no mencionó más el asunto, salvo un par de veces que me consultó «si el Jefe de Gabinete no lo había llamado». Hasta que un día no pudo aguantar más la ansiedad y me invitó a tomar un café en su despacho. Esos gestos de cercanía no eran habituales en él. Era un hombre que no dejaba traslucir sus emociones. Tampoco hubo otro interés en la invitación. Luca era amable, hasta caballeresco a veces, pero no se pasaba de la raya.

—Antonella, tú estuviste en la reunión del lunes. De lo que se decida en estos días depende la vida de miles de personas, cinco mil al menos —me dijo, acongojado, apenas culminamos la conversación de rigor sobre generalidades—. Y aunque la decisión final no la adoptemos nosotros, vamos a quedar como cómplices.

Le dije que sí, que tenía razón. Y que familias como la suya, que pertenecía a la nobleza papal desde hacía siglos, o como la mía, con raíces centenarias en la aristocracia lombarda, tenían el privilegio de saber que la historia seguía adelante, y que muchos sucesos que hoy pueden parecer importantes serían olvidados dentro de cien años. Incluso acciones nobles y generosas. Pero los hechos infames, en cambio, jamás se olvidan.

Quizás lo dejé más preocupado que antes. Pero de ese café, y de la franqueza con que hablamos aquella tarde, surgió una complicidad que —de algún modo— cambiaría nuestras vidas.

Recién el miércoles a última hora recibí el llamado telefónico de Lanza D'Ajeta:

—*Pronto,* Antonella. Por favor, convoca una reunión para mañana a las tres de la tarde en la Sala delle Scienze. Los mismos del lunes: tu jefe y Ducci.

—Como usted disponga, marqués.

—Amigos: el ministro Ciano comparte *la mayor parte* de nuestro *Appunto* —Luca Pietromarchi y Roberto Ducci suspiraron aliviados—. Pero no *todo*.

Luca y Roberto lo miraron, intrigados.

—Miren: el conde Ciano considera que debemos exponer la situación con total crudeza, pero dejar la decisión final al propio Mussolini. Que no le debemos proponer que rechace la solicitud germana, pero sí poner en sus manos todos los argumentos para que no tenga más remedio que hacerlo.

Los otros intentaron protestar, pero Blasco Lanza D'Ajeta siguió adelante:

—El ministro teme que los alemanes lo acusen de socavar intencionalmente las buenas relaciones entre los dos Estados.

—Lo que no estaría muy lejos de la realidad... —arriesgó Roberto, siempre más impulsivo que los demás, sabedor de la escasa simpatía del ministro hacia el Führer.

—Además, precisamente en este «momento de gloria» del Eje: la Wehrmacht se encuentra a las puertas de Stalingrado, camino de los pozos petrolíferos del Cáucaso. El mariscal Rommel y su Afrika Korps, luego de arrasar a los Aliados en el norte de África y superar la resistencia de Bir Hakeim, se encaminan hacia Egipto y el canal de Suez, paso previo a conquistar todo el Medio Oriente. La Unión Soviética se tambalea, Inglaterra resiste a duras penas, los norteamericanos aún no se repusieron de Pearl Harbor. ¡Y justo ahora, con todas nuestras carencias, vamos a enfrentar a los nazis!

Luca y Roberto no tuvieron más remedio que reconocer que al ministro le asistía algo de razón. Era el peor momento. Nadie en su sano juicio podía proponer enemistarse con el Tercer Reich por un tema «aparentemente menor», como lo era el destino de los judíos croatas. Tenían que explorar otras alternativas.

—¿Y qué sugieres, Blasco? —preguntó mi jefe.

—Pienso que debemos eliminar el párrafo donde se propone el rechazo de la petición alemana «por estar en oposición a la política oficial del Ejército Italiano en Croacia de no discriminar por raza, comunidad étnica o religión». Sería un choque demasiado frontal con Alemania. Mussolini no lo va a avalar, de ningún modo —los demás asintieron—. Y apuntar todas nuestras baterías a que quede bien clara la consecuencia funesta de acceder a la solicitud germana. En definitiva: presentar el pedido alemán de una manera que resulte imposible de aceptar.

Los tres estuvieron de acuerdo. Esa era la estrategia a seguir.

Pero reescribir el *Appunto* fue un trabajo de horas. Recién al caer la noche del cálido verano romano, cuando nos asomamos a la piazza Colonna, sentimos que habíamos hecho lo mejor que podíamos. Blasco atajó a su chofer, que ya corría a buscar el coche, y propuso distraernos unos minutos:

—¿Tomamos un Martini en la *Galleria*?

Aceptamos todos. Fue solo un breve *intermezzo* en los avatares de esa guerra terrible. Al día siguiente, el viernes 21 a mediodía, luego de los últimos retoques que realizaron el ministro y el marqués, Umberto partió hacia el Palazzo Venezia con el texto definitivo:

> Ministerio de Asuntos Exteriores
> Gabinete
>
> APPUNTO PER IL DUCE
>
> Bismarck ha comunicado un telegrama con la firma de Ribbentrop, por el cual la Embajada de Alemania solicita en su nombre que se dicten instrucciones a la Autoridad Militar Italiana competente en Croacia para que, incluso en nuestras áreas de ocupación, se puedan implementar medidas por las partes germánica y croata para una transferencia masiva de los judíos de Croacia a los territorios orientales.
>
> Bismarck ha afirmado que se trata de varios miles de personas y ha dado a entender que tales medidas tenderían, en la práctica, a su dispersión y eliminación.
>
> La Oficina competente del Ministerio de Asuntos Exteriores señala que los informes de la Regia Legación en Zagreb nos llevan a creer que, debido al deseo germánico, con el que concuerda el Gobierno ustacha, la cuestión de la liquidación de los judíos en Croacia está entrando ahora en su fase final.
>
> Se presenta cuanto precede, Duce, para vuestras decisiones.
>
> Roma, 21 de agosto de 1942

El *Appunto* se refería a la eliminación y liquidación de miles de personas. Para lo que se requería la complicidad de la Autoridad Militar Italiana. Nadie podía dar una respuesta favorable a algo así.

Unas horas más tarde, al regresar, Umberto pasó por mi oficina.

—El *Appunto* ya está sobre el escritorio del Duce —me dijo, con tono misterioso, como si él tuviera acceso a su despacho privado y lo hubiera depositado allí con sus propias manos.

Me gustaba Umberto. Si bien era un hombre de origen sencillo —casi diría que humilde, apenas el hijo de un heladero de Catanzaro, en Calabria—, había aprendido las buenas maneras de conducirse en sociedad. Hasta tal punto que muchos lo apodaban *Il Principe*, como su homónimo. Su vestimenta era sobria, pero correcta. Buenos trajes —de confección, por supuesto—, camisas y corbatas, nada de última moda, pero mucho mejor vestido que unos cuantos *snobs* que debíamos sufrir en el Ministerio. Tenía cincuenta años y una bella familia. Respetuoso, amable, un buen amigo. Porque en cuestión de amistades yo no me fijo en la cuna. Y era un buen aliado a la hora de resolver asuntos en el Ministerio. Reservado y leal, se podía confiar en él aun en las cuestiones más delicadas.

Eso fue lo que hice aquel viernes por la tarde.

—*Caro* Umberto, el *Appunto* que hoy llevaste al Duce es de la máxima importancia. Por favor, avísame cuando tu jefe, el ministro Ciano, reciba la respuesta.

Ese fin de semana —la parte breve y alegre de la semana, sobre todo en verano, aun en tiempos difíciles— se hizo largo e incierto. Yo no tenía hijos —solo el recuerdo de un matrimonio fallido— y muy poca familia en Roma. Mi vida era Asuntos Exteriores, al que también sirvió con honores mi abuelo, el *ambasciatore* Renato di Montibello.

El lunes esperé ansiosa el aviso de Umberto. Por suerte, no se hizo rogar demasiado. A primera hora de la tarde se acercó, sigiloso, por mi oficina.

—Ya llegó... aquello.

—¡Muchas gracias, Umberto! ¿Y sabes algo más?

—No... Pero al ministro lo vi preocupado.

El corazón me dio un salto. No bien Umberto se retiró, corrí a hablar con Pietromarchi. Le conté lo que sabía.

—Termino este informe y me voy a hablar con Blasco, enseguida.

Así lo hizo minutos después. Luego, durante horas, no supe nada más. Un silencio sepulcral.

A eso de las seis de la tarde, sonó el teléfono.

—*Pronto,* Antonella, ven enseguida al despacho del jefe de Gabinete, con el legajo —me ordenó Pietromarchi.

Instantes después me presenté ante la secretaria del marqués.

—Adelante, Antonella, la están esperando.

Cuando ingresé a la *Antecamera Deti,* los rostros de Lanza D'Ajeta y Pietromarchi lo dijeron todo. El ambiente era fúnebre. Como estaban susurrando entre ellos, yo me quedé parada a un lado, esperando a que me convocaran. Finalmente fue el marqués quien me habló:

—Este documento es de la mayor trascendencia. Es muy importante conservarlo en el mejor estado posible. Mañana mismo le haremos tres copias fotográficas: para el ministro, para el conde Pietromarchi y para mí —recién entonces me entregó el documento—. Mira, Antonella: este asunto es muy delicado. Requiere de la mayor reserva. Solo confiaremos en ti.

—Muchas gracias por su confianza, marqués D'Ajeta.

Guardé el documento en la carpeta correspondiente —sin mirarlo, por supuesto—, y me retiré. Al llegar a mi oficina procedí a archivarlo según el protocolo de máxima seguridad. Como debí recorrer varios pasos para dar cumplimiento a la norma, no pude evitar ver el documento. No necesité más que una ojeada. Y me horroricé.

Era el mismo *Appunto per il Duce* que nosotros le habíamos enviado.

Solo que en el lado superior derecho, en letra manuscrita de gran tamaño escrita con un lápiz azul, ahora destacaba una anotación: NULLA OSTA. Y una firma: M.

SIN OBJECIÓN. Firmado: Mussolini.

Dos palabras y una letra. Todo lo que se necesitaba para condenar a muerte a cinco mil personas.

26

La conjura

Palazzo Chigi, Roma, posiblemente al atardecer del martes 25 de agosto de 1942

Umberto Mancuso, jefe de servicios del ministro de Asuntos Exteriores (50 años)

Cuando el ministro me llamó, pensé que era para avisarme que se retiraba (yo debía llamar al chofer, avisar a la guardia, verificar que la oficina quedara en orden). Pero no, no era para eso.

Me encargó una «misión». Muy reservada, por supuesto. Porque yo era su hombre de confianza. Él tenía varios asistentes más destacados y prestigiosos que yo. De mayor rango y abolengo. Pero cuando debía tratar un tema delicado, allá marchaba *il Principe* Umberto. «Hay gestiones que solo los calabreses saben hacer», me decía, y yo me reía. Aunque nunca supe si era un elogio o no.

Aquella tarde, cuando partí de la *Antecamera Deti* hacia el despacho del conde Pietromarchi, tuve la sensación —difícil de explicar— de que algo importante estaba por pasar. Y que yo sería parte de ello. Pensé en mis padres y en mis *nonni* —que Dios los tenga en la gloria—, que tanto me alentaron para que terminara el secundario, mientras ellos trabajaban a brazo partido en la heladería hasta la medianoche. Ahora mi vida era el *palazzo* y trabajaba muy cerca del ministro. ¡Cuánto habían cambiado las cosas!

Minutos después me encontré con mi amiga Antonella.

—El señor ministro Galleazzo Ciano desea ver al jefe de Gabinete Armisticio y Paz Luca Pietromarchi mañana a las nueve horas —le anuncié con toda formalidad, como solía hacerlo, para así cumplir con las normas. Y luego le susurré—: Nadie debe saber de esta reunión. Nadie, *capisci?*

Antonella asintió con una sonrisa cómplice. Era muy bella y sugestiva. La mitad de los hombres del *palazzo* estaban enamorados de ella, y la otra mitad soñaban con llevarla a la cama. Pienso que lo sabía. Y le encantaban las intrigas.

—Así será, Umberto. Nadie lo sabrá. *Resta tranquillo.*

Antonella Donati di Montibello

Luca Pietromarchi se retiró de *il Salotto Giallo*. La reunión «muy reservada» y a solas con el ministro Ciano había finalizado. Era media mañana del miércoles 26 de agosto.

Siguiendo sus instrucciones, yo me aposté no demasiado lejos de allí, en la Sala dei Mappamondi —conversando con unos colegas secretarios—, por si requería de algún material durante el encuentro. Cuando lo vi partir hacia su oficina me despedí de los amigos y, dando un rodeo, hice lo mismo.

Un instante después nos encontramos. Lo noté tenso y preocupado. Sin embargo, parecía haber recobrado su habitual dinamismo, como si ahora tuviera nuevas energías. Algo que había perdido por completo desde el lunes, cuando supo la respuesta del Duce.

—*Cara* Antonella, comunícame con Vittorio Castellani, en Sussak.

Llamar a Vittorio Castellani fue una doble alegría. No solo por retomar contacto con aquel joven diplomático, inteligente y buen mozo, una promesa del Regio Ministerio, sino también por Fiorella.

Unos años antes, cuando desembarcó en el *palazzo*, sola y rebosante de sueños, esta joven de provincias enseguida despertó mi simpatía. Era crédula, ingenua, aceptaba todo lo que le decían. ¡Y le contaban cada historia! Decidí adoptarla, fue mi *protégée*. Muy pronto le crecieron un tanto las uñas. Algo indispensable en el mundo diplomático. Se abrió camino, se casó con un Scarpa de Venecia —familia de artistas y arquitectos, pero este era un comerciante bastante mayor que ella—, y se fueron a vivir a Fiume.

Luego que a Vittorio le fue asignada la importante misión de jefe de Enlace entre Exteriores y el Regio Ejército, con sede en Sussak, enseguida pensé en ella. Moví unos hilos y, *miracolo!*: Fiorella le fue asignada como su secretaria.

—*Pronto*, secretaría de la Oficina de Enlace. Habla Fiorella Illy-Scarpa.

—Te habla Antonella, desde Roma… —no me dejó terminar.

—¡Qué alegría, *cara* Antonella! ¡Por fin sé algo de ti!

No me resultó fácil interrumpir su avalancha de afecto y preguntas. Le expliqué que Luca necesitaba hablar con Vittorio, de urgencia. Pietromarchi y Castellani tenían cierta amistad, que había nacido y crecido en los años de servicio exterior, a pesar de que el conde era mayor y tenía una carrera mucho más consolidada. Coincidían en algunos temas y pensaban diferente en varios otros.

Instantes después Castellani estuvo al habla.

—¿Cómo está usted, *console*? Le comunico con el conde Pietromarchi.

La conversación duró unos pocos minutos. Al terminar, Luca pareció aún más animado y enérgico que un rato antes. Pero no me hizo ningún comentario.

Oficina de Enlace, Sussak,
instantes después

Fiorella Illy-Scarpa

¡Vittorio caminaba de un lado a otro como león enjaulado!

Enseguida de terminar su conversación con Pietromarchi, me llamó por el intercomunicador. Entré a su oficina de la planta alta, que dominaba las alturas de Sussak, y me encontré a Castellani muy excitado. En un primer momento no supe si estaba contento o desalentado. O si reunía ambos estados de ánimo a la vez.

—Fiorella, tráeme un café, por favor —me pidió, sin dejar de dar vueltas. Y cuando ya estaba en la puerta, agregó—: Trae otro para ti, así me ayudas a resolver algunos asuntos.

Bajé, preparé el café y volví a subir, lo más rápido que pude. Estaba ansiosa. Al final me senté frente a su escritorio, libreta de apuntes en mano. Él también se sentó.

—El martes 1 de setiembre debo estar en Roma, en *palazzo*. Arregla con el mando militar para que me trasladen en avión un día antes.

Mi cara de asombro y curiosidad se ve que le llamó la atención, porque enseguida aclaró.

—Es que pasaron muchos sucesos inesperados, Fiorella.

Entonces se volvió a poner de pie y se acercó a la ventana. Ahora estaba más sereno. Mientras saboreaba el café, dirigió su mirada al horizonte. A lo lejos, entre las colinas de los Alpes Dináricos que descendían hacia el mar, se divisaba la bahía de Carnaro en uno de los últimos mediodías de su cálido verano. Los barcos, las islas, las montañas circundantes. Y más allá: el Adriático, Italia, su hogar, su familia. Lo noté nostálgico. Quizás fue por eso. O tal vez porque ya hacía casi ocho meses que compartíamos las incertidumbres y angustias de la guerra. Y las soportábamos casi *en soledad*. Porque a diario veíamos a mucha gente. Pero personas en quienes de verdad pudiéramos confiar había muy pocas. Quizás fue por todo eso a la vez, que aquel mediodía Vittorio se franqueó conmigo. Fueron pocas palabras, pero me dijo mucho.

—Mussolini aceptó entregar a los judíos bajo nuestra tutela a los nazis.

Me quedé helada, mientras un temblor frío me sacudía de pies a cabeza.

—Pero… algunos amigos… están preparando un plan para evitarlo. Por eso me llamaron.

—¿Y usted… qué va a hacer? —lo interrogué, sin poderme contener, aunque enseguida me di cuenta de que mi pregunta había estado fuera de lugar, no era lo que correspondía a una funcionaria de mi jerarquía.

Pero Vittorio no escapó a mi pregunta. Con mucha lentitud se acercó a su silla, apoyó los brazos en el respaldo y me miró directo a los ojos.

—Yo voy a ir a Roma —me respondió, meditando cada palabra antes de decirla.

Vittorio Castellani hizo un gesto con sus brazos, dando por finalizada nuestra reunión. Yo me paré, mientras la cabeza me daba mil vueltas. En pocos segundos mi vida había cambiado por completo. Me acompañó hasta la puerta. Cuando ya estaba por salir de su despacho, me tomó del brazo con delicadeza:

—Hay vidas en juego. Incluso las nuestras. Eso lo comprendes, ¿no es así, Fiorella?

—Usted sabe cómo pienso. Puede confiar en mí, *console*. Para lo que sea necesario.

Dejé su escritorio y enfrenté la escalera. Las piernas se me aflojaron y un temblor me dominó. A duras penas pude bajar y refugiarme en mi oficina.

Sala dei Galeoni, Palazzo Chigi, Roma, quizás en la tarde del jueves 27 de agosto de 1942

Antonella Donati di Montibello

Umberto fue muy preciso:

—Un encuentro casual entre dos amigos, a las tres en punto de la tarde, en la Sala dei Galeoni; el conde y el marqués. No puede durar más que unos minutos —me susurró, con su particular estilo a la vez enigmático y formal.

Una hora y media más tarde, el conde Luca Pietromarchi atravesó una de las cinco puertas de la espléndida sala, ornamentada cada una de ellas con un bajorrelieve en mármol blanco de antiguos galeones. Rememoró la época en que el *palazzo* era la sede del Ministerio de las Colonias, habló con algunos secretarios que allí se encontraban —viejos conocidos—, y cuando se disponía a seguir su camino se le atravesó, ¡vaya casualidad!, su amigo, el marqués Blasco Lanza D'Ajeta, que acababa de entrar por la puerta opuesta.

—¡Qué gusto verte, Pietromarchi!

—¡Lo mismo digo, D'Ajeta!

El saludo fue ampuloso, casi ruidoso. Pero pronto bajaron el tono de voz a poco más que un murmullo.

—Mira, mañana se va a informar del *Nulla osta* a la Embajada Alemana. Y luego, enseguida, enviaremos una nota al general Cavallero. No hay más remedio —le informó el marqués.

Pietromarchi tragó saliva. El general Ugo Cavallero, comandante del Estado Mayor del Ejército, era un fascista duro de la primera hora, muy cercano a Mussolini. Además, era un declarado antisemita: iba a estar encantado con la decisión.

—Los plazos para hacer algo se acortan, Luca, no hay tiempo que perder. ¿Cómo vienes tú?

—Hablé con Vittorio, en Sussak. El martes estará en Roma, hablaremos en persona.

—Pero… ¿y qué dice?

—Lo conozco bien, es mi amigo: Vittorio va a estar.

—También es imprescindible contar con Roatta.

—Sí, lo sé —asintió Pietromarchi, preocupado—. Eso es mucho más difícil.

—Pues lo tenemos que lograr. ¡No hay otra opción! —El marqués no pudo evitar levantar un poco la voz; la tensión aumentaba con cada minuto que pasaba.

—Haré todo lo posible, Blasco. Y te tendré al tanto.

—¡Ha sido un placer, conde! Nos vemos en cualquier momento. —Lanza D'Ajeta volvió a hablar fuerte y a gesticular—. Y muchos saludos para tu *adorabile moglia*.

Muy pocos lo sabían, y es muy probable que el marqués no fuera uno de ellos. Era un secreto muy bien guardado, su esposo jamás hablaba de ello. Pero Emma Zuccari, la esposa de Luca, si bien católica conversa, era hija del industrial Heinrich Zuckermann, austríaco de origen judío.

El marqués y el conde se palmearon las espaldas y siguieron su camino.

Instantes después, Luca llegó a la oficina y me contó las novedades. Estaba cada vez más intranquilo. Por no decir alarmado. Y no era para menos.

Galleria Deti, Palazzo Chigi, Roma,
viernes 28 de agosto de 1942

Umberto Mancuso

El viernes, muy temprano por la mañana, no más de las siete —siempre pensé que a los *tedeschi* les encantaba fijar las reuniones a esas horas «de la madrugada» para mortificarnos a los italianos, tan afectos al trasnoche y a las salidas con amigos— yo estaba parado en el pórtico de entrada al Ministerio, contemplando la piazza Colonna, completamente vacía.

De repente, una imponente comitiva de varios coches de lujo escoltados por motocicletas, encabezada por un Mercedes Benz negro con banderitas nazis en el capó, ingresó a la plaza y se detuvo frente a donde yo me encontraba, por precisa orden del ministro Ciano, que quería asegurarse de no padecer ningún sobresalto.

Lo aguardaba nuestro jefe de Protocolo y una escolta del Regio Ejército, que le rindió honores. El ilustre visitante, acompañado por una nutrida delegación, traspuso el pórtico, recorrió el patio central y remontó la Escalera de Honor con paso triunfal.

No era para menos: apenas once días antes lo había precedido el príncipe Bismarck con el telegrama de Ribbentrop, y ya tenían la respuesta del Reino de Italia.

Hans Georg von Mackensen fue recibido por todo lo alto por el conde Galeazzo Ciano en la Galleria Deti, su lugar reservado para los grandes encuentros, como antes lo había sido para su suegro, Benito Mussolini. Anterior ministro de Asuntos Exteriores del Tercer Reich, ahora embajador ante Roma, yerno de Von Neurath y teniente general de las SS, Von Mackensen era un pez gordo. Y por lo que pude apreciar, el ministro Ciano se esmeró en halagarlo.

Yo me aposté al lado de la puerta, de pie, atento al menor gesto de mi jefe para acercarme a él y servirlo. Pero no fue necesario. La reunión se desenvolvió de manera muy ceremoniosa y formal, con gestos pomposos por ambas partes, y no resultó demasiado prolongada.

Sobre lo que hablaron no puedo brindar mayores detalles. Como usted supondrá, fueron temas ajenos a mi conocimiento. Pero sí puedo dar fe de que el embajador Von Mackensen se marchó muy satisfecho. Acompañé la comitiva al retirarse, descendimos *lo Scalone d'Onore* y recorrimos la piazza Colonna hasta su Mercedes Benz. Y el embajador no dejó de hacer comentarios que, por su rostro y sus ademanes (yo no entiendo el alemán), evidenciaban su felicidad.

Antonella Donati di Montibello

—Lo envía el marqués. «Muy reservado». —Umberto dejó el sobre lacrado (caratulado «Reservado y confidencial») encima de mi escritorio, y se marchó sin agregar palabra.

Enseguida avisé a Pietromarchi. Instantes después me hizo pasar a su despacho e hizo señas de que me sentara frente a él. Abrió el sobre con cuidado y leyó la nota que estaba en su interior con la mayor atención. Luego meditó un rato y la releyó varias veces, sin decir palabra. Finalmente —siempre sin hablar— me la entregó para que la viera.

Era una nota del jefe de Gabinete Lanza D'Ajeta, dirigida al comandante del Estado Mayor del Ejército, general Ugo Cavallero. Una nota breve, apenas tres párrafos concisos, más un par de frases de estilo.

Al leerla me corrió un escalofrío. Eran malas noticias. Muy malas.

Sin embargo, si bien Pietromarchi estaba tenso, inquieto, concentrado en sus pensamientos, no se lo veía abatido o desalentado. ¿Por qué?

La volví a leer. Comenzaba así:

> Por el lado alemán se le preguntó al Regio Gobierno si hay algún obstáculo de su parte para que le sean entregados los elementos judíos refugiados en los territorios ocupados por las tropas italianas.
>
> Se ha informado que no hay obstáculos del Regio Gobierno.

El texto me pareció lapidario. Con esa nota, el general Cavallero —un antisemita convencido, admirador del Reich, a quien el ministro

Ciano calificó de «criado de los nazis»— pondría en marcha un plan para arrestar a los judíos de los territorios italianos y entregarlos a los alemanes. ¿Qué duda podía caber? Lo miré a Pietromarchi buscando una palabra de aliento.

—Hay que leerlo completo, sobre todo los últimos párrafos —me comentó con hablar pausado, lo que no era habitual en él—: «Se agradecerá saber, para informar a la Embajada de Alemania, la entidad numérica de los elementos judíos a entregar». Y luego: deberá «comunicar (...) los métodos a seguir a estos efectos», teniendo en cuenta que «se trata de los elementos judíos provenientes de los territorios croatas». —Pietromarchi se detuvo unos instantes, y meditó con cuidado lo que iba a agregar—. Ahora Cavallero deberá informar a Lanza D'Ajeta de cuántos judíos están en esa situación, considerando solo los refugiados que vinieron de territorio croata. Y qué método utilizó para llegar a ese número. No va a ser una tarea sencilla. Pero además, Cavallero está en Italia. Va a necesitar la ayuda de Castellani y, sobre todo, del general Roatta, que están en pleno teatro de operaciones.

Guardó silencio un momento, y luego me miró fijo a los ojos:

—La carrera contra el tiempo ha comenzado.

Roma, jueves 3 de setiembre de 1942

Algo raro en mí, me enfermé. Ese fin de semana de fines de agosto hizo un calor sofocante, transpiré mucho, me desabrigué por la noche —justo cuando refrescó— y caí víctima de la gripe. Por tres días no pude ir a trabajar.

El jueves, cuando me reintegré al *palazzo*, Vittorio ya había estado en Roma. Me quedé con pena de no poder verlo. Se reunió con Pietromarchi tal cual estaba previsto y regresó a Sussak. Eran tiempos de hablar poco y preguntar menos todavía. Nunca más válida la sentencia de Aristóteles: «Uno es dueño de sus silencios y esclavo de sus palabras». No saber era lo más conveniente.

De todos modos, me las ingenié para enterarme de que el conde quedó satisfecho con la reunión. «Vittorio va a estar», le había dicho al marqués en la Sala dei Galeoni. Y parece ser que su amigo no lo defraudó.

Oficina de Enlace, Sussak, una semana después,
quizás el jueves 10 de setiembre de 1942

Fiorella Illy-Scarpa

Con el paso de los días logré calmarme un poco. No fue nada fácil.

Había sido preparada para abordar los asuntos internacionales, muchos de ellos meramente formales y de papeleo, y aportar posibles soluciones. A través de legajos y expedientes burocráticos. Pero de allí a participar en…, digamos, un plan para…, bueno, *evitar* una decisión *de ya sabemos quién…* ¡Mi Dios! Estaban en riesgo nuestras vidas. Era demasiado.

Pero después me serenaba y pensaba que podía ayudar a salvar miles de vidas. Y mi fe católica acudía en mi socorro: lo que hacía era «por amor al prójimo», de «buena samaritana». Para que se cumpliera el quinto mandamiento: «No matarás». De ningún modo podía ser traición a nuestra patria, nacida en la fe de Cristo.

No podía hablar de este tema con nadie. Eso sí que fue difícil de soportar. Ni siquiera con mi esposo Raffaele, quien no habría comprendido. Era un hombre bueno, pero de espíritu práctico. Se habría puesto como loco, pidiéndome que abandonara el asunto. Y ya era demasiado tarde…

Luigi Zaferano, el *galante capitano,* muy pronto empezó a hacer preguntas. Le respondí con evasivas, frases vagas, nada concreto. Pero él insistía una y otra vez. Lo peor fue luego que Vittorio regresara de Roma. Era evidente que *algo pasaba.* Para colmo, antes del fin de esa semana, y luego a mediados de la semana siguiente, Vittorio se reunió con el general Mario Roatta. Yo sabía que eran reuniones decisivas, si bien desconocía los detalles de lo que iban a hablar. El general, ¿apoyaría «el plan»? Porque una cosa era dar su opinión contraria a entregar a los judíos, cuando le fue solicitada. Y otra cosa muy diferente era…, digamos, *unir esfuerzos con otros jerarcas,* para desconocer una orden del… *número uno*. ¿Y si Roatta optaba por denunciarnos? Podía ser muy bueno para su carrera militar, entre otras razones.

Fue realmente duro sobrellevar esos días. Solo esperar, y rogar al Señor.

Luigi Zaferano

Corría el peor rumor. Otra vez. «Italia aceptó entregar a los judíos de sus territorios a los nazis». Pero ya una vez eso había sido falso. ¿Por qué sería verdad ahora?

Quizás Fiorella supiera algo. La encaré. Sus respuestas fueron poco precisas, que no era lo habitual en ella. Me dio mala espina.

Hasta *il pazzo* Filippo, siempre tan jovial y divertido, me llamó muy intranquilo desde Mostar. Había escuchado versiones parecidas. Sus jefes, incluso el general Negri, no sabían nada.

Volví a abordar a mi *bella signora*. Tenía el presentimiento de que allí podía encontrar respuestas. Hasta la invité a tomar un helado en un café cercano a la Oficina de Enlace. Aceptó (lo que por lo general no hacía), se bebió el helado acompañado de un gran *cappuccino* (yo pagué la cuenta), ¡pero no me dijo nada!

Los días pasaban, y yo de brazos cruzados.

Fiorella Illy-Scarpa

¡Por fin! Recién avanzada la tarde, Vittorio me pidió que subiera a su despacho. Tenía que dictarme un par de cartas.

Lo encontré ensimismado en su trabajo, rodeado de papeles y anotaciones. Levantó la cabeza, me miró y me dedicó una media sonrisa. Me sorprendió. Para aquellos días eso era mucho, a pesar de su buen carácter.

—Esta carta para Pietromarchi es *muy importante*, debe salir mañana a primera hora, sin falta —fue su manera de decirme que teníamos por delante varias horas de arduo trabajo—. Va a ir acompañada de un memorándum. Este último es muy delicado. Ya te explicaré.

Y así fue. Las correcciones fueron y vinieron. Recién al atardecer Vittorio quedó conforme con el texto.

—A ver, Fiorella, léela.

> Querido ministro Pietromarchi:
>
> Tan pronto como regresé a la sede, le consulté al general Roatta acerca de la nota sobre la cuestión de los judíos.
>
> Él comparte nuestro punto de vista. Responderá después (sin demasiada prisa) al Comando Supremo siguiendo, más o menos, los puntos brevemente resumidos en el memorándum adjunto. Naturalmente los criterios para juzgar la pertenencia o no de los judíos a la Primera Zona serán más bien elásticos.

El *console* me interrumpió:

—Eso es lo sustancial. La posición de Roatta. Pero lo que informaron desde Dubrovnik también debe saberse, ¡es indignante! Por eso digo en el segundo párrafo que los «croatas han confesado ingenuamente que por cada judío entregado a las autoridades alemanas, estos les pagarán la suma de 30 marcos. ¡Además de cualquier otra consideración moral, este es un tráfico innoble con el que es muy humillante tener algo que ver, aunque sea indirectamente!» —Vittorio estaba muy enojado, ese comercio infame lo sacaba de las casillas; luego meditó en silencio durante un momento—. En fin, creo que el texto está bien así. Vamos ahora al memo.

Le leí entonces el memorándum. Una extensa carta de hoja y media, con ocho puntos numerados, algunos con varios incisos. Sin duda eran fruto de las extensas reuniones con el general Roatta y de varias noches suyas de insomnio. Una sucesión de argumentos contundentes que mostraban las enormes dificultades para llevar a la práctica lo que los nazis pedían, y que Mussolini les había concedido. Pero además le quitaba importancia al tema: los judíos en las zonas de la costa y en Mostar (controladas por nuestro ejército) «eran pocos» (¿sería cierto?, yo no tenía ni idea), y la mayoría pertenecían a la región anexada por Italia (si esto era verdad, no estaban comprendidos en el pedido alemán). Y en el punto final, insinuaba una posible «solución alternativa»: para asegurar la buena conducta de los judíos (los nazis los acusaban de espiar y conspirar con el enemigo), se los podía recluir a todos en un único campo de internación, en una isla de Dalmacia. Al menos mientras se analizaba cuáles serían entregados y cuáles no.

Entrelíneas era posible adivinar una estrategia. Nadie se iba a negar a cumplir la orden del Duce. ¡Eso no, por favor, de ningún modo! Pero para ejecutarla bien era necesario aclarar muchos aspectos, ajustar detalles, no cometer injusticias. Y eso no sería una tarea fácil, iba a llevar su tiempo. Mientras tanto, quizás hubiera otras alternativas mejores para aplicar. Siempre con el mismo objetivo de cumplir lo ordenado, por supuesto.

—La carta para Pietromarchi va clasificada como «reservada» y «personal». El memo adjunto va en sobre aparte. Y lo rotulas como «secreto», bien grande, arriba a la derecha. Las dos van lacradas —me instruyó, dando por finalizada la labor—. Pasas todo en limpio y me lo traes para la firma. Ah, y cuando vengas te traes dos cafés, de despedida. ¡Hoy ya es viernes!

Tenía esa forma de demostrar que estaba conforme con mi trabajo. Vittorio no era de hablar mucho, ya lo dije. Se mostraba amable, a veces incluso cortés, pero hablaba solo lo necesario. Y pensaba mucho lo que iba a decir. Con el tiempo fui descifrando sus códigos. Si me invitaba a compartir un café, significaba que estaba contento conmigo. Cuando se asomaba al balcón principal de su despacho en la planta alta de Sussak —una amplia terraza desde donde se contemplaba el mar y la bahía—, era porque estaba de buen humor, animoso, soñador. En cambio, si aparecía en el mirador posterior —un espacio estrecho con vista hacia los impresionantes Alpes Dináricos, que se levantaban verticales a poca distancia de la Oficina— era porque estaba preocupado, inquieto, desasosegado.

Trabajé a toda máquina. Un rato más tarde le alcancé ambos documentos. Los revisó y les dio el visto bueno. Luego firmó la nota dirigida a Pietromarchi. Y entonces estampó allí, de su puño y letra, al final del texto, un enigmático mensaje:

> P. S.: El general Roatta parte esta noche para Roma, donde pasará dos o tres días.

Via Veneto, Roma, mediodía del domingo 13 de setiembre de 1942

Antonella Donati di Montibello

El conde Luca Pietromarchi arribó al Palazzo Chigi cuando ya promediaba la mañana del domingo. A nadie le sorprendió: eran tiempos de guerra y los funcionarios —sobre todo los jerarcas— entraban y salían a toda hora, sin importar el día de la semana. Sin embargo, esa mañana el conde se detuvo más de lo habitual a saludar a los funcionarios que encontró en su camino. Trabajó un rato en su oficina —a cuyo personal le había dado franco ese día— y atravesó varias veces salas y pasillos. Era evidente que quería que su presencia no dejara de ser notada. A las doce recogió sus cosas y se marchó. Atravesó piazza Colonna y se recostó en el largo Chigi, para luego internarse en via del Tritone con paso lento.

Así comenzó una mañana decisiva, sobre la que los protagonistas se comprometieron a guardar el mayor de los secretos, tal cual la pude reconstruir con base en los escuetos comentarios del propio conde, infidencias de Umberto y algunas otras cosillas que me soplaron al oído. Y bueno, ¡una tiene sus influencias!

Pietromarchi, un hombre de andar enérgico, caminó despacio esa mañana —era otro domingo caluroso de fines del verano— y se detuvo en varios escaparates que llamaron su atención, hasta llegar a piazza Barberini. La rodeó por el lado derecho, el de la sombra, para evitar el sol que rajaba la tierra, hasta tomar la elegante via Vittorio Veneto. Unos minutos después, a las doce y media en punto, se sentó en una mesa de la terraza del elegante Gran Caffé Roma. Una mesa común y corriente, visible desde la calle, que nadie elegiría para un encuentro *secreto*.

Minutos después un hombre con anteojos, de aspecto fornido, rostro adusto y cara de pocos amigos, se detuvo frente a su mesa y lo saludó.

—Ministro Pietromarchi, ¿cómo está usted?

El conde se puso de pie y le retribuyó el saludo con sobriedad:

—Es un gusto verlo, general Roatta. ¿De visita por Roma?

—Sí, así es, un par de días.

—¿Por qué no me acompaña con un *bicchierino di vermouth*, general? Ya que casualmente nos hemos encontrado...

El encuentro tuvo muy poco de *casual*; pero así lo pareció.

Roatta aceptó la invitación, y poco después los dos hombres conversaban animadamente, mientras disfrutaban un Martini. Pero al general le gustaba ir directo al grano:

—Ministro: ¿cómo es esto de «entregar los judíos a los alemanes»? —lo interrogó. Sin aguardar la respuesta, continuó—: Eso no es posible. Fueron puestos bajo nuestra autoridad. Los croatas ya lo habían solicitado, y yo, naturalmente, opuse un *neto rifiuto*. Ahora se dirá que los alemanes nos torcieron el brazo. Nadie va a creer que es una orden del Duce.

Pietromarchi relató cómo sucedieron los hechos. Y que el jefe de Gabinete Lanza D'Ajeta, el jefe de la Oficina Croacia Roberto Ducci y hasta el propio ministro de Asuntos Exteriores, el conde Ciano, discrepaban con la orden de Mussolini. Roatta, por su parte, conocía la opinión de Castellani de primera mano.

—El mejor modo de lograr que la orden no se cumpla, general, es poner el asunto en manos de la maquinaria burocrática y sus demoras, más eternas que la misma Roma. ¡Que vaya a dar a las calendas griegas!

Roatta asintió. Pero enseguida aclaró:

—Tenga en cuenta, ministro, que yo no podré oponerme de manera frontal. Cavallero, llamado «general» aunque no haya peleado ninguna batalla, sabe que soy candidato a sucederlo como jefe del Comando Supremo. Aprovechará cualquier oportunidad para desprestigiarme.

—Es que no nos vamos a oponer, ¡de ninguna manera! —le dijo irónicamente el conde—. Vamos a levantar una muralla de papeles y expedientes para defender miles de vidas y el honor de los italianos.

Roatta volvió a asentir. Quizás Pietromarchi fuera demasiado optimista. Pero valía la pena el intento.

—De acuerdo —dijo por fin—. Pero recuerde que esta reunión nunca existió.

—Por supuesto, tan solo brindamos con un Martini *bianco*, por los buenos tiempos.

Roatta se despidió, breve y formal como siempre, y se retiró. Pietromarchi pagó la cuenta, se levantó y continuó su «paseo» por via Veneto.

27

La muralla de papel

Palazzo Chigi, Roma, fines de setiembre de 1942

Antonella Donati di Montibello

Lo que siguió fue una interminable avalancha de papeles.

En pocos días, desde cada dependencia del Ejército, fuera el propio Comando Supremo de las Fuerzas en Eslovenia y Dalmacia —que para abreviar llamábamos Supersloda—, o una unidad militar menor asentada en un pequeño poblado en medio de las montañas, empezaron a llegar al Ministerio un sinnúmero de notas con las preguntas más variadas.

Todos querían cumplir con las órdenes del Duce, de eso no cabía duda. Pero su celo y su meticulosidad en este asunto *eran tan encomiables* que no querían cometer el más mínimo error. Le confieso que más de una vez se me puso la piel de gallina cuando de la Oficina Legal del Ministerio me llamaban para comentarme que de un desconocido villorrio —que nunca había escuchado nombrar en mi vida— les había llegado una consulta. Porque eso quería decir que allí había un soldado italiano dispuesto a poner su nombre y su firma para tratar de salvar una vida. Que tal vez fuera la del almacenero del pueblo y su familia, o quizás alguien a quien ni siquiera conocía.

Las preguntas más recurrentes eran: ¿Qué es un judío? ¿Cómo se lo reconoce? ¿Por su religión? ¿O por su raza? ¿Acaso por sus padres o abuelos? Otras eran más *originales*, por llamarlas de alguna manera. ¿Importa el tamaño y la forma de su nariz? ¿Y el ancho de su frente? En tal caso, ¿cuáles son las medidas de un *judío estándar*? Dado que se nos ha solicitado informar cuántos judíos hay en nuestra zona, ¿también debemos adjuntar las medidas de cada uno? ¿Se debe tomar en cuenta el carácter de la persona para saber si estamos frente a un elemento judío? ¿Ser codicioso o avaro es un agravante? En fin, había de todo...

Luego venía *el asunto de la italianidad*. Porque si algo estaba claro, es que los italianos estaban fuera de la cuestión. A nadie en su sano juicio se le podía ocurrir la disparatada idea de entregar un italiano a los croatas. *Sarebbe un vero mascalzone!* Pero la pregunta era: ¿cuándo un judío podía considerarse ciudadano italiano? Y allí, otra vez, un río de cartas, cada una con un caso diferente, inundó la Oficina Legal. «Un judío cuyo abuelo nació en Trieste cuando esta ciudad era parte del Imperio Austrohúngaro, pero luego se mudó a Croacia, ¿era o no, por derecho de herencia y ascendencia, un súbdito fiel del rey Vittorio Emanuele III? ¿Y su esposa y sus hijos? ¿Y su suegra?». El cónsul de Italia en Dubrovnik preguntó si un cierto doctor —que ahora era un refugiado, pero que en su tiempo había sido director de una importante agencia comercial—, «que por sus méritos había sido condecorado por Italia, en virtud de ese honor tenía derecho a obtener la ciudadanía italiana». Era de nunca acabar.

Y, finalmente, teníamos *las cuestiones románticas*. Tratándose de italianos, ¡este capítulo no podía faltar! Numerosos oficiales tenían novias judías. Varios —no pocos— nos decían que habían encontrado el amor de su vida y estaban en vías de formar una familia (y conste que llevábamos tan solo un año en esos lugares...). Algunos casos eran delicados. Un día llegó directamente a nuestras manos una consulta *muy especial*, de carácter personal. Desde Porto Re (Kraljevica) nos consultaron acerca de una chica judía que estaba embarazada. El futuro padre era mariscal de los Carabinieri, nada menos. Pero las leyes raciales prohibían el matrimonio entre los dos. El niño próximo a nacer sin duda sería ciudadano italiano. Pero el mariscal, que en verdad quería a la *ragazza*, nos interrogaba: ¿se podía extender el derecho de ciudadanía italiana a la madre?

Pocas semanas después, a comienzos de octubre, estábamos sumergidos en un pantano burocrático. Los funcionarios de la Oficina Legal, desbordados, muchas veces respondían con nuevas preguntas. De modo que las cartas iban y venían. Cada asunto generaba múltiples consideraciones y debía ser analizado por distintos abogados. Un trabajo serio demandaba mucho tiempo. Sobre todo, en la medida en que las autoridades del Ministerio dieron a entender que esperaban «un trabajo a conciencia», porque estaban en juego «muchas vidas y el honor de los italianos». Por otra parte, «ese no era un tema urgente para el Regio Ministerio, lo importante era hacer las cosas bien».

Todo parecía marchar según lo planeado.

Oficina de Enlace, Sussak, viernes 16 de octubre de 1942

Fiorella Illy-Scarpa

No bien llegó Castellani, le alcancé el telegrama cifrado recibido en la madrugada.

Provenía del Ministerio de Exteriores, de la oficina del conde Pietromarchi —el GABAP—, y resumía varias semanas de intensas discusiones entre juristas y jerarcas. Era la «posición oficial del Ministerio» en un tema crucial: quiénes serían considerados ciudadanos italianos.

Vittorio ya me conocía bien. Por mi expresión se dio cuenta de que algo importante pasaba. No esperó a sentarse en su sillón. Antes estiró la mano y se hizo de las dos hojas de papel. Luego me retiré de su despacho.

Bajé la escalera con el corazón estrujado. El telegrama, ¿era bueno o malo? Yo no era capaz de comprender las consecuencias de cada frase. Y sabía que una sola palabra podía cambiar todo el sentido del mensaje. Me preparé un café. Conversé un rato con Luigi. Fingí trabajar, pero no pude.

Un rato más tarde escuché ruidos en la planta alta. Me asomé y vi a Vittorio salir al balcón que miraba hacia el mar. Eso me dijo mucho.

Estaba con la frente en alto, parecía aspirar el viento fresco de comienzos del otoño que soplaba desde el mar. ¡Qué alivio, mi Dios! Poco después escuché su voz:

—Fiorella, ¿puedes venir, por favor? —me llamó—. Ah, y tráete un par de cafés.

Ahora sí: estaba todo dicho.

Instantes después entré en su despacho. Lo encontré de pie, bastante excitado. Me indicó que me sentara, mientras daba vueltas por la habitación.

—Los criterios para definir la ciudadanía italiana son *bastante elásticos*, como queríamos nosotros. Fíjate —tomó el telegrama, dio un sorbo al café y continuó—: no solo se considerarán ciudadanos los nacidos en las zonas bajo autoridad italiana sino también sus descendientes hasta la tercera generación, y aquellos que hayan vivido un tiempo allí, o que sean propietarios de un bien inmueble. Y para completar el cuadro: también los que tengan méritos por sus acciones en favor de las fuerzas italianas —concluyó, y recién entonces se tumbó en su sillón, complacido.

—Entiendo que esa definición tan amplia… deja margen de maniobra para incluir a todas las personas que se pueda —arriesgué.

—Sí, ¡eso mismo! Y además pide adjuntar en cada caso certificados, actas notariales y otros mil documentos —agregó sonriente, al imaginar el laberinto burocrático que la circular iba a provocar.

Recién entonces suspiré aliviada.

—Merecemos otro café. Y luego, ¡a trabajar! Tenemos mucho por hacer.

Cuartel de la División «Murge», Mostar, Herzegovina,
unos días después

Filippo Caruso

Fue un alivio recibir la comunicación del jefe de la Oficina de Enlace Castellani y del general Roatta. Nosotros ya estábamos trabajando en el relevamiento de los hebreos de la región de Mostar. También

—alentados por el propio general Negri— enviamos varias consultas al Ministerio.

Pero la circular del Regio Ministerio le dio otro sentido a nuestro trabajo. Pronto comprendimos que la mayoría de los hebreos que conocíamos… ¡podían llegar a ser italianos! Era cuestión de buscar argumentos, y respaldarlos con algún documento (nadie podía pedir milagros en tiempos de guerra). Y con un poco de voluntad…

De todos modos, tuvimos que encontrar a los hebreos, hacerles preguntas, pedirles papeles. Lo que enseguida provocó la alarma en la comunidad, que se propagó como reguero de pólvora. Les explicamos por qué lo hacíamos. Muchos lo creían y nos ayudaban, sobre todo los líderes. Pero algunos dudaban, y eso ya era suficiente para dificultar mucho el trabajo. «¿Les debemos creer a los italianos?». «¿De verdad serán distintos a los nazis?». «¿Y si todo esto es una trampa?».

En medio de todo ese jaleo, en que debíamos correr de un lado a otro para no descuidar nuestras tareas de patrullaje y vigilancia de las posiciones italianas, y a la vez cumplir con el censo de los hebreos ordenado por el Comando, fue que recibí una llamada. ¿De quién? Sí, de mi amigo Luigi desde Sussak, ¿quién otro podía ser?

—Filippo, sabes que dentro de dos semanas tengo un par de días francos, y estaba pensando en visitarte…

No es el mejor momento para visitas, pensé, pero Luigi era mi amigo, no le podía cerrar la puerta en la cara. Igual guardé silencio: sospeché que había algo más.

—Siempre tuve curiosidad de conocer Mostar. Mi padre, que era ingeniero, me habló mucho de ese puente tan famoso…

Dado que yo, a propósito, seguía sin decir nada, Luigi continuó con su perorata. Decidí interrumpirlo.

—Dime, *caro amico*, con franqueza, ¿es esa la razón por la que vienes? ¿Por motivos… «turísticos»?

Luigi se sintió descubierto y empezó a tartamudear.

—Bueno, no solo por eso, es que yo, en fin… Me gustaría aprovechar para conocer a cierta persona.

Me quedé helado. ¡Hasta yo, *il pazzo* Filippo, me daba cuenta de que eso era una locura! Me costó acomodarme a la situación. Pero… era mi amigo. No le podía fallar. Todavía insistí una vez más:

—¿Estás seguro de querer meterte en ese lío?

Y como Luigi seguía aturullado, decidí tomar el toro por los cuernos:

—Quédate tranquilo, te voy a ayudar.

En realidad, yo ya tenía trabajo adelantado. El brutal incidente vivido con Francetic y su banda de ustachas nos abrió los ojos. Y gracias a los buenos oficios del fiel sargento Tolbiati, habíamos dado con el paradero de la Finzi y su grupo. Un modesto escondite en los sótanos de una casa de piedra en Mazoljice, hacia el lado del río Neretva, que les había prestado un amigo musulmán. A pesar de los esfuerzos de Tolbiati, no quisieron trasladarse al *campo protettivo* de la estación. Eran todos jóvenes: tres muchachos, dos chicas y un niño. Habían perdido contacto con sus padres, arrestados por los nazis. Riki era la líder del grupo. Según nos dijeron, era muy independiente, y no quiso dar el brazo a torcer: «No le convencía eso de estar encerrada entre alambradas de púas».

Palazzo Chigi, Roma, segunda mitad de octubre de 1942

Antonella Donati di Montibello

Hacia fines de octubre la «pesadilla burocrática» llegó a su apogeo.

Luego de la circular del Ministerio con los requisitos para ser considerado ciudadano italiano, los expedientes, documentos anexos y consultas jurídicas se multiplicaron hasta el infinito. Mientras tanto se cumplieron dos meses de la orden de Mussolini, el *Nulla osta,* y estábamos a fojas cero. El asunto había caído en un atolladero. No había ni miras de entregar los refugiados judíos a los nazis.

En esos días, los principales involucrados en «el plan» trataron de reunirse lo menos posible. Algunos cruces en los pasillos, breves cambios de palabras, ninguna llamada telefónica por este asunto. Nada que pudiera llamar la atención.

Las cosas iban bien. Demasiado bien.

Tanto que, como era de suponer, el ministro de Exteriores germano Von Ribbentrop y el embajador Von Mackensen —que habían celebrado la decisión del Duce como una victoria— comenzaron a sospechar que *algo* sucedía.

Hasta que una tarde en la Sala degli Arazzi, durante una reunión entre D'Ajeta y Pietromarchi —no recuerdo si también estaba Ducci—, en la que fueron requeridos mis servicios de secretaría, escuché un diálogo que me dejó muy nerviosa. La reunión había sido convocada por otro tema. Ya sobre el final, el conde se despachó:

—No me preocupa demasiado Mussolini. Tú y yo lo conocemos bien. Él gusta del acto heroico, la foto histórica en los periódicos, la frase para el recuerdo. Pero no tiene la paciencia para perseguir sus decisiones y ver qué pasó con ellas —Pietromarchi hizo una pausa, y concluyó—: Mi preocupación viene por otro lado.

D'Ajeta cambió bruscamente su semblante. Su reacción fue notoria. Luego asintió, alarmado:

—Sí. La ofensiva de los nazis.

—Sus planes para resolver lo que llaman «la cuestión judía» en los Balcanes progresan a buen ritmo. Pronto será un territorio *Judenrein*. No van a soltar la única presa que les falta —retomó el conde—. Y menos ahora, que avanzan en todos los frentes. ¡Más de tres años de guerra, y solo conocen la victoria!

—Y son capaces de todo... —Suspiró el marqués.

Nunca lo había visto de esa manera. Pensaba que el «plan» en que estaba metida era una discusión entre italianos. Que somos pocos y nos conocemos, como dice el refrán. Pero ellos tenían razón. El enemigo era la Alemania nazi. Y eso sí que era otra cosa, ¡por favor! Entonces me abrumó la angustia ante un futuro que, de repente, percibí lleno de amenazas.

No tuve que esperar demasiado para tener novedades. Unos días después me llamó desde Berlín el reconocido periodista Michelangelo della Rocca. Se trataba de un viejo amigo, nacido en Soriano nel Cimino, con quien fuimos compañeros del secundario en Roma. Luego él estudió periodismo en la Universidad y yo me dediqué a las relaciones internacionales. Nuestros caminos se bifurcaron... Aunque no del todo: tiempo después nos reencontramos y vivimos un breve y apasionado romance. Hasta que apareció «esa» —no la voy a nombrar—, una porteña que lo deslumbró y se lo llevó de las narices a vivir a Buenos Aires. Ahora cubría las noticias del Eje para el principal diario de Argentina —país muy cercano a esa alianza—, con asiento en Berlín y ocasionales viajes a Roma. Oportunidades que aprovechamos para volvernos a ver y conversar. Nos pusimos al día... y más que eso. Pero lo que sucede en la noche romana, allí queda.

Yo soy muy celosa de la información del Ministerio, es un tema ético. Pero en algunas ocasiones me fue de utilidad —pienso que para él también— «canjear fichas». De lo que, por supuesto, advertí a mi jefe. Y eso aconteció con aquella llamada suya, tarde una noche fría de fines de octubre. Lo que me contó Michelangelo me tomó por sorpresa. No lo esperaba. Y me sacudió.

Charlottenburg, Berlín, en esos mismos días

Michelangelo della Rocca, periodista, enviado especial en Berlín de *El Republicano* de Argentina y corresponsal del *Chicago Daily Post* (45 años)

Escuchar a Antonella esa noche por teléfono me dejó muy mal.

Mis sentimientos hacia ella eran confusos. Pero algo tenía claro: era muy importante para mí. Verla tan... digamos perdida me produjo una gran angustia.

¿Pero es que en ese *maledetto* Ministerio vivían en una burbuja? ¿No leían los periódicos? ¿No sabían que el Führer era el nuevo amo del mundo? Hacía tres años que los fascistas italianos le hacían todos los mandados. ¡Y justo ahora, en su momento de mayor gloria, se les ocurría llevarle la contra! No era un tema de ideas, o de valores, y todas esas vaguedades que suelen decirse, sino de elemental realismo para sobrevivir en medio de una guerra despiadada y cruel.

Ella no me dijo casi nada. Como siempre, muy reservada. Pero yo llevo el periodismo en la sangre, descubro las noticias con la nariz, más bien con el hocico. Y esa noche olfateé algo muy grave: estaban protegiendo a judíos. Justo lo que más enloquecía a Hitler y sus secuaces. Y temí por ella.

Le conté algunas cosas. Unas las sabía, otras no.

Un mes antes, el 23 de setiembre, el *Poglavnik* del «Estado Independiente de Croacia», Ante Pavelic, visitó al Führer en su cuartel general del Este situado en Vínnytsia, Ucrania. Asistieron al encuentro el ministro Ribbentrop y el embajador de Alemania en Zagreb, Siegfried Kasche. Hitler, que se encontraba en la cúspide de su prestigio por los éxitos logrados en todos los frentes, brindó una magnífica recepción a su aliado. Apreciaba mucho los métodos extremos de Pavelic para terminar con sus enemigos: los partisanos de Tito, los serbios —que el Führer detestaba por considerarlos «traidores»— y los judíos.

Difundimos en la prensa el encuentro, con las fotos correspondientes. Pero se supo poco de sus detalles, calificados como muy reservados. Se abordaron varios temas. Uno de ellos, como es lógico, fue la eliminación de los judíos de Croacia. Según mis fuentes, el diálogo transcurrió en estos términos:

—Los italianos solo controlan las principales ciudades del territorio bajo su tutela —señaló el embajador Kasche—. Pero en las zonas rurales los partisanos son libres de moverse a su antojo. ¡Y los judíos de esas zonas los apoyan y les suministran información valiosa!

—Yo ya he resuelto la cuestión judía en la mayor parte de Croacia —anotó a su vez Pavelic—. Pero hay ciudades muy grandes, como Mostar o Dubrovnik, donde los italianos me han impedido completar el trabajo. Se lo he reclamado varias veces, ¡sin éxito! Dijeron que se trataba de un problema muy complejo. Y que estaban condicionados por la actitud del Vaticano. Hasta dijeron que entregar a los judíos podía dañar «el buen nombre del Ejército Italiano». ¡Fíjense qué atrevimiento, señores! —remató, indignado.

—Sí, ya conocemos a los italianos. Siempre tan expeditivos… —se sumó Kasche, irónico.

—Deberé resolver este tema cara a cara con Mussolini —afirmó Hitler, muy molesto—. Necesito un memorándum preciso y detallado.

Acto seguido, Ribbentrop se lo encargó a Kasche. Pero el Führer ya se había inflamado con el tema. La cuestión judía lo obsesionaba:

—¡Es necesario poner fin a hechos como este! —exclamó con vehemencia—. Son un pésimo ejemplo.

—Mi Führer, de verdad que es insoportable ver cómo en una parte de Croacia los judíos son evacuados, mientras en la otra no se les puede tocar un cabello. —Pavelic agregó más leña al fuego.

—¡Por supuesto, es insoportable! —lo respaldó Hitler—. Los judíos son los cables telefónicos subterráneos y las emisoras de radio de los rebeldes. ¡Hay que terminar con eso!

—El Duce impartió órdenes precisas de entregar a los judíos, pero el Ejército Italiano desobedeció esas órdenes —acotó Ribbentrop.

Esto terminó de enfurecer a Hitler. Y lo que —según mis fuentes— habría dicho el Führer a continuación fue lo que más me alarmó:

—En el comando del Segundo Ejército está el general Roatta —masculló con rabia—, un político más que un hombre de armas. Está actuando según sus intereses personales, con un grupito de cómplices del Ministerio de Exteriores. Eso lo sabemos bien. Y debe terminar.

Antonella conocía perfectamente lo que sucedió en los días siguientes. Es más: lo vivió en carne propia.

El 28 de setiembre, Ribbentrop urgió a la Embajada Alemana en Roma a averiguar «qué estaban tramando los italianos». El 1 de octubre, el consejero de la Embajada, Von Plessen, se reunió con Lanza D'Ajeta y le consultó si la orden de Mussolini —que tan pomposamente les transmitió el ministro Ciano— había sido comunicada al Ejército Italiano estacionado en Yugoslavia. Poco antes de retirarse, Von Plessen le comentó «en confianza» a D'Ajeta que en Berlín «se sospechaba que habían sido funcionarios del Ministerio de Exteriores los que intencionalmente no le comunicaron el *Nulla osta* del Duce al ejército». Según Antonella, este comentario —que sin duda no fue ninguna infidencia, sino algo deliberado, planificado de antemano por la Embajada Alemana— les heló la sangre. Y conste que no sabían *quién* en Berlín era que el que lo sospechaba.

Esto los obligó a actuar.

Unos días después, el 7 de octubre, el propio ministro Ciano se dirigió al comandante del Estado Mayor general Cavallero, y le consultó «qué medidas había adoptado para dar cumplimiento a la orden del Regio Gobierno de entregar a los judíos refugiados». Tres días después recibió la respuesta: un telegrama que transcribía una nota del general Roatta, la que informaba que se estaba realizando un censo de judíos en los territorios italianos, para clasificarlos en categorías, como paso previo a la entrega.

El Ministerio informó a Alemania de los avances en el tema, pero la verdad es que tenían muy poco para exhibir. Enseguida comprendí que a Antonella y «sus amigos» —quienquiera que estos fueran—, ya casi no les quedaba margen de maniobra. Y la situación se puso aún peor.

Unos días después, todavía en la primera quincena de octubre, llegó a Roma una de las figuras más encumbradas de la Alemania nazi: el *Reichsführer* de las SS Heinrich Himmler. Era, además, ministro del Interior del Reich, jefe de la Policía Alemana y director de la Oficina Central de Seguridad (donde sucedió a Reinhard Heydrich, asesinado cuatro meses antes en Praga). Su poder era inmenso. No solo por su peso político en el círculo rojo de Hitler sino por los cientos de miles de fanáticos de las Waffen SS que obedecían ciegamente sus órdenes y esparcían el terror por todo el Reich. Himmler era el responsable último de implementar el plan secreto —del cual los periodistas algo sabíamos, pero que la gente ignoraba— llamado «la solución final del problema judío».

Lo que sí se conocía era la fascinación de Himmler con Italia. Se consideraba a sí mismo un «gran experto en asuntos italianos». Había recorrido el país (Roma, Nápoles, Sicilia), donde visitó innumerables monumentos, museos, iglesias, catacumbas, ruinas griegas y romanas, acompañado de su esposa Marga y su hija Gudrun (a quien muchos llamaban «la princesita nazi»). Admiraba a Mussolini, hasta el punto que recomendó a su familia ir a Rímini a conocer la casa natal del Duce. Solía citar los comentarios de Goethe en la célebre crónica de su *Viaje a Italia*. Pero los que lo conocían aseguraban que su relación con nuestro país era más enrevesada. Quizás una mezcla de admiración (y envidia) por su pasado imperial, desprecio por el carácter de los italianos, y sospecha: los consideraba impredecibles. Al igual que otros jerarcas nazis, Himmler tenía dudas sobre la lealtad de sus aliados fascistas hacia el Eje. Por lo que su presión sobre los italianos se hizo cada vez mayor.

Este viaje a Roma no fue la excepción. Dedicó varias horas a caminar por las calles de la ciudad y a visitar sitios históricos, acompañado —entre otros— por sus fieles amigos, los ministros del Interior y de las Corporaciones, Guidi y Ricci. Yo viajé a propósito desde Berlín y, al igual que mis colegas, cubrí lo más notorio de la visita. Pero mis fuentes en la capital del Reich me aseguraron que el fin último del viaje fue ver con sus propios ojos «qué estaba sucediendo en Roma». ¿Serían verdad los rumores que llegaron a sus oídos? ¿El régimen fascista estaba debilitado, y un derrotismo creciente se extendía entre la población? Y, sobre todo: ¿qué había de cierto sobre las presuntas conspiraciones que se tramaban en las esferas de la Corte, la Iglesia y el Ejército?

Así fue que, entre caminatas y visitas, Himmler se reunió con autoridades de gobierno y personalidades destacadas. El encuentro culminante se produjo el domingo 11 de octubre: lo recibió el Duce Benito Mussolini, acompañado de su ministro de Exteriores Galeazzo Ciano. La reunión se extendió por dos horas. Según amigos alemanes cercanos al *Reichsführer*, Mussolini intentó llevar la conversación a las necesidades italianas, comenzando con la escasez de comida de cara al invierno, ya próximo. Esperaba contar con el apoyo germano. Pero Himmler no se anduvo con rodeos. Él quería saber sobre otros temas: ¿cuál era el grado de fidelidad del rey Vittorio Emanuele III al régimen fascista? ¿Y la actitud del Vaticano hacia las potencias del Eje? (Himmler era un enemigo declarado de la Iglesia Católica y del cristianismo en general).

Mussolini le aseguró que los rumores que se habían propagado sobre una creciente oposición al fascismo en Italia no eran más que burdas mentiras. También pretendió tranquilizarlo sobre su relación con la Santa Sede. En determinado momento, la conversación giró sobre «la cuestión judía». Himmler quiso convencer a Mussolini de hacer «su modesta contribución»:

—Mire, Duce, con total franqueza, una negativa de Italia causaría muy mala impresión en el círculo cercano al Führer —le dijo en cierto punto de la reunión—. Porque nosotros hemos hecho un trabajo muy cuidadoso, que nos ha costado un gran esfuerzo. Los judíos han sido alejados de Alemania, del *Generalgouvernement* y de los países ocupados. Y esto fue porque en todos esos territorios se dedicaban a acciones de sabotaje, de espionaje y a organizar bandas de partisanos.

Mussolini asintió, aunque sin decir demasiado. Luego Himmler prosiguió, con increíble crudeza:

—En Rusia nos vimos obligados a disparar a un buen número de hombres y mujeres, porque en esos lugares las mujeres y los niños proporcionaban información a los partisanos. A los judíos sospechosos de actividades políticas los deportamos a campos de concentración, mientras que otros están empleados en la construcción de arterias viales en Europa del Este. Por supuesto, la tasa de mortalidad entre ellos es alta, porque los judíos nunca han estado acostumbrados a trabajar —remató con cinismo—. Los viejos judíos fueron trasladados a Hogares de Ancianos en Berlín, Múnich y Viena. Otros se encuentran en Theresienstadt, un gueto para viejos judíos alemanes, donde reciben pensiones y tienen permiso para gobernarse a su antojo. Pero se desatan peleas entre ellos todo el tiempo. ¡Usted ya sabe cómo son!

Según mis informantes (importantes jerarcas de las SS), en cierto momento —ya muy avanzada la conversación—, Mussolini sentenció sobre «la cuestión judía»:

—Estoy de acuerdo. Esa es la única solución posible.

Pocos minutos después, la reunión concluyó.

Todos sabíamos que la posición política de Mussolini era cada día más débil. Además, su salud se deterioraba. Tenía trastornos gástricos y se decía que había escupido sangre. Era muy poco lo que podía hacer frente a las exigencias de su omnipotente aliado, en la cumbre de su poder.

Y si bien los alemanes sabían que para los italianos «del dicho al hecho hay un gran trecho», también era verdad que el Duce por segunda vez había aprobado la entrega de los judíos a los nazis: una vez por escrito, y otra nada menos que ante el responsable de terminar con «la cuestión judía», Heinrich Himmler. No había marcha atrás posible.

En ocasión de mi viaje a Roma para cubrir la visita del *Reichsführer* me encontré con Antonella a tomar un café en via del Corso, cerca de su trabajo. Ella tenía una personalidad fuerte, parecía que se iba a comer el mundo. Sin embargo, esa vez la noté muy inquieta. No me dijo mucho. Pero yo me di cuenta de que *estaba en algo*. En ese momento se sabía poco de lo hablado entre Mussolini y Himmler. Prometí llamarla no bien conociera más detalles. Cuando lo hice, y le conté lo que ahora termino de relatar, se alarmó mucho. Y pude asomarme un poco más a lo que estaba pasando. Aun sin saber demasiado, me di cuenta de que estaba metida en una gran locura.

Los riesgos que corrían eran enormes. Y las dificultades que enfrentaban para lograr «algo» (¡ni más ni menos que salvar judíos!) eran inmensas.

De un lado estaba la voluntad de Adolf Hitler, Heinrich Himmler y Von Ribbentrop, en un asunto que los obsesionaba y en el que no aceptaban ni una sola excepción. Con la complacencia de Benito Mussolini. Y del otro, mi adorada Antonella y un puñadito de desconocidos con el capricho de hacerse los héroes, que pronto serían borrados del mapa por las SS, y cuyos nombres no serían recordados por nadie dentro de unos pocos años. Siempre y cuando no fueran a dar a una fosa común.

¡Una *follia totale*, una demencia absurda y sin sentido! Mire que interponerse en el camino de los nazis. Sobre todo cuando, una vez más, habían obtenido el visto bueno del Duce. Ahora sí que estaban contra las cuerdas.

Palazzo Chigi, Roma, fines de octubre de 1942

Umberto Mancuso

Nunca vi, en todos los años que estuve en *palazzo*, un despliegue de diplomáticos germanos como ese. Los Mercedes Benz negros con banderitas rojas y el símbolo nazi entraban y salían, cada pocos días. Un amigo que vivía cerca de la Embajada de Alemania, en San Martino della Battaglia, me contó que el movimiento en la sede era infernal.

Un día fue el consejero Von Plessen. Luego, en varias ocasiones, el príncipe Otto von Bismarck. Finalmente, el propio embajador Von Mackensen. Entre una y otra visita, presurosos funcionarios alemanes traían y llevaban documentación.

Era evidente que algo estaba por pasar. Y, por lo que sabía, no era nada bueno.

Antonella Donati di Montibello

La ofensiva nazi fue feroz.

Por primera vez temimos por nuestras vidas. Las noches romanas de fines de octubre fueron frías y húmedas. La gente desapareció de las calles. Las fuerzas alemanas, en cambio, empezaron a hacer sentir su presencia. Era evidente que desconfiaban del apoyo del pueblo italiano al régimen. Los rumores sobre la salud de Mussolini —que aparecía cada vez menos en público— agravaban aún más la situación. Sin duda la visita de Himmler no lo tranquilizó demasiado…

La ciudad desierta, las noches heladas, la creciente presencia germana, los rumores a toda hora. Nada ayudaba a mantener el ánimo en alto. Muy pronto comenzamos a mirar hacia atrás por encima del hombro. No sabíamos qué nos podía estar acechando por la espalda.

—Estamos en una situación extrema. Muy delicada. Es necesario tomar decisiones, lo antes posible.

Con estas palabras, el conde Luca Pietromarchi comenzó la reunión —restringida a sus más estrechos colaboradores—, convocada en su despacho. El día antes, yo le había contado mis conversaciones con Michelangelo. Él ya estaba entonces muy preocupado, y quizás yo ayudé a sobresaltarlo aún más, aunque esa no fue mi intención, como es obvio. Yo estaba de su lado. Sé que hice lo correcto. Luego continuó:

—La presión alemana es insostenible. No dejan pasar la oportunidad de decir que ellos saben quién está impidiendo la entrega de los judíos de Yugoslavia: «Un pequeño grupo en el Palazzo Chigi, con el apoyo de algunos militares». Y que ellos no van a dejar pasar eso —mi jefe hizo una pausa (traslucía angustia por todos los poros), antes de rematar—: Estoy seguro de que las SS incluso manejan nombres.

Nos corrió un escalofrío. Cruzamos miradas unos con otros. Sin que nadie siquiera lo mencionara, la duda se adueñó de los conjurados. ¿Habríamos ido demasiado lejos? ¿Valdría la pena? ¿Lograríamos algo? Se instaló un pesado silencio entre nosotros.

—Vamos a crear una comisión, ahora mismo. Va a tener que producir un informe en menos de 48 horas, donde se propongan posibles salidas al «asunto». Tenemos que poder dar respuestas, que no sean dilatorias. Incluso a los alemanes.

El conde nombró a los integrantes de la comisión. Ya se disponía a levantar la reunión, cuando alguien hizo la pregunta más difícil, la que estaba en la cabeza de todos, pero que nadie se animaba a formular:

—Estimado ministro, disculpe la consulta. Pero como integro la comisión que usted acaba de designar, me resulta necesario saber: ¿esto implica que ahora sí los judíos serán entregados a los nazis?

Luca Pietromarchi aspiró hondo, y pensó con mucho cuidado lo que iba a decir:

—Italia es el único país que no cumplió con la solicitud alemana respecto de los judíos. No lo hizo con los de ciudadanía italiana, incluso aquellos que residen en otros países, y luego extendió su protección a todos los judíos no italianos que están en los territorios ocupados por nuestras tropas. El único. De modo que estamos en el foco de su atención. En un momento en que ellos poseen un inmenso poder, e Italia, en cambio, afronta ciertas dificultades, como ustedes lo saben bien. No es una situación fácil de sostener en el tiempo. Es todo lo que le puedo responder, apreciado *console*.

La comisión trabajó a paso redoblado. En esos dos días preparó no menos de cinco borradores del documento, que fueron sometidos a las jerarquías del Ministerio. Finalmente, una vez obtenido el consenso de Ciano, Lanza D'Ajeta y Pietromarchi, la versión final fue puesta a consideración del Duce, quien la encontró coherente con su decisión de *Nulla osta* adoptada dos meses antes, así como con las demandas de los alemanes, y le dio su aprobación.

Al pasar en limpio el documento, me fue muy difícil contener las lágrimas. Y eso que yo no soy de emocionarme con facilidad. Es algo que solo me sucede cuando el alma duele.

Según lo resuelto, el jefe del Comando Supremo del Ejército, general Cavallero, daría instrucciones a Supersloda «para coordinar la entrega de los judíos en la zona de ocupación italiana a las autoridades croatas». No obstante, dado que estos judíos se habían mezclado con aquellos que eran elegibles para la ciudadanía italiana, antes se debía aclarar la situación de cada uno. Mientras tanto, a efectos de llevar a cabo la clasificación de manera adecuada, «todos los judíos viviendo en la zona de ocupación italiana, sin importar su origen, serían concentrados de inmediato en campos especiales». De ese modo se aseguraría que no se involucraran en «actividades hostiles» y se facilitaría su posterior entrega.

Pietromarchi percibió mi estado de ánimo. Él también estaba muy descorazonado. Pero igual se acercó y me palmeó el hombro:

—Todavía no está dicha la última palabra.

Solo eso.

El 28 de octubre, a las nueve de la noche, el comandante del Ejército Ugo Cavallero envió un telegrama cifrado al comandante de Supersloda Mario Roatta: todos los judíos en territorio bajo tutela italiana, sin excepción, debían ser detenidos de manera urgente e internados en campos de concentración, donde serían clasificados por su origen. Se debía guardar «reserva de comunicaciones» sobre «los métodos a emplear para la entrega».

Estaba todo dicho. Solo era una cuestión de tiempo. Pero no podía caber ninguna duda: los nazis habían triunfado.

28

La tregua

Oficina de Enlace, Sussak, día de Difuntos,
lunes 2 de noviembre de 1942

Imre Rochlitz,[13] joven nacido en Budapest y residente en Viena, refugiado en 1938 en el Reino de Yugoslavia y luego en la zona bajo control italiano (17 años)*

Había estado viviendo pacíficamente en la zona italiana, con algunos miembros de mi familia, cuando de repente fui arrestado.

Fue muy alarmante cuando el 1 de noviembre de 1942, los Carabinieri golpearon nuestra puerta a las cinco de la mañana. Cortés, pero firmemente, nos dieron una hora para empacar nuestras pertenencias y prepararnos para nuestro traslado. Le pregunté al *carabiniere* que estaba a cargo a dónde nos llevaban, y me quedé muy preocupado cuando me respondió, con insistencia, que no lo sabía. Pero no teníamos alternativa y nos preparamos para partir.

A las seis en punto un camión abierto nos recogió en el frente de nuestra cabaña. También llevaba a algunos otros refugiados y su equipaje. Intenté preguntar al conductor acerca de nuestro destino, pero

---

* Los textos de Imre Rochlitz fueron extraídos de manera literal de la obra *Accident of Fate, A Personal Account*, de Imre Rochlitz y Joseph Rochlitz, editorial Wilfrid Laurier University Press.

fue en vano. Nos subimos al camión con el corazón apesadumbrado. Aparecieron entonces dos vehículos más, llevando a todos los demás judíos de Novi.

Partimos en dirección al norte. El pequeño convoy atravesó la ciudad de Crikvenica, donde se le unieron varios camiones mineros que también acarreaban refugiados, y continuó con el mismo rumbo. Éramos conscientes de que pronto encontraríamos una bifurcación en el camino: si el camión tomaba hacia la derecha, los italianos nos estarían entregando a los ustachas o a los alemanes, abandonándonos así a una muerte segura; si, en cambio, el camión doblaba hacia la izquierda, permaneceríamos en la zona italiana. A medida que nos acercábamos a la bifurcación, la tensión entre nosotros creció rápidamente, hasta casi convertirse en pánico.

Recuerdo vívidamente la enorme ola de alivio que nos inundó cuando nuestro convoy dobló hacia la izquierda. (...)

Luego de avanzar algunos kilómetros más, el convoy ingresó a la villa de Kraljevica, aún en la zona italiana. Los camiones cruzaron a través de un pórtico en un alto cerco con alambre de púas y se detuvieron. Nos tomó solo un momento darnos cuenta de que ahora estábamos encerrados en un lugar que ominosamente parecía un campo de concentración, con sus barracas de madera, guardias armados y reflectores.

Fiorella Illy-Scarpa

Fueron días de enorme confusión y desaliento.

Vittorio estuvo en permanente contacto con su amigo Pietromarchi en *palazzo*. Conoció de primera mano el trabajo de la comisión, la aprobación del Duce y el inminente telegrama de Cavallero a Roatta.

De todos modos, cuando el cable por fin llegó, fue un sacudón tremendo. El texto era cualquier cosa menos ambiguo. Muy diferente de las notas, memorandos y apuntes redactados por los jerarcas del Ministerio —incluido él mismo—, que tendían a dar largas al asunto. Y era una orden directa, del jefe del Comando Supremo del Ejército al segundo militar más importante de Italia. «Debe haber disfrutado al redactarlo», murmuró Vittorio cuando lo leyó, aludiendo al carácter germanófilo del general Cavallero.

Los mandos italianos en el teatro de operaciones recibieron la orden con sorpresa e indignación. Su parecer había sido ignorado por completo. Y reaccionaron con furia. No solo el general Roatta, que ya había dado su opinión con todas las letras. También muchos altos oficiales hicieron escuchar su voz, lo que no es nada frecuente en una institución sometida a fuerte disciplina, como el Ejército. Es que para los oficiales estacionados en Dalmacia y Croacia, este no era un tema de «estrategia militar». Ni siquiera un tema de «valores humanos fundamentales», en el sentido ampuloso del término. Luego de un año y medio fuera de sus casas, lejos de sus familias, las comunidades judías se habían vuelto sus amigos, con quienes compartían una cultura común y actividades de todo tipo, desde eventos musicales hasta partidas de cartas. Muchos se habían ennoviado con jóvenes judías y hacían planes de vida para cuando la guerra terminara. Y en otros casos, bueno..., eran sus amantes. No es que yo lo apruebe, para nada, ¡pero así es la vida! Para todos los italianos —civiles, oficiales y soldados—, entregar a los judíos a una muerte segura para complacer a los nazis era una bajeza imperdonable.

Pero no hubo forma de eludir la orden. Presionados por el Comando Supremo, actuaron con mucha diligencia. En las primeras dos semanas de noviembre, la gran mayoría de los judíos fueron detenidos y recluidos en cuatro áreas de concentración: Ragusa (Dubrovnik) y la isla que había enfrente —Isola di Mezzo (Lopud)—, Porto Re (Kraljevica), las islas de Brazza (Brac) y Lesina (Hvar) —frente a Spalato (Split)—, y la isla de Arbe (Rab). En total, unos cuatro mil judíos resultaron arrestados e internados. Los italianos, tanto militares como civiles, nos expresaban a toda hora su disgusto por lo sucedido. Los judíos siempre habían simpatizado con nosotros —en realidad, en los Balcanes eran uno de los pocos aliados confiables que teníamos—, y ahora estábamos a un paso de traicionarlos. Lo peor era que nadie sabía cómo iba a terminar la historia. Ni siquiera el Duce o Ciano. Faltaba escribir el último capítulo y estábamos convencidos de que sería el peor.

Los judíos fueron tomados por sorpresa. Muchos habían sufrido persecuciones en sus lugares de origen. A eso se sumaban los horribles rumores que corrían a diario sobre las deportaciones al Este. Sabían que algo malo podía sucederles, y lo temían. Pero en el fondo de su corazón, no lo esperaban. No de los italianos. Al estupor inicial, siguió el desconcierto y el miedo. En varios casos, aterrorizados, llegaron al suicidio. No obstante, los líderes de las comunidades judías —en su gran mayoría— pensaron que mientras estuvieran en manos italianas, todavía quedaba una esperanza. Hablaron con autoridades civiles y militares, escribieron cartas, buscaron apoyos y ayudaron a mantener la calma.

Mientras tanto, muchos croatas se burlaban de los judíos y, sobre todo, de nosotros. De los judíos, por «ser tan tontos de creer en la palabra de un italiano». Y de nosotros: «Italia no es la cuna de la civilización, como dicen las fábulas de Roma, sino una nación de vasallos, al servicio del más poderoso». Era común escuchar esos argumentos detestables. Los decían en nuestra propia cara. Y dolía.

En esos días oscuros, cuando el otoño —frío y húmedo— pareció sumarse a nuestro estado de ánimo, y el cielo se pobló de negros nubarrones, llamé a Antonella. Siempre lo hacía para comunicar a su jefe, el conde Pietromarchi, con el mío. Pero esta vez esperé a que Vittorio se retirara y a que Luigi —siempre entrometido en todo— saliera unos minutos y me dejara tranquila. Antonella fue mi guía y protectora cuando arribé a Roma. Una joven provinciana rebosante de sueños y ganas de aprender. Ella pasó a ser mi «maestra», quien me introdujo en los secretos del Palazzo Chigi y sus moradores. En este momento tan difícil, ¿a quién más recurrir?

—El mismo día que Cavallero envió el telegrama a Roatta, el marqués D'Ajeta se reunió con el embajador Mackensen para informarle de lo sucedido —me contó mi amiga, con voz lúgubre, confirmando mis temores de que ya nada tendría vuelta atrás—: que el propio Duce fue quien dio la orden de internar a los judíos en campos de concentración, clasificarlos, y entregar los que correspondiera a los alemanes.

Se produjo un largo silencio. No supe qué decir. Antonella debe haber adivinado mi desaliento; pero ella también necesitaba desahogarse. Así que continuó:

—¿Y sabes una cosa? Cuando Mackensen lo consultó acerca de la propuesta de los ustachas de que nos trajéramos los judíos a Italia, a cambio de que renunciaran a sus propiedades, que pasarían a manos de ellos, D'Ajeta le respondió: «De ningún modo. ¡Italia no es Palestina!» —Antonella acompañó el final de su relato con una risita irónica, apagada y triste—. Los nazis desconfían de los italianos. Y sobre todo, de *nosotros*, en Asuntos Exteriores. ¿Me entiendes, Fiorella?

—Sí, *cara amica*. Me desvelo todas las madrugadas pensando en eso...

—Así que el embajador se fue muy contento. A continuación telegrafió a Berlín, lo sé de buena fuente. Por supuesto que no dejan de desconfiar. Pero ahora creen que nos están ganando la partida... Y quizás tengan razón.

—¡Qué terrible! —Fue lo que me salió del alma—. ¿No nos queda ninguna esperanza?

—Hace unos días Luca me dijo: «No está dicha la última palabra». Nada más. Pero yo me aferro a esa posibilidad todos los días.

El clima continuó sombrío y triste. En realidad, con el comienzo de noviembre empeoró más aún. Ese lunes, cuando lo vi a Vittorio salir al balcón trasero, de cara a la montaña, no me sorprendió. Pero sí que me dolió. Ver a ese hombre bueno, de carácter decidido y a menudo enérgico, ahora vencido por la melancolía y la pena, por el solo hecho de defender una causa noble... ¡Esa no era mi querida Italia, por Dios!

El día antes había sido *Ognissanti*, el de Todos los Santos. Pero ahora era día de Difuntos. Si estuviera en mi tierra, habría colocado una flor en las tumbas de mis seres queridos. En cambio, estaba haciendo lo poco que podía para que los cementerios no se siguieran poblando de lápidas de seres inocentes. Con mi angustia y mis miedos a cuestas. Sin embargo, ese día de Difuntos, que ya anunciaba el invierno gris y despiadado que se acercaba, pareció decirme que la suerte estaba echada.

Cuartel de la División «Murge», Mostar, Herzegovina,
por esos mismos días

Filippo Caruso

¡Justo fue a venir en esos días!

Una semana antes, cuando Luigi me confirmó su viaje a Mostar, no me pareció tan mal momento. Pero enseguida los hechos se precipitaron. Y ahora estábamos en plena tarea de buscar y detener a los judíos que no se presentaron en el *campo protettivo* por su propia voluntad. Ello en medio del caos más absoluto: las autoridades de la comunidad nos preguntaban a cada minuto cuál era el fin último de su arresto y no sabíamos qué responder, los ustachas se mofaban de nosotros y nos faltaban el respeto (ya daban por sentado que su hora de gloria había llegado) y nuestros propios soldados hacían todo lo posible por no cumplir las órdenes (no había quien no tuviera un amigo judío o una novia judía).

Y ahí estaba yo, *il pazzo* Filippo, en medio de ese ajetreo, esperando a Luigi en la estación de ferrocarriles. La situación me pareció bastante absurda. Pero amigos son los amigos, ¿qué otra opción me quedaba?

De repente lo vi bajar en el andén. Me alegró verlo. Éramos amigos de varios años —si bien no pertenecíamos a la misma promoción de la Escuela de Cadetes—, y estábamos lejos de casa. Era lindo reencontrar esos afectos en medio de las desdichas de la guerra. Pero ya antes de confundirnos en un abrazo, me llamó la atención que —además de su mochila— traía un gran paquete, envuelto en papel de colores, que trató de disimular.

—¿Qué traes ahí, Luigi? Quizás un regalo para tu amigo… —bromeé.

—Bueno, no, en realidad sí es un regalo… —balbuceó, no parecía el *galante capitano*, desenvuelto y parlanchín que todos conocíamos—, es… un ramo de flores.

Lo miré como para matarlo:

—¿Qué…? ¿Pero te has vuelto loco? Esconde eso, vas a hacer el ridículo —le dije, bastante molesto—. ¿No sabes todo lo que está pasando?

—Bueno, sí, por eso mismo me pareció…

Me ganó una gran ternura. Mi amigo el conquistador se había enamorado de una *ragazza* que no conocía, y había cambiado por completo.

—Está bien, Luigi, no te preocupes. Vamos al cuartel. Así comemos algo y nos ponemos al día.

—¿Sabes qué diablos está pasando? —Fue lo primero que preguntó mi amigo, no bien logramos agenciarnos un buen trozo de *salsiccia* y algo de pan.

—No, claro que no. Pero lo que más me preocupa es que el general Negri tampoco parece saberlo. Tengo muy buena relación con él, sabe lo que pienso, no creo que me esté ocultando algo.

—Yo quise sonsacarle información a la Illy-Scarpa, pero no hubo caso. Ella es la mano derecha de Castellani, estoy seguro de que sabe… Y la verdad es que a don Vittorio también se lo ve muy intranquilo. Esto no me gusta nada…

Nos quedamos pensativos un buen rato. Luego bromeamos, hablamos de temas intrascendentes —como hacen los buenos amigos cuando se reencuentran—, tratamos de distraernos. Pero al final llegamos al «asunto», aquel que ninguno de los dos —por diferentes razones— podíamos eludir por más tiempo.

—Sabes, Luigi, ella todavía no se presentó. —Mi amigo sintió el golpe, hizo una mueca de disgusto, sabía lo que eso quería decir—. Mañana tendremos que ir a buscarla. No tenemos más tiempo.

Luigi levantó la cabeza con lentitud y clavó sus ojos en los míos. Reflejaban angustia, sí, pero también determinación:

—Déjame ir a mí.

Ya nada podía sorprenderme. ¡Pero esto era demasiado!

—Si ni siquiera estás en servicio… Sería algo totalmente irregular, nos pueden sancionar a ambos. ¡Y ni que hablar si se enteran de la razón por la que fuiste! Seríamos el hazmerreír de la tropa. Un grave error.

Pero yo conocía esa mirada. Mi amigo no iba a ceder así como así. Él había venido desde Sussak hasta Mostar para eso. Un viaje de quinientos kilómetros en plena guerra. Pensé que no le podía fallar, quizás tuve un momento de debilidad:

—Te diré lo que haremos. Va a ir el sargento Tolbiati, de mi total confianza, con dos efectivos. Y tú los vas a acompañar. Si alguien pregunta, diremos que tú conoces a esa gente, a la Finzi y a sus amigotes. Que fuiste para convencerlos y evitar el uso de la fuerza.

A Luigi se le encendió el rostro:

—Te lo agradezco, camarada, siempre supe que podía confiar en ti.

Nos palmeamos los hombros y sonreímos. Ya más relajado, se me ocurrió preguntarle:

—Dime, Luigi: tú estás de días francos. ¿Quieres que hable con el general, quizás me autorice a ausentarme unas horas esta noche, y nos vamos a recorrer un par de lugares que conozco, beber unos tragos y..., digamos..., conocer unas lindas chicas?

—Muchas gracias por tu invitación —me respondió, sin dudarlo—. Pero preferiría quedarme por aquí. Mañana es un día muy importante para mí.

Me quedé de una pieza. No podía creer cuánto había cambiado mi amigo.

Luigi Zaferano

Temprano en la mañana nos adentramos en el barrio musulmán, por las cercanías de Kujundziluk. Tolbiati abría el paso, yo lo seguía en ropas de civil, los dos soldados cerraban la marcha. Nunca antes había visitado Mostar. Esa mezcla de culturas —católicos, musulmanes, ortodoxos y judíos— me cautivó. Casas de piedra —con sus dinteles curvos y sus enredaderas—, techos de pizarra, callejuelas zigzagueantes, minaretes y campanarios recortándose contra el azul del cielo, largas escaleras que parecían perderse en las alturas. Y, por sobre todo, el impresionante Puente Viejo, testigo de quinientos años de historia.

No era frecuente ver iglesias, mezquitas y sinagogas conviviendo en un mismo sitio, como sucedía allí. Cruces, medialunas y estrellas de David. Tolbiati —que se reveló como un eximio conocedor de cada recoveco de la ciudad— me contó que a Riki y sus amigos los protegían unos musulmanes. Después de andar un rato, nos recostamos sobre las barrancas del río Neretva, que corre en el fondo de una profunda garganta rocosa. Las callejas se volvieron más estrechas y sinuosas. Las casas, ahora más modestas, se amontonaban unas sobre otras. En determinado momento, Tolbiati cambió unas palabras con un tal Mustafá, supongo que en árabe.

—Ya estamos cerca. Es bueno «pedirle permiso» a Mustafá —me aclaró el sargento—, es como el dueño del barrio… —bromeó.

Caminamos un poco más. Hasta que en un recodo del camino apareció una escalera, larga y angosta, que se perdía entre las casas. Bajamos unos cuantos escalones, siguiendo a rajatabla los pasos de Tolbiati. Casi sin darnos cuenta, nos zambullimos en un cuchitril. Una chica muy joven y un niño nos miraron con los ojos bien abiertos. Este debía ser el escondrijo de los muchachos. Era minúsculo, sucio, maloliente, no tenía ventanas y su altura no daba para estar parado. Parecía una madriguera. Me estremecí. ¿Cómo podían vivir en un lugar como ese?

Tolbiati se acercó a la chica joven y, por lo bajo, le habló en italiano. Luego sacudió su cabeza, se dio vuelta y me miró, contrariado. Era evidente que Riki no estaba. Habló algo más con la *bambina* y se paró a mi lado:

—Tendremos que regresar más tarde, a ver si tenemos suerte.

Asentí, y ya me disponía a partir, cuando —de improviso— una figura se recortó a contraluz en la entrada de la guarida. No tuve duda, era ella.

Tolbiati, que ya la conocía, se adelantó y la saludó. Yo, que en un primer momento había quedado inmóvil y sin habla, alcancé a reaccionar a tiempo:

—*Capitano Zaferano, piacere.* —Y le tendí la mano.

Ella me miró con desconfianza. Dudó. Al final aceptó mi saludo en silencio, quizás por curiosidad, y sin ningún entusiasmo.

El sargento comenzó a hablarle. Con el mayor empeño trató de explicarle que en el *campo protettivo* iban a estar mejor, protegidos del frío —que en esa época del invierno ya arreciaba— y con comida caliente. Riki lo miró con escepticismo. Solo pareció emocionarse algo cuando escuchó «comida caliente»:

—¿También nos van a proteger de los nazis? ¿O nos van a entregar? —lo interrogó, con total desparpajo y sin pelos en la lengua.

La verdad era que nosotros no teníamos la respuesta. Era aterrador pensarlo, pero existía la posibilidad de que, en nuestro afán por ayudarlos, estuviéramos sentenciándolos a una muerte segura. Tolbiati ya se disponía a asegurarles que no iban a correr riesgos, que podían estar tranquilos. Pero yo sabía que esa no era la verdad. Así que lo interrumpí y agarré el toro por los cuernos:

—Mira, Riki —cuando vio que sabía su nombre, la joven se sobresaltó y me miró, sorprendida; pero así logré atraer toda su atención—, no te lo podemos asegurar. Esta es una guerra terrible. Todo puede suceder. Pero mientras estés bajo la bandera italiana, te vamos a cuidar. En cambio, si siguen aquí, solos y por su cuenta, tarde o temprano los van a encontrar. Serán los asesinos nazis, que se han ensañado con los judíos, o serán los salvajes de los ustachas. Pero no tengas duda: los van a atrapar.

La joven reaccionó. Por primera vez levantó la cabeza y me miró a los ojos. Debe haber pensado: «Después de todo lo vivido, de haber perdido a mis padres, de sufrir maltratos en medio de la más cruel indiferencia, de soportar burlas y desprecio por ser lo que soy, ¿quién es este *capitano*, aparecido de la nada en un infame tabuco de Mostar, a quien parece que algo le importo?».

Aparentemente algo descubrió o adivinó en mi mirada. Porque un instante después bajó la cabeza y, sin mirarme, dijo en otro tono, casi con un dejo de picardía:

—¿Y por qué tanto interés en nosotros, *capitano*?

Me sonrojé. Y me quedé cortado un instante. Pero me repuse.

—Porque la comunidad israelita de Mostar ha sido la más diligente de todas, y está trabajando muy bien con nosotros, es un ejemplo para las demás —le respondí, y eso era verdad—. Ustedes van a quedar muy solos aquí.

Todavía lo meditó un poco más. Luego dijo, en un tono muy bajo de voz, dirigiéndose a Tolbiati:

—Mañana nos presentaremos.

El sargento respiró aliviado.

—Confiaremos en ustedes. Los esperamos mañana.

Tolbiati tocó su gorra con la mano derecha en señal de despedida y se dirigió a la puerta. Yo me acerqué a Riki, ahora con otro ánimo. Le tendí la mano, decidido. Esta vez no dudó. Mientras tomaba mi diestra, levantó la cabeza y nuestras miradas se cruzaron un instante. Ambos insinuamos una leve sonrisa. Fue un momento mágico.

Luego enfilé hacia la salida. Al atravesar el umbral, me volví y la observé todavía un segundo más. ¿Cómo era ella? Pelo castaño corto y salvaje, ojos claros —tal vez verdosos—, cara redonda, nariz respingada, alta —con piernas muy largas y ágiles— y delgada —quizás demasiado, evidentemente golpeada por tantos meses de penurias—. Se me ocurrió arisca y libre, aunque bajo esa apariencia creí descubrir un ser travieso y dulce.

¿Cómo era Riki?

Como la había imaginado.

Filippo Caruso

Al caer la tarde acompañé a mi amigo a la estación de trenes. Luigi estaba alegre, pero muy ansioso por lo que sucedería al día siguiente. Antes de dejar el cuartel me confió su «paquete», el de papel de colores.

—¿Estás empeñado en hacer de bufón? —le dije con un gesto de contrariedad; pero luego cedí—: Está bien, veré qué puedo hacer.

Nos despedimos con un cálido abrazo. El insólito viaje de Luigi nos había acercado aún más. Seguíamos siendo seres sensibles, aun en medio de los horrores de la guerra. Y eso era algo bueno.

No hubo sorpresas. Al día siguiente, a media mañana, aparecieron Riki y sus amigos. Se presentaron todos: ella, tres muchachos, una chica muy joven y un niño. Con Tolbiati los alojamos lo mejor que pudimos, y les informamos que ese sería un lugar provisorio. En ese momento otros camaradas —a cuyo frente estaba el teniente Luigi Gagliardi— procuraban obtener y acondicionar un sitio adecuado en la isla de Lopud, frente a Dubrovnik. Ya con los jóvenes instalados, por la tarde envié a la *ragazza* el paquete de Luigi, gracias a los buenos oficios del siempre dispuesto Tolbiati.

—Esto se lo dejó el *capitano*, que ayer regresó al comando en Sussak. Me dijo que era un obsequio de bienvenida.

La joven lo miró, extrañada. Pensó que era una broma, o peor, una burla. Lo abrió despacio, temiendo una desilusión, otra más de tantas. Sus amigos miraban la escena con curiosidad, a prudente distancia. Cuando descubrió que se trataba de un ramo de flores, quedó de una pieza. No supo cómo reaccionar. ¡Hacía tanto, desde que su hogar en Belgrado fue arrasado por los nazis y sus padres secuestrados, que la vida no le regalaba nada! Los otros jóvenes se sonrieron, cómplices, ella se ruborizó.

—Gracias.

Palazzo Chigi, Roma, fin de la primera semana de noviembre de 1942

Antonella Donati di Montibello

Los informes del Comando Supremo del Ejército, de Supersloda y de la Oficina de Enlace en Sussak se amontonaban sobre el escritorio del conde Pietromarchi. Eran contundentes. Como pocas veces, la maquinaria militar y burocrática funcionaba a la perfección. ¡Justo en el peor momento! En poco más de una semana la mayoría de los judíos fueron detenidos y encerrados en campos de concentración. Varios de ellos, aterrorizados, se suicidaron. Adiós a la idea de *campo protettivo*.

No envidiaba la suerte de Fiorella. Mi amiga estaba en el centro de la escena, recibiendo a diario los reclamos de las comunidades judías y las protestas de los oficiales italianos. Vittorio Castellani, el joven y dinámico diplomático, siempre afable y de buen talante, socio de su amigo Pietromarchi en la «noble conjura», ahora se había convertido —según los relatos de Fiorella— en un fantasma desesperanzado. ¡Y nosotros, con las manos atadas!

Las órdenes del Duce y del general Cavallero marchaban de maravillas. El censo de los judíos progresaba a buen ritmo. Pronto tendríamos identificado a un número importante en condiciones de ser entregados a los nazis, para su regocijo y nuestra humillación. Caminábamos muy rápido hacia el abismo. Ahora sí que podíamos mirar el horror a los ojos...

Pero entonces, en el momento más oscuro de la noche, cuando ya estábamos a las puertas del infierno y habíamos *abbandonato ogni speranza*, comenzaron a suceder hechos inesperados.

Umberto, elegante como siempre, se inclinó sobre el escritorio y dispuso su oído a escucharme. Yo lo había llamado un rato antes: tenía un mensaje urgente de mi jefe para comunicarle. Pero él, siempre tan solícito, se ofreció a venir hasta mi oficina.

Los acontecimientos se sucedieron así: la noche anterior llamó Vittorio Castellani, muy excitado. Pietromarchi ya se había retirado, así que lo atendí yo. Me dijo que en las próximas horas nos llegaría un informe del general de los Carabinieri Giuseppe Pièche, que «relataba hechos espantosos».

—Es muy importante que Luca lo vea a primera hora de la mañana —me rogó Vittorio.

Y en efecto así fue, yo me ocupé de ello. Luego de leerlo, el conde quedó conmocionado. Un rato después, me solicitó que le arreglara lo antes posible un encuentro *discreto* con D'Ajeta.

—*Caro* Umberto, haremos como la vez anterior: un cruce casual entre el marqués y el conde, tan solo unos minutos —le susurré—. A las 13 en punto, en la Sala dei Galeoni.

—Así será, mi *dottoressa*.

Poco después los dos amigos se encontraron «casualmente» en la magnífica sala y se saludaron con efusividad.

—¿Me acompañas con un café, conde? —Pietromarchi asintió—. Enrico, sírvenos un *espresso*. Pero que sea del bueno, del que bebe el ministro —dijo, y le guiñó un ojo.

Los dos hombres se sentaron en una esquina de la amplia sala y bajaron la voz. No había tiempo para perder.

—Mira, Blasco, esta mañana recibí un informe reservado del general Pièche. Habla de hechos atroces que están pasando, ahora mismo. Italia no debe ser cómplice. Esto puede cambiar todo.

—¿De Pièche? —confirmó el marqués, impresionado—. Pièche no es cualquiera. No solo es un general sino que es jerarca de los Servicios Secretos, y reporta directo a los más altos niveles, sin intermediarios. Tiene vara alta. ¿Es muy contundente?

—Ya lo verás tú mismo. Nos tenemos que mover rápido. Te prepararé también un *Appunto*, que quizás lo pueda leer el ministro hoy mismo. Y hacerlo ver más arriba, *en las alturas…*

Pietromarchi esperó la reacción de su amigo: no era nada sencillo lo que le estaba insinuando.

—Muy bien, lo intentaremos. Lo importante, si queremos llegar *a las alturas*, va a ser el *Appunto*. Bueno y breve, dos veces bueno, como dices siempre —sentenció el marqués—. Y algo más, conde. Cuídate mucho. Aquí son todos amables, en particular con nosotros. No tienen más remedio, somos sus jefes. Pero las paredes escuchan.

Finalizaron el *espresso* y se despidieron cordialmente. Unos minutos después, Pietromarchi regresó a su despacho y me solicitó que lo ayudara a redactar el *Appunto*.

Un par de días más tarde

Umberto Mancuso

Siempre supe que eran temas delicados. Que al hacerlo ponía en riesgo mi carrera en *palazzo*. Pero el ministro y su jefe de gabinete confiaban en mí. Para esas tareas difíciles contaban con el príncipe calabrés. Y yo estaba orgulloso de ello.

—Antonella, *cara mia*, este sobre es muy importante —le susurré; luego verifiqué que no hubiera oídos indiscretos antes de continuar, con la voz más baja que pude—: Adentro hay una hoja manuscrita y una nota oficial. La hoja debe ser destruida, una vez que el conde la lea. Confío en ti.

—*Resta tranquillo, amico.*

Antonella Donati di Montibello

Minutos después ingresé al despacho del conde, sobre en mano. Estaba cerrado y lacrado, pero Pietromarchi lo abrió delante de mí. Me tenía absoluta confianza. A pesar de su carácter sobrio, apenas podía contener la ansiedad. Leyó la hoja manuscrita:

> ¡Esto es monstruoso! Siempre tuve razón en no confiar en los nazis.

—La caligrafía es de Blasco. Pero los comentarios son de su jefe, Ciano, de eso no tengo duda —comentó el conde, alentado. Luego pasó a la nota: era el mismo *Appunto* que habíamos enviado, en nuestro propio papel membretado:

> El general Pièche informa que los judíos croatas de la zona de ocupación alemana deportados a los territorios orientales fueron «eliminados» mediante el uso de gases tóxicos en el tren en el que iban encerrados.

Pero con un detalle muy significativo: en la parte superior, al centro, escrito en mayúsculas, ahora lucía la leyenda: VISTO DAL DUCE.

Cruzamos miradas con Pietromarchi. No sabíamos bien lo que esto suponía, pero —en cualquier caso— era muy relevante. Para bien o para mal. Nuestro mensaje había llegado muy rápido *a las alturas*. Ahora debíamos esperar.

Unos días después, probablemente
el lunes 9 de noviembre de 1942

Umberto Mancuso

Esta vez tuve que variar mis tácticas. Eran demasiadas idas y venidas, ya estábamos llamando la atención. Aguardé el momento en que Antonella se retiraba para almorzar y la abordé. Hablamos mientras bajábamos la escalera.

—Hay novedades. Esta tarde a las cinco. Ya habrá anochecido, va a haber poca gente en *palazzo.* —Antonella asintió, con su habitual gracia y desenvoltura, mientras saludaba a quienes cruzábamos en el camino—. Pero el marqués piensa que es mejor cambiar de sitio. ¿Sala dei Mappamondi?

Antonella Donati di Montibello

Poco después de caer el sol, el conde se acercó a la Sala dei Mappamondi saludando a secretarios, conserjes y porteros. A la hora en punto, se cruzó «por azar» con su amigo Blasco. «Siempre es grato compartir un *espresso* y hablar unas palabras con el marqués, en estos tiempos agitados», así lo hizo saber a todos quienes quisieron escucharlo.

—Mejor hablamos aquí, de pie, mirando hacia el *cortile* —le propuso D'Ajeta.

Los dos hombres se acomodaron cerca de la ventana, *espresso* en mano, dejando a sus espaldas los espléndidos globos terráqueos de Greuter.

—Dime, Blasco, ¿cuál fue la reacción *en las alturas*? —lo interrogó el conde, sin poder contenerse más.

—Una gran conmoción. Delante de él, Ciano calificó los hechos de «monstruosos». Esto es todavía mucho peor que lo que le contó Himmler a él mismo, y aquello no fue poco importante... Aceptó dejar constancia de que vio el *Appunto,* pero aún no quiso rever su decisión anterior.

El conde hizo una mueca nerviosa, desalentado.

—Espera, Luca, no te apresures. Eso no es todo —lo atajó el marqués—: el Vaticano lanzó una ofensiva.

—¿Cómo? —Pietromarchi abrió los ojos, impresionado. D'Ajeta prosiguió:

—El viernes, el secretario de Estado Luigi Maglione citó a nuestro embajador ante la Santa Sede, Raffaele Guariglia, y le solicitó intervenir para evitar la entrega de los judíos. Léelo tú mismo después —remató el marqués y le entregó una nota con toda naturalidad—. Así que cambia esa cara, mi amigo —le dijo, risueño y con voz más sonora, poniendo fin a la breve conversación, mientras daban el último sorbo a su café admirando la fuente del *cortile* con el escudo de los Chigi, seis colinas coronadas por una estrella.

—Esa fuente es del XVIII, tiene doscientos años —reflexionó el conde, que aún no salía de su asombro—. ¿Cuántos otros la habrán contemplado en momentos decisivos como este?

Cuando Pietromarchi regresó a su despacho era noche cerrada. Estaba excitado y su semblante había cambiado por completo. Tenía necesidad de hablar de las novedades con alguien y, por supuesto, yo era la persona indicada.

—Llamaremos a Vittorio ahora mismo. Esto debe saberlo ya —comentó, a la vez que me alcanzaba el *Telespresso Riservato* del embajador Guariglia.

La comunicación era concluyente. El Vaticano tenía noticias de que Alemania había solicitado la entrega de varios miles de judíos, «en su mayoría ancianos, mujeres y niños residentes en la parte de Croacia bajo control italiano», y solicitaba a Guariglia «que interviniera ante V. E. —el ministro Ciano— para evitar la entrega de estas personas».

Pietromarchi agarró el *Telespresso* en su mano y lo sacudió, emocionado:

—Ya no estamos tan solos.

Una semana después

Las novedades se sucedieron a ritmo de vértigo.

Luego del informe del general Pièche —que corrió como un reguero de pólvora dentro del *palazzo* y del Ejército— y de la demanda del Vaticano, los hechos parecieron precipitarse. Y por primera vez, en ese largo año 1942, a nuestro favor.

Los rumores decían que al regreso de un viaje al exterior, el industrial milanés Alberto Pirelli se reunió con Mussolini (con quien mantenía una relación cercana, aunque con algunos cortocircuitos) y le habló de «los excesos inhumanos de los nazis contra los judíos», a quienes hicieron «emigrar» de Alemania y de todos los países ocupados. Nosotros sabíamos que el Duce ya conocía, por el informe de Pièche y de los labios del propio Himmler, lo que estaba pasando. Su respuesta —siempre según el runrún de los pasillos del Chigi— fue bastante cínica, si se me permite que hable así de un jefe de Estado:

—Sí, los hacen emigrar... al otro mundo.

También nos enteramos de que la Santa Sede siguió adelante con su ofensiva. El secretario de Estado, cardenal Maglione —quien parece ser que ya sabía lo que estaba sucediendo en Ucrania y Polonia—, se comunicó con el nuncio apostólico en Roma, Francesco Borgoncini, y le pidió que organizara en las altas esferas italianas un movimiento para revocar la orden de entregar judíos a los alemanes. Ni más ni menos. Y supimos, de fuentes muy calificadas, que para eso el nuncio se reunió, entre otros, con el jefe de Policía Carmine Senise. Sorprendente, ¿no?

Allí no terminaron las novedades. Un buen día, alguien muy conocido solicitó una entrevista con Pietromarchi: ni más ni menos que el escritor Curzio Malaparte. Aunque era todavía joven —tenía mi misma edad—, ya era todo un personaje. Participó de la Marcha sobre Roma. Admiraba a Mussolini y había sido uno de los fundadores del «fascismo de izquierda». Pero sus actitudes contradictorias y su desacuerdo con ciertas decisiones del gobierno —como las Leyes Raciales— lo llevaron a pasar un tiempo confinado en la isla de Lipari, de donde lo rescató su amistad con nuestro ministro Ciano. Se apareció por el *palazzo* con su facha de dandi (vestimenta impecable y bien combinada, corbatín de colores, peinado a la gomina). Umberto —muy impresionado— lo acompañó a nuestro despacho. Venía de estar en Polonia como corresponsal de guerra del *Corriere della Sera*. Visitó el gueto de Varsovia y habló de la «cuestión judía» nada menos que con el poderoso gobernador del *Generalgouvernement* de los territorios ocupados, Hans Frank.

—Un oficial alemán me contó que, en uno de esos macabros trenes, recuperó vivo a un bebé que se salvó por seguir chupando el pecho de su madre muerta —comentó el renombrado escritor—. Fíjate, Luca, que el movimiento de succión actuó como respiración artificial. ¡El horror que sintieron cuando abrieron el vagón y escucharon el llanto del niño surgir entre los cadáveres!

Al salir de la reunión, Pietromarchi me miró fijo, sacudió la cabeza y resumió: «Me dio detalles terroríficos».

¡Qué días aquellos! Amanecíamos con el cielo cubierto de negros nubarrones, que parecían confirmar los peores presagios. Pero no. El día avanzaba y, como nunca antes había pasado, algún hecho inesperado sucedía, que nos ayudaba a sentir que la esperanza seguía viva.

Oficina de Enlace, Sussak,
por esos mismos días

Fiorella Illy-Scarpa

Castellani y Pietromarchi estuvieron en contacto permanente. Antonella y yo también, por supuesto. Luego de tantos días sombríos, un poco de calor humano nos vino muy bien. Vittorio volvió a ser el de siempre, enérgico y esperanzado. Un día hasta salió a reflexionar al balcón del frente, a pesar del viento helado que soplaba del Adriático.

De todos modos, no nos engañábamos. En el fondo, nada había cambiado. La decisión seguía siendo la misma, el censo avanzaba y el día fatal se acercaba. Muchos militares, animados por los rumores que corrían sobre el informe del general Pièche y la intervención del Vaticano —rumores que Castellani y Roatta se cuidaban de no desalentar— comenzaron a hacer oír su voz airada, aun a riesgo de perjudicar su propia carrera.

El comandante del Quinto Cuerpo de los Carabinieri, teniente coronel Pietro Esposito Amodio, afirmó en una carta que «la internación de los judíos en campos ha causado un grave daño al prestigio de Italia». Esposito era un buen conocedor de la región de los Balcanes. Por eso, cuando escribió que la población decía que «no era verdad que Italia fuera una gran potencia, sino que era un pequeño Estado vasallo de Alemania, para el que se prestaba a recoger y entregar a los judíos, asumiendo así el papel de *aiutante dei carnefici*», causó una gran impresión. Nos ocupamos de que muy pronto su carta estuviera circulando entre los jerarcas del Palazzo Chigi.

A su vez, el subjefe del Estado Mayor del Segundo Ejército, coronel Giacomo Zanussi, habló con Dios y todo el mundo sobre el asunto —es probable que alentado por su jefe directo, el general Roatta—. Hasta que consiguió que alguien aceptara entregar una carta suya al ministro Ciano. ¿Quién? Nada menos que Adelchi Serena, fascista de ley, luego secretario general del Partito Nazionale Fascista, hasta que cayó en desgracia y fue a dar a Croacia. Pero conservaba varias de sus antiguas amistades. El conde Ciano era uno de esos amigos. Y si bien muchas veces Serena se había despachado contra los judíos, esta vez hizo causa común con Zanussi. Entregó la carta, pero le agregó una posdata: coincidía en que «se corre la voz de que fueron los alemanes quienes reclamaron esta brusca solución», y que eso daña la imagen de Italia; pero también acotó con suspicacia que «existe demasiada *cordialidad* entre las jóvenes hebreas y nuestros militares».

Quizás esto último fuera verdad. Hasta tal punto que varios me comentaron, en esa *Repubblica di voci* en que nos habíamos convertido, que el mismo Zanussi tenía una bella amante judía. Como tampoco me pasaron desapercibidas algunas actitudes del *galante capitano*, y su interés por lo que sucedía a los judíos de Mostar… Tal vez fuera cierto. Había sido el amor, una vez más, el que había revelado a los ojos de muchos una verdad simple y eterna: que todos hemos sido creados iguales a los ojos del Señor.

Charlottenburg, Berlín, alrededor
del 20 de noviembre de 1942

Michelangelo della Rocca

—*Pronto, chi parla?*

A pesar de las circunstancias, me alegró escuchar la voz de Antonella. Era dulce, si bien su tono siempre reflejaba una cierta autoridad, quizás emanada de su origen noble; aunque yo soy republicano y no creo en esos prejuicios.

—*Cara mia*, en estos días he pensado mucho en ti —comencé diciéndole, y era verdad.

El silencio del otro lado de la línea pareció sugerir, una vez más, que nunca me perdonó del todo por mi precipitada partida de Roma siguiendo a mi amor porteño.

—Jamás imaginé que te llamaría para esto. Como tú sabes, yo no estaba de acuerdo con eso… que ustedes están haciendo.

—Sí, fue lo que me dijiste —respondió, sin más.

—En una guerra, lo primero es salvar el pellejo propio. Al menos es lo que yo pienso. Pero quiero informarte, por si no estás al tanto, que están pasando cosas.

—¿Qué cosas? —Ahora sí que se interesó.

—Seré telegráfico, conviene no hablar demasiado de ciertos temas. —Hice una pausa, me pareció sentir del otro lado a Antonella expectante—. ¿Has escuchado hablar de El Alamein, en África del Norte? —ella asintió—: Al Eje le fue mal. Es la primera derrota en los tres años de la guerra. Ahora los Aliados se acercan a Túnez. Los pozos de petróleo del Medio Oriente y el canal de Suez nunca estuvieron tan lejos.

—Sí, esas noticias han llegado también aquí, pero los nazis y muchos italianos tratan de restarles importancia.

—Pero hay más. Escucha bien. Obtuve ciertos comentarios de altos oficiales alemanes: algo anda mal en el Frente Oriental. Stalingrado. Están detenidos, faltan suministros, lo peor del invierno se acerca. *Todo*, ¿me entiendes?, todo puede suceder.

—Es muy grave lo que dices. ¿Estás seguro?

—Sí. Los mandos de la Wehrmacht están muy desconformes con los nazis. Y empezaron a hablar… Lo que está pasando en África y en Rusia no es bueno para Italia, Antonella —ella coincidió, acongojada—. Pero cambia todo el tablero. No podemos ignorarlo. Y mira, nunca pensé que te diría esto: quizás lo que están haciendo ustedes no esté tan mal. No tiene sentido seguir abrazados a la Alemania nazi.

Mi *adorabile signora* tardó en reaccionar. La había sacudido, eran demasiadas sorpresas. Y no esperaba mi comentario final.

—Gracias, *caro* Michelangelo… Hay veces que una voz interior te dice lo que es justo hacer. Y debes hacerlo, sin medir las consecuencias.

Oficina de Enlace, Sussak, 27 de noviembre de 1942

Luigi Zaferano

Fue un gran honor. El jefe de la Oficina Vittorio Castellani delegó en mi humilde persona la alta responsabilidad de acompañar al general Roatta en su visita al campo de internados de Kraljevica.

Una visita muy especial. Y muy delicada. Los líderes de las comunidades hebreas habían colaborado con nosotros en «hacer ingresar» a sus correligionarios a los campos. Ya no era una decisión voluntaria; era obligatorio hacerlo. Ellos comprendieron nuestras buenas intenciones y ayudaron para que todo sucediera en paz, dentro de lo posible. Pero algunos de los suyos los acusaron de «colaboracionistas» y «entregadores». Para colmo, nosotros no estábamos en condiciones de asegurarles nada. Salvo nuestra buena voluntad.

Con el paso de los días vieron que el censo avanzaba, la clasificación también, unos cuantos cayeron en la categoría de los que debían ser entregados a los alemanes, otros quedaron en situación dudosa. El terror se extendió entre los internados y los ánimos se caldearon, hasta tal punto que el comandante Esposito Amodio advirtió a sus jefes sobre «el peligro de que muchos fueran a cometer actos desesperados».

Frente a tal situación, Roatta tomó una decisión insólita: visitar el campo de Kraljevica —donde el malestar era mayor porque muchos de los refugiados eran de Zagreb y deberían ser deportados—, para apaciguar los ánimos. Antes de hacerlo, solicitó el aval de la Oficina de Enlace. Castellani se apresuró a otorgarlo, y me designó para acompañar al general, en su representación.

Cuando llegamos ese viernes, el campo estaba conmocionado. Nadie sabía lo que venía a anunciar el general, así que los temores aumentaron aún más. En cualquier caso, el hecho de que el segundo militar más importante de Italia —y quizás el más poderoso— se acercara a hablar con un grupo de prisioneros era un hecho sin precedentes, que sacudió el ambiente. Fue recibido por cinco representantes (hombres cultos y pudientes, de buenos vínculos con Italia, casi todos de Zagreb).

Pero varios otros pudieron escuchar lo conversado. Yo me ubiqué de pie, a su derecha, mientras que la guardia de los Carabinieri se situó en los flancos.

Luego de los saludos de rigor, ambas partes fueron al grano.

Los internos preguntaron por su futuro. El general les comunicó que ahora estaban bajo la protección del Regio Ejército Italiano y les aconsejó que para asegurar «el éxito de la operación» (que no detalló en qué consistía) era esencial que cumplieran con sus deberes, en cuanto a trabajo y comportamiento, y eso en su propio interés. Que cuanto menos se hablara de ellos, mejor.

Los prisioneros manifestaron su mejor disposición a hacerlo, pero volvieron a preguntar qué iba a pasar después de que se completara el censo y la clasificación. Fue entonces que el general Roatta dio esta respuesta sorprendente, que nos impactó a todos:

—A causa de ustedes estamos teniendo problemas con nuestros aliados. Si tan solo pudiéramos, hasta el fin de las hostilidades, esconderlos en algún lugar, bajo tierra o en un submarino... Así, cuando todo estuviera tranquilo de nuevo, podrían regresar a sus hogares.

Como se imaginará, esta contestación —de un hombre duro y seco, de pocas palabras— despertó una gran emoción entre los hebreos. Al día siguiente le dirigieron una carta, firmada por sus cinco representantes: «Con la impresión aún fresca de los dichos de Vuestra Excelencia, nos apresuramos a expresar nuestra más profunda devoción y gratitud (...), teniendo fe en la nobleza y los sentimientos humanitarios del soldado y del pueblo italianos».

Regresé a Sussak muy animado, ansioso por relatar al *console* Castellani lo sucedido. Seguía preguntándome cómo Roatta se había atrevido a realizar semejantes afirmaciones. Los nazis tenían espías en todos lados y muy pronto lo sabrían. Intuía que Castellani debía saber la respuesta. Pero ni él ni su fiel Fiorella me soltaron palabra.

De todos modos, yo estaba doblemente contento: en los días siguientes (los primeros de diciembre) se trasladarían los hebreos de Mostar al campo de internación de Dubrovnik. Y entre ellos se encontraba alguien muy importante para mí, a quien durante mi visita a Mostar había empeñado mi palabra de que la protegeríamos. Lo vivido en Kraljevica me hizo acariciar la ilusión de que íbamos a cumplir.

Una semana después

Fiorella Illy-Scarpa

¡Mi Dios! Cuando Luigi nos contó lo sucedido, no lo pudimos creer. Nos alegramos mucho. El veterano general, de quien nos separaban enormes diferencias en valores y opinión, y sobre el que pesaban graves acusaciones, no nos había defraudado.

Pero también nos alarmamos. Vittorio y yo habíamos puesto mucho en juego. Nos movíamos con el mayor sigilo. La sola visita del general Roatta a un campo de prisioneros ya era un gran riesgo. Ahora, reunirse con los internos y hablarles de esa manera tan abierta, incluso mencionar una cierta «operación en curso», ¡era inconcebible! Se nos heló la sangre.

Para colmo, los propios judíos se ocuparon de difundir lo ocurrido por todos lados, con lujo de detalles. Vittorio, muy preocupado, me llamó uno de esos días y me dictó una carta para Roatta, tratando de poner orden.

—Mira, Fiorella —me dijo fastidiado, al borde del enojo, actitud poco habitual en él—: en varias ciudades los judíos están caminando libres por las calles, ¡como si nada! Nuestros mandos no se dan cuenta de que eso va en contra de los propios judíos. ¡Es un grave error!

Sacudió la cabeza, desconsolado.

—Escribe, por favor: «Hemos asegurado a Alemania que los judíos son estrictamente vigilados[14] de modo que no puedan realizar ninguna actividad nociva. Incluso en interés de los refugiados, parece prudente que el internamiento se aplique con rígida severidad, ya que si los alemanes toman conocimiento de que siguen circulando por Dubrovnik y otras ciudades, insistirán en la entrega inmediata, y la situación actual será muy difícil de sostener».

¡Qué barbaridad!

Fue entonces que me animé a preguntarle, sin medias tintas:

—Dígame, *console*, ¿y por qué Roatta actuó de esa manera y dijo lo que dijo?

Vittorio cambió su semblante. Primero se puso serio, pero luego insinuó una media sonrisa, casi pícara, como a quien le han descubierto un secreto que ocultaba.

—He confiado en ti desde el principio, en todo este «plan» —me dijo con lentitud, cuidando las palabras—. No me voy a arrepentir ahora —bromeó—. Trae un par de cafés y te contaré.

Volé por la escalera, y minutos después regresé a su despacho con dos *espressos* humeantes y unas galletas que había traído para mí. Vittorio se franqueó conmigo:

—Hace un par de semanas llegamos a la conclusión de que era cada vez más difícil darle largas al asunto. La clasificación de los judíos ya se acerca a su final. Y la orden del Duce, comunicada a los nazis, es entregarlos. Lo dijo una vez, y luego lo confirmó. Eso no ha cambiado —Vittorio bebió un sorbo de su café, pensativo, mientras evocaba esta interminable pesadilla—. Llegamos a la conclusión de que era necesario hablar con Mussolini antes de que fuera demasiado tarde, no quedaba otra opción. Y Roatta fue el encargado de la misión.

Lo debo de haber mirado tan sorprendida que se sonrió.

—Sí, así fue: hace unos días Roatta visitó al Duce en Roma. Desde luego, hablaron de muchos temas, sobre todo de cuestiones militares. La situación es grave, y empeora cada día. Nuestras tropas, siguiendo los dictados de los nazis, pierden posiciones. Salvo en Eslovenia, Dalmacia y Croacia, donde el comandante es Roatta y ha seguido una estrategia propia, independiente —y hasta contraria— a la de los alemanes. Eso le da una gran autoridad frente a Mussolini.

—¿Y hablaron de *este* asunto?

—Llegado el momento, Roatta le reiteró nuestros argumentos. A lo que sumó que lo que sucediera a los judíos podía alarmar a los chetniks, la minoría serbia aliada del Ejército Italiano. El Duce reconoció que «sabemos por boca de los mismos alemanes que *deportación* significa "eliminación"». Y si bien no aceptó revocar su decisión de entregar a los judíos, sí admitió posponerla por algún tiempo. En definitiva —resumió Vittorio—, todas las opciones están abiertas, y la peor sigue siendo la más probable. Pero al menos ahora podremos pensar con calma cómo seguir. Hemos conseguido una tregua hasta la primavera.

Una tregua hasta la primavera. Parecía tan poco. Pero podía significar tanto…

Palazzo Chigi, Roma, en esos mismos días

Antonella Donati di Montibello

En unas semanas, todo había cambiado. ¿Se habrían alineado los astros? Por algún extraño misterio, una sucesión de hechos se encadenó. Y lo que ayer parecía imposible, ahora ya no se veía tan lejano.

Una de esas tardes Luca Pietromarchi me convocó a su despacho. Estaba tomando notas en un libro con hojas en blanco, que mucho tiempo después supe que era su Diario personal. Era un anochecer frío de fines del otoño, en un país empobrecido por la guerra. Su semblante, pálido y demudado, hacía juego con esa realidad. No bien entré, me dijo sin muchos preámbulos:

—Antonella: hemos compartido mucho en estos años terribles. Siento que no te puedo ocultar esto. Me llegaron informaciones muy confiables, y he estado haciendo algunos números. Confirman que nosotros estamos actuando correctamente, por más que nos haya traído tantos disgustos. Pero la realidad es mucho peor de lo que imaginábamos. —Me dio algunas cifras, que no retuve, explicó los cálculos que había hecho y concluyó con unas palabras que, ¡esas sí!, jamás las podré olvidar—: Se calcula que los nazis han asesinado a un millón de judíos.

La impresión fue espantosa, atroz. Me descompuse allí mismo. A duras penas pude retirarme de su despacho caminando. Esa noche no conseguí dormir. Mi modo de ver lo que ocurría cambió por completo. Ya no se trataba solo de un dilema moral, de hacer lo correcto. Desde ese día no pude apartar de mi mente a esa gente, que apenas conocía, y que en ese mismo momento vivía una tragedia aterradora.

Me aferré —en cuerpo y alma— a la delicada «tregua hasta la primavera». Y quise creer que por vez primera, a pesar de las tristezas, una tibia luz se asomaba al final del túnel.

29

Un aria en las puertas del infierno

Oficina de Enlace, Sussak,
fines de diciembre de 1942

Fiorella Illy-Scarpa

Cuando menos se esperaba, las cosas parecieron encontrar su sitio.

Las acciones de Vittorio y el general Roatta, coordinadas con las comunidades judías, dieron sus frutos. Los campos se ordenaron, los internos dejaron de «caminar por las calles» (lo que enfurecía a nazis y ustachas) y se concentraron en organizar actividades educativas y culturales. Los militares a cargo se preocuparon de lograr mejores condiciones de vida.

No mucho después empezaron a suceder hechos que jamás hubiéramos imaginado. Hechos que parecían ajenos a la realidad. Al menos de *esa realidad* mezquina y cruel de la guerra, que nunca podré comprender, y menos aplaudir.

—¡Oigan esto! En Kraljevica se organizó un coro, dirigido por el maestro Frane Nadasija, y van a dar varios conciertos en el campo —nos contó un buen día Luigi, entusiasmado, al regresar de una inspección—. Y también hay un teatro de marionetas para niños, del profesor Iván Berkes.

También allí un grupo de maestros y profesores organizó una escuela y una secundaria, siguiendo los programas oficiales. Luego solicitaron a la autoridad militar el reconocimiento legal, para que «cuando la guerra terminara los resultados de los estudios tuvieran validez» (así mismo lo escribieron ellos). ¡Cómo nos reconfortaban esas noticias! Personas que estaban a un paso del horror —la mayoría de sus familiares ya habían sido gaseados en los trenes o liquidados en los campos de Polonia—, y todavía tenían la fe de enseñar y aprender, para *cuando terminara la guerra*.

Llegaban notas como esta, firmada por el coronel Giuseppe Zappino: «He autorizado la celebración (en el campo) de la Pascua según el rito hebraico, que comprende la lectura de un pasaje del Talmud, la ceremonia del pan ázimo y la comida después del atardecer».

Sabíamos que no todo era de color de rosa. Las raciones eran magras, y en algunos campos los internos estaban amontonados. Pero luego de lo vivido, era un aliento para seguir adelante. Las cartas con quejas y demandas cesaron, y en su lugar aparecieron testimonios sorprendentes.

Imre Rochlitz,* interno del campo de Kraljevica

Rápidamente se hizo evidente que este era un campo de concentración donde los internos estaban destinados a sobrevivir. Los guardias del campo eran soldados italianos comunes y corrientes, no miembros de la milicia fascista, y su perspectiva sobre el mundo, evidentemente, no incluía odiar a los judíos. Su odio, si es que alguno albergaban, estaba dirigido contra la guerra y los estragos que causaba en sus vidas. (...)

La valla que dividía los barrios de los hombres de los de las mujeres pronto fue desmantelada, y se construyeron dos barracones adicionales de madera, uno para las madres con hijos pequeños, y otro para albergar la enfermería, la administración del campamento, la corte del campamento, una peluquería, una sastrería y una capilla para los cónyuges gentiles y los conversos al cristianismo (dado que había algunos entre nosotros). (...)

---

* Extraído de *Accident of Fate*, Imre y Joseph Rochlitz Rochlitz, ob. cit.

Aunque nadie estaba obligado a realizar servicios de ningún tipo para el Ejército Italiano, se esperaba que nos mantuviéramos inteligentemente atentos cada vez que la bandera italiana era izada o retirada. (...)

(El comandante del campamento) era un capitán del ejército de unos cuarenta y cinco años, siempre vestido de forma inmaculada, cuya perilla bien cuidada causaba impresión. Un verdadero caballero de la vieja escuela, siempre se comportó de una manera civilizada hacia nosotros —y no fue ningún inconveniente que pronto se enamorara de una de nuestras compañeras presas, una joven encantadora, que parecía halagada por sus atenciones—. Cuando celebramos la Pascua, organizamos una comida tradicional Seder, a la que asistió como nuestro invitado de honor. (...)

Me di cuenta de que los comentarios (de los oficiales del campo) eran a menudo pretextos poco velados para entablar conversaciones amistosas con nosotros, sobre una amplia variedad de temas. (...) En toda la Europa ocupada por el Eje, los judíos solo éramos dignos de la muerte; aquí, en este campamento alejado de la mano de Dios en las costas del Adriático, éramos buscados como compañeros de conversación. (...)

Tuvimos la suerte de tener varios buenos músicos entre nosotros, en particular el señor Nadasija, que había sido director de orquesta antes de la guerra. Aunque los únicos instrumentos disponibles eran unos pocos violines y violas, y un acordeón, Nadasija tuvo éxito al transcribir varias obras clásicas para este conjunto modesto e inusual. (...) Nuestra actividad musical se enriqueció con la presencia de unos cuantos buenos cantantes: una soprano profesional, un buen tenor *amateur* y un competente bajo académico, que nos obsequiaron recitales de *lieder* de Schubert y Wolf. Tres adolescentes, Dora, Rena y Mira, formaron el trío Do-Re-Mi, que interpretaba las últimas canciones populares (principalmente de Italia). Los italianos estaban entusiasmados por toda esta actividad musical, y cada vez que se celebraban conciertos, soldados y oficiales de toda la zona, hambrientos de música, acudían al campamento.

Luigi Zaferano

¡Al fin llegó la noticia que tanto había esperado! En los primeros días de diciembre *il pazzo* Filippo me avisó que la evacuación de los hebreos de Mostar era inminente. Serían casi los últimos en ser trasladados a un campo definitivo. Y allí viajaría... ella.

Me apresuré a hablar con mi jefe. Castellani comprendió las razones estratégicas (... y afectivas) y dispuso que viajara a Mostar —en su representación— para supervisar la operación. Así lo hice y pocos días después estaba, junto a Filippo y varios colegas de la División «Murge», vigilando el traslado. Los judíos —unos setecientos— fueron embarcados en vagones de pasajeros de tercera clase rumbo a Dubrovnik. Allí pernoctaron en el *campo protettivo* y al día siguiente fueron distribuidos entre Lopud, Hvar y Kupari. Riki fue asignada a Lopud. Yo me ocupé personalmente de que sus amigos fueran con ella. Recién un par de días después, cuando cesó el alboroto provocado por el viaje, consideré adecuado visitarla.

—He venido para supervisar el traslado —le dije, cuando por fin nos encontramos en el recibidor del Grand Hotel de Lopud, uno de los cinco albergues de la isla elegidos para alojar a judíos de Mostar y Dubrovnik—. ¿Cómo ha estado todo?

—Muy bien, *capitano*. —Su actitud hacia mí había cambiado por completo. Ahora sí afloraba la joven dulce que yo intuí se escondía tras esa máscara arisca, modelada por los pesares de la guerra—. *Un grande onore* que se haya ocupado de mí... *personalmente*.

Me sonreí. «Esta joven no pierde sus mañas», pensé, y sacudí la cabeza, divertido.

Un viento helado barría el exterior. Era pleno diciembre a orillas del Adriático. Imposible salir. El vestíbulo del hotel no era demasiado amplio, y estaba lleno de gente. Sin embargo, un milagro se produjo. De repente, el mundo desapareció y nos sentimos solos, únicos habitantes de ese remoto confín de la Tierra. Y hablamos de nuestros temas personales... La vida con nuestras familias en Belgrado y Florencia, los amigos tan lejanos, mis veranos en Como y los suyos en

Yaremcha, en los Cárpatos (un sitio que yo ni sabía que existía, donde se reunía cada año con sus «amigos del alma» Lizzy y Alex), su ilusión de estudiar Letras, la mía de continuar la carrera militar. Y, por primera vez…, de nuestros sueños.

El tiempo voló, varias horas se consumieron en unos instantes, y cuando quise acordar tuve que salir corriendo hacia la estación para no perder el tren de regreso a Sussak. Nuestra despedida fue improvisada —no sabíamos cómo hacerlo—: apenas un beso en la mejilla, sujetarnos fuerte las manos y una mirada interminable a los ojos, que ambos mantuvimos por largo rato, y que ya nunca pude separar de mí.

Emilio Tolentino,[15] interno del campo de Kupari (cercano a Lopud)

El operativo se inició en noviembre y concluyó con nuestra reclusión en los hoteles Kupari, Vregg de Dubrovnik y Grand de Lopud, entre otros sitios. Allí éramos solo judíos, unos mil ochocientos en total, de Mostar y de Dubrovnik. Vivíamos en las habitaciones (un cuarto por familia, o uno cada seis hombres o mujeres), éramos libres de circular en el parque dentro del perímetro del hotel, que estaba rodeado de alambradas de púas y controlado por los Carabinieri.

La comida era pasable: frijoles, macarrones o polenta, carne tres veces por semana, 120 gramos de pan por día. En cuanto a la asistencia sanitaria, los enfermos eran examinados por un médico militar y, de ser necesario, trasladados al hospital de Dubrovnik. El trato recibido fue ejemplar. Si algún amigo deseaba visitarnos, debía obtener el permiso del comando para hacerlo, los sábados y domingos. Podíamos escribir cartas sin limitaciones.

Fiorella Illy-Scarpa

Un año antes había subido la cuesta de Sussak cargada con mis miedos e ilusiones. Jamás imaginé en ese momento lo que me iba a tocar vivir. Había sufrido mucho, eso era verdad. Y seguía muy angustiada. Pero también sentía orgullo.

Miles de seres humanos, mujeres y hombres, niños y ancianos, que meses atrás habían sido abandonadas a su suerte por *el número uno,* y que ya deberían haber tenido un destino trágico a manos de los nazis, ahora estudiaban, disfrutaban de la música y hacían planes para cuando la guerra terminara. Era como cantar un aria en las puertas del infierno.

Algo así, tan irreal, no podía durar. Debimos darnos cuenta antes.

Palazzo Chigi, Roma,
fines de enero de 1943

Antonella Donati di Montibello

El invierno desnudó a Italia.

El hambre y la pobreza volvieron a verse por las calles, como hacía tiempo que no sucedía. La guerra parecía cada vez más inútil. El descontento por la alianza con Alemania, que la gente sentía que nos avasallaba y nos llevaba de las narices, se transformó en odio hacia los nazis a medida que el futuro de Italia se volvía más incierto.

Las invitaciones de Pietromarchi a compartir un café y conversar —aunque fuera unos minutos— se volvieron frecuentes. Necesitaba a alguien con quien desahogarse.

—Sabes, Antonella, el Duce aceptó que en Francia los judíos italianos lleven la estrella de Salomón —me comentó un día, a mediados de diciembre, muy abatido—. Esta es la civilización instaurada por el Nuevo Orden. ¿Te sorprende si ya nadie cree en la victoria del Eje? Esto repugna a cualquiera que tenga un mínimo de dignidad.

Fue muy duro para él, que había creído en Mussolini y en el fascismo, tener que aceptar la terrible realidad, que era muy diferente a la que había imaginado. Sufría mucho. Mientras sus convicciones políticas se derrumbaban, se refugió en su fe católica. Tenía amistad con monseñor Montini (el futuro papa Pablo VI), con quien solía reunirse. Gracias a sus oficios, el papa Pío XII le concedió una audiencia *privatissima* de una hora la mañana del Año Nuevo. No supe demasiado de esa reunión. Pero sin duda el conde salió reafirmado en la idea de que Italia debía buscar un nuevo camino.

Unas semanas después, *espresso* mediante, volvió a sorprenderme:

—El descontento crece en Italia. Me enteré de que batallones de Alpini han destrozado los retratos del Duce expuestos en las estaciones... La miseria es inmensa. Solo en Roma hay cien mil funcionarios estatales que ganan menos de 700 liras por mes. ¡Hemos caído a un nivel de vida más bajo que el de los *coolies* chinos!

Por supuesto que comentarios como este ya no me asombraban. Pero sí en boca del conde Pietromarchi, un jerarca ministerial que se movía en las altas esferas diplomáticas. Eran una prueba de su sensibilidad, pero también de la fragilidad del régimen. Que no hizo otra cosa que agravarse en las semanas siguientes, cuando las «malas noticias» de la guerra —sobre las que me había alertado Michelangelo— llegaron a Roma. Una sucesión de desastres.

El 23 de enero, un mazazo brutal para Mussolini: Trípoli, la capital de Libia, cayó en manos de los británicos y los franceses de De Gaulle. Fue el fin del sueño del «Imperio Italiano en África», uno de los blasones del Partido Fascista. Poco después de conocerse la noticia, Umberto se me acercó, muy alarmado:

—Todos dicen que el comunicado alemán de hoy es el peor de la guerra: nos retiramos en casi todos los frentes. Para colmo, el ministro piensa que el Duce vive de ilusiones, en un «paraíso artificial», gracias a las mentiras del general Cavallero.

Pero eso no fue todo. Tan solo una semana más tarde, una noticia conmovió a Roma y a toda Italia: el mariscal de campo Friedrich Paulus se rindió a los rusos, poniendo punto final a la batalla por Stalingrado, a pesar de las órdenes expresas del Führer de luchar hasta el final o suicidarse («No tengo intenciones de dispararme por ese cabo bohemio», dijo en referencia a Hitler).

A la derrota en África (solo resistía Túnez, cercada por los Aliados), se sumaba ahora el quiebre del Frente Oriental, con la pérdida de cientos de miles de soldados. Nuestro país sufrió, en unas pocas semanas, la baja de sus mejores combatientes, muertos en batalla o hechos prisioneros.

Una vez más, las novedades llegaron de la mano de Umberto:

—El Duce destituyó al general Cavallero, por las derrotas en la guerra. En su lugar nombró a Ambrosio —me susurró, con un guiño que pareció decir: «Buena noticia». Unos días más tarde, Roatta (su enemigo jurado, que sin duda estuvo detrás de este cambio) fue citado a funciones en Italia y sustituido al frente del Segundo Ejército por Mario Robotti.

Los italianos estaban indignados con la guerra y las desgracias que les había traído. El Duce se dio cuenta de que el régimen fascista se tambaleaba y trató de reaccionar.

Viernes 5 de febrero de 1943

Antonella Donati di Montibello

A las seis de la tarde, Lanza D'Ajeta se presentó de improviso en mi secretaría.

—Necesito hablar con Luca —dijo, sin saludar, algo muy raro en él—. ¿Se encuentra?

Lo conduje al despacho de mi jefe. Se lo notaba de muy mal aspecto. Instantes después Pietromarchi abrió su puerta y lo vio:

—Me acabo de enterar por la radio, Blasco, no sabía nada. ¡Qué horrible! —Fue lo primero que dijo el conde. Luego lo hizo pasar y cerró, así que me quedé sin saber lo que sucedía. Pero fue solo por un rato: minutos después Umberto, pálido y con la voz ahogada, me pidió que lo acompañara.

—Vamos a poder hablar más tranquilos —se disculpó.

Umberto Mancuso

—El Duce citó al ministro Ciano a su despacho hoy a las cuatro y media. Lo primero que le dijo fue: «¿Qué preferirías hacer ahora?». El conde no entendió de qué le estaba hablando. Recién después le dijo que lo había destituido. ¡Fíjate, Antonella!

—¿Cómo? ¿Ciano destituido? —Mi amiga no salía de su asombro.

—No solo él, también los demás ministros. El Duce cambió todo el gobierno de un plumazo —le dije, amargado—. Al volver, Ciano reunió a sus más cercanos colaboradores y nos agradeció. «Dejar el Ministerio después de siete años es un golpe duro y doloroso. He vivido demasiado dentro de las paredes del *palazzo*, esto es como una mutilación. Pero sé ser fuerte y mirar el mañana. Mañana que puede requerir una libertad de acción mayor. Los caminos de la Providencia son misteriosos». Me quedé pensando en esto último que dijo, Antonella. Me sonó importante, pero no lo entendí bien. ¿A ti qué te parece?

Antonella Donati di Montibello

La caída de Ciano tuvo un efecto devastador en Pietromarchi.

—Era lo que menos me esperaba —comentó, desolado—. Ciano trabajó desde el principio por la paz, por evitar nuestra entrada en la guerra, por impedir los horrores en Croacia. El relevo de Cavallero fue una victoria personal suya, que todos celebramos…

Quizás los cambios no tuvieron el efecto que esperaba Mussolini. No lo sé, no es mi especialidad, soy una funcionaria de Asuntos Exteriores. Pero lo cierto es que la inquietud sobre el futuro de Italia fue cada vez mayor, y la oposición al gobierno también.

Y para el destino de «nuestros judíos» fue un golpe inesperado y brutal.

Ciano había enfrentado a la Alemania nazi desde el principio. La oposición de «un grupo de gente de su Ministerio» a la entrega de los judíos de Yugoslavia, que él toleró y que los alemanes conocían bien, fue lo que colmó el vaso. Su destitución fue una venganza de los nazis, que presionaron al Duce hasta lograrla. Su cargo fue ocupado por el propio Mussolini, quien meses antes había firmado el *Nulla osta*, y luego mantenido la decisión de entregar a los judíos, a pesar de conocer de primera mano la barbarie de «la solución final».

Al menos el viceministro sería Bastianini, anterior gobernador de Dalmacia, que conocía bien la situación. Tal vez podría ayudar. Roatta fue transferido a Italia y puesto a cargo de la defensa de la nación, frente a la posible invasión aliada a Sicilia, que muchos veían como cercana. Un reconocimiento, sin duda, pero que lo alejó por completo del destino de los judíos internados en los campos. Los mandos en Croacia le respondían, pero las preocupaciones del general eran ahora otras bien diferentes. El marqués Lanza D'Ajeta, el aliado más cercano de Pietromarchi en el *palazzo*, partió con Ciano, que fue designado embajador ante la Santa Sede, un destino sin pena ni gloria.

En definitiva, de todos los «conjurados», solo tres conservaron sus posiciones: Pietromarchi y Ducci (en el Chigi) y Castellani (en el teatro de operaciones). Un desastre.

Charlottenburg, Berlín, unos días después

Michelangelo della Rocca

Lo supe por un protagonista de primer nivel, y le avisé enseguida.

—Antonella, mira que lo de Ciano fue solo un primer paso. Saben, con lujo de detalles, que hay un grupo en el Chigi que se opone a su política racial y lo descabezaron. Saben lo de la esposa de tu jefe: el embajador Kasche les informó que era *Volljudin*, de pura sangre judía. Ahora van por más.

Pude escuchar, desde mil quinientos kilómetros de distancia en la otra capital del Eje, la respiración angustiada de mi dama. Pero más que nada por ella, debía continuar:

—Los nazis están sufriendo una derrota tras otra. Necesitan exhibir algún éxito: quieren proclamar «Europa libre de judíos» antes de fin de año. Y tienen un solo problema: la oposición italiana en Croacia. Es decir..., ustedes. Que, para colmo, ahora se está extendiendo a los demás territorios ocupados por Italia: el sur de Francia, Grecia, Túnez. Están fuera de sí. Ahora sí que van en serio, muy pronto lo verás.

—Gracias por preocuparte por mí..., me hace mucho bien. —El tono tierno de su voz, en medio de esa locura en que vivíamos, me emocionó.

—Cuídate, por favor. Todavía somos jóvenes, tenemos mucho por vivir… juntos.

Antonella Donati di Montibello

—A pesar de todas las desgracias que han caído sobre los alemanes, insisten en que les entreguemos a los judíos de los territorios ocupados… ¡Es increíble tanta obstinación! —me comentó Pietromarchi, molesto y abatido, una tarde a mediados de febrero—. «Para finales de 1943 no debe quedar ni un judío vivo en Europa». Eso es lo que dicen. Y somos los únicos que resistimos semejante bestialidad. Aunque no sé por cuánto tiempo: en unos días vendrá el mismísimo Ribbentrop a hablar con Mussolini. Temo lo que pueda suceder.

Muy pocas veces hablaba conmigo de esa manera. Más bien era de guardar distancia. Pero se sentía muy solo. En el Chigi, solo Roberto Ducci (con sus veintinueve años) y un par de colaboradores lo habíamos acompañado desde la primera hora. Fuera, en los territorios ocupados, aún quedaba Vittorio, su amigo y socio en el «plan», tan firme y enérgico como siempre. ¡Éramos demasiado pocos!

Pero lo asombroso —lo que nadie esperaba— fue lo que sucedió a continuación. Se comenzó a hablar de nuestro «plan» como «el modelo italiano para resistir la solución final de los nazis»: la táctica dilatoria y los *campi protettivi*. Este modelo pronto fue imitado en todos nuestros territorios. Esto terminó de enfurecer a los nazis.

El caso más trágico fue el de Grecia. La mayor parte del país estaba bajo tutela italiana, salvo Salónica. La comunidad sefardita de esa ciudad era una de las más antiguas y originales —hasta el punto que aún conservaba la lengua española—, contaba con cincuenta mil miembros y gozaba de mucho prestigio. Obsesionado, Eichmann envió a su «mejor hombre», Alois Brunner, a ejecutar la tarea. En unos meses, cuarenta y cuatro mil judíos de Salónica fueron deportados y eliminados en los campos de Polonia. El cónsul italiano en esa ciudad, Guelfo Zamboni —muy amigo de Vittorio Castellani—, hizo lo que pudo (incluso otorgó cientos de documentos falsos) para salvar a unos cuantos de esos condenados. Mientras tanto, a unos pasos de allí, en

Atenas y otros sitios de Grecia, los judíos eran internados y protegidos por el Ejército Italiano.

El choque de trenes era inevitable. Y sus consecuencias, imprevisibles.

Lunes 1 de marzo de 1943

Antonella Donati di Montibello

Tres largos días duró el martirio.

El Duce recibió a Ribbentrop en el Palazzo Venezia. Solo participaron el viceministro Bastianini, Von Mackensen y Dino Alfieri (el embajador en Berlín). Nosotros, en el Chigi, tuvimos que seguir las alternativas de ese encuentro decisivo por las escasas noticias que se filtraban y por los rumores de pasillo. ¿Cuál era el verdadero motivo del viaje de alguien tan poderoso como Ribbentrop?, nos preguntábamos. Más allá de las declaraciones públicas. Porque circularon muchas versiones: el Eje expresó «su voluntad de combatir hasta la capitulación... de los Aliados». Un tanto fuera de la realidad. Pietromarchi, a pesar de estar muy disgustado, lo tomó casi con humor:

—Ya se sabe que los alemanes no tienen muy desarrollado el sentido del ridículo.

Pero al final el velo se corrió y supimos lo que pasó. El tercer día fue el elegido por el ministro alemán para atacar «la cuestión judía». Ribbentrop, luego de leer una misiva del propio Führer, enfrentó a los italianos con un extenso memorándum preparado por Adolf Eichmann en persona, en el que se detallaban uno por uno los casos de obstrucción a la «solución final» en Croacia, Grecia y Francia. Y exhibió un fuerte rencor hacia nosotros por lo sucedido. Dijo, muy enfático: «Eso alienta a otros gobiernos a comportarse del mismo modo. Es un proceder inadmisible».

Cuando Pietromarchi supo del documento nazi, pidió a sus colegas que lo custodiaran celosamente, porque era una prueba irrefutable de nuestra manera de actuar:

—Es un testimonio que nos redimirá por numerosas cobardías —dijo mi jefe.

Pero ahí no terminó aquel asunto. Ribbentrop —que no se andaba con vueltas ni tenía pelos en la lengua— planteó al Duce su ultimátum final: no más dilatorias. La deportación de los judíos debía ser inmediata, comenzando por Croacia. De lo contrario, cualquier camino quedaría abierto (incluso que los nazis capturaran a los judíos en los territorios italianos). Fue un momento de enorme tensión. Mussolini, una vez más, cedió:

—Los judíos serán llevados a Trieste y entregados a los alemanes.

Fue la decepción final para Pietromarchi, la que desbordó el vaso. Tiempo antes habría esperado una actitud tan diferente de Mussolini…

¡Ahora sí que «nuestros judíos» estaban en una situación desesperada! El Duce se había comprometido con las jerarquías nazis, no a través de documentos sino cara a cara, a entregarlos sin más dilaciones. Y el incumplimiento sería terrible para Italia. Una Italia debilitada, que dependía cada día más de Alemania. Sobre todo cuando nuestro país estaba a las puertas de una invasión aliada, lo que era la excusa perfecta para que los nazis se metieran más y más en nuestros asuntos. La Gestapo ya operaba en Italia, al extremo que llegó a interceptar documentación diplomática para saber cuáles eran nuestras verdaderas intenciones. Mussolini, con su prestigio desgastado y la salud disminuida —aunque nadie sabía bien qué enfermedad tenía—, había aceptado entregar a su país y su gente.

Estábamos al borde del abismo. Como nunca antes.

30

El adiós

Oficina de Enlace, Sussak,
mediados de marzo de 1943

Fiorella Illy-Scarpa

Al otro día que terminó la reunión de Mussolini con Ribbentrop, temprano por la mañana, hablé con Antonella en *palazzo*. Más tarde Pietromarchi habló con Vittorio.

Pensamos que todo estaba perdido. Nada parecía ayudar. El censo había terminado. Y a pesar de todos nuestros esfuerzos (los criterios elásticos, los estudios caso a caso, la invocación de todo tipo de *benemeranza*, más algunos *ajustes especiales*; supongo que se entiende), el resultado fue desalentador: más de la mitad de los judíos internados debían ser entregados a los nazis. ¡Era horrible! Habíamos pensado que quizás fuera un número pequeño, que les hiciera perder interés. Pero no resultó de esa manera. Además, la debilidad de Italia tampoco colaboraba. ¡Los germanos hacían lo que querían con nosotros! A ello se sumó el riesgo de la invasión aliada. Ante una situación tan grave, lo lógico era concentrar las tropas en el país. Tener que proteger a los judíos de Croacia frente a los embates de nazis y ustachas era un dolor de cabeza. Y para colmo, el ultimátum de Hitler y Ribbentrop: si no se los entregábamos, los atraparían ellos mismos.

Habíamos llegado al final del camino. «Ya nada queda por hacer», pensamos.

Pero nos equivocamos. Italia ya no era la misma Italia, y Mussolini ya no era il Duce. La opinión pública estaba en contra de la guerra y de los nazis. Ya no aceptaba los discursos triunfalistas del fascismo. Mussolini intuía que la derrota militar se acercaba y que le traería terribles consecuencias, por lo que cambiaba sus decisiones a cada rato.

En los primeros días de marzo, la cúpula militar se reunió en Palazzo Venezia con el Duce. Cuando los generales Ambrosio y Robotti (acompañados por el coronel Vincenzo Carlá, que esperó fuera), se enteraron del compromiso asumido con Ribbentrop, le expresaron su frontal rechazo. Mussolini, viendo que su orden iba a ser desacatada, no tuvo más remedio que decir: «Inventen excusas, digan que no tenemos medios para llevarlos a Trieste». Fue patético. ¡Qué lejos había quedado lo de *Il Duce ha sempre ragione*!

A partir de ese instante, el Ministerio y el Ejército quedamos con las manos libres para buscar una salida. Lo que tanto habíamos querido. ¡Pero justo en el peor momento!

Filippo Caruso

Con la excusa de desarmar las bandas de chetniks (que según ellos estaban fuera de control), los alemanes entraron en Mostar. Los judíos que habían quedado allí (unos cuarenta) fueron capturados por los ustachas y deportados por los nazis. Fue una advertencia para nosotros. Tanto que temimos que quisieran seguir su marcha y descender hacia el mar, para continuar su macabra faena. Le avisé con suma urgencia a Luigi: la Oficina de Enlace debía saberlo. Pero, además, para él se había vuelto un tema personal...

Luigi Zaferano

El aviso de Filippo fue un triste consuelo. El consejo que le di aquella mañana a Riki y sus amigos, en su mísero escondrijo de Mostar, había sido acertado. Me alegré por ellos. Pero no pude dejar de pensar en esa pobre gente, perseguidos hasta el último y más desdichado rincón de la Tierra. Para los nazis, ellos no tenían derecho a vivir. Los nazis eran unos verdaderos hijos de puta.

Y ahora, ¿qué iba a pasar? Fiorella me insinuó unas cuantas posibilidades. Sabía que Vittorio *y sus amigos* —a esa altura ya no quedaban secretos— buscaban «una salida». ¿Pero la había? Fueron días interminables.

Antonella Donati di Montibello

La discusión fue muy dura. Era una decisión crucial. De vida o muerte.

El Ejército quería concentrar sus tropas en Italia, ante el asedio de Túnez y la inminente invasión aliada a Sicilia. Le resultaba muy difícil defender territorios fuera del país. Así que propuso traer a los judíos a Italia. Eso sonaba bien, pero tenía dos graves problemas. Por una parte, quedarían en manos del Ministerio del Interior, de conocida postura antisemita. Allí podía pasar de todo. Pero lo peor —y eso surgía de información muy confidencial que manejábamos en *palazzo*— era que los nazis ya tenían planes para ocupar extensas zonas de Italia en caso de invasión aliada. De ser así, ya sabíamos lo que le esperaba a esta gente. Sin embargo, como suele decirse, el momento más oscuro de la noche es justo antes del amanecer. Y así fue.

De repente, otra «salida» empezó a tomar fuerza. Había sido sugerida por primera vez seis meses antes en un memorándum de Vittorio Castellani: concentrar a los judíos en un único campo, cercano a la frontera italiana y fácil de defender (quizás una isla). Así se facilitaba mucho la tarea del Ejército, pero los judíos seguían supervisados por los responsables de Asuntos Exteriores: Pietromarchi, Castellani, Ducci…

Al final, el fiel de la balanza se inclinó hacia nuestro lado. ¡Más valió que así fuera! Porque nosotros, en el Chigi, sabíamos horrores de los nazis que estaban sucediendo en ese mismo momento, y que muchos otros desconocían.

¿Pero existía un lugar así? ¿Y cuál podía ser? «Lo más lejos posible de las uñas del ogro», dijo el conde Pietromarchi.

La isla de Rab fue el sitio elegido.

Oficina de Enlace, Sussak, abril y mayo de 1943

Fiorella Illy-Scarpa

Nos sentimos muy orgullosos. Sobre todo Vittorio. Pero también los integrantes de su pequeña oficina. No solo enfrentamos en soledad la barbarie nazi durante diez meses, arriesgando carreras y hasta vidas, sino que además ahora habíamos ayudado a encontrar «una salida». O, al menos, esa era nuestra ilusión.

La isla de Rab era un sitio estratégico: a solo cien kilómetros de Fiume y Sussak, y a algo más de ciento cincuenta de Trieste, con su extremo sur muy próximo a tierra firme, era fácil de defender para el Ejército. Su centro histórico —con huellas de griegos, romanos y venecianos— y su puerto eran muy hermosos; varias veces los habíamos visitado en tiempos de paz con mi esposo Raffaele. Pero el destino de «nuestros judíos» fue bastante menos glamoroso: para alojarlos se construyó de apuro un nuevo campo, a mitad de camino entre el paraje de Lopar y el campo de concentración de Kampor. Sobre este último, levantado nueve meses antes para prisioneros eslovenos y croatas, se manejaban rumores terribles. Se hablaba de hacinamiento, desnutrición y enfermedades. Y lo peor: malos tratos y violencia. Vittorio estaba muy molesto:

—Si pretendemos que a los prisioneros italianos los traten bien, ¿por qué les hacemos esto a ellos? —me comentó varias veces, irritado. Incluso se lo planteó a Roatta. Pero en medio de las vicisitudes de la guerra, y ante el horror de campos ustachas como el de Jasenovac, el asunto quedó siempre relegado.

En mayo comenzó el traslado de los internos judíos. Algunos fueron alojados en edificios, otros en barracas de madera. Había discrepancias sobre cuántos serían. Vittorio manejaba un número de tres mil quinientos, por lo menos, bastante mayor que el resultado del censo. Desde el principio, la intención del Ejército fue brindarles un trato especial. El mayor Prolo, en las instrucciones sobre cómo tratar a los judíos, exigió a sus fuerzas «amabilidad» y un *trattamento sentitamente italiano*. De todos modos, enseguida se vio que las condiciones de vida serían peores que en los campos de donde venían. Con esa cantidad de internos, el espacio resultó insuficiente y la comida apenas aceptable.

Por esos días, varios jerarcas del Ministerio y del gobierno comenzaron a hablar del «valor político de defender a los judíos perseguidos». A mí me dio mucha rabia escuchar eso, después de que nos habían dejado solos durante tanto tiempo. Pero como siempre, Vittorio me serenó con las palabras justas:

—Nosotros lo hicimos por buenas razones. Porque era nuestro deber. Ahora muchos lo hacen por conveniencia. No importa. Es una suerte que, al menos esta vez, un principio moral coincida con el interés nacional.

Palazzo Chigi y Caffé della Pace, Roma,
julio de 1943

Antonella Donati di Montibello

La hora de las definiciones había llegado.

Al retirarse, Ciano había hablado de «un mañana por nuevos caminos». Pietromarchi se ilusionó con un acuerdo de paz que salvara a Italia del suicidio. Los militares respaldaban firmemente esa decisión. Pero luego de que el Duce dejara pasar sus encuentros con el Führer sin encarar el asunto, perdió toda esperanza. Sus reuniones con el general Castellano —adjunto de Ambrosio en el Comando Supremo— se volvieron frecuentes. Como siempre, siguió siendo muy reservado. Pero no necesité el sexto sentido que tenemos las mujeres para intuir lo que, tarde o temprano, iba a suceder. El descontento en las calles, la disconformidad de los militares, sus seguidores de muchos años que se apartaban de él. El Duce dependía de un pequeño círculo de aduladores y —aunque cueste reconocerlo— de los nazis, a quienes obedecía en todo. Era evidente que ya no tenía futuro. Y su presente era cada vez más frágil e inestable.

El vaso se derramó el 10 de julio. Tras la caída de Túnez, el Ejército insistió en concentrar nuestras fuerzas en suelo italiano, para protegerlo mejor ante la invasión aliada. Pero Mussolini no quiso renunciar a sus sueños imperiales, y con increíble testarudez se opuso a abandonar los territorios ocupados. Debo decir que esto jugó a favor de los judíos bajo protección de nuestro Ejército, que de lo contrario habrían quedado a merced de los nazis y sus cómplices.

Así las cosas, en la noche del 9 de julio los Aliados desembarcaron en Sicilia. En cuatro días ocuparon sin mayor dificultad Siracusa, Augusta y Catania. Una semana más tarde, Agrigento y Palermo.

—Las ciudades caen sin luchar. La gente está contenta, y busca mostrar por todos los medios su disgusto con el régimen. Están borrando las inscripciones fascistas... —me confió una tarde el conde.

Un par de días después, luego de hablar con De Cesare, el secretario particular del Duce, me invitó a compartir un café en su oficina y me alertó:

—Quienes vieron a Mussolini en estos días me dijeron que está vencido por la apatía. Transmite la sensación de que todo ha terminado. «Todavía no estamos en la última hora», me dijo De Cesare. Yo pensé: «Pero estamos en la penúltima, cuando los eventos se suceden, y ya nada podemos hacer para cambiar su fatalidad».

Michelangelo della Rocca

Llegué a Roma desde Berlín el 21 de julio, un miércoles, para visitar a mi padre que había sufrido un severo ataque cardíaco. Encontré la ciudad muy agitada. «Algo está por pasar», pensé enseguida. Después de verlo donde estaba internado, me comuniqué con Antonella. Quedamos para las seis de la tarde, en un viejo café de via della Pace.

—Cada vez que te veo estás más atractiva —le dije, intentando ser cortés, aunque de verdad lo pensaba. Pero ese no era el tema aquella tardecita—. Dime, ¿qué sucede?

Antonella confirmó mis presentimientos. La rápida derrota en Sicilia había terminado de minar al régimen fascista, que se tambaleaba. El Duce estaba solo. Cualquier desenlace podía sobrevenir. Y en poco tiempo.

Fue un sacudón tremendo. ¡Es que habían pasado veinte años...! De nada de eso se hablaba en Berlín, sometida a férrea censura, salvo por algunos rumores. Pero los médicos me aguardaban. Nos despedimos de apuro y quedamos para el lunes, en el mismo sitio. Nunca imaginamos lo que sucedería en esos pocos días.

Cuando nos volvimos a encontrar, el lunes 26 de julio, lo primero que hicimos fue darnos un interminable abrazo. Fue el modo de decirnos que, pasara lo que pasara, estábamos juntos en esto. ¡Es que había sucedido de todo!

—Después del encuentro del Duce con el Führer en Feltre, Luca perdió sus últimas esperanzas de que Italia se retirara de la guerra —fue lo primero que me dijo Antonella, no bien nos sentamos en la terraza del café—. Esa es la preocupación de todos los italianos, y más luego del primer bombardeo aliado a Roma, justo el mismo día de la reunión...

—¡Es que fue un monólogo de Hitler, como siempre! —la interrumpí; los dos estábamos ansiosos por comentar las novedades.

—Sé que luego Luca se reunió con varios miembros del Gran Consejo Fascista, que había sido convocado para el sábado pasado por la tarde en el Palazzo Venezia, la primera vez después de años. Al regresar me dijo: «Hay un fermento de conspiración en el aire».

—Y así fue —la apoyé—. Luego del discurso de apertura del Duce, en que dijo «la victoria es indudable» y otros disparates fuera de la realidad, varios consejeros hablaron y le retrucaron. ¡Eso nunca había pasado antes! El momento culminante fue cuando Grandi propuso que Mussolini devolviera sus poderes al rey, ¡incluido el mando de las Fuerzas Armadas! Cuando el Duce se dio cuenta del giro que tomaban los hechos, trató de suspender la sesión. Pero ya era tarde. A las dos y media de la madrugada del domingo no tuvo más remedio que someter la moción de Grandi a votación: salió aprobada por 19 a 8, con una abstención. Bastianini, Ciano —su yerno— y Alfieri votaron a favor. Se produjo un instante de silencio. Entonces el Duce se paró y se fue, diciendo: «No sabía que tenía tantos amigos…».

—Lo demás es conocido —complementó Antonella—. Ayer de tarde el rey, viendo que Mussolini no se comunicaba con él para informarle de lo sucedido en el Gran Consejo, le pidió que pasara por Villa Savoia. Al llegar, Vittorio Emanuele III le comunicó al Duce que había sido relevado de su cargo y reemplazado por el general Pietro Badoglio. Al salir, el Duce preguntó dónde estaba su coche. Entonces se le acercó un comandante de los Carabinieri y le dijo: «Por favor, sígame». Entonces comprendió todo.

—¡Todavía no lo puedo creer! —por enésima vez sacudí mi cabeza, asombrado—. ¿Y ahora qué pasará, *la mia amata*?

—El rey ha declarado a los alemanes que «Italia mantendrá la palabra dada». Pero ya se habla de armisticio con los Aliados… Van a ser tiempos muy difíciles —Antonella suspiró. Y pude adivinar, aun en esa mujer fuerte, la angustia y la sombra del miedo.

—Es cierto. Pero estaremos juntos —le dije, mientras tomaba sus manos y las acariciaba—. Cuando todo termine, hablaremos más tranquilos. Ojalá sea para siempre.

Oficina de Enlace, Sussak e Isla de Rab,
fines de julio y agosto de 1943

Fiorella Illy-Scarpa

¡No salíamos de nuestro asombro! Cuando se supo lo sucedido, nos alegramos. Todos. Vittorio, Luigi, los demás, yo misma. Aunque también comprendimos que entrábamos en un tiempo de caos e incertidumbre.

Cada uno tenía sus razones. Algunas las compartíamos, otras no. Todos estábamos hartos de la guerra, y sentíamos repugnancia por los nazis y sus atrocidades. Luigi y otros jóvenes militares sabían que Italia nunca había estado preparada para la contienda bélica, y que el sacrificio que hicieron —en el que perdieron la vida tantos amigos y camaradas— solo había servido para satisfacer los delirios de un ególatra. Vittorio y yo creíamos en la libertad y en los valores cristianos. Cuando el fascismo tomó el gobierno de nuestra querida patria, Vittorio no tenía aún veinte años y yo era una adolescente. Casi no conocíamos otro régimen. Pero nuestros sueños iban por otro lado.

Yo lo admiraba a Vittorio. Con sus cuarenta años recién cumplidos, bien que no había defraudado las expectativas de Asuntos Exteriores en estos tiempos de prueba. Y lo quería mucho. Pero que no se malentienda: como un buen jefe —exigente, recto, comprensivo— y como un amigo, que siempre tenía la palabra justa y una voz de aliento en los momentos difíciles. Por lo demás, nos teníamos un gran respeto. Espero haber sido clara en este aspecto.

Lo que más me impresionaba (y me conmovía) era que mientras se mantenía atento —día por día— a lo que sucedía en Rab, donde se jugaba la vida de miles de seres humanos, también encontraba tiempo para ocuparse del destino de otras personas, de cualquier origen. Como el caso de Saric Kasin fu Nazif. Un par de meses antes, el 22 de mayo, enterado de los motivos por los que este musulmán se encontraba prisionero desde hacía un tiempo en Mostar, se comunicó con las autoridades militares para decirles que esas razones no le resultaban convincentes, y solicitó un reexamen de su situación. Poco después Kasin fue liberado.

Pues bien: al día siguiente me dictó una impresionante carta para Pietromarchi. En el mensaje recogía una solicitud de los internos judíos del campo de Rab para que los niños entre siete y dieciséis años pudieran ser trasladados a Turquía. Luego aclaraba: «Es evidente que se habla de Turquía para no mencionar Palestina», que sin duda sería su destino final. Entonces dio su opinión. «Hay que tener mucho cuidado al decidir cómo actuar», ya que si bien por razones humanitarias compartía la idea, le preocupaba cómo llevarla a cabo. Sobre todo el tránsito por Turquía —país neutral—, dada su aversión hacia los extranjeros en general, y por los judíos en particular. Al final incluyó un detalle con las edades de los chicos. En total eran cuatrocientos cincuenta, algo más mujeres que varones. Pero no se conformó con eso. Viendo que la cantidad era tan grande, lo que hacía muy difícil la operación, propuso al menos trasladar a los que estaban sin padres ni parientes cercanos al orfanato de Villa Emma, organizado por la comunidad judía italiana en Nonantola, cerca de Módena. Esto era algo que dependía solo de nosotros, los italianos. Al conde le pareció bien, y tomó cartas en el asunto.

Fueron días de altibajos, de alegrías y decepciones. Estábamos más cerca del fin de la guerra. Eso nos animaba. Pero habíamos caído en un pozo de incertidumbre. Podía pasar cualquier barbaridad. En particular, con los nazis. A diferencia de nuestra debilitada Italia, ellos seguían fuertes y dispuestos a todo. ¿Cómo iban a reaccionar ante la caída del Duce? ¿Se abalanzarían sobre Italia y sus territorios? Y a nosotros, ¿qué nos sucedería?

Luigi Zaferano

Fue un tiempo de enorme actividad. Vittorio me encargó seguir de cerca la puesta en marcha del campo de Rab y el traslado de los hebreos. Todos los días saltaba alguna chispa entre el Ministerio y el Ejército, y a menudo también entre los mandos militares. Con el apoyo de mi jefe, debía zurcir los cabos sueltos y tratar de que todo llegara a buen término. ¡Era una tarea imposible! Los hebreos tampoco estaban muy contentos: muchos fueron trasladados, en pleno verano, de buenos hoteles sobre el Adriático a barracones de madera sin terminar, en medio de una planicie sofocante. Los líderes de la comunidad enseguida entendieron que era un mal necesario y ayudaron en todo, como siempre. Sin embargo, otros no se conformaban... Para colmo, a los jerarcas les dio por hacer declaraciones rimbombantes: el secretario de Exteriores Augusto Rosso, por ejemplo, declaró que en el campo se debían respetar «los principios de humanidad que son nuestro irrenunciable patrimonio espiritual». Así que cualquier cosa que no andaba bien, ¡era culpa nuestra!

Por suerte, tenía un estímulo. Creo que se me puede entender. De a poco, los grupos de hebreos fueron llegando. Comenzamos en mayo. Pero estábamos a mediados de julio y aún no habíamos terminado. Con la inquietud que generaban las noticias del frente, aquello se volvió una carrera contrarreloj. El 20 de julio, ¡por fin!, llegó el último contingente. Eran los que estaban más lejos, en la isla de Lopud, frente a Dubrovnik, los que venían de Mostar. Me devoraba la ansiedad... No logré calmar mi inquietud hasta el momento en que llegaron al campo. De repente, me corrió un escalofrío. Y sí..., allí estaba ella.

Nos encontramos varias veces. Era frecuente que los militares conversaran con los internos, así que eso no llamó la atención.

—¡Qué lindo verte otra vez! —Fueron mis primeras palabras.

Nos tomamos de las manos y nos miramos a los ojos, largo rato. Aun en medio de la desolación de la guerra, estábamos felices.

—¡Y cuántas cosas han pasado!

Ella asintió. Entonces cada uno comenzó a sacar de adentro lo que sentía. Saltamos de un tema a otro, en completo desorden. Que estábamos más cerca del final de la guerra, que el nuevo gobierno de Italia los iba a proteger, que ella ya había perdido la esperanza de encontrar a sus padres, que eso la ponía muy triste, que extrañaba a sus amigos del alma (Lizzy y Alex), que hacía casi cinco años que no los veía, que yo me ofrecí a tratar de averiguar algo de ellos (entonces me dio sus nombres y direcciones, en Hamburgo y Stanislawow), que la comida del campo era muy mala —protestó—, que cuando todo terminara la iba a llevar a cenar al mejor *ristorante* de Roma, que qué suerte habernos conocido, que ella era tan hermosa y sugestiva («como un enigma para descifrar», fue lo que me salió, muy poético), que yo era un *elegante capitano,* y nos reímos y reímos, hasta olvidarnos de todo lo que nos rodeaba, y nos acercamos cada vez más, y nos estrujamos las manos con fuerza, hasta que nuestros labios se rozaron... Tan solo un instante. Que jamás podré olvidar.

Luego hubo otros encuentros. Ella no podía salir del campo. Y yo debía dar el ejemplo. Así que todo fue muy espiritual, casi diría platónico. Pero no nos importó: éramos jóvenes, teníamos la vida por delante, sentíamos crecer el amor entre nosotros. Y aun en ese olvidado recoveco del mundo alcanzamos a vislumbrar la felicidad.

Palazzo Chigi, Roma, agosto de 1943

Antonella Donati di Montibello

Los eventos se precipitaron. Pietromarchi hacía rato que había perdido su fe en el Duce. Pero tampoco lo entusiasmó la forma en que fue depuesto. No obstante, fue de los primeros —y uno de los pocos— en comprender que para Italia la única salida decorosa era romper con la locura nazi y hacer la paz con los Aliados. La mayoría de los jerarcas, en *Palazzo* y en el gobierno, un día decían una cosa y al día siguiente otra. El general Castellano —el adjunto de Ambrosio— comenzó a apoyarse cada vez más en él. Un tiempo después escribió: «Uno solo se mantuvo a la altura de las circunstancias. La mente clara, sin asustarse, con una decisión firme: el ministro Pietromarchi. Solo con él podía tener discusiones concretas, y éramos de la misma opinión».

Los primeros días de agosto, el marqués Lanza D'Ajeta partió hacia Lisboa. Poco después se recibió en Palazzo Chigi un mensaje suyo en clave: «Localizado el prisionero». Que significaba: «He iniciado los contactos».

En efecto, sus encuentros con el embajador británico sir Ronald Campbell, si bien no arrojaron resultados concretos, pavimentaron el camino para que días después Castellano iniciara un inverosímil viaje para negociar con el comando aliado. El encumbrado general debió viajar solo y en tren, con la falsa identidad de un funcionario del Ministerio de Cambios y Valores de nombre Ridolfi. Demoró tres días para alcanzar España y otro tanto hasta arribar a Lisboa. Una vez allí, llevó adelante la negociación sin saber una palabra de inglés, con ayuda del cónsul Franco Montanari. El conde y los demás permanecieron expectantes en Roma.

Al atardecer se había vuelto habitual que Pietromarchi me llamara para compartir un café. Se sentía solo y en una situación muy comprometida, necesitaba desahogarse, confiar en alguien. Me habló de sus miedos y de sus escasas ilusiones, me contó sobre las negociaciones, y sobre las míseras actitudes de algunos colegas —secretos que me llevaré conmigo—. Como temía por la suerte de su familia, la trasladó a la campiña en Umbria.

—Se dice que en Roma ya hay disimulados veinte mil agentes de las SS. En otros lugares, lo mismo. La ocupación alemana puede ser inminente —me alertó.

Pero nada de eso lo hizo olvidar sus convicciones:

—Tenemos miedo por el destino de los judíos. Dondequiera que llegaron los nazis, el exterminio comenzó de inmediato —recuerdo bien esa tarde, una de las últimas conversaciones que mantuvimos. La persecución de los judíos en la propia Italia ya era casi una realidad. Y eso lo afectaba de manera personal. Sacudió la cabeza. Luego miró un rato en silencio el *cortile* del magnífico *palazzo*, con nostalgia, como si supiera que pronto lo habría de abandonar. Al final remató—: Esta es la guerra de la idiotez combinada con la ferocidad. Nunca antes la humanidad había caído tan bajo.

Unos días después regresó Castellano. Se reunió con el jefe de Estado Badoglio, el general Ambrosio y el ministro de Exteriores Guariglia.

Al día siguiente, el domingo 29 de agosto, lo hizo con Pietromarchi. Las opiniones fueron dispares. El conde apoyó lo actuado por el general. Se ajustaron las posiciones y Castellano volvió a partir, esta vez hacia Sicilia.

El 3 de setiembre a las 17:15, en Cassibile, cerca de Siracusa, los generales Walter Bedell Smith y Giuseppe Castellano, en representación de Eisenhower y Badoglio, firmaron el armisticio, lo que se mantuvo en absoluto secreto. Fue el fin de la funesta aventura bélica a la que nos condujo el Duce.

En la madrugada del 9 de setiembre comenzó un gran desembarco aliado en Salerno. Ese mismo día, según lo acordado, el armisticio se hizo público.

El Führer dio orden de ocupar Italia, incluida Roma, y los territorios bajo control italiano. Era la terrible tempestad que tanto habíamos temido.

Oficina de Enlace, Sussak, e Isla de Rab,
en esos mismos días

Fiorella Illy-Scarpa

Los nazis ocuparon Liubliana y Trieste, y avanzaron hacia Sussak. Casi no nos quedaba tiempo. En cuestión de horas estarían aquí.

Mientras tanto, las noticias que recibíamos desde Roma eran desmoralizantes: vastas zonas de la capital ya estaban bajo control de las SS, lo que obligó al rey y su familia, a Badoglio, al gobierno y al Comando Supremo a escapar hacia el sur para no caer en sus manos. En la madrugada del 9 de setiembre, los alemanes bloquearon la mayoría de las vías de salida de la ciudad. Solo quedó la Tiburtina, y fue por allí que lograron escabullirse.

Pero la confusión y el desaliento ya habían ganado a nuestras filas. En pocas horas habíamos pasado de pelear junto a los alemanes, a hacer la paz con los Aliados y comenzar a luchar a su lado contra los nazis. Las tropas italianas que intentaron resistir fueron aplastadas por los alemanes. Muchas otras se entregaron sin oponer resistencia.

—Llama rápido a Zaferano —me ordenó Vittorio.

El capitán corrió escaleras arriba. Instantes después se presentó en su despacho.

—El final de la guerra está cerca. Al menos para nosotros. Pero quedan solo horas antes de que lleguen los nazis. Ve de inmediato a Rab y asegúrate de que la liberación del campo se produzca de manera pacífica y sin represalias, de ningún lado. Sobre todo de los eslovenos, temo que quieran venganza. En cuanto a los judíos, es indispensable que tomen contacto con los partisanos de Tito, o con los representantes de los Aliados en Yugoslavia, antes que los nazis y los ustachas aparezcan allí. De lo contrario, ¡todo lo que hemos hecho se habrá perdido! —luego Vittorio sonrió, aunque más bien fue una mueca triste—: Aunque esto de preocuparte por los judíos quizás no sea tanto esfuerzo para ti...

Los dos hombres estrecharon sus manos y Luigi partió. Vittorio se me acercó:

—Ve a tu casa, con tu familia, y aguarda los acontecimientos. Todo va a pasar. Piensa que han sido tiempos muy duros. Pero hemos estado a la altura, porque obedecimos a nuestra conciencia. Y tú me has ayudado mucho. ¡Gracias!

Nos dimos un largo abrazo. El llanto me dominó. Luego nos separamos.

Luigi Zaferano

Cuando llegué a Rab, campeaba el más absoluto desorden. Los partisanos nos seguían acosando, sin tomar conciencia de que ya no éramos sus enemigos. Nuestros hombres tampoco comprendían bien la nueva situación. Solo los judíos, mejor organizados y con líderes más lúcidos, ayudaban a encaminar las cosas. Los rumores de que los nazis se acercaban por el camino de la costa ya corrían por el campo. Y ese sería el final de todos. Tampoco los partisanos serían capaces de oponerles resistencia.

Al final, luchando contrarreloj, se llegó a un cierto acuerdo: nuestras tropas liberarían los campos de Rab y entregarían a los partisanos la mayor parte de sus armas. Ellos nos permitirían partir en las embarcaciones para el traslado de tropas que ya esperaban en el puerto. Todo debía ser ejecutado sin demora. ¡Y menos mal que así fue!

No bien estuve un poco más calmo —aunque el acuerdo estaba prendido con alfileres—, me acerqué al campo judío. Aquello era una locura, todos corrían de un lado al otro. Demoré una eternidad en encontrarla. Nos apartamos del alboroto lo más que pudimos. Ella ya había juntado sus cosas, cabían en un minúsculo bolsito. Sabíamos que solo teníamos unos minutos. Me entregó dos cartitas, para Lizzy y Alex.

—Quise escribir también una para mis padres, pero me puse muy triste, no pude hacerlo... —me dijo con lágrimas en los ojos, y por primera vez vi quebrarse a esa *ragazza* arisca y dulce.

—También yo tengo algo para ti —le respondí, y saqué de mi morral un anillo dorado (el que me lo vendió, en Sussak, me había dicho que era de oro, pero yo lo dudaba).

¡Se puso tan contenta! Me abrazó y me besó, ya no nos importaba que nos vieran. Pero no quedaba más tiempo. Nos teníamos que separar. Ella, para reunirse con sus amigos y marcharse de allí, no bien las puertas del campo se abrieran; y yo para tomar el barco que nos llevaría a algún puerto italiano.

Nos miramos una última vez. Nos sonreímos. De repente, ella se perdió en el gentío, ya pronto para dejar el campo. Sentí que algo se desgarraba dentro de mí.

Nuestro tiempo juntos había terminado.

Epílogo

DESTELLOS EN LA OSCURIDAD

31

Un día, la libertad

Cattaro, Governatorato di Dalmazia
(hoy Kotor, Montenegro), setiembre de 1943

Zaferano, alza bandiera bianca!

Al escuchar la orden, Luigi giró en busca de su comandante. Durante un instante cruzaron miradas angustiadas, y en ese momento comprendió todo: la guerra había terminado, al menos para ellos.

Apenas unos días antes, al zarpar de Rab —en medio del caos provocado por el armisticio con los Aliados—, todavía conservaban la ilusión de seguir defendiendo su patria, ahora enfrentada a la maquinaria nazi. Pero pronto comprendieron que aquel viejo lanchón de la Marina no los llevaría muy lejos. Trieste ya estaba en manos alemanas, al igual que los demás puertos italianos del norte. Para arribar a territorio amigo, debían atravesar el Adriático y alcanzar algún puerto al sur de Pescara, quizás Bari. Pero desde el mar se acercaban fuertes tormentas y se encontraban escasos de gasolina. ¡Era pedirle demasiado al viejo barco! Solo les quedó una alternativa: navegar hacia el sur, bordeando la costa dálmata, y confiar en que las tropas italianas pudieran retener alguno de los puertos del *Governatorato*. Sin embargo, no fue posible: uno tras otro fueron cayendo bajo dominio germano. Solo Cattaro resistía. Cuando ya se enfrentaban a la boca de entrada de la histórica bahía, llegaron las malas noticias: la ciudad se había rendido.

El comandante no tuvo otra opción que dar la fatídica orden.

Sus antiguos socios no los trataron mal. Pero les hicieron comprender que para ellos no eran el Ejército Italiano, sino «los soldados de Badoglio». Es decir, traidores. Más tarde los reunieron con otros compatriotas prisioneros, sobre todo de la Divisione Taurinense. Y así conoció a Aldo,[16] con quien forjaría una sólida amistad durante el difícil tiempo de la prisión. Ambos tenían veintitrés años, amaban su patria y el *calcio*, y habían debido cumplir la penosa misión de izar la bandera de rendición de sus respectivas unidades. Aunque Aldo era piamontés y valdense —hijo de un tal Pierre Amédée Malan y su esposa Marthe Long—, mientras que Luigi era florentino y liberal, pronto hicieron buenas migas.

Poco tiempo después fueron embarcados en vagones de ganado con destino desconocido. Durante varios días viajaron sin comer y casi sin beber, hacinados hasta tal punto que les resultaba muy difícil sentarse (¡ni soñar con acostarse!). En esas condiciones debieron realizar sus necesidades corporales, día tras día. Sus guardianes eran mercenarios mongoles al servicio de los nazis, legendarios por su crueldad, que disfrutaban haciéndolos sufrir.

Fue casi un alivio cuando vislumbraron las alambradas de púas, las torretas y los reflectores de un campo de concentración.

Letmathe, cerca de Dortmund, Alemania,
noviembre de 1943

Unos días después fueron «clasificados». Aldo y Luigi se negaron a adherir a la República de Saló —creada por los nazis en el norte de Italia y presidida por Mussolini—, lo que les hubiera valido el retorno a la patria. Evitaron ser asignados a las minas de carbón —lo que equivalía a una sentencia de muerte—, pero tampoco tuvieron la suerte de ser enviados a las granjas (donde al menos podían robar comida). Terminaron en la pequeña ciudad renana de Letmathe. Allí debían realizar trabajos forzados en los ferrocarriles, como el cambio de durmientes de vía. Era un trabajo muy pesado, sobre todo para hombres desnutridos, que ya no tenían fuerzas ni para levantar el pico. Pero hasta que no cumplieran el trabajo ordenado, no podían regresar al campo de concentración. Otras veces los enviaban a la estación a descargar vagones para la industria. El esfuerzo era terrible, y el hambre feroz. A veces escapaban a la vigilancia del *capoccia* y se zambullían en un basurero; tanteando entre los desperdicios lograban encontrar cáscaras de papa o núcleos de repollo. En unos pocos meses, Aldo perdió 30 kilos y quedó reducido a 48. Luigi corrió una suerte parecida.

Hasta que el 24 de febrero del 44, día del cumpleaños de Aldo, todo cambió. Fue asignado a trabajar en una fábrica, donde debía realizar turnos de doce horas, muchas veces por la noche. Débil como estaba, temió no sobrevivir. Sin embargo, un milagro sucedió: su nuevo jefe alemán, un tal August Kleine, resultó ser una excelente persona. No solo lo ayudaba en su trabajo sino que a escondidas le pasaba sobras de comida. Y por si esto fuera poco, se refería —en secreto— al comandante de la fábrica como «el nazi», para marcar distancias. Pero eso no fue todo. Un día el cocinero de la fábrica, un parisino de nombre August —enviado por la fuerza a Alemania mediante el STO (Service du travail obligatoire)—, al ver su capa alpina le preguntó si no sería posible conseguirle una. Aldo le dijo que sí (enseguida pensó en darle la suya, ¡nada era más importante que obtener comida!), pero que dependía de lo que estuviera dispuesto a entregarle a cambio.

—*Je te donnerai une gamelle de soupe.*

—¿Por varios días? —preguntó Aldo, con timidez.

—*Tant que nous resterons ici.*

Aunque de ahí en adelante se tuviera que abrigar con trapos, ¡ese era el mejor negocio que podría haber hecho! En pocos días su vida cambió. Y más aún cuando August Kleine comenzó a invitarlo a cenar a su casa con su familia, para lo cual brindaba en la fábrica las excusas más inverosímiles. Todo esto le permitió ayudar con alimentos a sus amigos, Luigi entre los primeros.

A mediados del 44 los bombardeos aliados —hasta entonces esporádicos— se volvieron frecuentes por las noches. La vecina ciudad de Hagen sufrió un devastador ataque de las «fortalezas volantes». El espectáculo fue aterrador: como allí había industrias químicas, los incendios provocaron llamas de todos los colores hasta cientos de metros de altura. Luego fue el turno de Letmathe, varias veces. Hasta tal punto que los prisioneros, obligados a trabajar entre incursiones, salvaron varias veces su vida de milagro. Una noche, los muchachos estaban trabajando en la estación ferroviaria cuando se desencadenó el ataque. Mientras corría al refugio, Aldo pasó junto a una mujer alemana, que apenas vislumbró entre los destellos de las bombas y las bengalas: tenía un niño en brazos y otro de la mano. Aldo regresó para ayudarla, pero en ese momento fue arrojado al suelo por una explosión muy cercana. Cuando volvió a mirar, los tres ya no estaban... Quiso buscarlos, pero las bombas siguieron cayendo.

Un feliz día de junio se enteraron por los prisioneros franceses de que los Aliados habían desembarcado en Normandía y que avanzaban hacia París. Mientras tanto, los bombardeos se intensificaron aún más, por lo que corrían cada día mayores riesgos. Para ese entonces, Aldo también se preocupaba de cuidar de la mujer de su protector August —a quien llamaba *mutter*— y de sus hijos, que lo trataban como de la familia.

Hacia el otoño, los alemanes en general —sobre todo los civiles— empezaron a ser más humanos y hasta amables con los prisioneros. Su derrota parecía cercana, aunque «el nazi» y sus seguidores hablaban de una «nueva arma» que pronto cambiaría el curso de la guerra y le daría la victoria a Alemania. ¿Podría ser eso cierto?

Sea como fuere, Luigi, Aldo y sus compañeros no pudieron evitar soñar con el fin de la guerra y el regreso a casa. Quizás fuera antes de fin de año, para la Navidad. Quizás...

Lwow, Polonia (hoy Leópolis, Ucrania),
13 de junio de 1944

Luego de arrojarse del tren —sin saber dónde estaba—, Alex atravesó el cerco, se puso de pie y salió a la calle. Decidió caminar sin rumbo. Pero de repente, todo le pareció conocido. Era el barrio de Lwow, donde había estado escondido en la casa del albañil. Por esa misma calle que ahora caminaba había pasado justo un año antes, cuando escapaba junto a su madre con destino incierto, ¡el mismo día y a la misma hora! Siguió andando y pasó frente a la peluquería donde se había cortado el pelo para que no sospecharan que era un niño judío. ¡No podía creerlo! El azar lo había llevado al único lugar que conocía de una gran ciudad de cientos de miles de habitantes.

Tomó una decisión: iría a la casa de los Grzonska, para averiguar lo sucedido a su madre. No se acordaba del nombre de la calle ni del número. Pero ya no le importó: se dejó llevar por su intuición. Pasó al lado de la estación, llegó a un barrio residencial, dobló en una esquina, caminó dos cuadras más, ¡y allí estaba! Reconoció sin dificultad el apartamento de planta baja y tocó timbre. Le abrió una señora mayor.

—Busco a la señora Grzonska.

—No está, pero yo soy su madre —le respondió—. ¿Qué quieres?

—Bueno, entonces la esperaré.

En ese momento apareció una mujer más joven y le preguntó:

—¿Quién eres? —Alex no supo qué responder, hacía tantos años que vivía escondido…—. ¿No serás el hijo de Pepa?

El joven dudó. Pero al final asintió con la cabeza.

—Tranquilízate, tu mamá está bien. —La mujer lo abrazó—. Vive con mi hermana a poca distancia de aquí, la voy a buscar.

¿Sería verdad? Alex quería verlo con sus propios ojos, antes de alegrarse. Había escuchado tantas mentiras, y había visto sobrevenir sucesos demasiado horribles. La señora mayor le dio algo de comer y le contó que recién habían recuperado su casa, porque antes todo el barrio había sido expropiado para viviendas de los oficiales alemanes. Ahora las habían abandonado, aunque todavía controlaban la ciudad. De pronto, la puerta se abrió y se escuchó una voz…

—¿De verdad eres tú, Alex?

No podían creer que fuera verdad. El abrazo resultó interminable. Su mamá lo cubrió de besos y de lágrimas. Hacía un año que no se veían, vivieron hechos terribles y ambos habían temido lo peor. Su madre no se terminaba de convencer. Cada tanto volvía a preguntar: «¿Realmente eres tú?». Y de nuevo lo abrazaba y lloraba. Lo imposible había sucedido.

Lo bañaron, le consiguieron algo de ropa limpia y lo acostaron. Durmió de continuo durante un día y medio…

—El peligro todavía no pasó, hijo —le dijo Pepa cuando despertó, sentada a los pies de su cama—. Los alemanes están por abandonar Lwow, pero eso aún va a demorar algún tiempo. Te conseguiremos papeles, para que estés «legal».

Unos días después apareció el documento: ahora Alex era un refugiado de Beremiany de apellido Pokora, como los padres de Yulia Synenko. Se podía quedar tranquilo en casa de la madre de los Grzonska. No obstante, cuando pensaban que podía haber algún riesgo —las denuncias de los antisemitas a los nazis seguían a la orden del día—, Pepa lo llevaba a un edificio bombardeado y abandonado. Una noche, cuando llegaron allí para esconderse, encontraron a un grupo de soldados alemanes y quedaron paralizados por el miedo. Irónicamente, ellos se asustaron aún más: estaban sacándose el uniforme, eran desertores. Sin duda, los tiempos estaban cambiando.

Un mes después de la llegada de Alex, a mediados de julio, los rusos sitiaron Lwow. Era el comienzo del fin. Pero los alemanes resistieron y la lucha fue encarnizada. Primero fue el combate de artillería, y luego los enfrentamientos cuerpo a cuerpo y calle por calle.

Pepa se llevó a Alex con ella y durante diez días durmieron en un refugio, al que solo abandonaban unas pocas horas por la tarde. En aquella ciudad arrasada, a pesar de la lluvia de bombas y los intensos tiroteos, después de casi cinco años volvieron a soñar.

Es que la libertad estaba tan cercana…

32

El largo camino a casa

Lwow, Polonia, 26 de julio de 1944

El 25 de julio, un destacamento ruso entró al edificio donde se encontraba el apartamento de los Grzonska. En ese momento, Pepa y Alex estaban allí. Después de lo vivido a comienzos de la guerra, cuando los rusos ocuparon Stanislawow y les quitaron casi todo lo que tenían, y del extravagante episodio de la liberación de Buchach por aquella estrafalaria patrulla de cosacos, Alex no sabía qué esperar. Pero el grupo, que lucía bien uniformado, les brindó un trato respetuoso. Les advirtieron que las luchas callejeras continuaban y que había francotiradores apostados por los nazis en los edificios. Que tuvieran mucho cuidado.

Esa tarde y esa noche fueron eternas. Nadie asomó la nariz de la casa. Sabían que eran horas decisivas. Y resultaron interminables.

A la mañana siguiente el silencio era absoluto. Aguardaron largo rato. No querían hacerse ilusiones. Pero al final se decidieron y salieron a la calle. Lo que sucedió fue irreal. Había muy poca gente en la calle aquel miércoles. Y los que estaban parecían andar sin rumbo, solo querían confirmar lo que todos intuían: «¿Se fueron los alemanes? ¿Seguro que ya no volverán?». Las personas y las familias se cruzaban unas con otras, se hacían la misma pregunta; todos contestaban que sí, que ya no volverían los nazis. Pero nadie festejaba. Y mucho menos se atrevían a pronunciar aquella palabra sagrada...

Hasta que Pepa tomó la decisión. Sentía una felicidad extraña y embriagadora, paz interior y un cansancio de años, todo al mismo tiempo. Miró a su hijo. Pensó en su adorado Hersh, en su papá —el Gran Abuelo— y en su mamá, en el Pequeño Abuelo y en tantos otros. De toda la familia, solo quedaban ellos dos. Respiró profundo, suspiró y se animó a decirlo:

—Alex, la pesadilla terminó. Somos libres otra vez.

Ese día, el 26 de julio, era el cumpleaños de Alex.

En agosto, apenas se les presentó la oportunidad, Pepa y Alex regresaron a su ciudad, Stanislawow. Todavía no había trenes y el único medio para viajar eran los camiones del Ejército Ruso, pagándoles a los choferes.

Allí se alojaron en la casa de unos amigos de Pepa, que era una de las pocas familias judías que aún vivían en la ciudad, y por tanto era el centro de reunión de todos los que volvían, que no eran muchos. Se quedaron allí algunas semanas. Pepa se levantaba todos los días con la ilusión de que alguien de la familia regresara. Pero no apareció nadie.

Recorrieron la ciudad. Todo parecía normal, pero solo era un espejismo.

Fueron a la fábrica del Gran Abuelo. Estaba desmantelada, semidestruida. La casita de Göring aún estaba en pie… y allí alguien los esperaba, feliz de verlos: Maxim, el fiel cochero. «Tengo todo bien cuidado, para cuando regrese el Gran Abuelo». Tuvieron que decirle que ya nunca volvería. Maxim rompió a llorar. Esa noche bebió más que de costumbre. Semanas más tarde, la fábrica se transformaría en un campo de concentración soviético para prisioneros alemanes y ucranianos.

También visitaron su querido apartamento de la calle Smolki, su viejo hogar. Temían lo que fueran a encontrar allí. La encargada seguía viviendo en una mitad, en la otra vivía gente desconocida. Era evidente que, de hecho, ya no les pertenecía. Nadie siquiera se lo insinuó. Luego recorrieron el antiguo gueto. Todas las casas estaban ocupadas, como si nada hubiera sucedido. Solo faltaban los judíos en

Stanislawow. Luego la Historia señalaría que de los treinta mil judíos que permanecieron en la ciudad bajo la ocupación alemana, solo sobrevivieron menos de cien, Alex y Pepa entre ellos.

Todo era demasiado doloroso.

Una de las pocas alegrías fue el reencuentro con Kowalski, el aristócrata ucraniano amigo de Hersh. Otra fue recibir la visita de Korembluth, el viejo abogado que escapó junto con Alex del molino de Beremiany. Le contó a Pepa maravillas del joven, en particular que era el único que sabía la fecha en que vivían cuando estaban escondidos.

Muy pronto Pepa comprendió que ya no tenían nada que hacer allí.

—Aquí no hay lugar para nosotros —le dijo un día a su hijo, con lágrimas en los ojos—. Solo nos quedan recuerdos, y muchos son demasiado tristes.

Y fue así que una madrugada tomaron el ferrocarril de regreso a Lwow. Llegaron a la histórica ciudad con las primeras luces del alba. La estación ya hervía de actividad. Soldados y refugiados se desplazaban en todas las direcciones. Será en esa misma estación que el joven Alex descubrirá, unos meses después, un bullicioso grupo de prisioneros italianos que regresaban a su patria, capitaneados por un tal Primo Levi, al que todos llamaban «el Ingeniero». Quizás su fascinante personalidad influyó de alguna manera en la futura vocación del joven.

Pepa y Alex se bajaron del tren.

El amanecer los vio alejarse, tomados de la mano, camino de la ciudad.

A la distancia se vislumbraban las primeras barras doradas del día.

Belfort y Estrasburgo, Francia, fines de 1944

Las esquirlas del obús, que alcanzaron su rostro y su brazo, le provocaron heridas delicadas. Marcel —al igual que sus camaradas franceses— sabía bien que la estratégica ciudad de Belfort, situada en el corazón de un paso en las montañas que dominaba el Alto Rhin, sería defendida a muerte por los alemanes. Y así fue que, mientras cumplía una misión de enlace entre franceses y norteamericanos, terminó internado de urgencia en un hospital de campaña. Lo operaron, le extrajeron los restos de metralla y lo recluyeron en estado reservado. Pero se trataba de una guerra muy dura y las camas escaseaban. Pocos días después, un Marcel tambaleante tuvo que abandonar el hospital y retornar a la fajina.

Mientras tanto, Belfort continuó resistiendo el avance aliado. Hasta un punto tal que el general Leclerc decidió avanzar sobre Estrasburgo, que fue liberada el 23 de noviembre, cumpliendo así su juramento de Koufra: «No deponer las armas hasta que nuestros hermosos colores floten sobre la catedral de Estrasburgo». Unos días antes, el domingo 19, sus tropas habían sido las primeras fuerzas aliadas en alcanzar la margen oeste del Rhin, en Rosenau. Y entre ellos se encontraban Marcel, Domingo y un grupo de voluntarios del otro lado del océano, llevados allí por sus ideales.

Días después sería el turno de Mulhouse y de Belfort. Colmar aún soportaba el asedio, y su bolsón de resistencia se volvería renombrado. Quedaban todavía numerosos enclaves nazis en territorio francés, la lucha era feroz y el invierno se presentaba terrible. Pero el emblemático Rhin ya se encontraba a la vista.

Bosque de Elsenheim, Alsacia, Francia,
24 de enero de 1945

El Rhin y Alemania se encontraban solo seis kilómetros más adelante. Pero antes debían atravesar el bosque de Elsenheim.

No era una misión fácil. Y como tantas veces, la Decimotercera Media Brigada de la Legión Extranjera fue la fuerza elegida. El frío era más intenso que nunca y la nieve lo cubría todo. Los hombres avanzaron. Apenas pisaron el linde del bosque, llovieron los obuses. El fuego era infernal, y los alemanes se defendían de manera encarnizada desde casamatas construidas con gruesos troncos de árboles. Los tanques, estratégicamente ubicados y bien camuflados en la nieve, casi invisibles, completaban la escena.

Al voluntario uruguayo Salaverry le correspondió ir en la avanzadilla. Un obús estalló a dos metros de distancia y recibió catorce impactos de esquirlas. Domingo López Delgado, que venía en el cuerpo principal con su ametralladora liviana, lo encontró un rato más tarde herido, cubierto de barro y temblando de frío. Se salvó de milagro. Otros no tuvieron igual suerte. «Los hombres caían por montones», recordará después Domingo.

Tres días y tres noches duró el martirio. Fueron sometidos a permanentes bombardeos y vivieron el horror de los combates cuerpo a cuerpo. «No habíamos visto nada más duro en toda la guerra», comentó luego Domingo. «Dormíamos unos pocos minutos con un sueño agitado, del que despertábamos sobresaltados, con el espanto en los ojos, y helados por un frío de veinte grados bajo cero».

Cuando el capitán Simon vio emerger a sus hombres del bosque no lo pudo creer: solo la cuarta parte de los efectivos estaban sanos y salvos. Había sido una masacre. El resto estaban muertos, heridos o desaparecidos. Eran la sombra de lo que habían sido. Arrastraban los pies, los uniformes estaban cubiertos de barro, y sus rostros se veían pálidos y demacrados.

Más adelante la historia indicaría que, gracias a su sacrificio, las fuerzas blindadas que se encaminaban a cruzar el Rhin tuvieron el paso libre. Y el general De Gaulle les entregaría en agradecimiento la Cruz de la Liberación.

Speyer, riberas del Rhin, Alemania,
31 de marzo de 1945

«Es el peor invierno desde que tengo memoria». Todos decían lo mismo. Marcel se abrigó como siempre: doble par de guantes, triple par de calcetines, al menos tres *sweaters*, campera militar, pasamontañas… Sabía que, por más que se protegiera, en pocas horas estaría congelado. Pero ese día no le importó. Temprano en la madrugada los generales De Lattre y Leclerc habían dado la orden de cruzar el Rhin. Y unas horas más tarde, las fuerzas francesas atravesaron el legendario río en Speyer y Germersheim, para internarse en el corazón de Alemania. Al día siguiente capturaron Karlsruhe, y poco después tomaron Stuttgart. Luego sería el turno de Ulm, sobre el Danubio, para consolidar así su dominio del sur germano.

A fines de abril llegaron novedades para Marcel: fue promovido a subteniente y transferido al Estado Mayor del Primer Ejército Francés, comandado por Jean de Lattre de Tassigny, con asiento en Lindau. Numerosos contingentes de soldados y policías alemanes se rendían a diario. No cabía duda: el final de la guerra estaba cercano.

Fue en la ciudad bávara, sobre el lago Constanza y a la vista de Suiza, a medida que los brutales enfrentamientos bélicos amainaban, que se agravó en Marcel la angustia por la suerte de sus familiares desaparecidos, quienes eran al menos doce. Corrían rumores de hechos terribles, de campos de la muerte, de trenes de ganado que surcaban Europa con destinos desconocidos. Pero de eso casi no se hablaba, nadie sabía demasiado. Quizás fueran solo rumores…

Sin embargo, en esos momentos difíciles, Marcel pudo evocar con orgullo una verdad tan simple como profunda: «Cumplí con mi misión».

Alrededores de Heidelberg, Alemania, abril de 1945

Estaban de nuevo en Alemania. Lizzy y sus compañeras de viaje —que ahora ya sumaban unas veinte— sentían emociones encontradas. Durante tres años habían soñado con ese momento. Imaginaron que sería una gran alegría. Sin embargo, no fue así. Es verdad que el cruce del Rhin las sacudió, y volver a su patria fue conmovedor. Así como contemplar cercano el fin de la guerra era un gran alivio. Pero la ansiedad por saber de sus familias y regresar a sus hogares lo dominaba todo. ¡Casi no podían pensar en nada más!

Habían acompañado a «su amigo» Marcel durante su recuperación en las afueras de Belfort. Era lo menos que podían hacer por alguien que las había ayudado en un momento difícil. Pero luego, en vísperas de la ofensiva del Rhin, se habían despedido, y supieron que sería por un buen tiempo.

Unas semanas más tarde, fueron autorizadas a cruzar el mítico río. En las afueras de Heidelberg dividieron sus caminos. Unas pocas partieron hacia Stuttgart y otras ciudades del sur. Lizzy continuó con las demás rumbo al norte. Todavía tenían por delante un largo trecho.

Pero no bien iniciaron la marcha, descubrieron una realidad que no habían imaginado: la mayoría de las grandes ciudades alemanas —y muchas de las pequeñas— habían sido devastadas por los combates y los bombardeos. Mannheim, Maguncia, Frankfurt… Casi no había excepciones. Una atroz angustia la dominó. ¿Y Hamburgo? ¿También habría sido bombardeada? ¿Qué suerte habrían corrido sus padres?

Letmathe, Alemania, mediados de abril de 1945

Los bombardeos continuaron, cada vez más intensos. Los prisioneros —a riesgo de sus vidas— eran arrojados a ese escenario apocalíptico de sangre y fuego, para tratar de remediar la situación, pero era poco lo que podían hacer. El único consuelo para Luigi y Aldo era oír el rugido del frente de batalla que se acercaba. Solo «el nazi» seguía proclamando: «No se hagan ilusiones, los venceremos con la nueva arma».

Hasta que llegó el día.

¡Fue un día radiante, hermoso, como lo habían soñado tantas veces! A mediados de abril, por fin los tanques estadounidenses llegaron a Letmathe, que estaba en el corazón del bolsón del Ruhr. Los prisioneros fueron al encuentro de los norteamericanos, llenos de júbilo. Con sorpresa descubrieron que entre sus libertadores había unos cuantos italianos.

«Nunca olvidaré ese día, los estadounidenses nos trataron como hermanos: desde las torretas de los tanques arrojaban chocolate, cigarrillos y paquetes de comida, todas las cosas buenas de Dios», recordaría luego Aldo. Celebraron a lo grande esa noche: se fueron de parranda hasta el amanecer y bebieron todo lo que tuvieron a su alcance.

Pero al otro día de la juerga, un solo pensamiento se instaló en la mente de Luigi. Había tratado de comunicarse con ella durante su prisión, en una ocasión que los alemanes le permitieron enviar algunas cartas (censuradas, por supuesto). Escribió a un amigo italiano que vivía en Croacia, sin éxito. Pensó en comunicarse con Lizzy (una de sus «amigas del alma») en Hamburgo, pero eso fue imposible:

Alemania estaba devastada, nada funcionaba, y no podía imaginar que en ese momento estaba muy cerca de ella. Pronto se volvió una obsesión. Riki siempre andaba rondando su cabeza, pero él no tenía forma de acercarse a ella. Era desesperante.

Luego de tres meses interminables, un buen día los embarcaron en un tren. Solo que esta vez no fue en vagones de ganado sino en coches de pasajeros. Atravesaron Suiza y, ¡por fin!, pisaron el suelo de su amada patria, cerca de Como. Italia, liberada desde hacía meses, hizo poco por acogerlos: apenas les repartieron unos alimentos secos y unas conservas remanentes del Ejército Italiano. Nadie parecía valorar mucho los sacrificios que habían hecho por su patria. Pero eso no los entristeció demasiado: el reencuentro con sus familias estaba cercano. Habían pasado casi seis años desde la última vez que los vieran. No podían siquiera imaginar ese momento.

Una madrugada, Aldo despertó a Luigi y se estrecharon en un abrazo. Habían compartido tantas vivencias... Luego bajó del tren y, con las primeras luces del alba, tomó camino de Pinerolo y Torre Pellice, su tierra. Luigi aún debió recorrer una distancia más para arribar a Florencia. La alegría del encuentro con sus padres —ya mayores— fue indescriptible.

Mientras tanto Vittorio Castellani, su antiguo jefe de la Oficina de Enlace en Sussak, que luego del armisticio del 8 de setiembre había sido detenido por los alemanes e internado en el norte bajo el mando de los fascistas de la República de Saló, regresó a su villa de Torre Pellice y se reencontró con su amada María Rosa. En ese tiempo el destacado diplomático, «una promesa del Regio Ministerio», entre otras tareas había tenido que vigilar por las noches un puente estratégico (con ayuda de una insólita linterna), al tiempo que aprovechaba a hurgar en busca de comida.

Por su parte, Luca Pietromarchi —su compañero de «conjura»— abandonó el *palazzo* luego de veinte años de carrera, cortó toda relación con el régimen fascista y se refugió con su hijo en la villa de su hermana Eleonora en Porta Latina. Durante nueve meses vivió escondido en la Roma ocupada por los nazis, sufriendo diversas amenazas, hasta la llegada de los Aliados. Recién entonces regresó a su casa y pudo reunir a su familia.

Luigi regresó a su vocación, el Regio Esercito. Su vida se encaminaba a una suerte de *normalidad*. Pero él no. Tenía una asignatura pendiente, que debía resolver. El vacío que experimentaba era demasiado grande. Y cada día que pasaba el dolor se hacía más intenso. Buscó a Riki de una y otra forma, por todos los medios. Recurrió a sus familiares y amigos en todas aquellas ciudades donde pensó que podía encontrar alguna pista: Mostar, Belgrado, Sarajevo, los puertos de Dubrovnik, Bari, Trieste... Nada.

Hasta que comenzó a considerar la insoportable idea de que quizás ya no la vería más, que la maldita guerra se la había devorado, que el cruel destino se la había arrebatado para siempre. Una y otra vez repasó sus últimos recuerdos con infinita ternura. Los encuentros en la isla de Rab, las conversaciones al atardecer, aquellas imágenes finales de Riki —feliz por su libertad ya próxima, pero temerosa por su futuro incierto—, su mirada de despedida, a la vez angustiada y llena de amor.

Recordó esas imágenes, las revivió una vez más, las aprisionó en lo más íntimo de su ser. Durante un instante sintió que volvían a estar juntos, y ese momento duró una eternidad.

Hamburgo, Alemania, mayo de 1945

Luego de dejar al oeste la Cuenca del Ruhr —Dortmund, Essen, Duisburgo, Hagen—, que había constituido un feroz bolsón de resistencia al asedio aliado hasta mediados de abril, Lizzy y cuatro amigas por fin se acercaron a su ciudad, Hamburgo. Allí las sorprendió el final de la guerra, el 7 de mayo del 45. Fue una alegría y un respiro, después de tanto sufrimiento. Sin embargo, estos sentimientos se vieron opacados apenas días más tarde, cuando Lizzy ingresó a su querida ciudad...

Hamburgo había sido una de las últimas ciudades en rendirse —apenas cuatro días antes de la capitulación—, y estaba arrasada. Dos años antes había sufrido un aterrador bombardeo, que había dañado severamente tres cuartas partes de la ciudad, incluidos muchos de sus monumentos históricos, como la iglesia de San Nicolás. Al ataque se lo llamó Operación Gomorra.

Aquella historia que Lizzy había escuchado tantas veces de niña acerca de Hamburgo, declarada «la ciudad del Führer», que era una «ciudad a prueba de ataques aéreos», no fue más que un mito, un embuste de la propaganda. Lo único que sí fue verdad es que los judíos y los gitanos —los *Sinti* y *Roma*—, muchos de ellos prisioneros en el campo de concentración de Neuengamme, debieron trabajar en la construcción de los refugios, pero luego fueron los únicos que no tuvieron derecho a ingresar allí. Lizzy pensó en sus padres y temió lo peor.

Se precipitó hacia su barrio. Lo que vio al llegar fue indescriptible. Su casa no existía más, en su lugar solo había un cúmulo de escombros. Lo mismo había sucedido con la de su amiga Hertha. De repente, en la calle, reconoció a unos antiguos vecinos. De sus padres no sabían nada. «Creemos que Hertha y su familia murieron en un bombardeo, pero no estamos seguros», le dijeron. «Tal vez hayan escapado a tiempo. No volvimos a verlos». Todo era aún peor de lo que había temido. Lizzy se sentó en el cordón de la vereda y se puso a llorar. Había soñado tanto con ese momento, y ahora se sentía sola en el mundo… Hasta que, de pronto, recordó que sus padres habían pensado refugiarse en la granja de unos amigos, no demasiado lejos de la ciudad. ¿Por qué iban a regresar a su casa, si sabían que estaba destruida? Partió hacia allá. Los medios de transporte eran escasos y casi no tenía dinero. Debía llegar antes de que anocheciera, era su última esperanza.

Arribó a la granja con los últimos rayos de sol. A primera vista parecía abandonada. Caminó alrededor del casco. No escuchó ruidos ni vio luces. El ánimo se le desmoronó. Sin embargo, a pesar de la angustia que sentía y sus ganas tremendas de llorar, decidió entrar a la casa. Estaba oscura, fría y silenciosa. De improviso, una puerta se abrió, y entre las sombras del atardecer adivinó una figura que hubiera reconocido aun en la noche más oscura.

Era su madre. Su corazón dio un salto y corrió a abrazarse con ella.

Lloraron de alegría. Pero muy pronto comprendió que su Mami era la única allí… Supo que, gracias a los buenos amigos de la granja, sus padres vivieron escondidos en un sótano durante años. Una vida dura, pero soportable. Hasta que un mal día el hijo de un vecino tuvo un accidente grave. Eran tiempos de guerra y la atención médica era precaria, sobre todo en el campo: la vida del niño pendía de un hilo. Su padre lo supo y no dudó. A pesar de los riesgos, a pesar de que le habían quitado su título y lo habían humillado, a pesar de que intentaron disuadirlo, no hubo caso. Su papá solo dijo: «Es mi deber atenderlo». Fue una decisión fatal. Salvó la vida del niño, pero ya nunca regresó.

Estuvieron abrazadas largo rato, mientras las lágrimas les humedecían sus rostros. Su mamá la cubrió de caricias, le habló con dulzura, le contó historias de su papá. Después la miró a los ojos, le tocó la nariz y le dijo *Plinguis!*, como cuando era una niña pequeña. Las dos se rieron, como antes.

Lizzy sintió que la vida volvía a latir, luego de años de tristezas. Y se quedó dormida en brazos de su madre.

París, Francia, octubre de 1947

—Necesitamos que fabriques un sistema de relojería de efecto retardado.

Adolfo Kaminsky enseguida lo comprendió todo. Se trataba del reloj que activaría los detonadores de una bomba. Él siempre se había negado a participar en atentados terroristas. No quería cargar en su conciencia con la muerte de otro ser humano, ni siquiera de un enemigo. Le insistieron, le dijeron que era muy importante. Debía decidirse. En un instante pasaron por su cabeza muchos recuerdos, sobre todo de los últimos tiempos.

Dos años antes, luego del fin de la guerra, fue contactado por los grupos Aliyá Bet y Haganá para trabajar en favor de la inmigración a Palestina, entonces bajo Mandato británico, y la creación de un hogar israelita en esa región. No le sorprendió. El «falsificador de París» tenía una fama bien ganada en épocas muy duras. Sin embargo, no fue hasta comienzos del 46, cuando visitó los campos en Alemania y pudo comprobar con sus propios ojos que miles de internados seguían viviendo allí, sin que nadie los quisiera recibir, que se convenció de que la causa merecía la pena. No solo eso: en las inmediaciones encontró hordas de muchachos salvajes, algunos de origen judío y otros no, que habían salido de los campos dispuestos a todo, en rebeldía contra un mundo que los había maltratado y que ahora ni siquiera les brindaba una oportunidad. Adolfo no era sionista. Pero él y su familia habían tenido que emigrar varias veces, peregrinando a través del mundo sin encontrar un país que les abriera sus puertas. Se convenció así de que los judíos debían tener un Estado, y que debía ser en su propia tierra, a la que los unían raíces milenarias.

Tiempo después lo contactaron del grupo Stern, una facción más radical, que no descartaba el uso de la fuerza. Su agente más renombrado era un belga apodado Avner. A regañadientes, Adolfo se comprometió a ayudar. Pero solo en la medida en que no se viera envuelto en ningún hecho de violencia. Hasta que llegó aquel día.

Hizo algunas preguntas. Por las respuestas que obtuvo y algunas informaciones que ya manejaba, no tuvo duda: el blanco del atentado sería el ministro de Exteriores del Reino Unido, Ernest Bevin. Se trataba de una personalidad fuerte y compleja del Laborismo, un líder sindical que había integrado el gabinete ministerial durante toda la guerra, y que en su rol actual era clave para definir el destino de Palestina y el Mandato británico. Sabía que Bevin no miraba con simpatía las demandas del pueblo judío, y que incluso había tenido expresiones antisemitas (cuando el presidente norteamericano Truman le solicitó que permitiera emigrar a Palestina a cien mil judíos sobrevivientes de los campos de extermino, comentó: «Sé que nos lo piden por el más noble de los motivos: no quieren tener demasiados judíos en Nueva York»). Pero en cualquier caso, él no podía disponer sobre la vida de otro ser humano. Sin embargo, Adolfo tenía bien claro que estaban en curso negociaciones en las Naciones Unidas para el retiro británico y la creación de nuevos Estados en Palestina, y que su muerte terminaría con esa posibilidad. También sabía que, si se negaba, algún otro haría el trabajo, de eso no tenía duda. Era una decisión crucial. Y en ese momento, una idea se instaló en su mente.

—Está bien. Haré el trabajo —respondió.

Serían las tres de la tarde cuando Avner ingresó al Palacio de Westminster.

Luego de subir varias escaleras y atravesar salas y corredores, se internó en la Cámara de los Lores. Era un tranquilo día de visitas. Los turistas recorrían la augusta sala, mirando con admiración el sitio donde sir Winston Churchill había descansado su trasero en el angustiante tiempo de la guerra, mientras los guardias vigilaban distraídamente. Se acercó a la mesa del *speaker* de la cámara. Llevaba dos libros bajo el brazo. Luego se agachó ante el primer banco a su frente (aparentando que buscaba un objeto que se le había caído al piso), y con un rápido movimiento adhirió uno de los libros a la parte inferior del asiento de madera. Ese era el preciso lugar donde se sentaba quien poco después sería designado Lord Keeper of the Privy Seal, o sea el ministro de Exteriores Ernest Bevin. Un rato después, luego de pasear por la sala, Avner se retiró.

Al día siguiente regresó a París. Y un par de días después, un martes a las cinco de la tarde, se encontró con sus cómplices en el Café de la Paix. Era la hora exacta a la que había sido fijado el detonador. Una noticia de tal magnitud se sabría de inmediato en el centro de París. Esperaron y esperaron. Luego de beber media docena de cafés, ya tarde por la noche, se marcharon sin novedad. Temprano por la mañana del miércoles buscaron en todos los periódicos. Pero tampoco encontraron nada. Hacia el mediodía tuvieron que admitir que el atentado había fracasado.

Las negociaciones en las Naciones Unidas continuaron. Pocos días después, el 29 de noviembre, en sesión a la vez solemne y tempestuosa, se debatió un plan para la creación de dos nuevos Estados en el Mandato británico de Palestina. Muchos suponían que el resultado sería una nueva frustración para el pueblo judío. Pero se produjo una sorpresa: con el activo protagonismo de varios países latinoamericanos, como Guatemala, Perú y Uruguay, el plan resultó aprobado, lo que luego condujo a la creación del Estado de Israel.

«El mecanismo que yo fabriqué había sido concebido para no activarse jamás y, por si acaso, una pasta blanda reemplazó al explosivo plástico», recordaría años después Adolfo Kaminsky. «Enemigo o no, había salvado una vida». Y quizás mucho más.

33

Una tarde de verano en Yaremcha

Estación balnearia de Yaremcha,
montes Cárpatos, unos años después

Durante mucho tiempo imaginaron ese encuentro. Con ilusión, pero también con miedo. Finalmente, llegó el día.

El bosque estaba fresco y agradable aquella calurosa tarde de verano. Desde lo lejos se escuchaba el estruendo apagado del río Prut, que corría entre las rocas.

Alex fue el primero en llegar. A fin de cuentas él era el dueño de casa, el que vivía más cerca de aquel sitio encantado donde habían compartido varios veranos, y añorado tantos otros. Se sentó en el tronco de un grueso árbol caído, a la sombra de las hayas y los abetos que habían conocido todos sus secretos.

Miró de reojo la casita colgada del árbol. Aún estaba allí, bien conservada. Se veía que había sido construida con mucho cariño. Los recuerdos lo abrumaron. Sus andanzas tras el Gran Abuelo, sus padres Pepa y Hersh, el Pequeño Abuelo, sus tíos y primos, el bueno de Maxim… Eran demasiadas ausencias.

De pronto, por el camino surgió una silueta espigada de andar ligero. Era Lizzy…, pero cuánto había cambiado. ¡Qué alta que estaba! Y qué bonita…

Se abrazaron emocionados. Luego se miraron largamente a los ojos y, sin hablar palabra, se dijeron muchas cosas. Llevaban con ellos muchas heridas y cicatrices, pero la angustia terrible de no saber qué sucedería en cada nuevo amanecer había quedado atrás.

Con infinita ternura, ambos pensaron en su otra amiga, su «hermana de sangre», Riki. Sabían que ya no podría estar con ellos, pero que de todos modos no faltaría a la cita.

Fue entonces que por el sendero vieron llegar a un joven apuesto y elegante. Vestía de civil, pero se adivinaba su porte militar. Tenía que ser... él. ¿Quién otro podría ser? No lo dudaron y fueron a su encuentro. Se palmearon las espaldas, sonrieron con dulzura, se dijeron muy poco, no fue necesario.

—Qué bueno que nos acompañes, Luigi. —Alex le dio la bienvenida.

—Es como si estuviera... —Lizzy inclinó la cabeza, se quedó sin voz, no pudo terminar la frase.

Caminaron unos metros y se sentaron sobre unos troncos, muy cerca de la casita del árbol. Lizzy, siempre previsora, había traído una merienda. Limonada, unos sándwiches y un trozo de pastel de hojaldre, todo preparado por su mamá. Charlaron un rato de temas intrascendentes, entraron en confianza.

Hasta que, de golpe, algo sucedió. Y en aquella tarde de verano en Yaremcha, al abrigo del bosque de hayas y abetos, cada uno abrió su corazón y relató su historia. Como antes, como siempre.

—Durante las últimas vacaciones, con mis papás hicimos un esfuerzo por no pensar en el regreso a Hamburgo. Sabíamos lo triste que iba a ser. Pero nunca imaginamos que lo sería tanto... —Lizzy fue la primera que se animó.

—Sucedió al año siguiente. Era tarde por la noche y ya estábamos acostados. En el patio de nuestra casa de veraneo, se escucharon ruidos. ¡Qué extraño! Me senté en la cama. Pepa abrió la puerta. Eran mi padre Hersh y mi tío Severyn. ¿Qué ocurriría? —relató Alex, un rato más tarde.

—Aquella fue la primera vez que supe algo de ella. Fiorella, la secretaria del *console* Castellani, me dejó la correspondencia, como todos los días. A la mañana siguiente yo debía clasificarla y entregársela a mi jefe. Ese día fui el primero en llegar. Sussak amanecía, y desde nuestra oficina se podía contemplar a lo lejos cómo el puerto de Fiume asomaba entre las brumas. Me preparé un café y me puse a trabajar. Me topé con aquella carta... —Luigi fue desgranando su historia, para finalizar evocando la apresurada despedida de los jóvenes en la isla de Rab, y su adiós final.

Ya atardecía cuando Luigi terminó su relato.

Entonces buscó en el bolsillo de su *blazer* y extrajo una pequeña cartera de cuero. De su interior tomó dos notitas, prolijamente dobladas, y las contempló con amor y desaliento. Se las entregó a Alex y a Lizzy.

—Durante la guerra no quise enviarlas. Temía que se perdieran y eso hubiera sido fallarle a Riki —explicó el joven capitán—. Están cerradas, nunca las abrí.

Alex desdobló su notita y la leyó:

Ciao, amigos de sangre (se acuerdan, ¿no es así?):

¿Por dónde están, Lizzy y Alex?

¡Los extraño mucho! Y también los baños en Yaremcha, y la casita del árbol, y hasta extraño al viejito músico con su instrumento gigante, que se enojaba con nosotros y nos corría. Pero me consuelo pensando que pronto acabará la guerra y estaremos juntos otra vez. Hace mucho que no sé nada de papá y mamá, tengo miedo por ellos. Los soldados italianos nos han protegido. Sobre todo el capitán Luigi, que ha sido muy bueno conmigo (a pesar de que a veces yo soy un poco huraña, ustedes lo saben). Nos hicimos muy amigos. Cuídense mucho, ¡los quiero tanto!

A presto, amici!

Se produjo un hondo silencio. Los ojos de los jóvenes se poblaron de lágrimas.

Hasta que Lizzy carraspeó, aclaró su garganta y añadió:

—La mía es casi igual, pero tiene una frase más.

Alex y Luigi la miraron, intrigados.

Dime, Lizzy, ¿no te parece de lo más buen mozo?

Los tres amigos se sonrieron, sorprendidos; no esperaban ese final. Durante un instante fue como si Riki estuviera allí, de nuevo, con ellos. Como siempre. En la casita del árbol.

Se abrazaron y dejaron correr las lágrimas. Ya nada los volvería a separar.

Cayó la noche en Yaremcha. Los jóvenes permanecieron aún largo rato en el bosque, abrazados en silencio. Y a pesar de tantas ausencias, al contemplarlos desde lejos se podía ver, a través de la niebla que bajaba de las montañas, una tenue luz brillar, más intensa que la oscuridad de la guerra.

Dramatis personae

Alex, Alejandro Landman Anderman

Junto a Pepa, su mamá, emigraron a Uruguay en 1948. Allí Alex conoció y se casó con Hela en 1959, también sobreviviente del Holocausto, con quien tuvieron dos hijas y varios nietos. Estudió y se graduó de ingeniero, llevando adelante una prestigiosa carrera profesional. En la actualidad reside en Montevideo y es el presidente del Centro Recordatorio del Holocausto de Uruguay.

Yevgeni Synenko y su esposa, Yulia Pokora

Luego que Ucrania pasó a formar parte de la Unión Soviética, Yevgeni continuó sus actividades en favor de la independencia de aquel país, lo que le valió ser deportado a Siberia de por vida. Yulia debió abandonar Buchach y emigrar a Polonia. En 2008, con base en los testimonios y documentos brindados por Alejandro Landman, Yevgeni y Yulia fueron declarados Justos entre las Naciones por Yad Vashem.

Hersh Landman

Casi sesenta años después de su asesinato —durante la matanza de los intelectuales en 1941—, y gracias a la ayuda del rabino Kolesnik, de Stanislawow, Alejandro encontró el lugar preciso de la muerte de

Hersh en el Bosque Negro. Junto con el rabino levantaron un memorial. «Finalmente mi padre tuvo su *matzeivá*», comentó.

Florencio Rivas
Luego de su regreso a Uruguay, desempeñó funciones en la sede del Ministerio de Relaciones Exteriores y en la República Argentina, de donde retornó en 1943 por su mal estado de salud, jubilándose meses después. Con posterioridad, varias asociaciones de sobrevivientes del Holocausto le rindieron homenaje por su actuación en Hamburgo.

Nélida Rivas Berkowitz
Varios años después de la guerra, la nieta de don Florencio regresó a Alemania, donde su padre Juan Carlos Rivas fue designado cónsul en Hamburgo. Actualmente reside cerca de Frankfurt.

Aracy de Carvalho Guimarães Rosa
Regresó a Brasil en 1942. Se casó con João y vivieron juntos el resto de sus vidas. Falleció en São Paulo en 2011. Por su actuación durante el Holocausto —fue apodada «el Ángel de Hamburgo»—, Yad Vashem la reconoció en 1982 como Justa entre las Naciones.

Marcel Ruff
En 1945 retornó a su México natal, donde seis años después conoció a su esposa, oriunda de Guatemala, que se encontraba de vacaciones. A mediados de los cincuenta se mudaron a la ciudad de Guatemala, donde residen actualmente. Marcel fue designado Caballero de la Legión de Honor y recibió la Medalla Conmemorativa de la Francia Libre, así como un agradecimiento de puño y letra del general De Gaulle.

Domingo López Delgado
Combatió hasta la rendición final del régimen nazi. Recibió cinco condecoraciones de la República Francesa, incluida la Cruz de Guerra. Retornó a Uruguay en 1945, junto a Pedro Milano y Antón Salaverry, entre otros voluntarios. El 8 de octubre de 1964 fue condecorado por el presidente Charles de Gaulle en Montevideo. Falleció en su ciudad, Rocha, en 2012.

Adolfo Kaminsky
Al finalizar la guerra, a la par que desarrolló una destacada actividad como fotógrafo, colaboró de manera honoraria como falsificador para diversas causas que consideró justas. Se casó en Argel con Leila, con quien hoy reside en París, y tuvo cinco hijos. Ha recibido la Croix du Combattant, la Croix du Combattant Volontaire de la Résistance y la Médaille de Vermeil de la Ville de Paris por su labor durante la Resistencia.

Alois Brunner
Desapareció al final de la guerra. Más de una década después fue descubierto en Siria, donde desempeñó tareas para el gobierno y recibió protección. En entrevistas realizadas, no mostró arrepentimiento alguno por sus acciones durante el Holocausto. Se presume que habría muerto en Damasco en 2010.

Vittorio Castellani
Retornó al Palazzo Chigi, donde continuó su destacada carrera diplomática, cumpliendo funciones en La Haya, Beirut y Zürich, entre otros destinos, hasta su retiro en 1967. Fue condecorado con la Ordine al Merito en los grados de *Commendatore* (1952) y de *Grande Ufficiale* (1960). El Jardín de los Justos de Milán le confirió un pergamino de reconocimiento en 2017.

Luca Pietromarchi
En 1947, el Consejo de Estado analizó su actuación durante la guerra y concluyó que no debía ser sancionado, por lo que regresó a la diplomacia. Fue embajador en Turquía y en la Unión Soviética, hasta su retiro por edad. Falleció en Roma en 1978.

Aldo Malan
Luego de diecinueve meses de cautiverio en manos de los nazis, regresó a su pueblo de Luserna San Giovanni, en Val Pellice, Piemonte. Allí se casó con Enrica, y trabajó como carpintero, camionero y empleado de una siderúrgica. Falleció en 2007.

Mario Roatta
En 1945 fue detenido y acusado de crímenes durante la guerra. No obstante, logró escapar y se refugió en España. Fue condenado *in absentia,* pero luego la sentencia fue anulada por la Corte de Apelaciones. Regresó a Roma en 1968, donde falleció dos años más tarde.

Galeazzo Ciano
Huyó a Alemania luego de la caída de su suegro, Benito Mussolini. Una vez instaurada la República de Saló, los nazis lo entregaron a los fascistas. Debido a su participación en los sucesos del 25 de julio que condujeron a la destitución del Duce, fue acusado de traición y fusilado en Verona en 1944. Mussolini le negó el indulto.

Documentos gráficos

Niños en la ribera del río, Stanislawow, Polonia; fuente: archivos de Yad Vashem, ID 4732.

Pepa y Alex en los años previos a la guerra, Stanislawow, Polonia; fuente: Alejandro Landman.

Saúl Anderman, el Gran Abuelo; fuente: Alejandro Landman.

Retrato de Hitler, tomado por su fotógrafo personal el 9 de noviembre de 1938, Munich; fuente: archivos de Yad Vashem, ID 27909.

Alois Brunner; fuente: archivos de Yad Vashem, ID 101693.

Sinagoga ardiendo en la Noche de los Cristales Rotos, Gross-Gerau, Alemania; fuente: archivos de Yad Vashem, ID 101394.

Pequeña puerta de entrada al jardín del Consulado General de Uruguay, Hamburgo; fuente: fotografía del autor.

Comercio judío destruido durante la Noche de los Cristales Rotos; fuente: archivos de Yad Vashem, ID 14391.

Göring en el Ministerio del Aire; fuente: archivos de Yad Vashem, ID 46079.

El juez Roland Freisler en un juicio, 1944; fuente: Bundesarchiv, Bild 151-39-23 / CC-BY-SA 3.0.

Franceses huyendo del avance nazi, 1940; fuente: Bundesarchiv, Bild 146-1971-083-01 / Tritschler / CC-BY-SA 3.0.

Kathol. Stadtpfarramt
Baden-Baden
Stiftskirche
Postscheck-Konto Karlsruhe 26801
Fernruf 443

Auszug aus dem Taufregister

(Amtl. Formular)

der katholischen Stiftskirche in Baden-Baden

Jahrgang 1942 Seite 384 Nr. 40

Täufling:	Nélida geb. am 16. 6. 1936 in Hamburg getauft am 20. 3. 1942 in Baden-Baden
Eltern:	Juan Carlos Rivas, Kanzler Hildegard geb. Berkowitz
Sonstige für die Abstammung wichtige Angaben: Paten:	Mario Ginocci, Legationssekretär

Baden-Baden, den 20. März 1942

Kathol. Stadtpfarramt:

Gebühr 0.60 RM.
Gebührenfrei

Acta de bautismo de Nélida Rivas en Baden-Baden; fuente: Nélida Rivas.

Afiche de la exposición Le Juif et la France, realizada en el Palais Berlitz, París.

Marcel Ruff en la época de su graduación; fuente: Marcel Ruff.

Placa de identificación de Ruff; fuente: Marcel Ruff.

Promoción Corse et Savoie en Ribbesford, Reino Unido; fuente: Marcel Ruff.

Autorretrato de Adolfo Kaminsky en París; fuente: archivo de la familia Kaminsky.

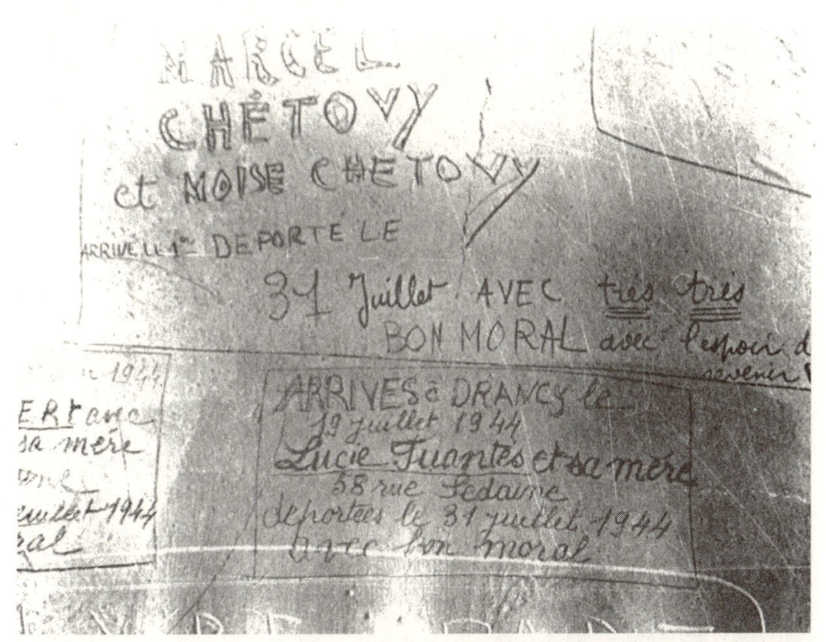

Grafiti en una pared, Drancy, Francia; fuente: archivos de Yad Vashem, ID 58812.

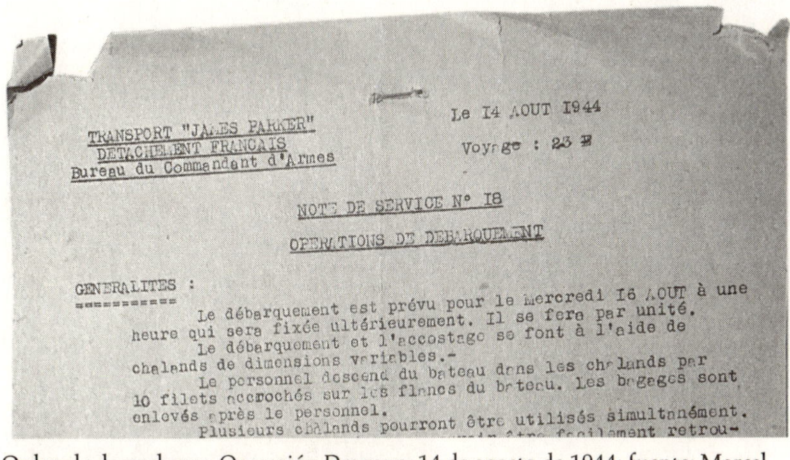

TRANSPORT "JAMES PARKER"
DETACHEMENT FRANCAIS
Bureau du Commandant d'Armes

Le 14 AOUT 1944

Voyage : 23 E

NOTE DE SERVICE N° 18

OPERATIONS DE DEBARQUEMENT

GENERALITES :

Le débarquement est prévu pour le Mercredi 16 AOUT à une heure qui sera fixée ultérieurement. Il se fera par unité.

Le débarquement et l'accostage se font à l'aide de chalands de dimensions variables.-

Le personnel descend du bateau dans les chalands par 10 filets accrochés sur les flancs du bateau. Les bagages sont enlevés après le personnel.

Plusieurs chalands pourront être utilisés simultanément.

Orden de desembarco, Operación Dragoon, 14 de agosto de 1944; fuente: Marcel Ruff.

Hersh y Alex en los años previos a la guerra, Stanislawow; fuente: Alejandro Landman.

Pepa y Alex en el balcón de la calle Smolski, Stanislawow; fuente: Alejandro Landman.

Desfile de las Milicias Populares de Ucrania frente a las autoridades nazis, Stanislawow, octubre de 1941; fuente: dominio público.

Manifestación masiva de bienvenida a los alemanes, Stanislawow; fuente: archivos de Yad Vashem, ID 97391.

Deportación a Treblinka de los habitantes de Siedlce, Polonia; fuente: archivos de Yad Vashem, ID 73318.

Einsatzgruppen asesinando a una mujer con un niño en Ivanhorod, Ucrania, 1942; fuente: dominio público.

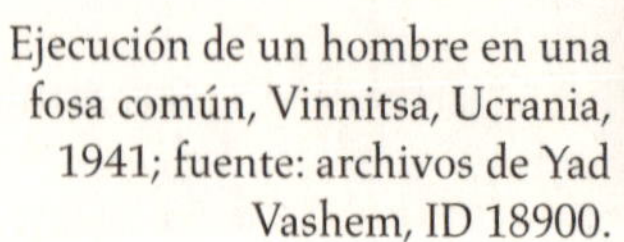

Ejecución de un hombre en una fosa común, Vinnitsa, Ucrania, 1941; fuente: archivos de Yad Vashem, ID 18900.

El mercado del gueto, Varsovia; fuente: archivos de Yad Vashem, ID 69864.

DER STADTHAUPTMANN
Amt für Ernährung u. Landwirtschaft
Lemberg

C

№ 8749

AUSWEIS DER VER[illegible]RGUNGSBERECHTIGTEN

Виказка управн. до одержання харчових карт — [illegible]gitymacja upraw. do otrzymywania kart żywn[illegible]

Haushaltsvorstand
Голова родини — Głowa rodziny

Name u. Vorname — Прізвище і ім'я — Nazwisko i imię

Ab- від дня od dnia	Wohnhaft замешкалий — zamieszkały	Nr.	Wohn. мешк. miesz.	H. V. Nr.	Veränderungen Amtliche Eintragungen u.
1942	[illegible]	[illegible]	[illegible]	[illegible]	

Datum							
Personenzahl: Erwachsene							
Personenzahl: Kinder bis 10 J.							
Personenzahl: Kinder bis 3 J.							
Sachbearbeiter							

Documento falso de Pepa Anderman (Janina Mularska); fuente: Alejandro Landman.

Bahía de Rijeka desde las alturas de Sussak; fuente: fotografía del autor.

Vittorio Castellani; fuente: Maddalena Castellani.

Niño corriendo en la nieve; fuente: Bigstock.

Vittorio Castellani y su esposa María Rosa Carrassi; fuente: Maddalena Castellani.

Ciudad de Mostar y el Stari Most; fuente: fotografía del autor.

General Mario Roatta; fuente: gobierno de Italia, Norges Lexi, dominio público.

El ministro plenipotenciario de Italia en Yugoslavia conde Luca Pietromarchi, Zagreb, Yugoslavia; fuente: Joseph Rochlitz, *The Righteous Enemy* (film documental, 1987).

Piazza Colonna, columna de Marco Aurelio y Palazzo Chigi; fuente: iStock.

Ministero degli Affari Esteri
Gabinetto

APPUNTO PER IL DUCE

Nulla osta

Bismarck ha dato comunicazione di un telegramma a firma Ribbentrop con il quale questa Ambasciata di Germania viene richiesta di provocare istruzioni alle competenti Autorità Militari italiane in Croazia affinchè anche nelle zone di nostra occupazione possano essere attuati i provvedimenti divisati da parte germanica e croata per un trasferimento in massa degli ebrei di Croazia nei territori orientali.

Bismarck ha affermato che si tratterebbe di varie migliaia di persone ed ha lasciato comprendere che tali provvedimenti tenderebbero, in pratica, alla loro dispersione

Facsímil del *Appunto per il Duce*, con la anotación *Nulla osta*; fuente: dominio público.

Sala dei Galeoni, Palazzo Chigi; fuente: fotografía del autor.

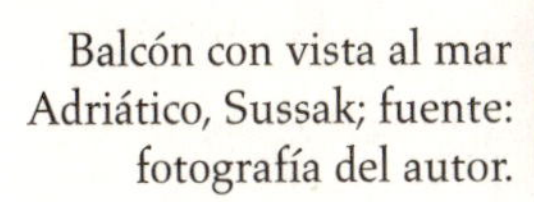

Balcón con vista al mar Adriático, Sussak; fuente: fotografía del autor.

Hitler y Ante Pavelic, 9 de junio 1941, Berghof, Alemania; fuente: United States Holocaust Memorial Museum, dominio público.

Mussolini y Himmler en Alemania; fuente: archivos de Yad Vashem, ID 46550.

Escalera en una calle de Mostar; fuente: fotografía del autor.

Vista de la ciudad de Mostar; fuente: fotografía del autor.

Sala dei Mappamondi, Palazzo Chigi; fuente: fotografía del autor.

Mussolini y Ribbentrop; fuente: Getty Images.

Las barracas del campo de Rab y el cerco de alambres de púas; fuente: archivos de Yad Vashem, ID 99089.

Los internos judíos abandonan el campo de Rab, probablemente el 8 de setiembre de 1943; fuente: *The Righteous Enemy* de Joseph Rochlitz (film documental, 1987).

Barco con tropas italianas navegando en el mar Adriático, 1943; fuente: Lucio Malan.

Aldo Malan, 1943; fuente: Lucio Malan.

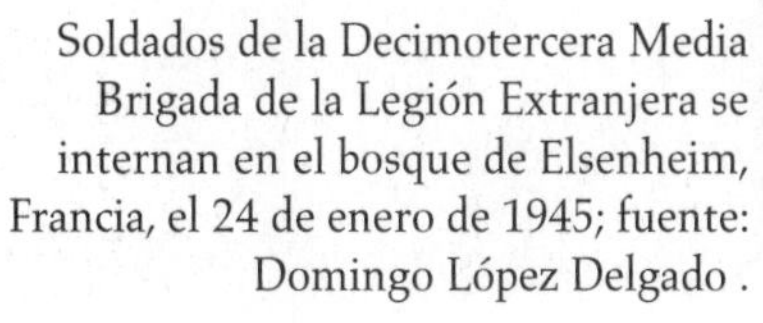

Soldados de la Decimotercera Media Brigada de la Legión Extranjera se internan en el bosque de Elsenheim, Francia, el 24 de enero de 1945; fuente: Domingo López Delgado .

Tropas estadounidenses durante la liberación de una ciudad; fuente: Marcel Ruff.

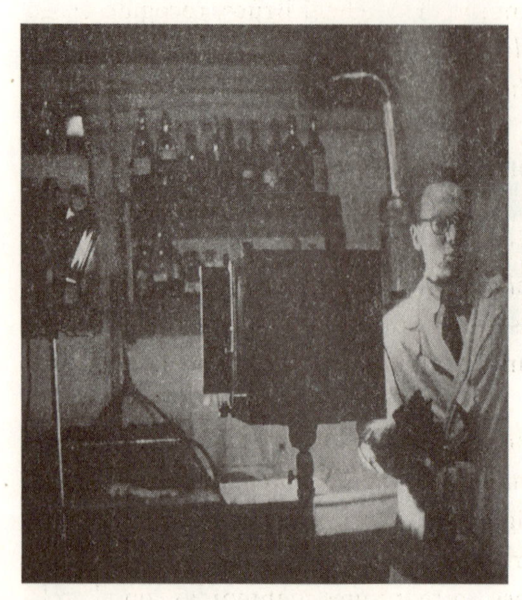

Adolfo Kaminsky en el laboratorio de la Haganá, 1947; fuente: archivo de la familia Kaminsky.

Créditos de los textos

1. Basado en el testimonio de Michael Bruce, recogido en *La noche de los cristales rotos*, de Mitchell G. Bard, original en el Centro Simón Wiesenthal: *A Personal Memoir*, by Michael Bruce.
2. Los textos correspondientes a Adolfo Kaminsky han sido elaborados por el autor, con base en las conversaciones mantenidas con él en su residencia de París en 2017 y 2018, y al libro *Adolfo Kaminsky, el falsificador*, de Sarah Kaminsky —que inspiró varias de las escenas—, publicado por Capital Intelectual (edición original en francés publicada por Calmann-Lévy), entre otros materiales.
3. Elaborado por el autor con base en los diálogos mantenidos con Nélida Rivas, así como a la documentación disponible.
4. Subrayado en el original.
5. Los textos correspondientes a Marcel Ruff han sido elaborados por el autor con base en reuniones mantenidas con él en la ciudad de Guatemala, y a materiales suministrados por el Sr. Ruff, entre otros.
6. Fragmento del poema «Départ», grafiti realizado por W. S. en una pared del campo de Drancy, fechado el 1 de setiembre

de 1942; extractado de *DRANCY, un camp en France*, de Renée Poznanski, Denis Peschanski y Benoît Pouvreau, editado por Fayard y el Ministère de la Défense.

7. Los textos correspondientes a Kurt Schendel han sido elaborados por el autor con base en diversos documentos, entre los que corresponde destacar sus declaraciones y las de la Dra. Lowe, que fueron consultadas en el Mémorial de la Shoah de París.
8. El relato de Mathilde Jaffé está basado en *The choice of the Jews under Vichy*, de Adam Rayski, publicado por University of Notre Dame Press.
9. Extraído de manera textual de sus declaraciones en los Juicios de Núremberg.
10. Los textos correspondientes a Manfred Friedman han sido elaborados por el autor con base en las anotaciones de Julius Feuerman en su diario *Un acorde de dolor y esperanza*, publicado por Yad Vashem (Jerusalén, 2001), así como en otros documentos.
11. Extractado de las declaraciones de Juozas Aleksynas, fusilero lituano, en el film documental *Einsatzgruppen, The Nazi Death Squads*, de Michaël Prazan (capítulo 3).
12. Extractado de las declaraciones contenidas en el film documental *Einsatzgruppen, The Nazi Death Squads*, de Michaël Prazan (capítulo 4, minuto 22).
13. Los textos correspondientes a Imre Rochlitz han sido extraídos de manera literal de la obra *Accident of Fate, A Personal Account*, de Imre Rochlitz y Joseph Rochlitz, Editorial Wilfrid Laurier University Press, salvo el primer párrafo de su testimonio, que fue extraído de sus palabras en el film documental *The Righteous Enemy*, de Joseph Rochlitz.
14. Subrayado en el original.
15. Basado en los testimonios brindados por Emilio Tolentino, y recogidos en *Zidov* de Gino Bambara, Editorial Mursia.
16. Las referencias a Aldo Malan se han basado en su *Diario di Guerra (1940-1945)*.

Agradecimientos

Esta obra, si bien posee carácter ficcional, ha sido inspirada en historias de vida tan emotivas, profundas y enriquecedoras, que hubiera sido imposible conocerlas en plenitud de no haber contado con el compromiso de los protagonistas y sus familiares, lo que me complace destacar y agradecer.

A Alejandro Landman lo conozco desde hace muchos años. Pero como suele acontecer con muchos de los héroes del Holocausto, la fascinante historia que vivió desde los seis años me era por completo desconocida. Conversar con él al atardecer, contemplando la Rambla de Pocitos desde su apartamento, y escucharlo desgranar los relatos de esa época, sus lugares y personajes, fue para mí un inolvidable viaje en la geografía y en el tiempo. A él y su familia, mi infinito agradecimiento por honrarme con su confianza.

Adolfo Kaminsky es un hombre de leyenda. Ya lo había mencionado con admiración en *La niña que miraba los trenes partir*. Ahora, gracias a los buenos oficios del entonces director del Instituto Cervantes, Juan Manuel Bonet, y de Lina Davidov, tuve el privilegio de poder ahondar en su historia. Junto con su esposa, Leila, y su hija Sarah —una maravillosa familia—, me recibieron con gran calidez en varias ocasiones en su residencia de París. Sarah Kaminsky es una destacada actriz y escritora, autora de una excelente biografía de su padre, *Adolfo Kaminsky, el falsificador*, que me sirvió de base para algunos fragmentos del libro (véase créditos). A todos ellos, mi profundo agradecimiento por compartir conmigo su tiempo, sus historias y su simpatía.

Joseph Rochlitz tuvo una fuerte influencia en mi manera de ver los acontecimientos sucedidos en Italia y Croacia entre 1941 y 1943. Primero a través de su excelente film *The Righteous Enemy* (1987), y luego mediante el intercambio de correspondencia con el que me honrara, que me llevó a conocer las memorias de su padre, Imre Rochlitz, también un héroe del Holocausto. Además, me brindó su autorización para emplear en esta obra fragmentos de dichas memorias, así como varias fotografías suyas (véase créditos). Por todo ello, mi sincero reconocimiento.

A Marcel Ruff lo conocí en ocasión de una actividad en el Museo del Holocausto de Guatemala, gracias a la feliz idea de presentarnos de mi amiga Rebeca Permuth de Sabbagh. Cuando instantes después mencioné al público algunos hechos de su apasionante vida, los asistentes se pusieron de pie y aplaudieron emocionados. Fue el inicio de una hermosa amistad. Y también de mi afán por relatar al menos una parte de sus emotivas vivencias, como agradecimiento y homenaje.

Los admirables hechos de Vittorio Castellani, así como los buenos oficios del historiador Emanuele Calò, me condujeron a su hija Maddalena Castellani. Una dama encantadora, que tuvo la gentileza de recibirme en varias ocasiones en su villa de Roma, acompañada de su amiga María. De la mano de sus recuerdos, anécdotas y fotografías —varias de las cuales engalanan esta obra (véase créditos)—, viajamos a aquel tiempo de decisiones difíciles. Por todo ello, le agradezco de corazón.

Al senador Lucio Malan tuve el agrado de conocerlo tiempo atrás, como fruto de nuestra común preocupación por los derechos del pueblo judío. Pero fue el azar —un artículo periodístico publicado en un medio uruguayo— el que me permitió saber que Aldo Malan, su padre, había vivido sucesos que merecían ser recordados. Y fue por la gentileza de Lucio que accedí al *Diario di Guerra* de Aldo y a varias fotografías —algunas de las cuales honran esta obra (véase créditos)—. Gracias a ello he podido rendir homenaje al menos a una pequeña parte de su admirable vida.

Florencio Rivas escribió una página memorable de la historia. Su nieta Nélida Rivas, que había nacido en Alemania poco antes de esos sucesos y que vivía allí, me permitió —gracias a su amabilidad— asomarme en algo a esa época terrible, y me brindó valiosos comentarios y un documento que acompaña este libro (véase créditos).

Numerosas instituciones y personas aportaron invalorable información sobre documentos y testimonios que contribuyeron a enriquecer este libro. Entre ellas, me permito destacar:

A Yad Vashem World Holocaust Remembrance Center, de Jerusalén, por el aporte de documentación y la autorización para el uso de fotografías de su Photo Archive (véase créditos); en particular, deseo destacar —en esta ocasión— a Emanuel Saunders, Fani Molad y Eszter Stern.

Al Archivio Centrale dello Stato, en Roma, y en particular a Antonio Frate.

Al Mémorial de la Shoah, de París, y a su Centre de Documentation, así como a la Responsable du Service Archives Karen Taïeb.

Al Palazzo Chigi, que me abrió sus puertas, y a Stefania Golino, por su amabilidad.

Al Ministerio de Relaciones Exteriores de Uruguay. En particular, deseo mencionar la muy valiosa colaboración —a riesgo de alguna omisión— del embajador Bernardo Greiver en Israel, el embajador Gastón Lasarte en Italia, la cónsul general María del Luján Barceló en Hamburgo, la agregada cultural Sylvia Irrazábal en Roma, y de Anabel Lale-Demoz y Daniel Torres en Hamburgo. Asimismo, del director del Archivo Histórico Diplomático Álvaro Corbacho y su colaboradora Mariela Cornes.

Al Centro Recordatorio del Holocausto y al Museo de la Shoá de Uruguay por su permanente apoyo, y a la secretaria general del Centro y directora del Museo Rita Vinokur por su invalorable colaboración.

A Eleonora Puglia Queheille, quien desempeñó funciones en el antiguo Consulado General de Uruguay en Hamburgo en Isestrasse, por su generoso testimonio.

A Eduardo Zalovich, que contribuyó a aquilatar la dimensión de la actuación de don Florencio Rivas en Hamburgo, y quien además me brindó valiosa información al respecto.

A la reconocida escritora y antropóloga Teresa Porzecanski —autora, entre otras obras, de *La vida empezó acá*—, con quien mantuve un valioso encuentro, por sus informaciones, comentarios y sugerencias. Así como a la destacada historiadora Silvia Facal Santiago —autora de *Vida de los judíos alemanes en Uruguay*—, quien asimismo me brindó su tiempo y sus comentarios.

Quiero destacar y agradecer la valiosa contribución y el apoyo de Penguin Random House Grupo Editorial. En Uruguay, a su director, Rodrigo Arias, y a todo su equipo. En particular, deseo señalar el aporte del director editorial Julián Ubiría, quien, además de su calidad humana, volcó en este libro su talento y experiencia como editor. En España, vaya mi agradecimiento a todo el equipo, en el nombre del director literario Gonzalo Albert y de la editora Silvia García.

Agradezco a mis eficaces y comprometidas colaboradoras Mercedes Aguilar y Laura Martínez, y a Miriam Kemna por sus traducciones del alemán.

Numerosas obras fueron mi lectura de cabecera en estos últimos años. Aportaron informaciones, documentos, elementos de juicio y reflexiones que me ayudaron a comprender mejor este tiempo tan complejo de nuestra historia. Sería imposible mencionarlas a todas aquí. Pero deseo simbolizar mi reconocido agradecimiento a esas obras en la mención de *Zidov*, del historiador italiano-croata Gino Bambara, dado que este autor nos dejó a fines de 2018, durante el proceso de escritura del presente libro.

Y deseo, como siempre al finalizar estos párrafos de agradecimiento, tener un recuerdo muy especial hacia quienes me acompañan a diario en esta apasionante aventura de escribir, con sus aportes y sus invalorables palabras de aliento: mi familia.

«Para viajar lejos no hay mejor nave que un libro».

EMILY DICKINSON